国家出版基金项目
“十二五”国家重点图书出版规划项目

中國京劇流派劇目集成

启功题签

《中国京剧流派剧目集成》编委会　编

第　贰拾玖　集

學苑出版社

图书在版编目（CIP）数据

中国京剧流派剧目集成．第29集／《中国京剧流派剧目集成》编委会编．— 北京：学苑出版社，2015.2
ISBN 978-7-5077-4738-6

Ⅰ．①中… Ⅱ．①中… Ⅲ．①京剧－剧本－作品集－中国 Ⅳ．①I232

中国版本图书馆CIP数据核字(2015)第041160号

出 版 人：孟　白
责任编辑：潘占伟
装帧设计：徐道会
出版发行：学苑出版社
社　　址：北京市丰台区南方庄2号院1号楼
邮政编码：100079
网　　址：www.book001.com
电子信箱：xueyuanpress@163.com
销售电话：010-67675512　67678944　67601101（邮购）
经　　销：新华书店
印 刷 厂：北京信彩瑞禾印刷有限公司
开本尺寸：889×1194　1/16
印　　张：16.25
字　　数：416千字
版　　次：2015年3月第1版
印　　次：2015年3月第1次印刷
定　　价：240.00元（精装）

序言

◎黄克

京剧向称国粹艺术，内容博大精深，剧目十分丰富，人们常以“汉唐三千宋明八百”形容其浩瀚。其中流派剧目又以演员表演的鲜明个性使剧目显得更为多彩多姿，充满魅力，既被专业人员钻研承继，也为广大戏迷喜闻乐见，遂成为京剧舞台上一大亮点。

流派

举凡表演艺术，原本就无不带有表演者的个人色彩。京剧表演艺术因其唱念做打诸多方面功夫的综合性和繁难性，表演的个性化尤为突出；加以行当的粗分、剧目的雷同，于大致相同的条件下尽显各自的千姿百态、千变万化；一招一式、一腔一韵之中可以体现不同的特色，同样一出戏，甚至同样一个戏中人物也完全可以演出不同的风采，这种充满个性化的表演，遂成为京剧竞技场上最是为人乐道而又情趣无穷的审美内涵。倘若这种富于个性化的表演为受众所认可，且代有传人，形为规范，即可自成一家，成为迥异于他人的艺术流派。以“四大名旦”（梅兰芳、程砚秋、荀慧生、尚小云）为例，虽皆工旦行，却又各有千秋。京剧大师王瑶卿就曾这样分析这四位后起之秀的独到之处：“梅兰芳的样儿，程砚秋的唱儿，尚小云的棒儿，荀慧生的浪儿。”所谓“样儿”，指梅的艺术造诣全面，要什么有什么；所谓“唱儿”，指程以行腔之新颖动听为能；所谓“棒儿”，指尚的刀马功底深厚；所谓“浪儿”，指荀的柔媚多姿、风情万种。寸长尺短，一语道破各有专擅的各家流派特点。如此成就固然来自自己的勤学苦练、苦心孤诣，更少不了观众的知音捧场、鼓励有加。因此，一个艺术流派的形成，对于创始人来说，无疑是开拓了审美追求的新境界；对于受众戏迷来讲，则更是得到了多样化审美需求的新满足。梨园行有云：唱戏的是疯子——指其追求的执着，听戏的是傻子——指其享受的痴迷。二者相得益彰、相映成趣，或许正道出京剧流派形成之三昧。

流派剧目

在京剧传承的一二百年间，随着历史的变迁、社会的发展，以及新人辈出、师承转换，荡涤旧物、崇尚新声，传统剧目中的绝大部分早已绝迹于舞台，然而，其精华部分（包括剧目中表现出来的唱念做打等程式体系）还是被完好地保存了下来，并得到长足的发展。其间，流派创始人于剧目的推陈出新做出了不可磨灭的贡献。基于对剧目乃至剧中人物的理解和认识，以及更便于发挥自己技艺特长的需要，流派创始人对浩如烟海的传统剧目进行了严格的筛选，经过了整理加工再创作，使之又焕发出崭新的韵味和光彩；随着这样剧目的增多，最终形成了自己流派所特有的剧目系列。而另外的流派又在另外的剧目系列中发挥着自己的优势，即或剧目相同，不同流派依然可以于演出中表现出自己的独特风格。总之，在其演出的剧目中，无不打上自己表演风格的鲜明烙印。京剧舞台上一度出现的这种百花齐放、争芳斗艳的盛况，实由自丰富多彩的流派剧目，这在京剧发展史上已是不争的事实。

但也应看到，如今京剧流派剧目相对于京剧的鼎盛时期，已是光景不再。个中原因很复杂，就客观因素而言，新兴的艺术形式的多种多样，人们的欣赏习惯和娱乐方式已经有了更广泛的选择余地，因而完全可以去旁骛；此外，就京剧本身而言，演出剧目之贫乏不能不说是观众锐减的重要原因之一。本来演出场所和演出场次就不多，翻来覆去又只是那几出骨子老戏，怎么能吸引观众，特别是年轻观众呢？——连那些老戏迷们也都听腻歪了。

回过头来看，今日演出剧目的贫乏和流派创始人晚年艺术景况也不无关系。他们在艺术的巅峰期——集中在上个世纪二三十年代，创作或改编了一出出新戏，直令观众赏心悦目，目不暇接。当其时，除了富连成科班或游动的散班演出些大路戏外，北京的京剧舞台几乎就是流派剧目的天下。据1932年商务印书馆出版的《五十年来北平戏剧史材》的记载，自民国十二年（1923）至十八年（1929）这六七年间，以梅派剧目为例，只“初演”的剧目——也就是自家独创的新戏或整理改编的传统戏，就有前后本《西施》、《洛神》、《廉锦风》、头二三四本《太真外传》、《俊袭人》、全本《宇宙锋》、《凤还巢》、《春灯谜》等12出戏（其中前后四本《太真外传》这四出戏是在一年多时间里陆续完成的）；同一时间段，马派“初演”的剧目也有《化外奇缘》、全本《玉镯记》、《秋灯泪》、《战宛城》、全本《火牛阵》、《鸿门宴》、全部《临江馆（“馆”应作“关”）》、全部《浣纱溪》、《范仲禹》、全本《清风亭》、头二三四本《大红袍》、全本《天启传》、《许田射鹿》、全本《十道本》等15出戏（其中《大红袍》分头二和三四本两次演出），当然，其中还不包括“初演”以外的经常性的大量的传统戏演出。试问，这些曾经轰动一时的流派创始人编创的新剧目于今又有多少出传承下来了呢？个中主要原因就在于流派创始人到了晚年一些唱做吃重的剧目已难胜任，只有将其已臻于炉火纯青的技艺凝炼到少数剧目之中，或演出或教习也只拘囿于这少数几个剧目了。而其传人也就将这几出戏奉为圭臬，全不知其鼎盛时期的所谓“文武双全”、所谓“昆乱不挡”为何事，致使一些当年的热门戏几近失传，这不能不说是梨园一件憾事。记得梅兰芳先生曾撰文论述学艺过程中的“少、多、少”，大意是初学时会的戏（包括技艺）自然是少的。随着所学剧目的增多，技艺的增长，激发起拓宽其艺术驰骋领域的热情，兼收并蓄，从而极大地丰富了自己。进而又随着审美取向的定型，艺术见识的提高，势必要对自己所学所用下一番去芜存精的工夫，扬长避短，使自己的独特技艺集中在少数几个代表剧目之中。表面看来演出的剧目是少了，但炉火纯青，在艺术创新上却达到了新境界。从少到多，从多而少，贯穿着的是继承与发展的艺术成熟的过程，也闯出了一条攀升艺术高峰的必由之路。后学者以为，学会了几出流派代表剧目便可以薪尽火传，得到了真经，孰不料缺少广博的根基，既影响个人的发展，也造成了剧目越传越少的现实。这难道不是应该汲取的教训吗？

有道是“礼失求诸野”。由于流派剧目的独特韵味及其所富有的艺术魅力，由于京剧作为自娱自乐的审美取向已深入人心，更由于迷恋传统演唱艺术者的大有人在，京剧传统剧目——包括一些已经消失于舞台的流派剧目，至今仍在京剧爱好者中间传唱不息。我们不妨到公园里看一看那一圈圈围着的戏迷，他们来自四面八方，或许彼此并不相识，只凭一把胡琴就将大家凝聚在一起，有滋有味地互相欣赏着一段段流派唱腔。更不用说那遍布全国各地乃至国外华人聚居区的票房，他们还时不时地粉墨登场，过一把戏瘾呢！这种自拉自唱、自娱自乐的红火场面，充分显示了京剧流派剧目的深厚群众基础和顽强的生命力，对于相对落寞的京剧舞台不啻一种发人深省的挑战。然而，这又何尝不是对京剧振兴的潜在的呼唤和有力的支持呢！

流派剧目集成

正鉴于其强大的生命力和深厚的群众基础，“振兴京剧”作为文化建设的国策的提出可谓正得其时。而振兴之务，首要的是挖掘和继承优秀传统剧目，以之作为发展和创新的基础和借鉴。我们编纂《中国京剧流派剧目集成》的初衷正在于此：将流派剧目演出的精彩瞬间记录于永恒，将构成流派剧目的诸多元素一一记录在案。诸如每剧的剧情本事、创始人表演特点的提要，剧中人物行当归属、服装扮相，剧本曲文、唱腔谱、伴奏谱、锣鼓经，以及身段谱等得以再现流派表演风格的内容，都力图完整地记录整理出来，为流派艺术的教学和研究提供文字的基础资料。持此，内行自可作为表演的参考，京剧爱好者也可以作为演习的蓝本。

这一工作，对于京剧剧目的基本建设虽然可谓之善举，但具体做起来却困难多多。首当其冲的就是剧目的选定。京剧剧目虽称汗牛充栋，但保存下来的资料却十分有限。京剧形成初期，以“老生三杰”又称“前三鼎甲”的程长庚、余三胜、张二奎为代表的一代固然没有留下什么音像文字资料；即或以“老生新三杰”又称“后三鼎甲”的谭鑫培、孙菊仙、汪桂芬为代表的一代除了少量的唱片外也没有完整的剧目传下来，所以我们的剧目整理工作只能从民国初年以降的“四大须生”、“四大名旦”开始。他们受熏陶于前辈艺术家，可谓传统的集大成而又能创新的一代，整理剧目以他们为重点自然最合适不过。遗憾的是这些艺术大师大都已经作古，得到他们指点和首肯已不可能，为此，我们只能通过其亲传或再传弟子来进行流派剧目的整理工作。从中我们更深地体会到抢救要及时，当初未能抢救下来现在也不要嫌晚而不为，抢救一点是一点，否则能够保存下来的精华越来越少，越加难向历史向后人交代了。

更难的则是遴选整理者。剧目的全面整理需要全面的人才。我们在组织稿件的过程中却发现这样的人手颇不易得。如果流派创始人或其传人曾在戏校任教，且有较为完整的教案保存下来，今日稍加整理即可选用，自然不是难事。不过这样的情况并不多，大量的剧目尚需要对当年的演出本进行追忆记录，加工整理。曾经受业于流派创始人或其传人的京剧工作者虽然是整理演出本的合适人选，但是他们大都是单位的骨干，忙于演出，忙于剧务，或居于领导职位，很难分出身来。即或肯于应承下一两出戏，也常有如下的情况：能演不能说，能说不能写，能写又不能打谱。因此，完成一个剧目经常需由记录者、整理者和打谱人联袂而行，倘再加上剧目的传授者和提要的撰写人，则非四五人鼎力不可。《中国京剧流派剧目集成》收入二百多出戏，每出戏即使平均两三人参加，也要组织四五百人次。其繁难可以想见，其壮观亦可以想见。当然，这还仅就整理者的数量而言，更为难能可贵的还在于参与者的无私奉献。试想，跟演一出戏或教一出戏相比，以文字整理出一出戏，不仅费时而且费力，无疑是一桩一般人不肯为也不屑为的苦差事，而我们的整理者却能甘之如饴，乐此不疲，没有为京剧事业的传承而不计个人得失的宝贵情操，是难有这种积极性的。不仅如此，随着岁月流逝，整理流派剧日益困难，更需要求助一些老专家，他们或是资深艺员、教师，或是资深票友、戏迷，而今已是硕果仅存的京剧艺术的专家、流派历史的见证人。在他们身上洋溢着一种传承京剧流派的使命感，和对振兴京剧的期待。他们热情地参加到这项工作中来，或亲自动手，为我们整理剧目；或答惑解疑，给我们工作以指导。使我们在受教于他们的同时，油然而生一种深深的敬意。

克服了上述困难，《中国京剧流派剧目集成》终于呈现在读者面前。书中，除了囊括主要流派的主要代表剧目，试图反映京剧鼎盛时期的大致面貌而外，尚有可说道者。首先是挖掘整理出一批流派剧目，其中不乏已近失传的流派艺术精品。其中共收流派五十余家、剧目二百多出，不仅是从装扮到曲谱俱全，而且半数以上不曾整理出版过，可算是京剧剧目建设的一个不小的工程。下列剧目可为佐证。如王（瑶卿）派名剧《南天门》（今能见到的只剩下王和老谭合拍的剧照）、余（叔岩）派名剧《太平桥》（据说是老谭给余说的开蒙戏）、马派名剧《白蟒台》（写王莽被俘后向旧臣一一乞命事，老生扮演反面人物堪称奇特）、麒派名剧《斩经堂》（其中吴汉的悲剧性格曾引起过热烈争论）、荀派名剧《鱼藻宫》（写吕后残害戚姬事，乃荀派悲剧剧目之一），以及汪（笑侬）派名剧《哭祖庙》、龚（云甫）派名剧《徐母骂曹》、徐（碧云）派名剧《绿珠坠楼》、裘（盛戎）派名剧《打銮驾》等，都是难得一见的流派剧目之珍品。而以“关外唐”名世的唐（韵笙）派名剧经其家人和传人的努力竟整理出其代表作《驱车战将》、《闹朝击犬》、《好鹤失政》、《绝龙岭》、《未央宫斩韩信》、《刀劈三关》等七出之多，堪称流派剧目建设的新收获。除此之外，《中国京剧流派剧目集成》还特别着力于武戏的挖掘整理。较之文戏，武戏更难整理，需要将演员在台上的动作招式一一准确地反映出来，没有深入的钻研领会、亲身体验，很难下笔。众所周知，杨小楼作为一代武生宗师，其“武戏文唱”乃武生的不二法门，也是令人神往的一种表演境界，在武戏剧目整理中理应得到体现。资深票友朱家溍先生得其真传，整理了杨派名剧《麒麟阁》，并详细记述了前后六次观剧的心得，惜乎不及将其用工尺谱记下的昆曲吹腔翻为简谱便溘然而逝了。另一出杨派名剧《镇潭州》则是根据京剧耆儒刘曾复先生的讲授整理出来的，其中杨再兴上场的“蝴蝶霸”、和岳飞对打的“枪架子”，皆独得杨派之秘，给人以再闻《广陵散》般的惊喜。此外，高盛麟的《长坂坡》、《走麦城》，王金璐的《落马湖》、《蚆蜡庙》也都走的杨派的路子，有的就是直接跟杨宗师学的。南派大武生盖叫天武功盖世，他的剧目身后却乏人整理，多亏移居上海的原中国戏校武功教师赵雅枫先生以耄耋之年勉力整出《一箭仇》，也算保存了盖派一脉。还值得一提的是收获了一批武丑戏。叶盛章当年是以武丑戏挂头牌演大轴的第一人，勇于创新，能戏甚伙，现将其创作的名剧《酒丐》、《祥梅寺》、《打瓜园》、《徐良出世》、《三盗九龙杯》、《铜网阵》等七出代表作一并推出，既再现了叶氏当年神勇，也为乏人承继的武丑行当提供一些演习之本。尤为可喜的是我们也挖掘整理出富连成科班总教习、文丑“萧派”创始人萧长华老先生的《选元戎》、《荡湖船》、《变羊记》等已近绝迹舞台的拿手剧目。凡此，整理者挖掘流派剧目的辛勤劳作成果，均为我们编纂“集成”增添了光彩。

为了方便读者翻检使用，本书采取四五出戏合编一册的形式，这样全书约有五十册之多，并拟分三批推出。第一批为老生行的余派，以及号称“南麒、北马、关外唐”的三派，和武丑行的叶（盛章）派，计五家八册。第二批则以旦行“梅、尚、程、荀”为代表，包括老旦、刀马旦等流派。第三批是老生、小生、武生、净、丑等其他流派。预期一两年内出齐。倘若其中有重要疏漏，又得人整理，亦可考虑编辑出版“集外集”，以满足读者的需求，也使这部“集成”更为名副其实。

当然，《中国京剧流派剧目集成》的编纂，其目的只在提供流派剧目作为研究家和后学者的参考借鉴。而流派、流派，意重在“流”。所谓流，指流行和流变。流派艺术正是在流行、流变中最终形成的，即或在最终形成之后，也还是靠流行、流变而发展的，倘若泥古不化，抱残守缺，就会失掉其鲜活的生命力，艺苑奇葩也会枯萎，这已为京剧发展史所证明。不过，流派艺术发展也需要有个前提，那就是首先要掌握渗透在表演程式唱念做打、手眼身发步中的艺术个性，而流派剧目就是其艺术个性展现的载体。继承流派艺术，不能只满足于模拟外在的“体”，更要在剧目演练中去体味其艺术个性的“魂”，这样才能促使京剧流派艺术从剧目建设到表演个性都得到发扬光大。此乃传承流派剧目的题内之义，自毋庸赘言。

目录

哈鸿儒 整理

三家店·打登州

杨派剧目

《三家店·打登州》演的是隋末农民起义的一段故事。《说唐》、《隋唐演义》没有此情节。《打登州》一折出自传奇《倒铜旗》。程咬金、徐茂公大反山东，在瓦岗寨聚义。杨林迁怒于秦琼，命养子王周将秦琼提解到登州。中途夜宿在三家店。程咬金派史大奈暗中保护，伺机杀差官搭救秦琼。秦琼与史大奈见面用暗语约定三更动手。入夜，秦琼在店房被吊捆，不胜嗟叹，念及自己亲朋友好。王周是罗艺养子，本名罗周。听到秦琼念及罗成时，才知与秦琼是内亲关系，忙将秦琼松绑。后与史大奈会晤，三人计议，由秦琼修书至瓦岗，约定八月十五大闹登州，解救秦琼。瓦岗众将扮做买卖客商，按约定混入登州，进行营救。杨林在校场得知瓦岗众将聚于登州，令人将秦琼背插红灯，与之比武，引诱瓦岗人马，拟一举歼之。幸赖王伯当神箭，射掉秦琼背插红灯。混战中罗成击败杨林，众将与秦琼同返瓦岗寨。

《三家店》又名《男起解》，《打登州》又名《射红灯》。20世纪20年代中期，马连良首先将二折戏连演。有时亦称为称为《秦琼发配》或《夜打登州》。之后其弟子周啸天以《打登州》为其拿手戏。50年代初，杨宝森在上海演出《全部秦琼》（《贾家楼》、《三家店》、《打登州》三折连演），但此剧在北方未发现演过。“杨派”老生李鸣盛常演《三家店·打登州》，并使之成为一出广为流传的“杨派”剧目。马长礼也常演出《三家店》。1959年，作为国庆十周年献礼剧目，翁偶虹先生把从贾家楼结拜至夜打登州的故事改编为《响马传》，由李少春、袁世海主演。《打登州》则按梆子《观阵》的路子改编。因而京剧形成了两种《打登州》的戏路子。

《三家店·打登州》是一出武老生戏，秦琼身着箭衣，既有精彩的唱段，也有繁重的武打。众所周知，杨宝森因健康原因，他的武老生戏不像谭富英那样突出，但从演出的剧目来看，到他晚年身体状况最差的时期，还演出过《珠帘寨》、《游龙戏凤》、《桑园寄子》等武打或做表繁重的戏，逝世前还准备与程砚秋先生录制《三娘教子》全剧的唱片，可以推断，他倡导的“杨派”老生艺术应当是唱、念、做、打全面发展的。《定军山》、《珠帘寨》等剧的武打，杨宝森宗法“钱（金福）派”，循规蹈矩，严谨工整，得到公认。《三家店·打登州》的推出，对发展“杨派”老生艺术无疑是是一个重要的贡献。

《三家店·打登州》前后共五段上板的唱段。其中流传最广、影响最大的是第一次出场唱的〔西皮流水〕“将身儿来至在大街口”。过去“海派”演《三家店》有这段〔流水〕，“京派”却无。50年代末，马长礼觉得这段唱很符合秦琼重友情、讲义气、孝顺父母的性格，腔调也十分动听，想在演出时加进去，但考虑到“京派”、“海派”的分野，不敢擅自决定，也不敢去问义父马连良，只好求李慕良代问。马连良知道后，命马长礼唱给他听。歌罢，马先生说：“挺好听，你加上吧。将来我要演这出，说不定也唱这段。”杨宝森当初演此戏时是否有这一段唱，还需查证，但经李鸣盛演出后，这段唱就像“苏三离了洪洞县”一样，流行起来了。究其原因：其一，整段唱腔都在中低音区，能很好展现“杨派”唱腔宽厚、平和、舒展、沉雄、苍凉的特色，表述秦琼被杨林迫害这种不平的心境是很成功的。其二，通过整段〔流水〕表述，秦琼一出场，人们就能认识到他是一位讲义气、重情义的江湖豪杰。“海派”唱腔善于用情，“京派”唱腔则富于韵味。“京派”“海派”结合产生的现在传唱的唱段既有情、又有味，非常动听。像“儿行千里母担忧”一句的“母”字的腔不只是独特、动听，而且内涵非常深，催人泪下。

“修书”一段唱内容是秦琼请求瓦岗英雄去登州营救自己；“游街”一段唱内容是秦琼想知道瓦岗众将如何营救自已。前一段是叙事，唱西皮；后一段是抒情，用二黄。两段唱都分成了若干小段落，小段落之间都有人物的夹白。胡琴曲牌〈小拉子〉把小段落连接起来，〈小拉子〉和锣鼓把气氛烘托出来，这样，场上就活泼起来，使人感觉不到单调、重复、沉闷。这样的处理取之于传统，又不同于传统。像传统戏《坐宫》、《乌龙院》整段唱的小段落之间有夹白，但没有音乐；《宿店》、《调寇》小段落之间用〈小拉子〉连接，却没有夹白。三种处理方法各有所长。

另外的两个唱段是上刑时唱的〔二黄慢板〕和要锏之前唱的〔西皮快二六〕，都很有“杨派”的特色，而且唱腔简练、动听，也充分表现了秦琼忿忿不平的心境。

整理本是根据上海京剧院著名青年演员李军在上海演出《秦琼发配·夜打登州》的实况录像整理的。这场戏是李鸣盛先生传授给李军后，他亲自把场李军演出的。其中，与李鸣盛的录音明显不同之处是〔二黄慢板〕最后一句，李军删去了“老天爷”这个附加句。此外还有些细节差异。既是亲授，想必是李鸣盛所认可的吧。

哈鸿儒

人物行当

秦　琼	老生	单雄信	净
罗　周	小生	尤俊达	净
史大奈	净	罗　成	小生
杨　林	净	谢映登	老生
二解差	丑	王伯当	小生
店　家	丑	四将官	杂
程咬金	丑	四兵丁	杂
徐茂公	老生	四喽兵	杂

服装扮相

秦　琼　俊扮。黑素软罗帽、茨菰叶、黑三，黑素箭衣、杏黄大带、黑褶子（斜穿），黑彩裤，厚底靴。

罗　周　俊扮。将巾，浅蓝团长花开氅、浅蓝箭衣、黑团长花马褂、苫肩、蓝大带，粉彩裤，厚底靴。

史大奈　揉棕色脸。鬃帽、茨菰叶、黑扎、黑毛耳子、大红偏花，蓝褶子（斜穿）、黄绦子、黄大带、白绣花腰巾，蓝团花抱衣、抱裤，薄底靴。

杨　林　勾粉红六分老脸。草王盔、翎子、狐尾、白满，杏黄蟒、黄硬靠、苫肩，香色彩裤，厚底靴。

二解差　丑扮。皂隶帽，黑边蓝布箭衣、紫大带，黑彩裤，薄底靴。

店　家　丑扮。蓝毡帽，茶衣、小白腰包，黑彩裤，白大袜、圆口鞋。

程咬金　丑扮。草王盔、翎子、黑小扎、黑毛耳子，绿蟒，黑彩裤，朝方靴。（后换蓝毡帽，蓝布大袖、小腰包，白大袜、草鞋）

徐茂公　俊扮。蓝八卦巾、黑三，灰褶子、蓝团花大坎肩、黄绦子，黑彩裤，厚底靴。

单雄信　勾蓝（或绿）碎脸。绿（或蓝）绣花硬罗帽、红扎、红毛耳子、偏球、茨菰叶，绿（或蓝）绣花褶子、绿（或蓝）绣花箭衣、黄大带，红彩裤，厚底靴。

尤俊达　勾紫三块瓦脸。紫扎巾、茨菰叶、偏花、黑满，紫团花褶子、紫团花箭衣、黄大带，红彩裤，厚底靴。

罗　成　俊扮。白武生巾、流苏、偏球、茨菰叶，白团花褶子、白团花箭衣、大带，粉彩裤，厚底靴。

谢映登　俊扮。蓝将巾、黑三，蓝团花褶子、蓝团花箭衣、大带，红彩裤，厚底靴。

王伯当　俊扮。浅蓝扎巾、茨菰叶、偏球，浅蓝绣花褶子、浅蓝绣花箭衣、大带，皎月彩裤，厚底靴。

四将官　俊扮。将巾，紫箭衣、腰箍、改良苫肩、改良下甲，紫彩裤，薄底靴。
四兵丁　俊扮。黑风帽、茨菰叶，黑缎子箭衣、绦子、大带，黑彩裤，薄底靴。
四喽兵　俊扮。蓝包头，蓝　衣、腰箍，蓝彩裤，薄底靴。

道具

文房四宝	一份
官　印	一方
惊堂木	一块
烛　台	两个
大帐杆、绦子	一份
手　扭	一副
棍	两根
红色及紫色桌围椅披	各一堂
朴　刀	一把
宝　剑	五口
单　枪	七杆
马　鞭	三根
单　刀	四口
金　锏	一对
虬龙棒	一根
弓　箭	一份
槊	一杆
大　刀	一杆
大斧子	一把
卦　板	两个
膏药幌子	一个
红灯及架子	一份
烧饼盘子	一个
画	一幅

第一场

〔【冲头】幕启。场上置正场桌、“大座”。红色绣金团花桌围椅披。桌上放官印一方、文房四宝一份。

〔【大锣原场】唢呐吹奏曲牌〈水龙吟〉。

〔众内白:“哦——!”

〔四兵丁、四将官摆队上,“站门”。曲牌止。

〔【四击头】接【回头】杨林右手提袍襟“上场门”上,亮相。至“九龙口”,双抖袖,提袖,整冠,两望,捋髯。【回头】右手捏住袖口,左手提袍襟走至台口。【归位】右手捋髯。

〈点绛唇〉

杨　林　サ 6 i 5 4 3 5 2 －(台 大台) 2 2 1 2 7 2 6 1 5 －
掌 握 兵 权, 貔 貅 百 万。

(台 令 台) 3 3 2 －(台 大 台) 1 2 3 5 6 5 －
军 威 显, 血 战 争 先。

(台 令 台)(6 5 6 i 5 －) 2 2 1. 6 1 2 1 1 5 －
(念)谁 敢 将 令 犯!

〔唢呐吹奏曲牌〈水龙吟·合头〉杨林抖右袖,提袖。右手捋髯,左转身朝“大边”一望,双手捋髯朝“小边”两望,回身面向前,右手撩袍,甩袍摆,右转身,归“大座。”四兵丁、四将士归“里八字”。曲牌止。

杨　林　(诗)可恨秦琼做事差,
长叶岭前伤孤家。(台 大台)
我命王周赴历城,
捉拿秦琼(顷仓)正军(呐)法。【住头】
孤,【报名一锣】靠山王杨林。【住头】可恨秦琼当年在长叶岭前,伤孤一锏,此仇至今未报。我不免命王周去至山东历城,捉拿秦琼,好报这一锏之仇。站堂军!

众　有。

杨　林　唤王周进帐。

众　王周进帐。

〔罗周内白:“来也!”【一锤锣】罗周“上场门”上,亮相。前进至“九龙口”,抖右袖,提袖。

罗　周　(念)将相本无种,男儿当自强。

〔【冲头】罗周前进至台口,左转身,进门,“挖”至“大边”。

罗　周　参见父王，有何差遣？

杨　林　命你去至山东历城，捉拿秦琼，不得有误。

罗　周　遵命。

杨　林　掩门。

〔【五锤】接【一锤锣】四兵丁、四将士两边分下。杨林离座，“下场门”下。罗周出门，闭二幕，“大边”侧幕下。

第　二　场

〔【冲头】开二幕。

〔【四击头】史大奈“边挂子”。右手提大带，左手抓袍袖口，反圆场“上场门”上，亮相。“边挂子”。【归位】右手推扎，左手搂扎，右手向下提拳翻臂，左丁字步亮相。

史大奈　（念）　俺乃英雄将，

聚义在瓦岗。（台　大台）

奉了先生命，

登州（仓）走一场！

【大锣夺头】咱，（仓）史大奈。（嘟……仓才）只因秦二哥，得罪了杨林老儿，将他发配登州。是俺奉了先生之命，暗中保护。看，（【撕边一击】左手撕扎，右手“山膀”，左丁字步，远望）天时不早，就此走遭也！

〔【水底鱼】左手搂扎，右手抄起大带，抡大带，抬右腿，右转身一周，左手抓袖按搭右手，右弓步面向“小边”台口亮住。起身，左手“山膀”，右手按掌，走半个反圆场至“小边”台口，右转身，面向“下场门”，左手搂髯，右手拉开“山膀”，亮住。【四击头】拧一个“旋子，”面向“大边”台口，左弓步，右手按搭左手，亮相。（嘟……崩登仓）收左腿，右转身，面向“下场门”，左手搂髯，右手按掌，右丁字步，亮背相。【冲头】反圆场“下场门”下。

第　三　场

〔【冲头】开二幕。场上设正场桌，“大座”，八字椅。桌上摆放烛台一座，文房四宝一份。

〔秦琼内白：“解差哥。”

二解差内白：“有。”（仓）

秦琼内白：“趱行者！”

二解差内白：“啊！”

〔【快长锤】二解差执棍“上场门”上，“大边”“斜一字”。罗周“上场门”上，站在二解差前。切住。

〔【撕边一击】秦琼戴手杻“上场门”反圆场上，“九龙口”亮住。【快长锤】二解差、罗周走8字圆场归"小边""一条鞭。"秦琼"小圆场"归"小边"里首。

〔亮弦〕（サ7 2 － 1 － ）秦琼两望，看看手杻，摇头叹气。

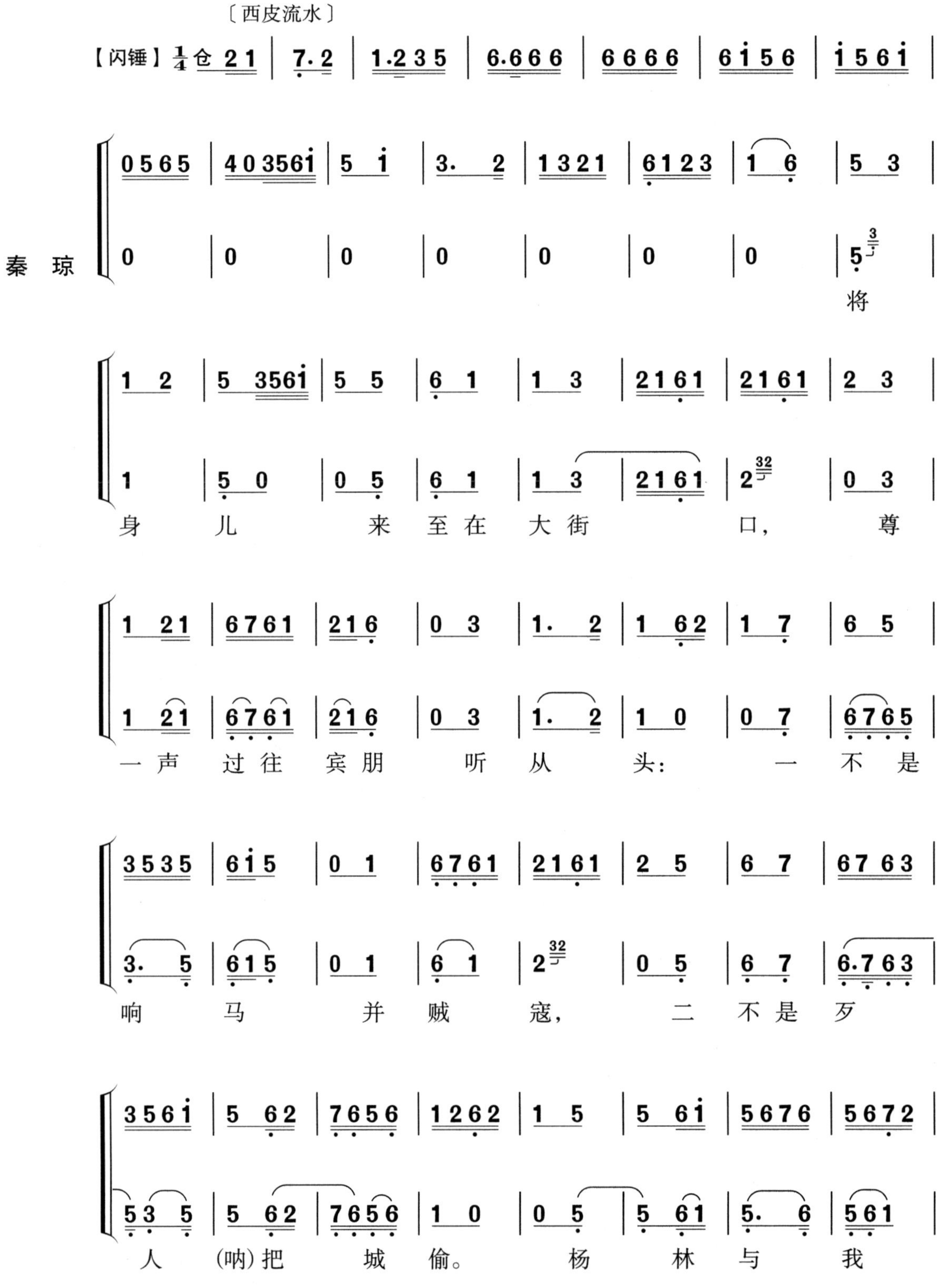

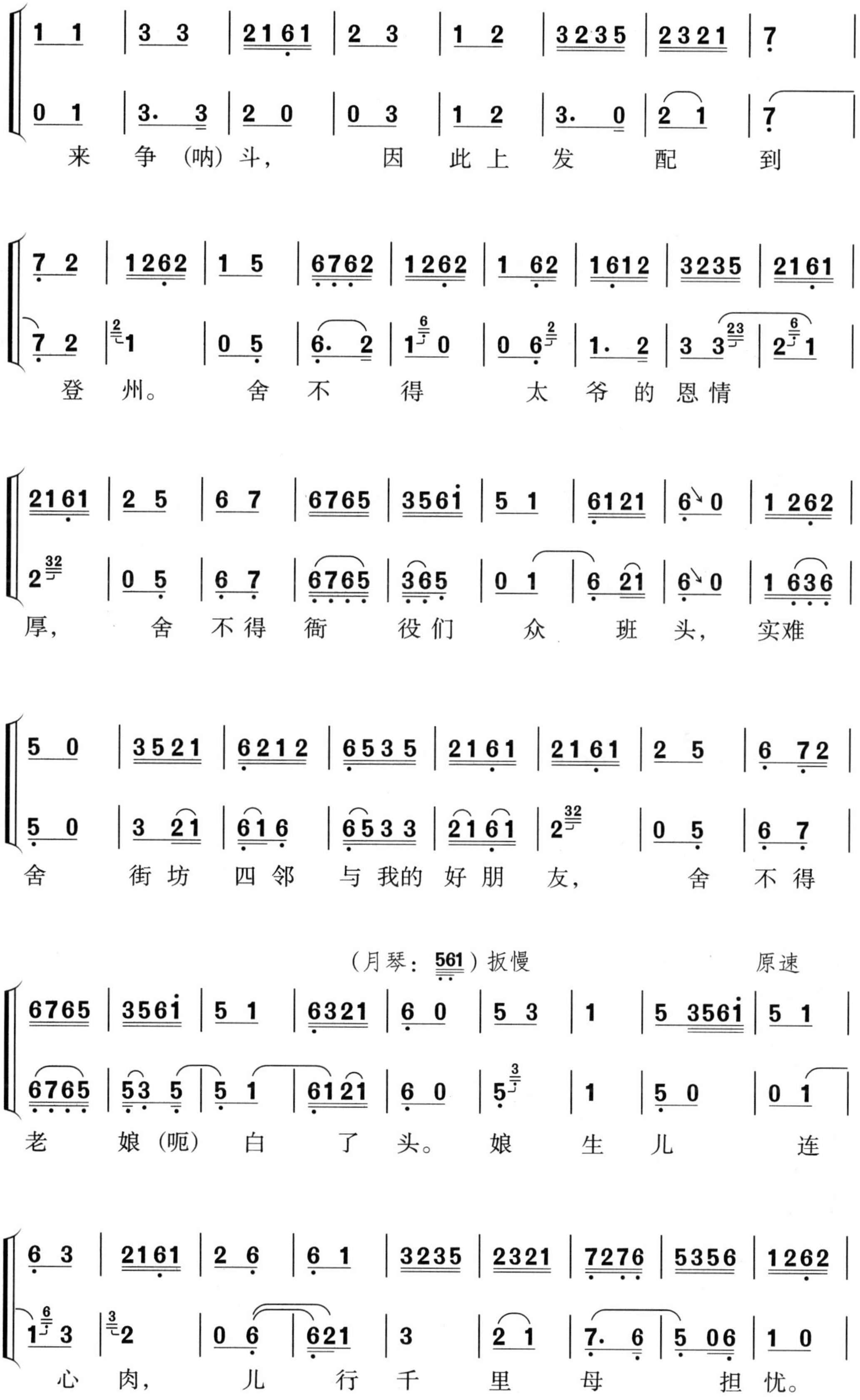
来争（呐）斗，因此上发配到
登州。舍不得太爷的恩情
厚，舍不得衙役们众班头，实难
舍街坊四邻与我的好朋友，舍不得
（月琴：561）扳慢
原速
老娘（呃）白了头。娘生儿连
心肉，儿行千里母担忧。

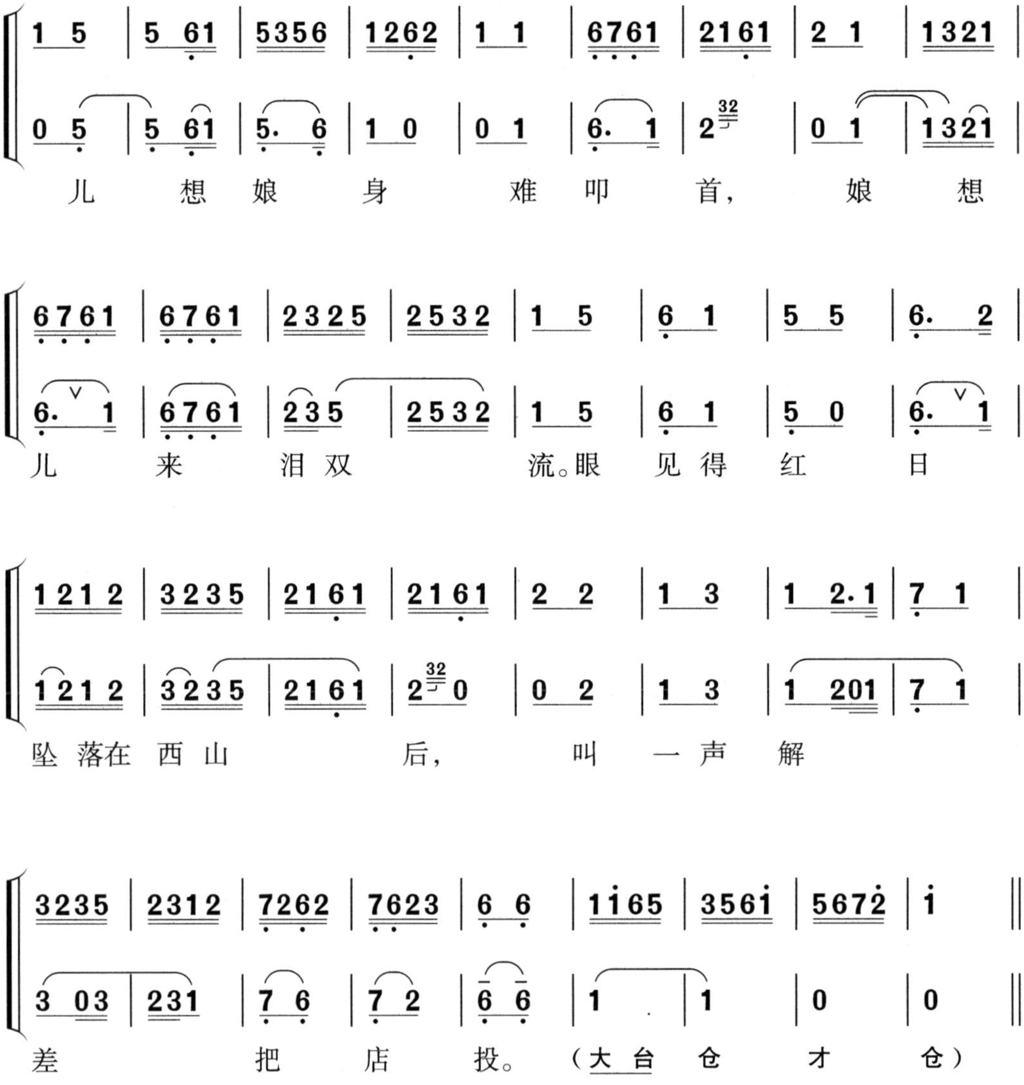

罗　周　上前打店。

二解差　是。

〔解差甲至“小边”台口。

解差甲　店家，店家!

〔店家内白 :“哎。”【小锣五击】店家“下场门”上。

店　家　高挂一盏灯，安歇四方人。（台）（出门）差官老爷，您住店吗?

罗　周　可有上房?

店　家　有。（让）您里边请。

罗　周　一同进店。

〔【水底鱼】店家“下场门”下。二解差、罗周、秦琼进门。二解差“站八字”；罗周站“小边”座椅前，面向台里；秦琼站正场桌前，面向台里。同时，史大奈“上场门”上，至“小边”台口。【撕边一击】史大奈右手“山膀，”左手撕扎，看到店房。

史大奈 来此已是三家店。呔！（仓）店家！

〔店家内白："来啦，来啦！"【小锣打上】店家边喊边从"下场门"急上。撞到史大奈身上。

店　家 哎哟，哎哟！（返回至"大边"台口）（仓）真愣啊！客官，您住店吗？

史大奈 可有上房？

店　家 上房？差官老爷都住下啦。

史大奈 有道是，一品官，二品客。他们住得，咱就住不得吗？【撕边一击】

店　家 您住得。

史大奈 带路。

店　家 是。

〔【大锣五锤】秦琼、罗周转身面向台口；店家走至"小边"；史大奈"挖门"进，归"大边"。【撕边一击】秦琼与史大奈照面。

秦　琼 来的敢是史……

史大奈 （急拦阻）唉！咱与你人生面不熟，你使唤哪一个？

秦　琼 【撕边】这个……（八大仓）

史大奈 我看你面黄肌瘦，莫非有病？

秦　琼 嗯，我有病，你可能医？

史大奈 不为你这病，咱也来不到此地呀！来，来，来。（【住头】转身从怀中取出膏药）我这里有膏药两张，前心一张，后心一张；还有乌药一包，一更天服下，二更天发兆，到了三更天——，还要这样动手动脚。

秦　琼 但不知用何为引？

史大奈 三把黄土为药引，里八个，外八个。你要记下了！

秦　琼 多谢了！

〔秦琼将膏药递给罗周放到桌上，二人转身面向台里。

店　家 哎，大台，您过来。

史大奈 做什么？

店　家 看不出您还是个兽医。

史大奈 哎，俺是大（读如"代"）医。

店　家 噢，是大医。我有个病您能治吗？

史大奈 你也有病？

店　家 我这个病啊，是吃饱了不饿，喝足了不渴，睡醒了不困。【撕边】您说它古怪吗？

史大奈 （背供）咦！（仓）他在取笑于我呀。（对店家）过来，过来。（从怀中取出匕首）

店　家 （过去）什么事哪，您哪！

史大奈 （朝店家边走边说）过来，过来！（抓住店家前胸，举起匕首恐吓）你看刀！（仓）

店　家 哟，大台，您干什么，您哪？

史大奈 我将你那肚皮划开，将你那肝、肠、花肚取将出来，用凉水洗把洗把，再与你装了进去，用麻绳缝上。你那病就好了。

店　家 噢，这一下，我小命儿可就玩儿完啦。

史大奈 俺只管治病，不管你那命啊！

店　家 我说大台，我是卖羊肚儿的剁碎了——

史大奈 此话怎讲?

店　家 我呀，留命喝汤!

史大奈 何处安身?

店　家 您等着，我给您取灯去。

史大奈 嗯。

〔(**台**)店家“下场门”下。(**台**)取灯后，复上。将灯递给史大奈。【**五锤**】史大奈接过灯,进屋,关门,“下场门”下。店家过到“小边”。罗周、秦琼转身,面向台口。

罗　周 (对二解差)二位，刚才那一大汉，行踪诡秘，说了许多江湖术语。倘若秦琼失落，你我吃罪不起。

解差甲 他带着刑具，跑不了。

罗　周 此事不可大意，将他与我吊起来。

〔【**更鼓**】解差甲将“大边”座椅移成“跨椅”位置,绑上吊杆。秦琼带手杻坐在椅上，用吊杆上的绦子捆住手表示被吊起。

解差甲 我说店家，我们哥俩儿住哪儿?

店　家 有你们住处，随我来。

〔店家领二解差“上场门”下。罗周拿起烛台用剑遮风，出门，两边查看，进门，将烛台放回桌上。转身关门,插门闩。【**初更**】打哈欠,转身坐到“小边”座椅上,睡。

(**大 0 大 0 大 大大 大大 大大 大 大 0 大 台**)

秦　琼 唉! 想我秦琼，为了宾朋，惹下祸事，思想起来，好不愁闷人也!

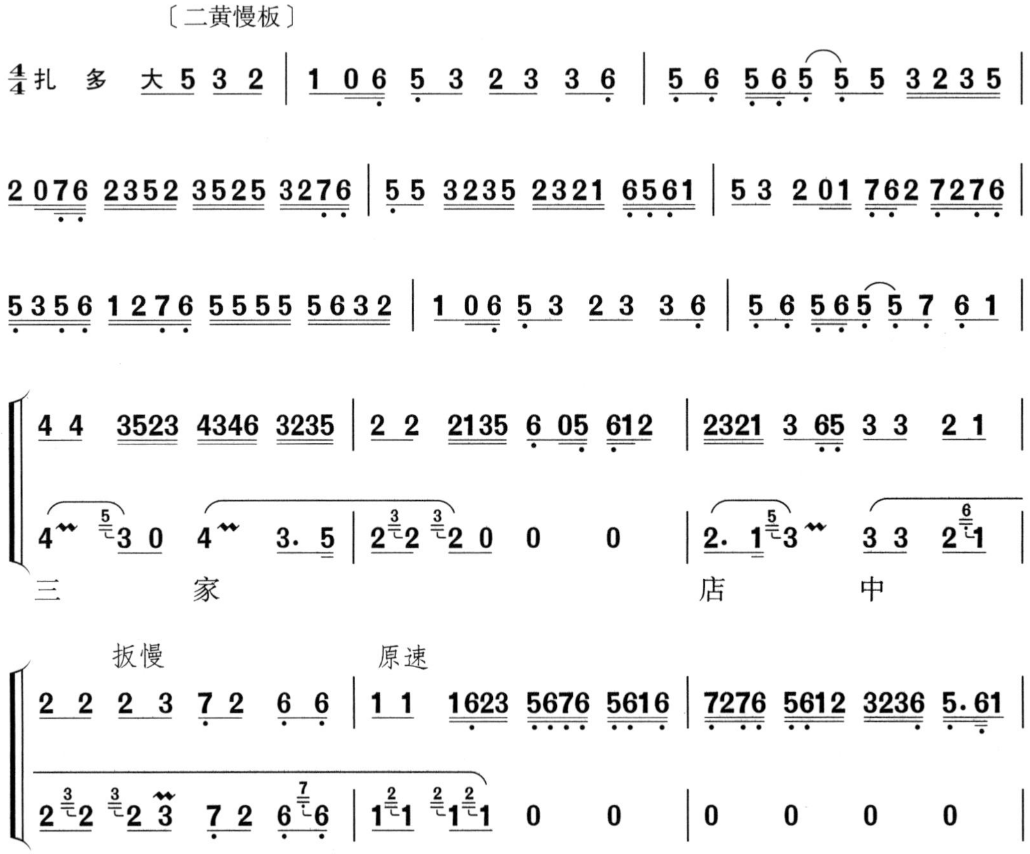

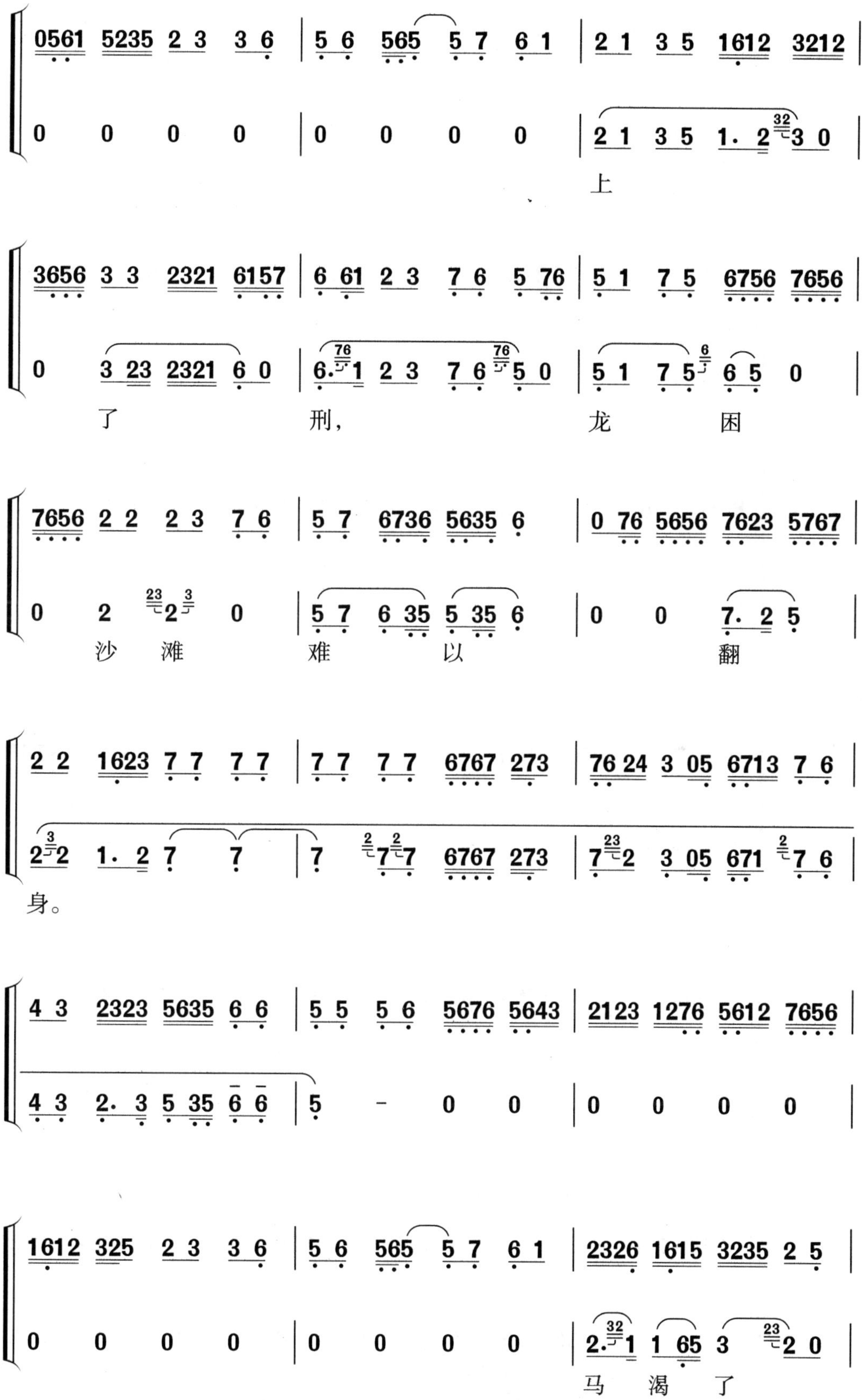
上
了
刑，
龙
困
沙
滩
难
以
翻
身。
马
渴
了

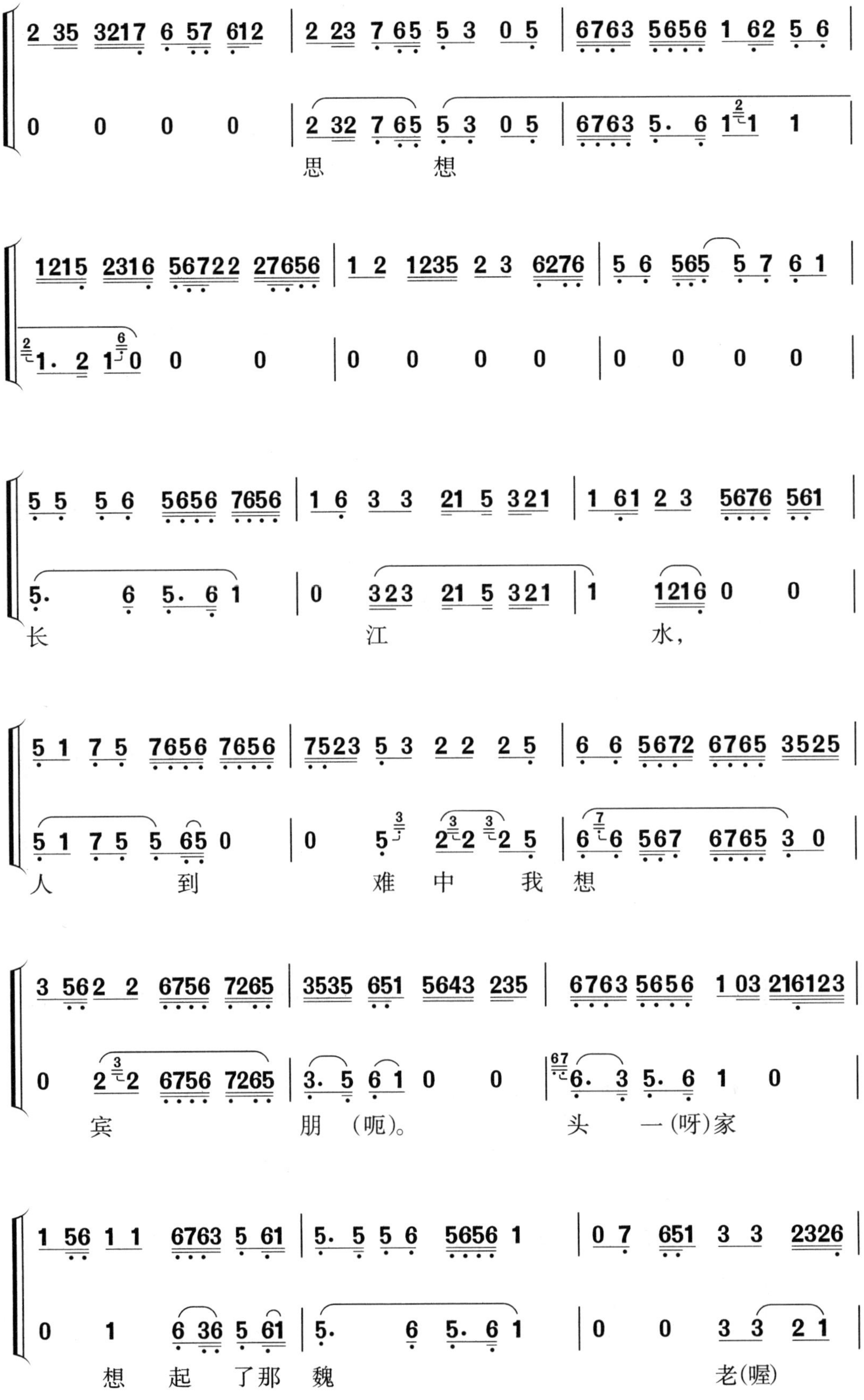
思 想
长 江 水，
人 到 难 中 我 想
宾 朋 （呃）。 头 一(呀)家
想 起 了那 魏 老(喔)

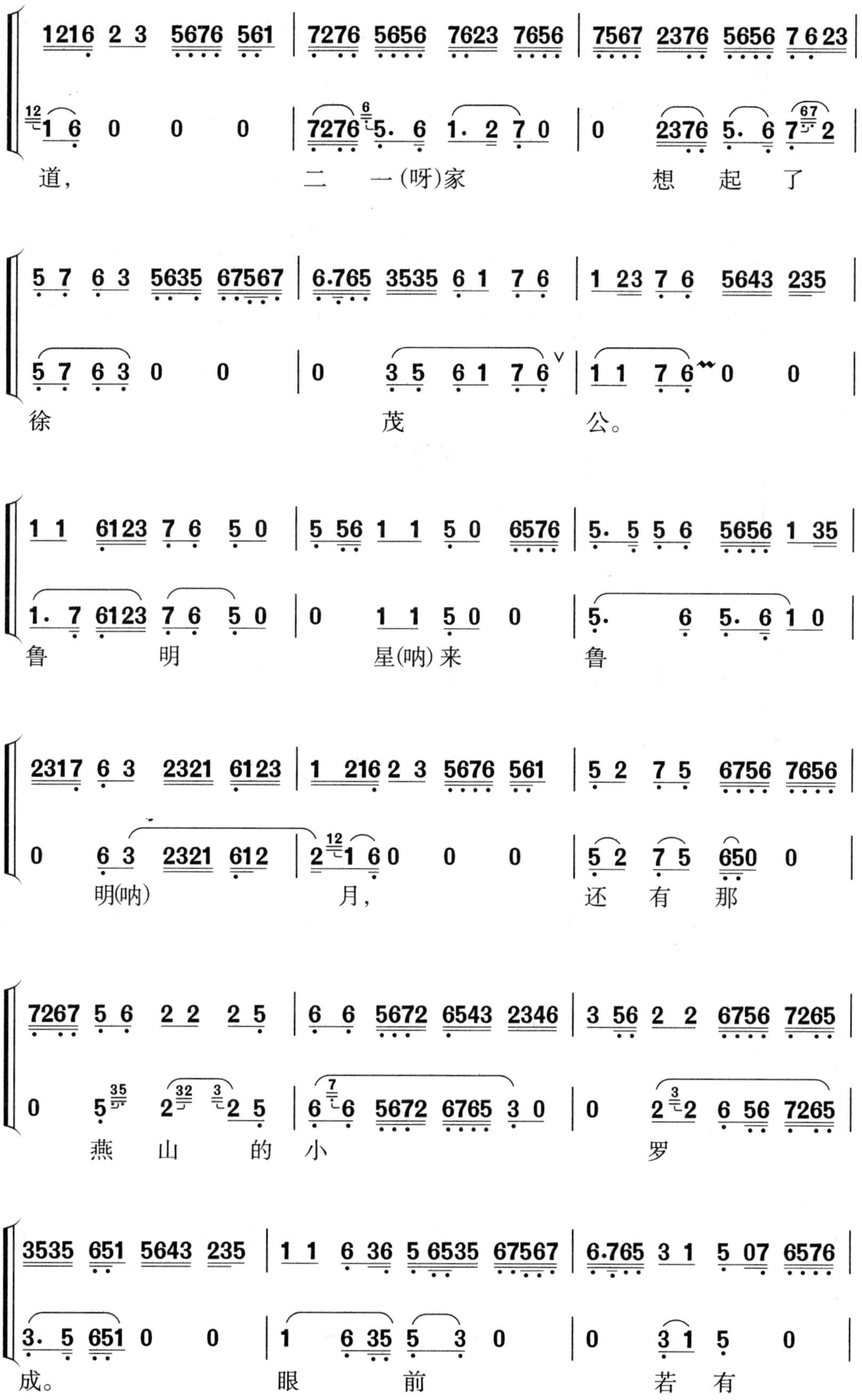
道，
二 一(呀)家
想 起 了
徐
茂
公。
鲁 明
星(呐)来
鲁
明(呐)
月，
还 有 那
燕 山 的 小
罗
成。
眼 前
若 有

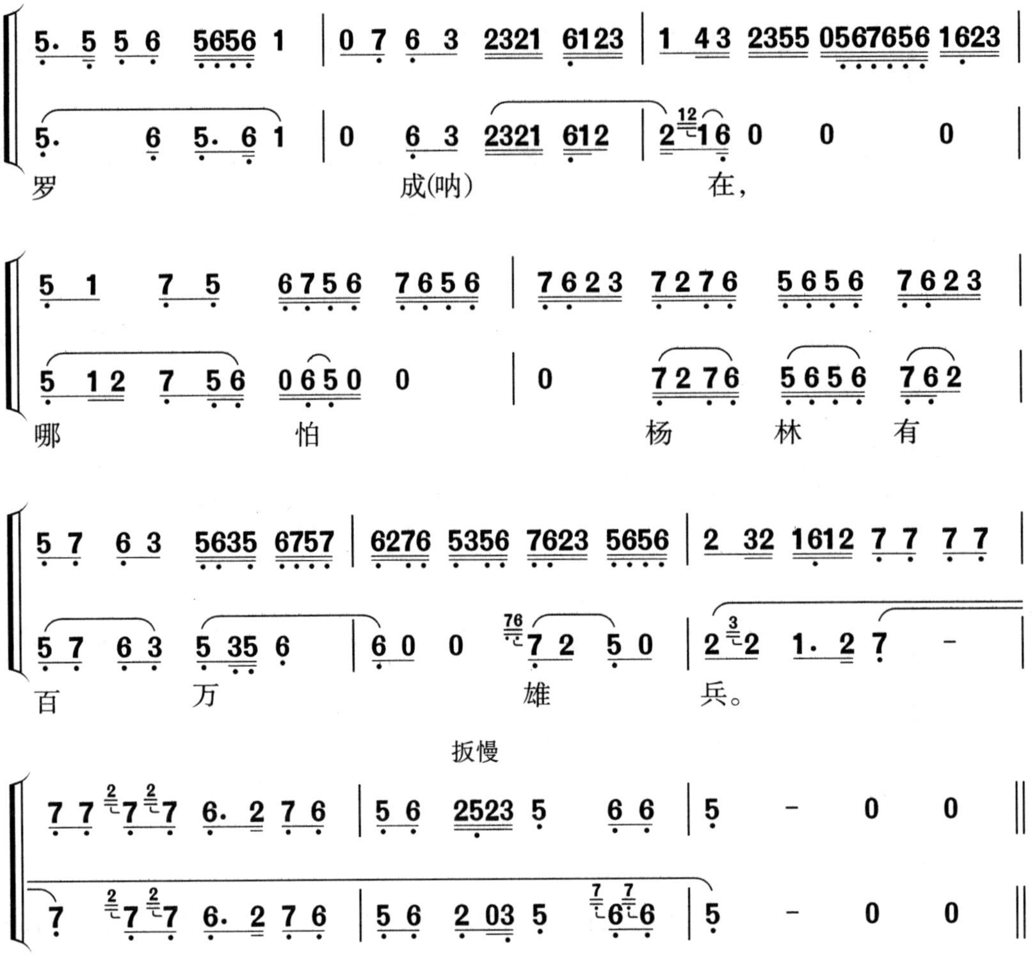
罗 成(呐) 在，
哪 怕 杨 林 有
百 万 雄 兵。
扳慢

〔罗周站起走至“小边”。

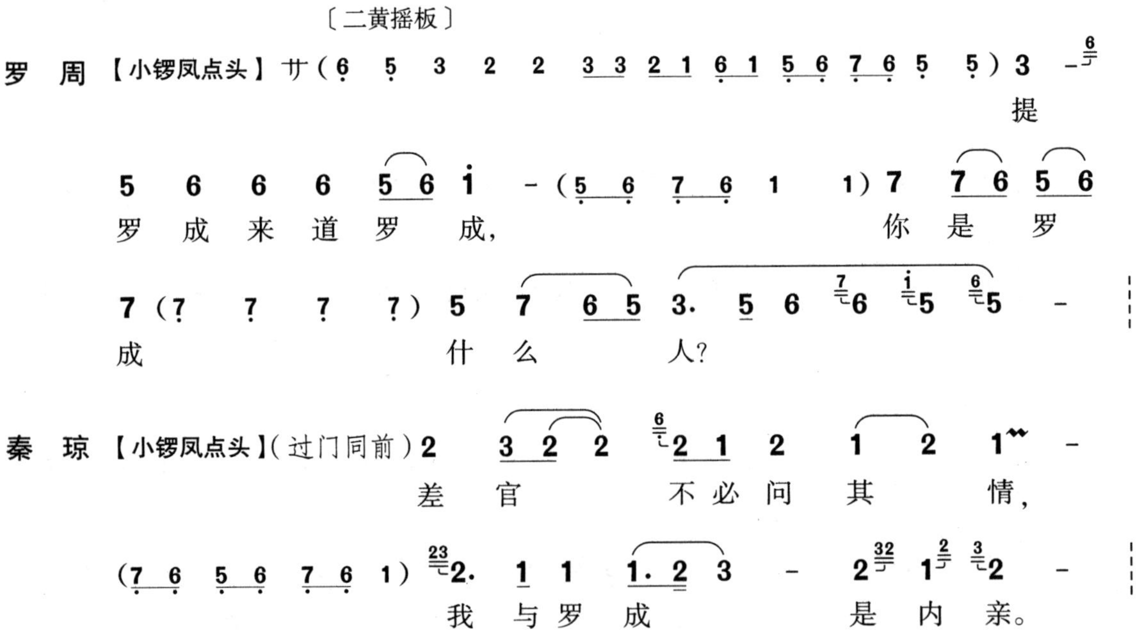
〔二黄摇板〕
罗 周 【小锣凤点头】
提
罗 成 来 道 罗 成，你 是 罗
成 什 么 人？
秦 琼 【小锣凤点头】（过门同前）
差 官 不 必 问 其 情，
我 与 罗 成 是 内 亲。

〔二黄散板〕

罗 周 【快纽丝】

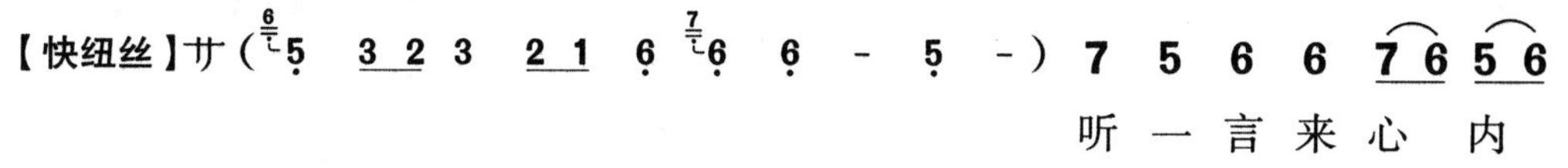

〔【纽丝】罗周给秦琼松绑，并搬回座椅成八字椅，站“小边”。

罗 周 （过门同前）

〔【纽丝】秦琼上步，面向台口，不解罗周身份。转身对罗周。

秦 琼 （过门同前）

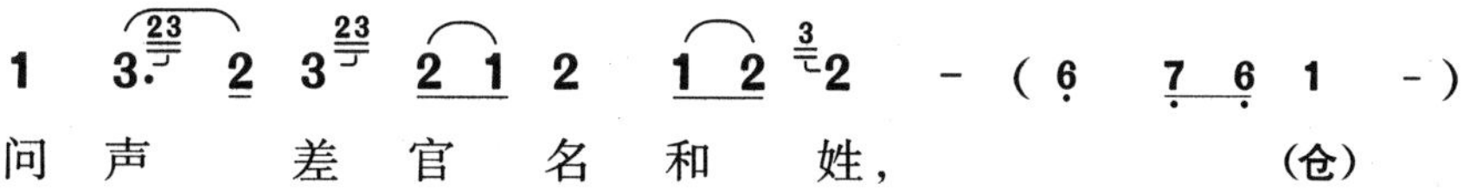

罗 周

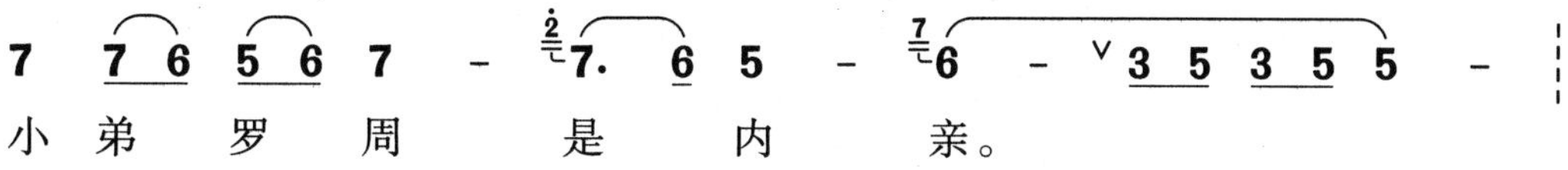

秦 琼 唉！

【快纽丝】（过门同前）

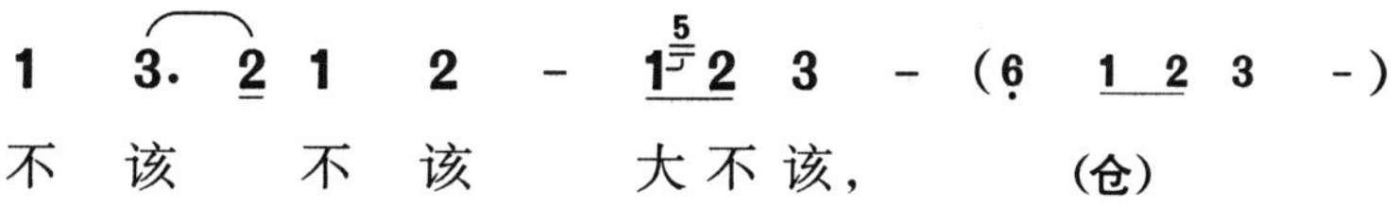

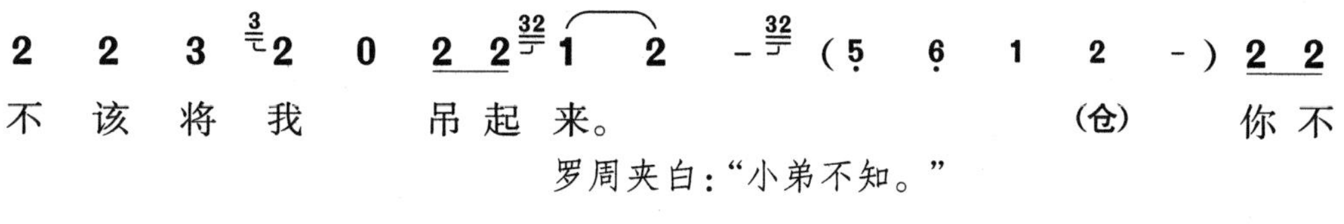

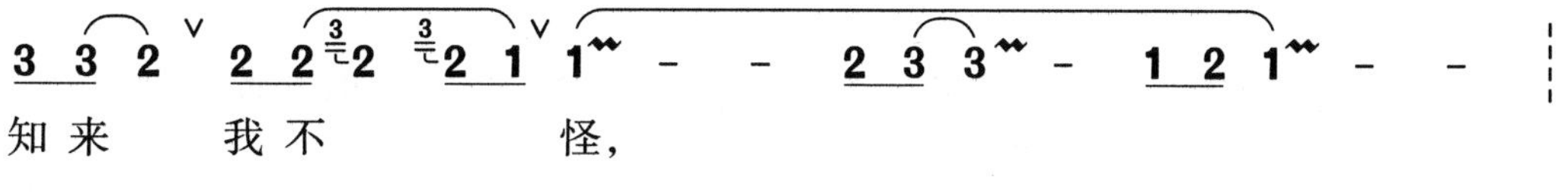

〔【纽丝】罗周、秦琼互让，二人归座。罗周坐“小边”座椅，秦琼坐“大边”座椅。

秦　琼　（过门同前）1　3　1　1. 2 3　-（3　-）1　-　3(23) 2 6 1　-　2　-　‖
弟兄对坐　叙　开　怀。【住头】

〔史大奈左手提朴刀“下场门”暗上，在“大边”侧耳静听房内动静。

罗　周　二哥，事到如今，不如逃走了吧。

秦　琼　只恐连累贤弟。

罗　周　这个……【三更】

史大奈　（低声）里八个，外八个……

〔【撕边一击】罗周、秦琼闻声站起，罗周欲开门，秦琼拦住。

秦　琼　待愚兄向前。

〔罗周转身站“小边”座椅前，面向台里。秦琼开门。

秦　琼　（边应边出门）里八个，外八个，开开门来是哪个？

史大奈　（低声）二哥，走，走，走！【撕边】（拉秦琼逃离）

秦　琼　唉！（八大仓）走不得。

史大奈　怎么走不得？

秦　琼　差官在此。

史大奈　待俺结果他的性命。【撕边】（欲闯入杀罗周）

秦　琼　（拦阻）唉！（仓）乃是内亲。

史大奈　（低声）是内亲？

秦　琼　嗯。

史大奈　可容小弟一见？

秦　琼　好，随我进来。

〔【五锤】史大奈将刀交到左手，随秦琼进门，站“大边”；秦琼站“中场”；罗周在“小边”转身面向台口。（嘟……八大仓）

秦　琼　（向罗周介绍）贤弟，见过史仁兄。

史大奈　（与秦琼同时，背供）待我试试他的胆量如何！

罗　周　（施礼）参见史仁兄。

史大奈　看刀（仓）

罗　周　啊？！

〔史大奈用刀削罗周头，罗周让过。秦琼上前拦阻。

秦　琼　这做什么？

史大奈　试试他的胆量如何。

秦　琼　（赞美式）胆量是好的。

史大奈　既是内亲，就该放二哥逃走。

秦　琼　不可造次，必须从长计议。

史大奈　愿听二哥吩咐。

秦　琼　想这三家店，离登州不远俱是老贼势力，倘若逃走，不但不能脱身，（转身指罗周）只恐连累贤弟。【撕边一击】

罗　周　（赞美式）好个仁义的秦二哥！此番到了登州，小弟一定要保护于你。

秦　琼　只怕不能尽其之便吧！

罗　周　如今天下纷争，干戈四起，群雄各踞一方，纵然获罪义父，有何要紧？

史大奈　贤弟，【撕边一击】你真是个英雄啊！（对秦琼）啊，二哥，你就该写下书信，小弟带回山寨，也好从长计议。

秦　琼　这……【撕边一击】（不放心罗周而推脱）兄两膀疼痛，难以书写呀。

史大奈　小弟代笔。

秦　琼　唉，（暗示史大奈）你还会写字么？

史大奈　呃，呃……

罗　周　待小弟代笔。

秦　琼　【撕边】哦……（八大仓）（转身对罗周）贤弟代笔？

罗　周　小弟代笔。

史大奈　好，如此二哥讲，贤弟你写！

〔【导板头】秦琼在台中，罗周在“小边”，史大奈左转身在“大边”，三人成“斜一字”亮相。

〔西皮导板〕

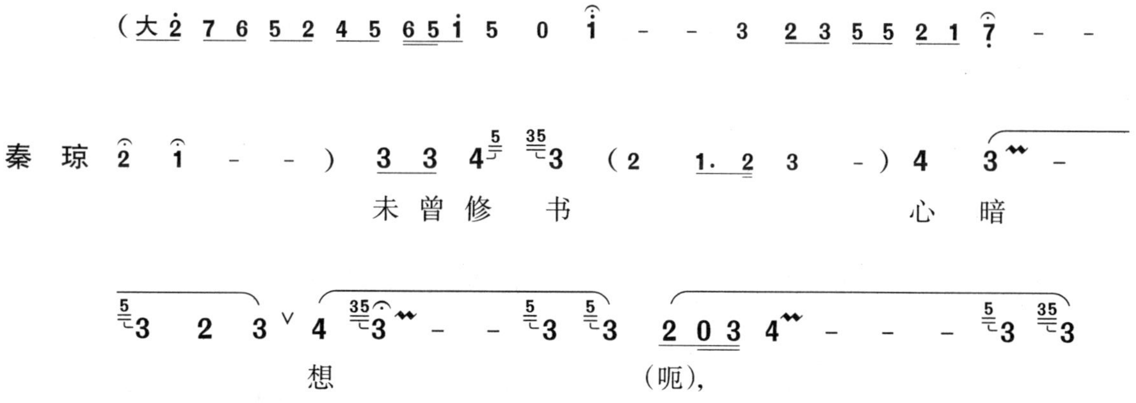

〔【长锤】罗周、史大奈互让，二人左转身，罗周坐“小边”座椅准备修书，史大奈坐“大座”椅背。

〔西皮原板〕

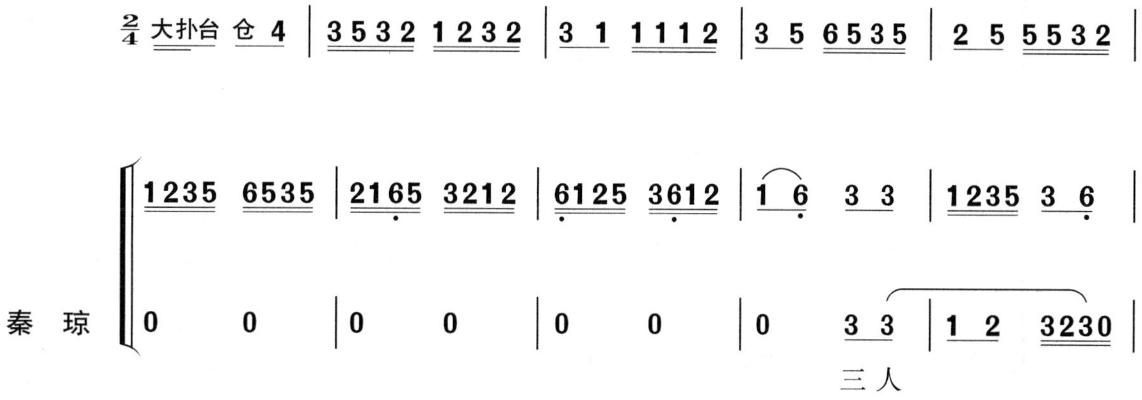

（右手伸出三个手指）

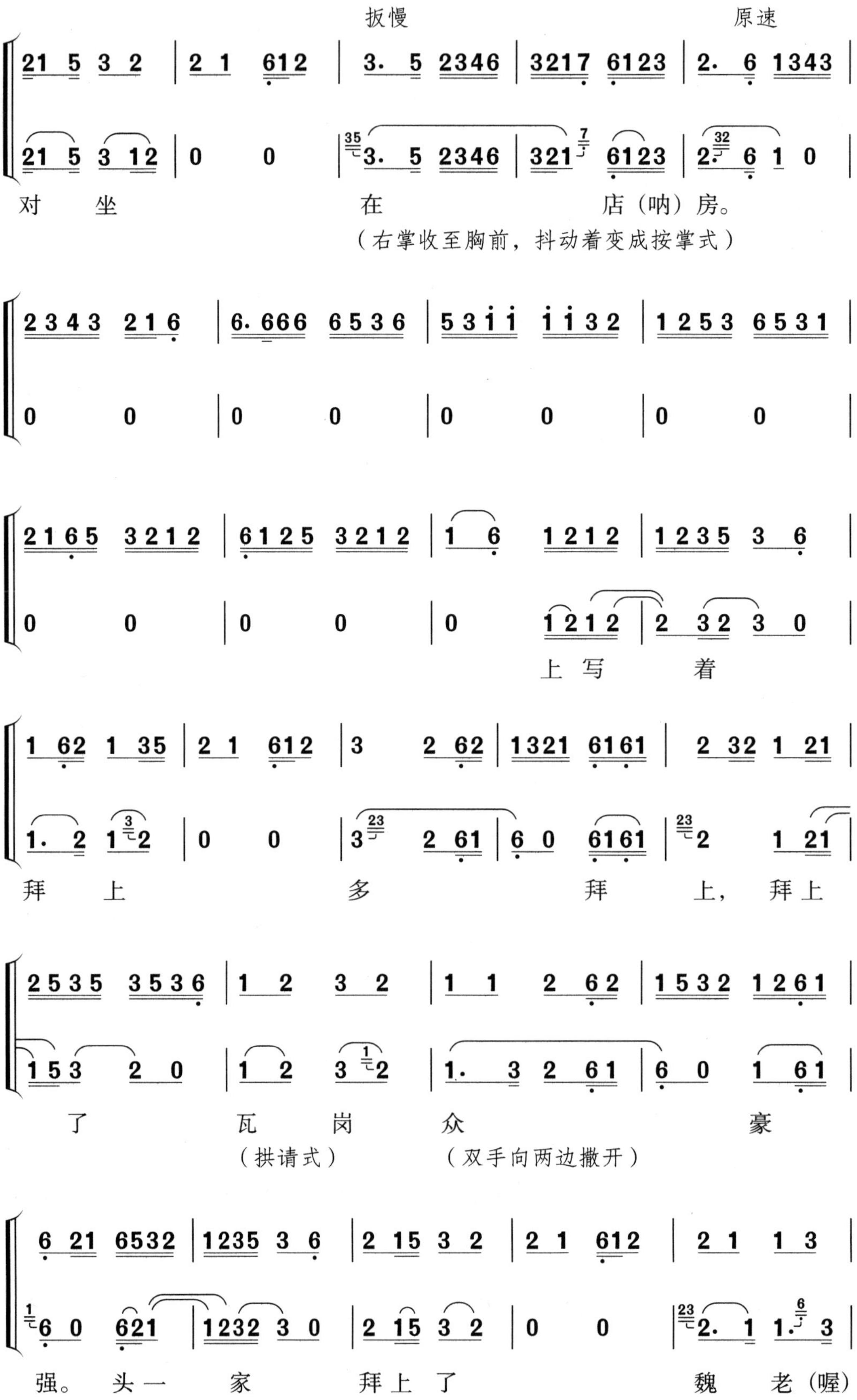
扳慢
原速
对 坐 在 店（呐）房。
（右掌收至胸前，抖动着变成按掌式）
上 写 着
拜 上 多 拜 上， 拜 上
了 瓦 岗 众 豪
（拱请式）
（双手向两边撒开）
强。 头 一 家 拜 上 了 魏 老（喔）

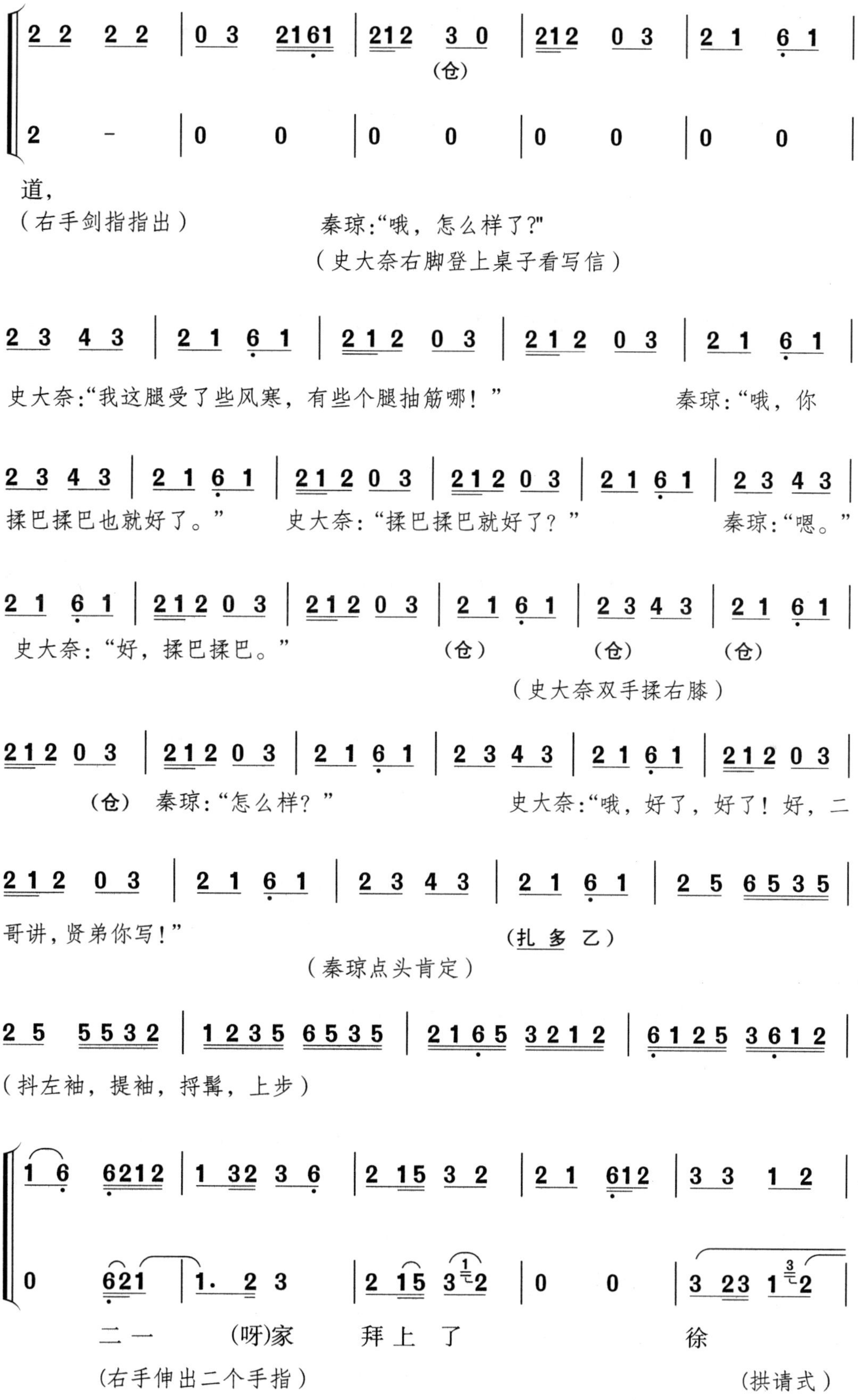

（仓）
道，
（右手剑指指出）
秦琼:“哦，怎么样了?"
（史大奈右脚登上桌子看写信）
史大奈:“我这腿受了些风寒，有些个腿抽筋哪！”
秦琼:“哦，你
揉巴揉巴也就好了。”
史大奈:“揉巴揉巴就好了？”
秦琼:“嗯。”
史大奈:“好，揉巴揉巴。”
（仓）
（仓）
（仓）
（史大奈双手揉右膝）
（仓）
秦琼:“怎么样？”
史大奈:“哦，好了，好了！好，二
哥讲，贤弟你写！”
（扎 多 乙）
（秦琼点头肯定）
（抖左袖，提袖，捋髯，上步）
二 一
(呀)家
拜 上 了
徐
（右手伸出二个手指）
（拱请式）

| 2 3 1216 | 1 21 6212 | 1232 3 6 | 1 12 3 2 | 2 1 612 |
| 2 30 1216 | 1 0 621 | 1. 2 3 0 | 1. 2 3 2 | 0 0 |

茂　公。八月　　十　五

（左手托右腕，右手比成“八”字）

| 2 23 1235 | 2 2 2 2 | 0 3 2161 | 212 0 3 | 212 0 3 |

（仓）

| 2 123 | 2 - | 0 0 | 0 0 | 0 0 |

发　人　马，

（左手托右腕做杀状）　（史大奈下地站“大座”右侧，

| 2 1 6 1 | 2 3 4 3 | 2 1 6 1 | 212 0 3 | 212 0 3 | 2 1 6 1 |

左脚蹬“大座”右手指门外，示意秦琼、罗周到门外察看是否有人。罗周站起与

| 2 3 4 3 | 2 1 6 1 | 212 0 3 | 212 0 3 | 2 1 6 1 |

秦琼同出门两边察看，史大奈趁机拿起信观看，无误，将信放回桌上）

| 2 3 4 3 | 2 1 6 1 | 212 0 3 | 212 0 3 | 2 1 6 1 | 2 3 4 3 |

（台）（秦琼、罗周见没有情况，进门。秦琼站“大边”，

| 2 1 6 1 | 212 0 3 | 212 0 3 | 2 1 6 1 | 2 3 4 3 | 2 1 6 1 |

罗周站“小边”）

| 212 0 3 | 212 0 3 | 2 1 6 1 | 2 3 4 3 | 2 1 6 1 | 2 0 |

（仓）

秦　琼　（对史大奈）此乃灯光，照你我弟兄的人影儿。
史大奈　噢，噢，人影儿。
秦　琼　嗯。
史大奈　好。二哥讲，贤弟写。
〔罗周至桌子左侧继续写。

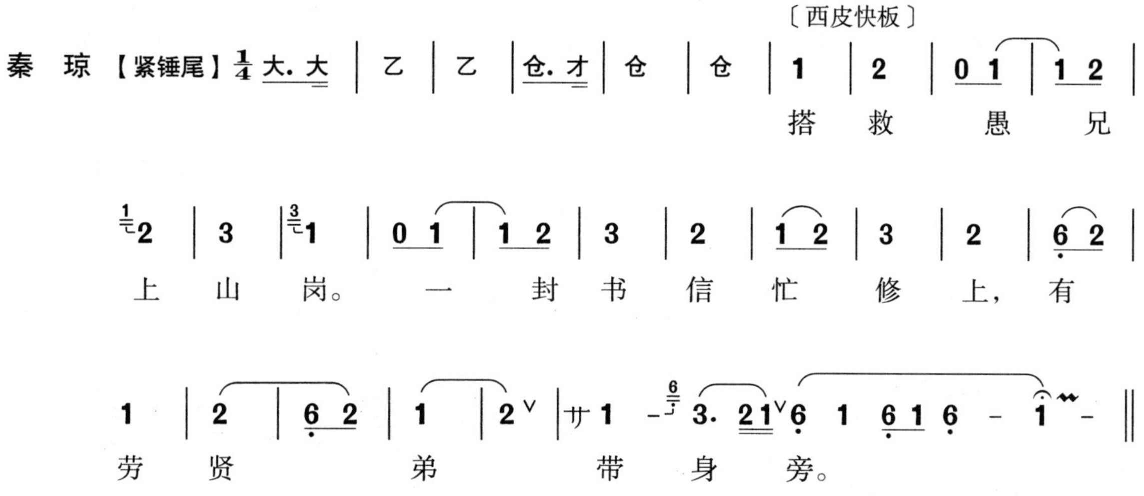

史大奈 二哥！

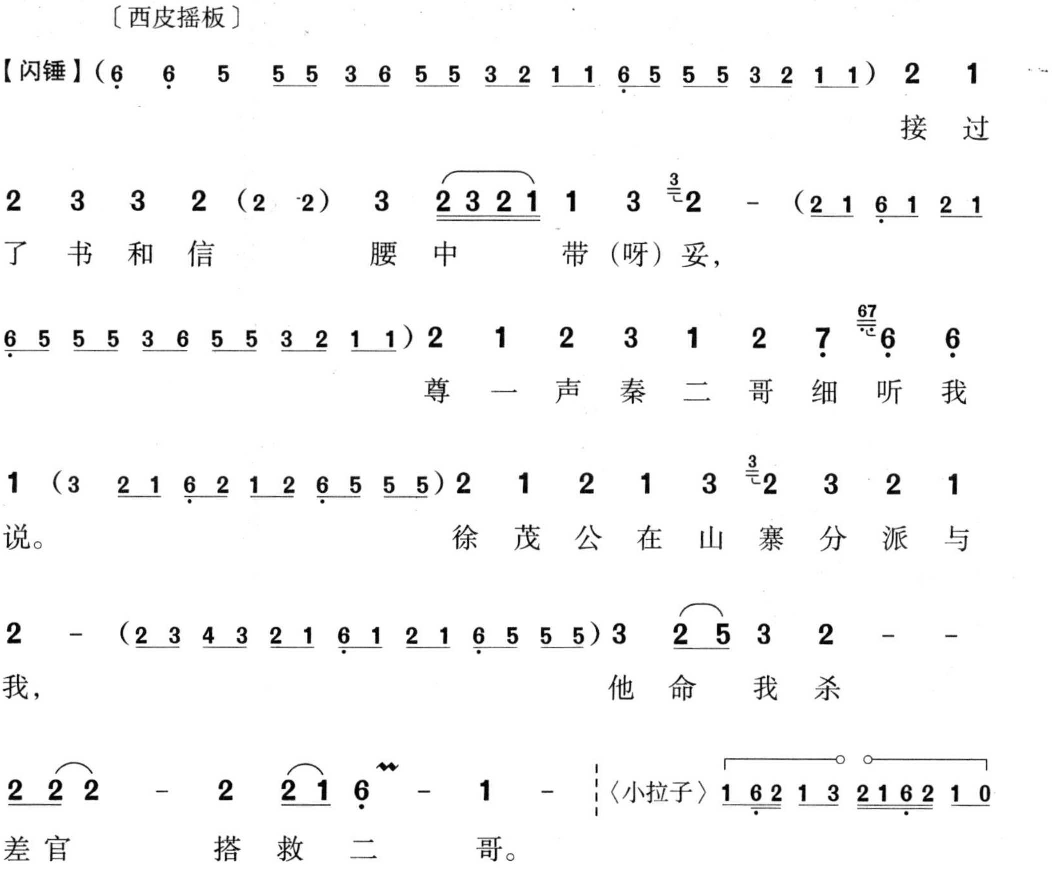

秦 琼 乃是内亲。
史大奈 是内亲？
秦 琼 嗯。
史大奈 好哇！

【大锣凤点头】（过门同前）2 1 2 2 1 2 3 （3 3） 6 1
看 起 来 是 内 亲 将 他

2 2 （2 2 3 2 1 6 1 2 1 6 5 5 5）3 3 3 2 1 1 2
饶 过， 一 路 上 还 要

3 2 1 1 6 6 1 － （3 2 1 6 2 1 2 6 5 5 5）1 2 2
你 侍 奉 咱 二 哥。 叫 贤 弟

1 1 3 2 － （2 2 1 6 1 2 2）3 2 1 － 1 3 2 －
与 二 哥 随 定 与 （呀）我，

〔【快长锤】史大奈领秦琼、罗周出门，圆场，史大奈在中场，秦琼在“小边”中场，罗周在“小边”前场，三人右手“山膀”亮住，一望。【撕边】

史大奈 啊?〔亮弦〕

（3 2 － ）

【凤点头】（过门同前）2 1 2 2 1 2 1 2 3 1 －
又 只 见 店 房 门 紧 上 加 锁。

（3 2 1 6 2 1 2 6 5 5 5）2 1 2 1 3 1 2
我 这 里 用 钢 （啊） 刀

3 － 2 1 3. 3 2 〈小拉子〉（2 1 6 1 2 3 2 1 6 1 2 0）
将 它 劈 （呀）破，（仓）
（举刀欲破店门） （秦琼拦阻）

秦　琼 哎，惊动店家那还了得!

史大奈 哦，哦，哦……

秦　琼 （对罗周）莽撞得很。

罗　周 （同时）莽撞得很。

史大奈 艹（2 1 6 1 2 3 2 1 6 1 2 0 2 2 6 5 5 5 3 6 5 5 3 2 1 1）3 2 3 2 1
（仓） 惊 动 了 小

1 2 3 5 － － 1 2 1 － 〈小拉子〉1 6 2 1 3 2 1 6 2 1 0
店 家 难 以 逃 脱。

史大奈 啊，二哥，小弟的本领你是知道的。
秦　琼 （赞美式）愚兄尽知。
史大奈 （对罗周）啊贤弟，如此我就献丑了。（罗周表示称赞）

【凤点头】（过门同前）2 1 2 1 3 1 2 6 3 2 1 2 2 2 -
我 这 里 使 飞 檐 越 墙 而（呀）过，

〔（**大大大大……仓**）史大奈“飞脚”越墙。秦琼、罗周互相表示称赞。

史大奈 **【凤点头】**（过门同前）2 2 1 3 1 3 2 1（2 2）3 6
背 地 里 听 他 们 讲
（右手平

5 - 1 2 1 - 〈小拉子〉1 6 2 1 3 2 1 6 2 1 0
些 什 么?
推扎，侧耳静听）

秦　琼 啊贤弟，史兄弟在瓦岗，不称得第一，也算第二。
罗　周 此乃英雄好汉。
秦　琼 啊?
罗　周 啊?
秦　琼
罗　周 （同）哈哈哈……
史大奈 （得意地大笑）哈哈哈……

〔西皮散板〕
【闪锤】サ（7 6 6 5 3 2 1 6 2 1 -）3 2 2 3 3 2
他 二 人 背 地

2 3 2 2 6 1 2（7 6.1 2 -）3 3 1 2 1 2
里 夸 赞（呐）与 我，（仓） 恨 不 得 插 双

1 2 2 ³2 （6.1 2 -）2 1 6 -ᵛ 1 - - 2 - 1 - - ‖
翅 飞 回 山 坡。（仓）

〔史大奈右掸扎，右手“山膀”“下场门”下。
〔**【闪锤】**罗周左手扶剑，右手按掌，秦琼左手抓袖，右手按掌，反圆场，回房，“挖门”，罗周站“小边”，秦琼站“大边”。秦琼抖左袖，提袖，左手捋髯。

〔西皮散板〕

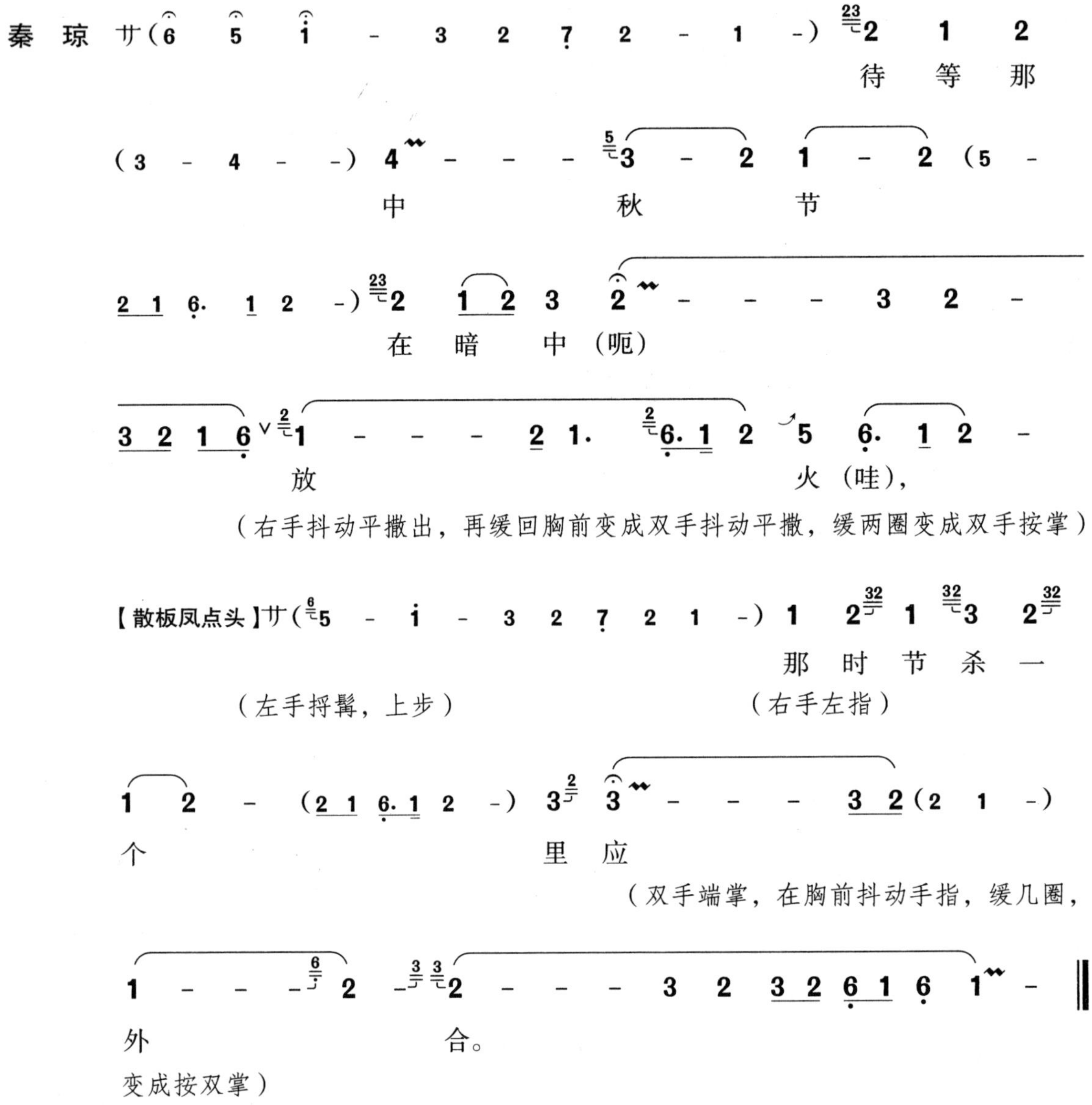

〖【大锣收头】秦琼、罗周相互拱手。秦琼左手抓袖，右手掸髯，【大锣原场】左转身，右手拉开“山膀”，“下场门”下；罗周随秦琼上步，左手扶剑，右手拉开“山膀”，“下场门”下。闭二幕。

第 四 场

〖【冲头】开二幕。正场置高台座椅。红绣金团花桌围椅披。

〖【一锤锣】谢映登、王伯当、尤俊达、罗成、徐茂公、单雄信“骨牌对儿”上至正场台口。【归位】成“正一字”。

徐茂公　（念）　弟兄聚义在瓦岗，
众　（念）　绿林结拜美名扬。【**住头**】
徐茂公　徐茂公。
单雄信　单雄信。
尤俊达　尤俊达。
罗　成　罗成。
谢映登　谢映登。
王伯当　王伯当。
　〔（**嘟……仓台**）众人成“正八字”。
徐茂公　众位贤弟请了。
众　请了。
徐茂公　大王排山，你我两厢伺候。
众　请。
　〔【**一锤锣**】众人两边翻下。四喽兵左手抱刀，“右山膀”“上场门”上，“站门”。程咬金上，“九龙口”亮住。【**五锤**】前进至台口，捋髯。
程咬金　（念〔数板〕）
家住——（**多多罗多 乙个多 多**）
家住山东东河洼，
斑鸠村上有我家。
别的买卖不会做，
学会了，编竹笆。
拿到长街卖，
偶遇尤俊达。
二人拱拱手，
拉我到他家。
先吃酒，后待茶，
然后又把拳儿打。
打开了兵器库，
兵器任咱拿。
我使宣化斧，
他使五股叉。
二人反山下，
打进了罗家洼。
一伙子女光棍，
实实的难惹她。
二次把山下，
打劫了银子白花花。
咱说倒二八，
他说平半拿。
杨林发批票，

四下里将他拿。
拿到了历城县，
披锁又戴枷。
多亏秦叔宝，
苦苦搭救咱。
定下牢笼计，
牢眼里往外挖。
提起当年事，
一场大笑话。（多多乙个 多）哈哈哈…… 大笑话！

〔【一锤锣】程咬金左转身，上高台。四喽兵归“里八字”。徐茂公等双进门上，“横一字”参见。

众 参见大王。

程咬金 众家贤弟少礼。

（念） 一只草鞋一只靴，
瓦岗寨上逞雄威。（台 大台）
若问我的名和姓，
就是当年程知节。【归位】

孤，【大锣一击】混世魔王程咬金。【住头】弟兄三十六人，在贾家楼结拜。众家弟兄大反山东，来到瓦岗寨。魏大哥传下一令，在山寨之上，立起大旗杆，有人将旗杆拜倒，扶他为尊。众家兄弟，均未拜倒。是孤向前，连叩三首，那旗杆就哗喇喇倒将下来，众家兄弟扶我以为寨主。【住头】闻得秦二哥有难，放心不下，已命史大奈前去探听，未见回报。

〔史大奈内白：“走！”【长尖】史大奈“上场门”上，进门，参见。

史大奈 参见大王。

程咬金 见过众家兄弟。

史大奈 （作揖）众家兄弟。【冲头】（归“小边”外首）

程咬金 命你打探之事，怎么样啦？

史大奈 哦，这有秦二哥书信一封，大王请看。（呈信）

程咬金 好，待我看来。【住头】【撕边一击】（看信）上面一片黑压压，它认识我，我不认识它。我说三哥，你到底拿去看看呀！

徐茂公 （接信）待我看来。

〔西皮流水〕

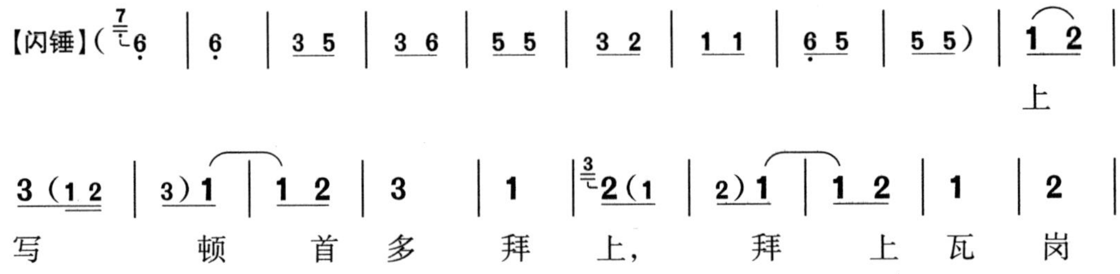

1 2 | 3 | 1（6 2 | 1）3 | 2 1 | 6 2 | 1 | 3 | 1 | 2（1 |
众 豪 强。 八 月 十 五 发 人 马，

2）6 | 6 1 | 1 | 1 | 2 | 廿 1 2 2 1 – ‖【住头】
搭 救 恩 兄 上 山 岗。

来信说秦二哥登州有难，大王下山搭救。

程咬金 军师有何高见？

徐茂公 你我弟兄扮做买卖客商模样，混进登州，再做道理。

程咬金 好，就依军师。（对众）后山改扮。

〔【大锣原场】众两边分下。闭二幕。

第五场

〔【冲头】开二幕。场上置正场桌，“大座”。红色绣金团花桌围椅披。桌上放官印一方、文房四宝一份、惊堂木一块。

〔【急急风】四兵丁托枪、四将士扶剑，“上场门”急上，“站门”。杨林双手端蟒摆“上场门”急上。“九龙口”亮住，至正场台口，扔蟒摆，【长尖】抖左袖，提袖，右转身，【急急风】归“大座”。罗周提大带“上场门”上，进门，参拜。

罗　周 秦琼带到。

杨　林 押上来！（拍惊堂木）

罗　周 是。

〔【长尖】罗周出门至“上场门”带秦琼上，进门，罗周站“大边”，秦琼跪见杨林。

秦　琼 参见千岁。

杨　林 下跪可是秦琼？

秦　琼 正是。

杨　林 为何不抬起头来？

秦　琼 有罪不敢抬头。

杨　林 恕你无罪。

秦　琼 多谢千岁。

杨　林 【撕边】大胆！

〔二黄散板〕

【纽丝】（过门同前）5 3 3 3 2 1 3（6 1 2 3 –）2. 3
一 见 秦 琼 怒 气 发，（仓） 长 叶

3 2 2 3（2 1 2 3 –）2 – – – 5 3 3 – – – 2 – ‖
岭 前（呐） 伤 孤 家。【住头】

秦　琼　千岁莫非要报当年长叶岭一锏之仇?

杨　林　是也，着，着，着!

秦　琼　千岁!

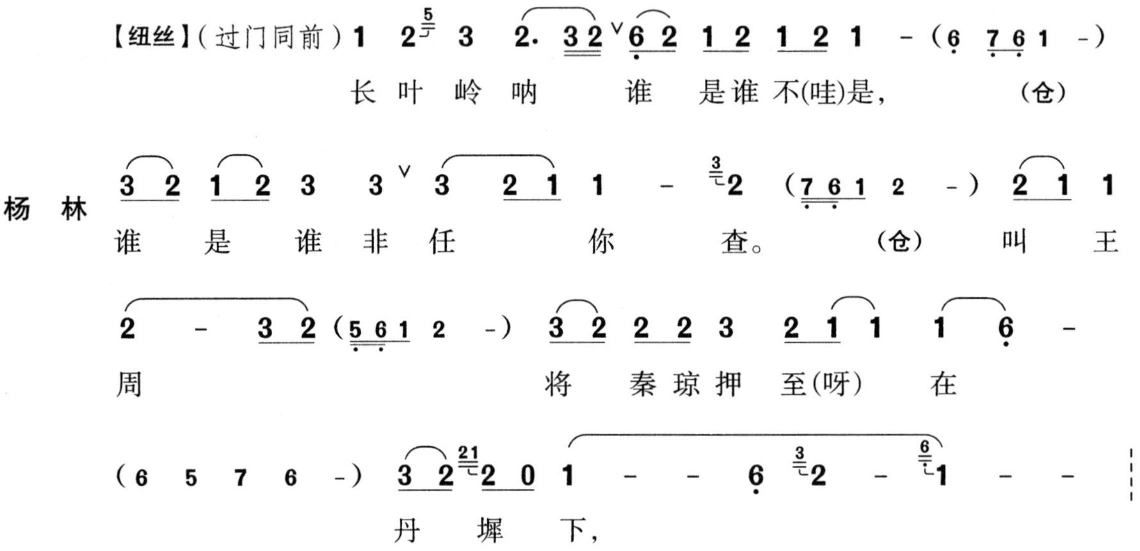

〔【慢长锤】罗周将秦琼带至“大边”台口，杨林离位至前场。

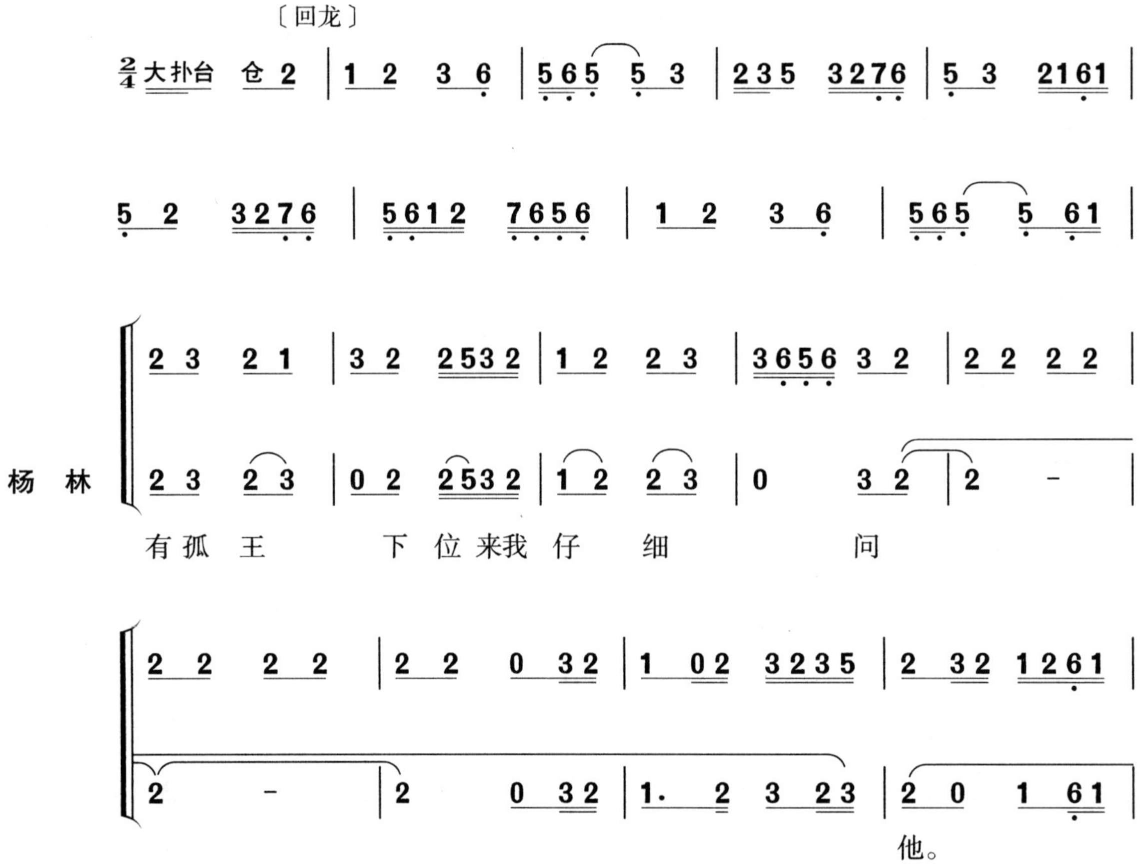

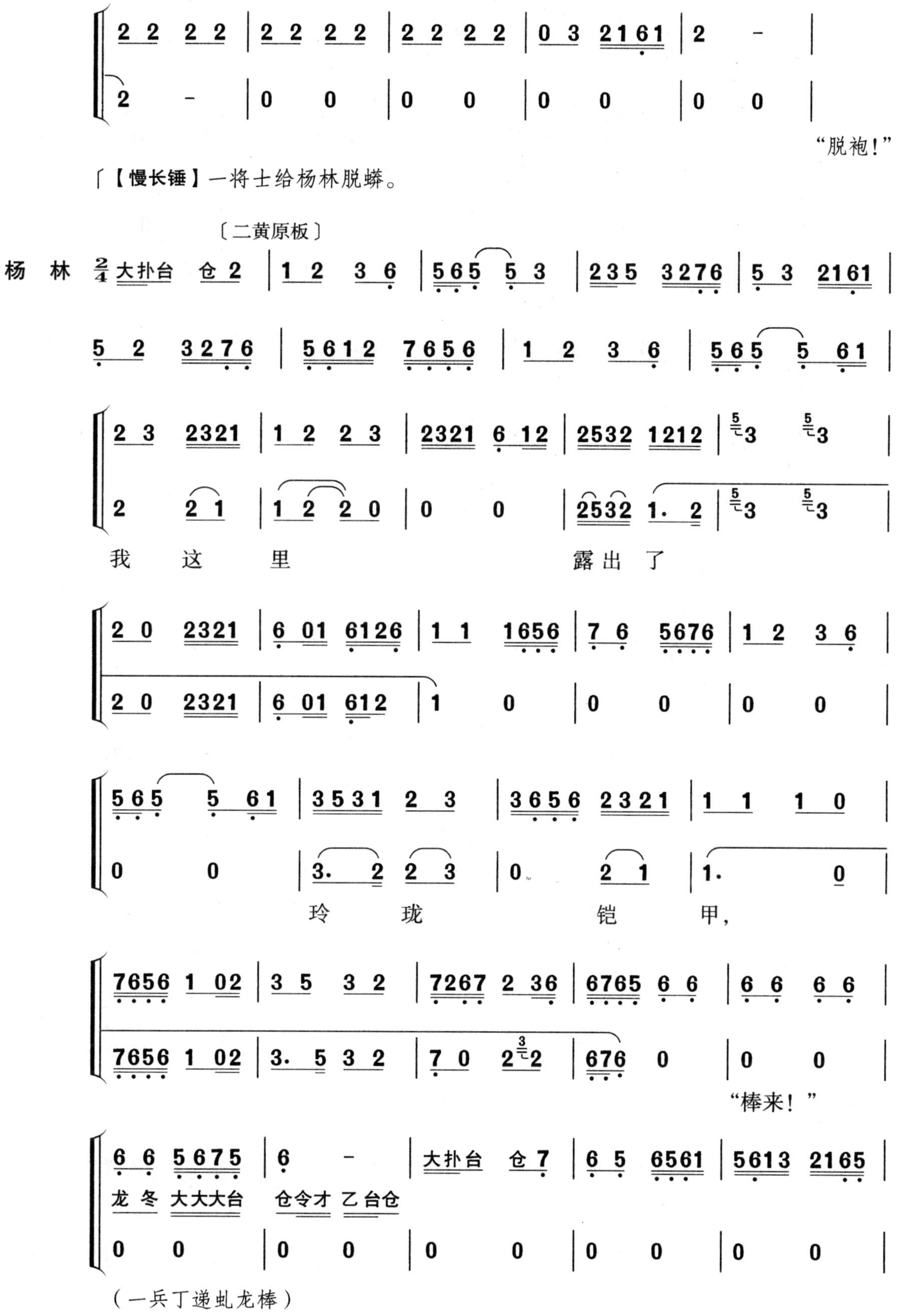

“脱袍！”
【慢长锤】一将士给杨林脱蟒。
〔二黄原板〕
杨 林
大扑台 仓
我 这 里 露 出 了
玲 珑 铠 甲，
“棒来！”
大扑台 仓
龙 冬 大大大台 仓令才 乙台仓
（一兵丁递虬龙棒）

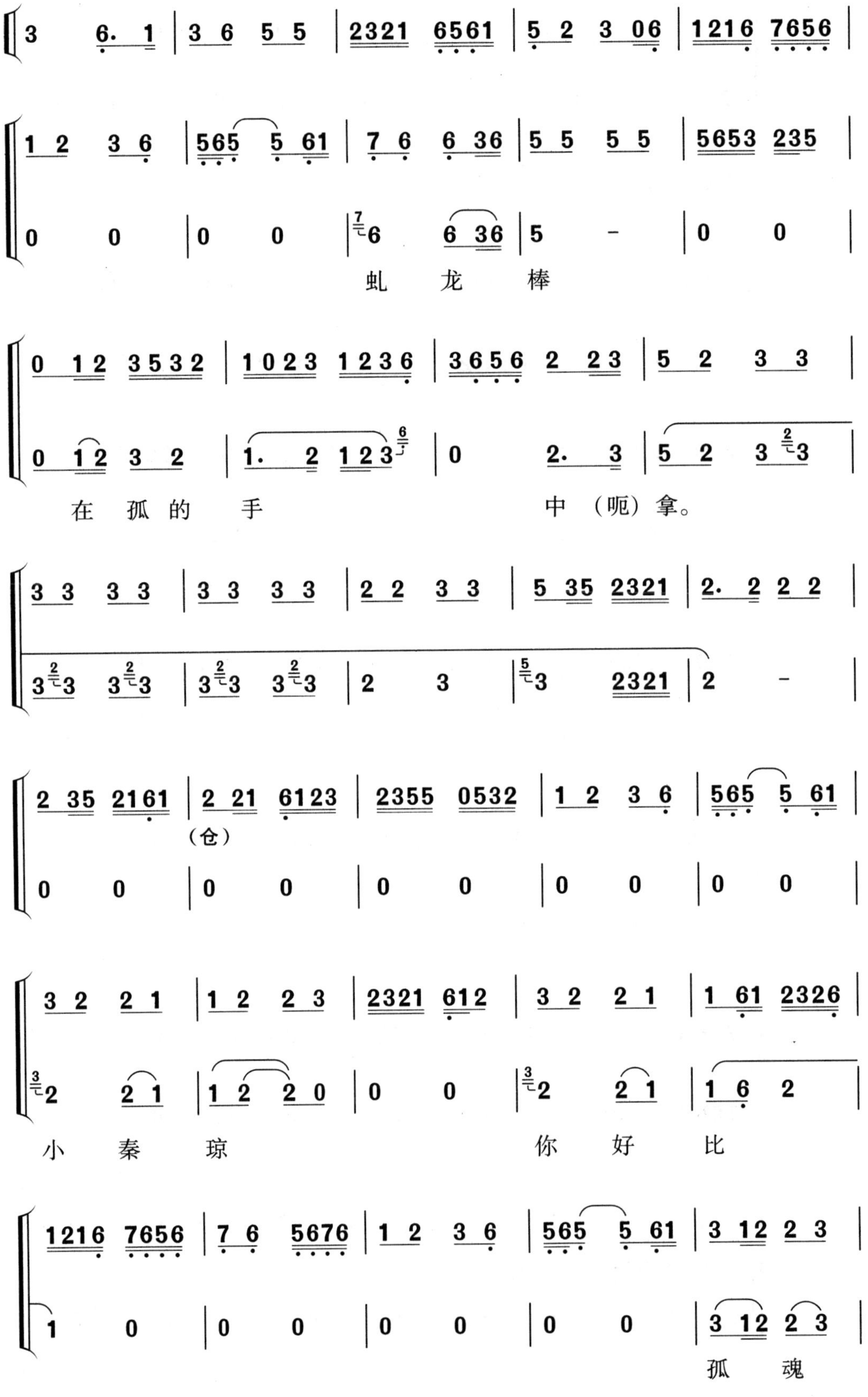
虬 龙 棒
在 孤 的 手 中（呃）拿。
（仓）
小 秦 琼 你 好 比
孤 魂

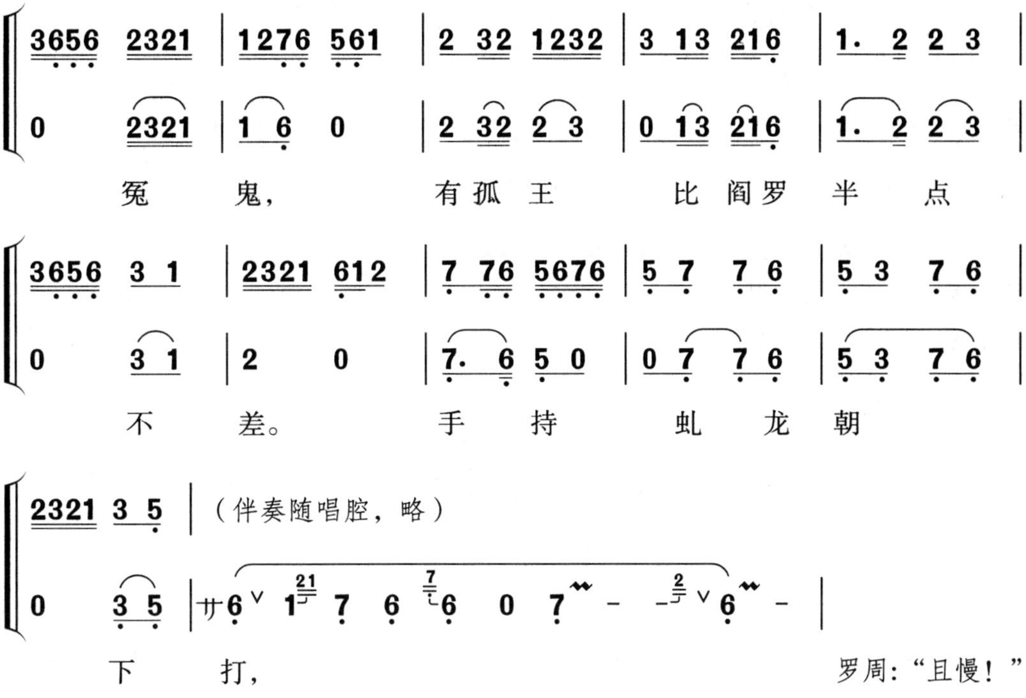

（双手举虬龙棒欲打死秦琼，罗周拦阻）

〔二黄散板〕

罗　周　一棒将他打死，岂不便宜了他？
杨　林　依儿之见？
罗　周　将他押在石洞之内，八月十五校场比武，再一棒将他打死，岂不扬名天下！
杨　林　啊？哪个扬名天下？
罗　周　父王扬名天下。
杨　林　好哇！【五锤】（一兵丁接过虬龙棒）
（念）　孤将秦琼交付你，
罗　周　（念）　八月十五见高低。
杨　林　掩门！【五锤】（右手撩髯，左转身，面向“下场门”成右手“山膀”）
〔紧接【一锤锣】四兵丁、四将士两边分下。杨林“下场门”下。罗周给秦琼解绑。
罗　周　二哥醒来！（回至“小边”）

〔二黄导板〕

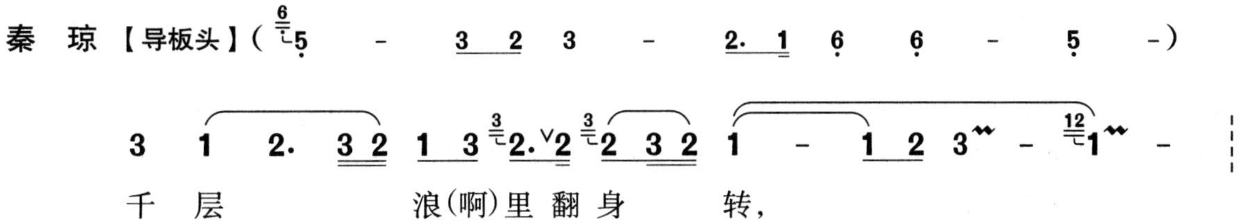

〔（八大仓）【乱锤】秦琼右转身，走至正场面向台口。

〔二黄散板〕

秦　琼　【纽丝】（过门同前）2. 2 3 3 2 2 2 2 1 6 1 - 2 - - ‖

百 尺 高 竿 得 命 还。【住头】

叫老贼一棒将愚兄锤死，免得贤弟挂念。

罗　周　二哥，可记得三家店……

秦　琼　禁声！【冷锤】

〈小拉子〉

慢起渐快

1/4（仓）5 | 6 2 | 7 6 2 | 6 7 5 6 | 7 6 2 ‖: 6 2 | 7 6 2 | 6 7 5 6 | 7 6 2 :‖ 6 6 5 - ‖

〔秦琼、罗周出门，分别两边察看，没有动静，二人进门，归原位。

〔二黄散板〕

秦　琼　【纽丝】（过门同前）3 1 2 3 2 6 2 1 2 2 1 - （6 7 6 1 - ）

蛟 龙 正 在 沙 滩 困，（仓）

2. 2 3 3 3 3 5 3 2 2 1 - 3 - - 3. 3 2（5 6 1 2 - ）

忽 听 春 雷 响 一 声（呐）。（仓）

6 2 1 2 3 2 1 1 6 0 2 1 0 2 3 6 1. 2 3（1 1 2 3 - ）

待 等 八 月 十 五 日，要 与 老 贼

2 - - - 5 3 2 - - - 3 2 3 2 1 1 - 1 2 - - ‖

比 高（哇）低。

〔【五锤】【一锤锣】秦琼、罗周互拱手。秦琼左转身“下场门”下。罗周随下。闭二幕。

第六场

〔【冲头】【长尖】程咬金、徐茂公、单雄信、尤俊达、罗成、谢映登“小边”侧幕上。归正场“八字”。

徐茂公　众家哥弟，前面就是登州城，你我扮做买卖客商模样，大街之上，打听二哥的消息。

程咬金　哎，慢着，慢着！众家哥弟扮做买卖人儿，混进登州。我得问问，你们干的什么买卖，都记住了没有？

众 记下了！
程咬金 好，（问谢映登）兄弟，你是卖什么的？
谢映登 卖艺的。
程咬金 呵，练家子。（问罗成）那么，你哪？
罗 成 卖字画的。
程咬金 哦，卖字画儿的，这可是文化人儿呀！（问单雄信）你呢？
单雄信 卖膏药的。
程咬金 卖膏药的。
单雄信 嗯。
程咬金 没病找病啊！（问尤俊达）兄弟，你哪？
尤俊达 卖马的。
程咬金 卖马？留神别溜了缰（读如“钢”）啊！（问徐茂公）哥哥你是卖什么的？
〔徐茂公敲敲卦板。
程咬金 修脚的？
徐茂公 唉，算命的。
程咬金 哦呵！算命的，江湖人儿呀！
众 大王，你呢？
程咬金 我呀？小买卖，卖烧饼的。
徐茂公 哪位贤弟先行一步？
程咬金 此事待孤家走走。**【五锤】**（“大边”侧幕下）
徐茂公 众家哥弟，少时到了登州城，看我眼色行事。就此前往。
众 请！
〔**【大锣原场】**众人“插门”下。开二幕。
〔**【长尖】**罗周“上场门”上，走至正场台口**【归位】**
罗 周 （念）八月十五中秋到，只盼瓦岗众英豪。
今日十四，明日十五，不知众家哥弟可曾下山。不免请出二哥，去到大街观看动静。（面向“上场门”）有请二哥。（归“大边”）
〔**【闪锤】**秦琼戴手杻“上场门”上，归“小边”。

〔二黄散板〕

秦 琼 （过门同前）$\overset{12}{}$1· 2 1 $\overset{3}{}$2 3 1 2 1 6 (6 7 6 1 -)
长 叶 岭 前 一 时 错， （仓）

$\overset{3}{}$2 2 1 1· 2 3 - 1 6 2 $\overset{3}{}$2 - ‖
事 到 头 来 受 折 磨。 **【住头】**

（对罗周）何事？
罗 周 今日十四，明日十五，不知众家哥弟可曾下山。就请二哥，去到大街观看动静。
秦 琼 如此贤弟带路。（左手端掌，双手戴手杻向前指出）
〔**【四边静】**秦琼跺右脚，双手顺时针从上向左绕一周，跨抬左腿双手收至右胸前亮相；

罗周左手托剑，右手按剑小右弓步亮相。秦琼跨出左腿别右腿斜身面向“下场门”亮相；罗周收左腿拉开“右山膀”左丁步亮相。秦琼走高抬腿步，趋步，再走两个高抬腿步接圆场至“小边”，面向“下场门”，跨右腿，踢左腿，趋步，左腿高抬腿步脚横在右脚前亮相。罗周领圆场到“下场门”台口，斜身向台里，别右腿抬起，拧身向秦琼抱拳亮相。

〔**【急急风】**罗周“下场门”下。秦琼跨抬左腿，在“大边”走反圆场，再回至正场，切住。左转身，面向前，左丁步，亮相。

〔**【导板头】**上左步，跨抬右腿，趋步，右转身一周，顺势右甩髯，上步，右丁步亮住。

〔二黄导板〕

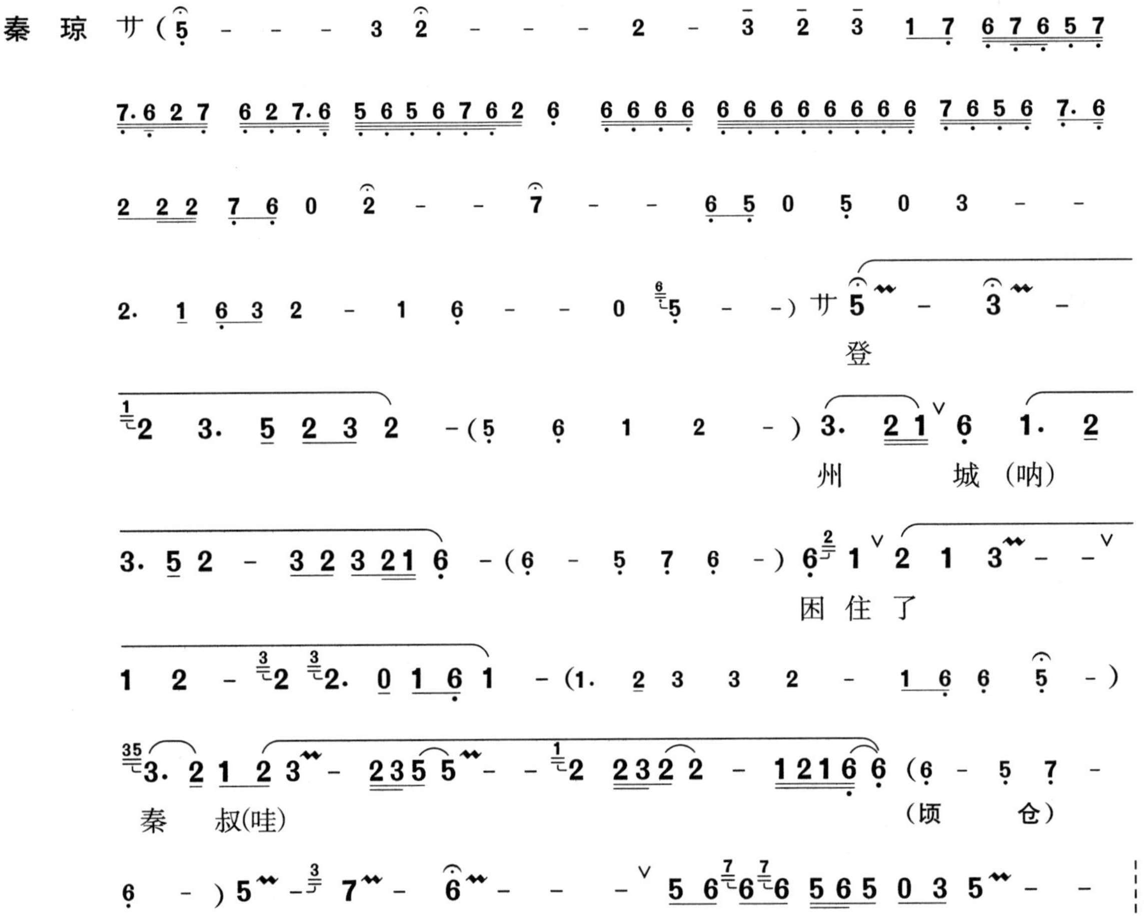

〔**【急急风】**秦琼右转身向台里。单雄信、罗成、谢映登、尤俊达两边抄上，过场下。秦琼左转身，向“大边”台口跨抬左腿，高抬腿步走至“大边”，趋步，左腿向右跨一步，别抬右腿，右腿向右横出一步，成右弓步。收左腿直立，再左横出一步，同时，双手自上往右逆时针绕一周，右腿收成右丁步。跨抬左腿，高抬腿步走至“小边”，趋步，右腿向左跨一步，别抬左腿，左腿向左横出一步，成左弓步。收右腿直立，再右横出一步，同时，双手自下往左逆时针绕一周，左腿收成左丁步。跨抬左腿，向右跨出，别抬右腿，走反圆场至正场台口，跺右脚，双手自下往右顺时针绕一周，跨抬左腿。切住。【**四击头**】左腿向左跨出，左转身，面向台里，再转一周，上两步，右转身面向台口，同时向上抛锁链，左丁步亮相。收回锁链。【**大锣帽子头**】上两步，再后撤一步，成左丁步亮住。

秦　琼

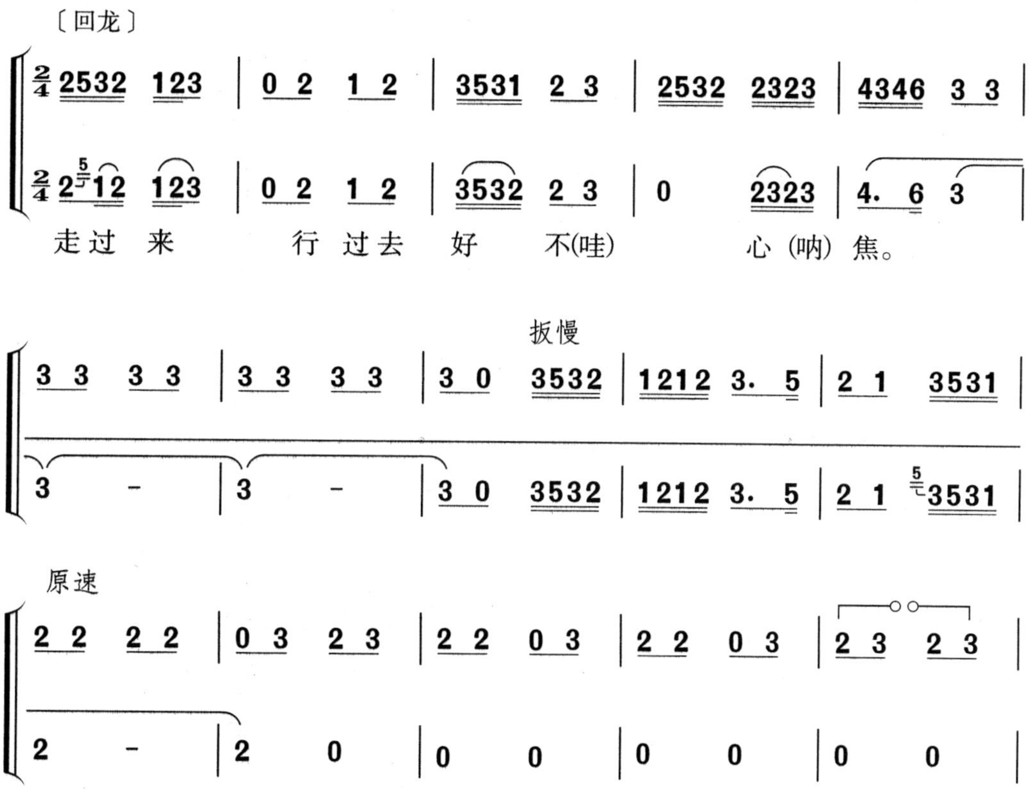

〔【**搓锤**】朝“大边”踢左腿，趋步，右转身朝“小边”踢右腿，趋步，走三个高抬腿步，“小边”小圆场至“小边”台口，双手自下往左绕一周，横跨抬左腿，左拧身，反圆场至“大边”接反8字圆场回至正场右转身，面向台口，抛锁链，左丁步亮相。双手收回锁链。

秦　琼　唉！

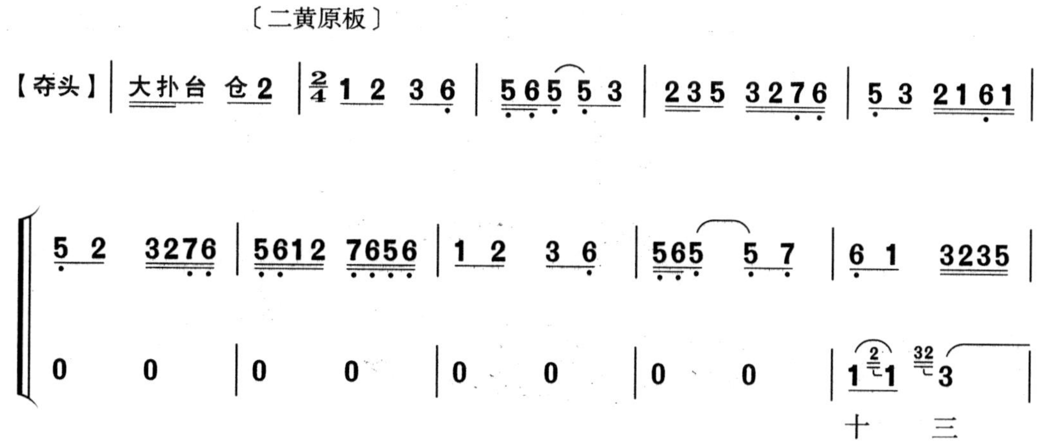

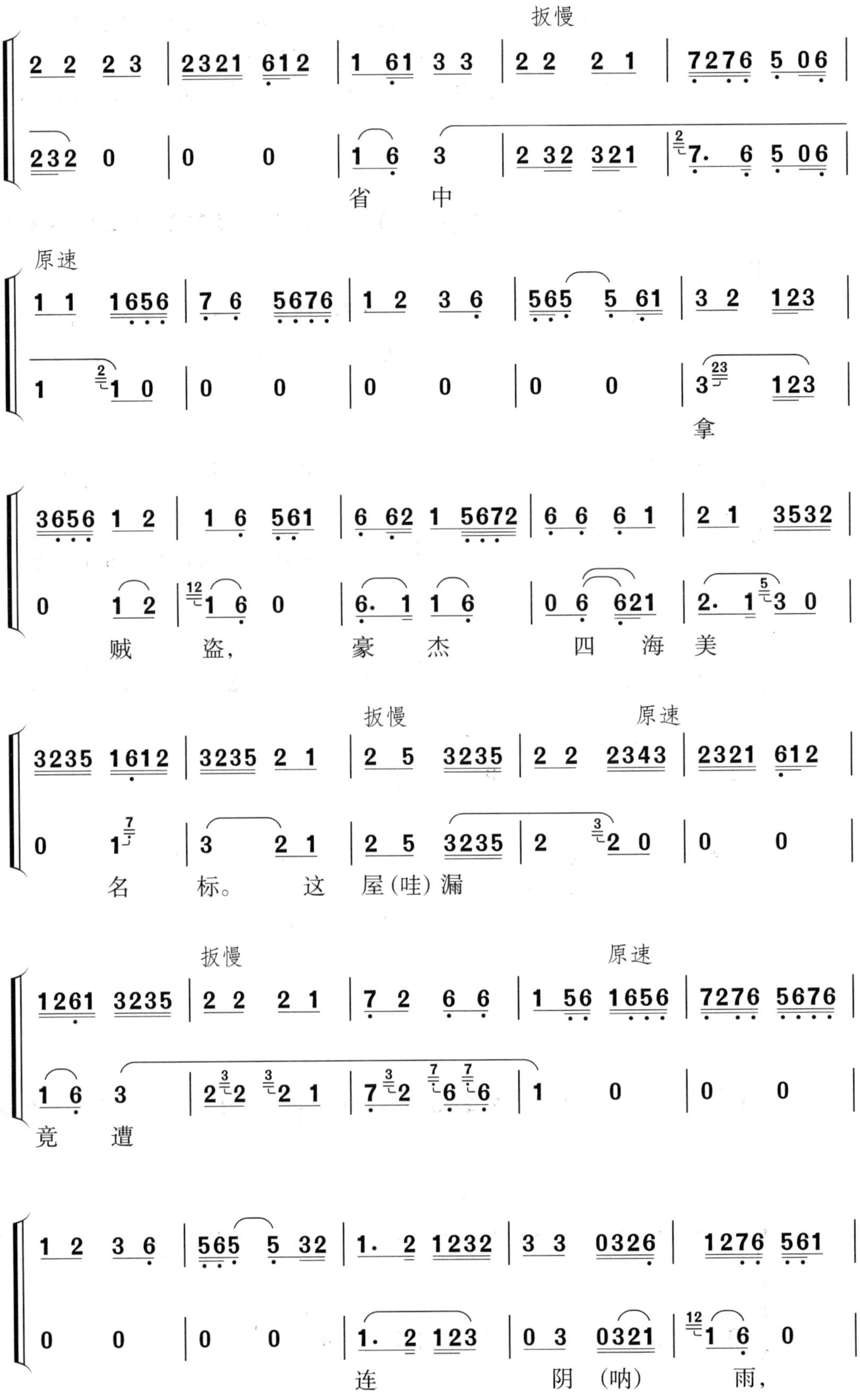
扳慢
省 中
原速
拿
贼 盗， 豪 杰 四 海 美
扳慢 原速
名 标。 这 屋(哇) 漏
扳慢 原速
竟 遭
连 阴 (呐) 雨，

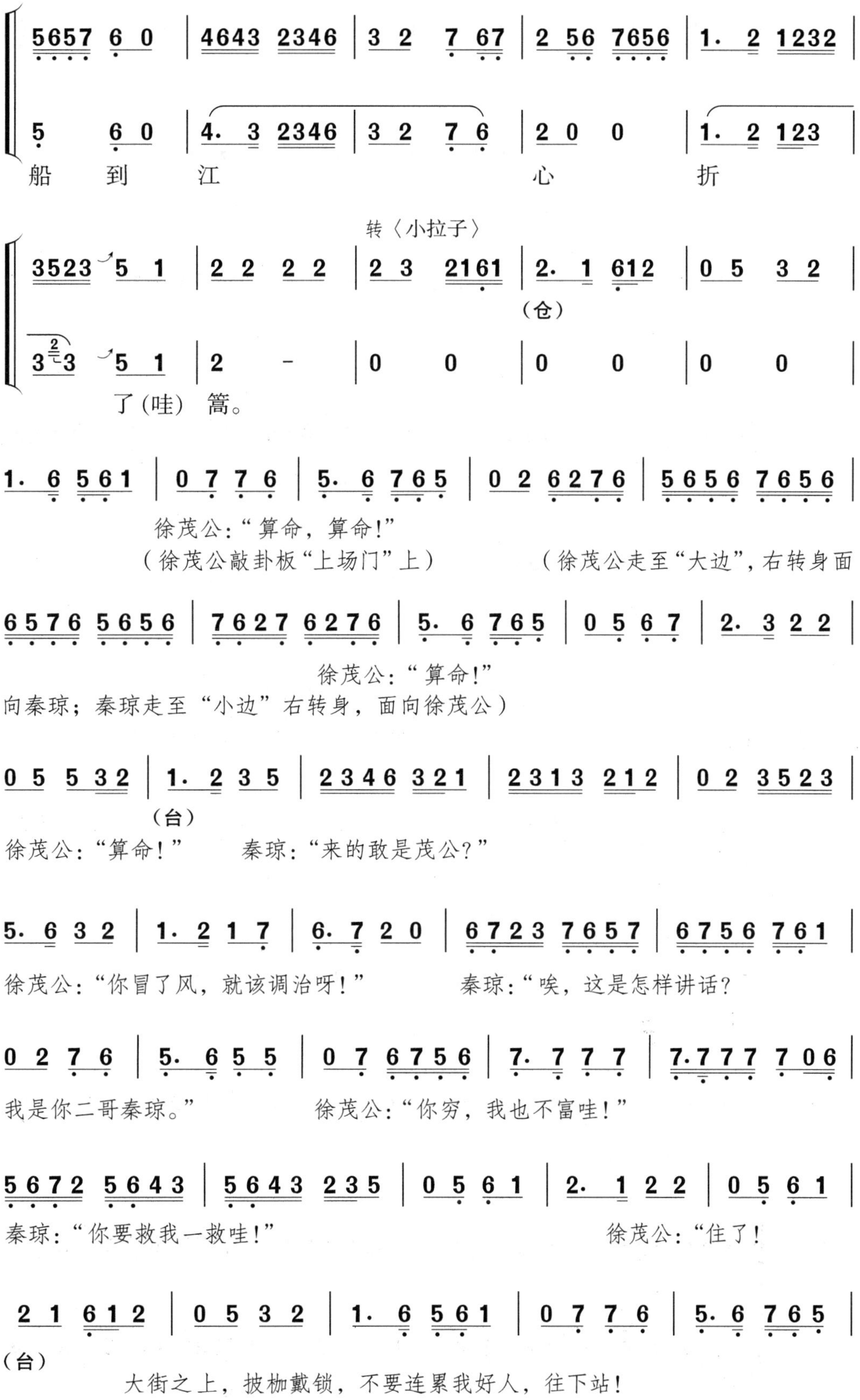
船 到 江 心 折
转〈小拉子〉
（仓）
了(哇) 篙。
徐茂公："算命，算命！"
（徐茂公敲卦板"上场门"上）
（徐茂公走至"大边"，右转身面
徐茂公："算命！"
向秦琼；秦琼走至"小边"右转身，面向徐茂公）
（台）
徐茂公："算命！"
秦琼："来的敢是茂公？"
徐茂公："你冒了风，就该调治呀！"
秦琼："唉，这是怎样讲话？
我是你二哥秦琼。"
徐茂公："你穷，我也不富哇！"
秦琼："你要救我一救哇！"
徐茂公："住了！
（台）
大街之上，披枷戴锁，不要连累我好人，往下站！

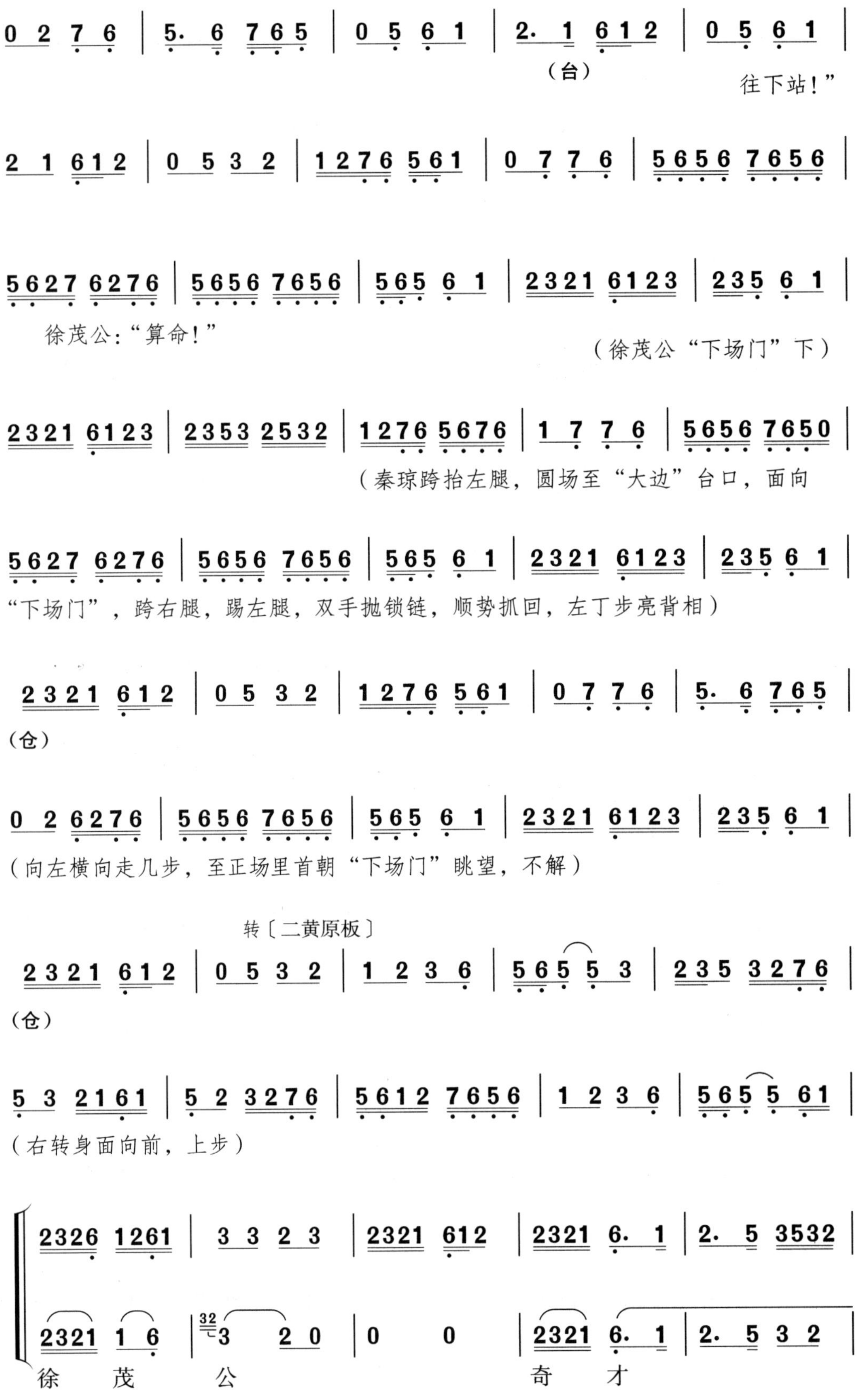

（台）
往下站！”
徐茂公：“算命！”
（徐茂公“下场门”下）
（秦琼跨抬左腿，圆场至“大边”台口，面向
“下场门”，跨右腿，踢左腿，双手抛锁链，顺势抓回，左丁步亮背相）
（仓）
（向左横向走几步，至正场里首朝“下场门”眺望，不解）
转〔二黄原板〕
（仓）
（右转身面向前，上步）
徐 茂 公 奇 才

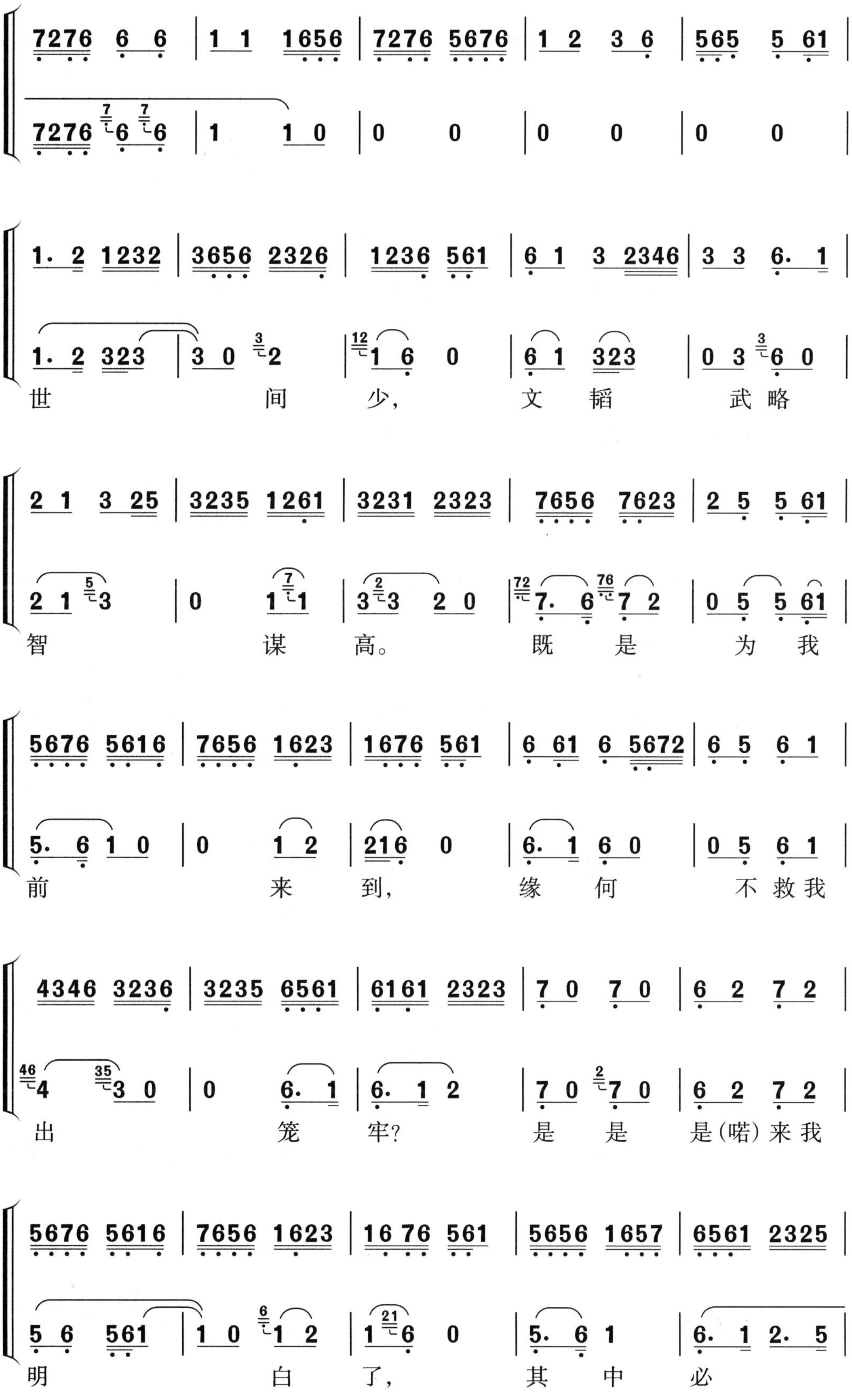

世 间 少， 文 韬 武 略
智 谋 高。 既 是 为 我
前 来 到， 缘 何 不 救 我
出 笼 牢？ 是 是 是（喏）来 我
明 白 了， 其 中 必

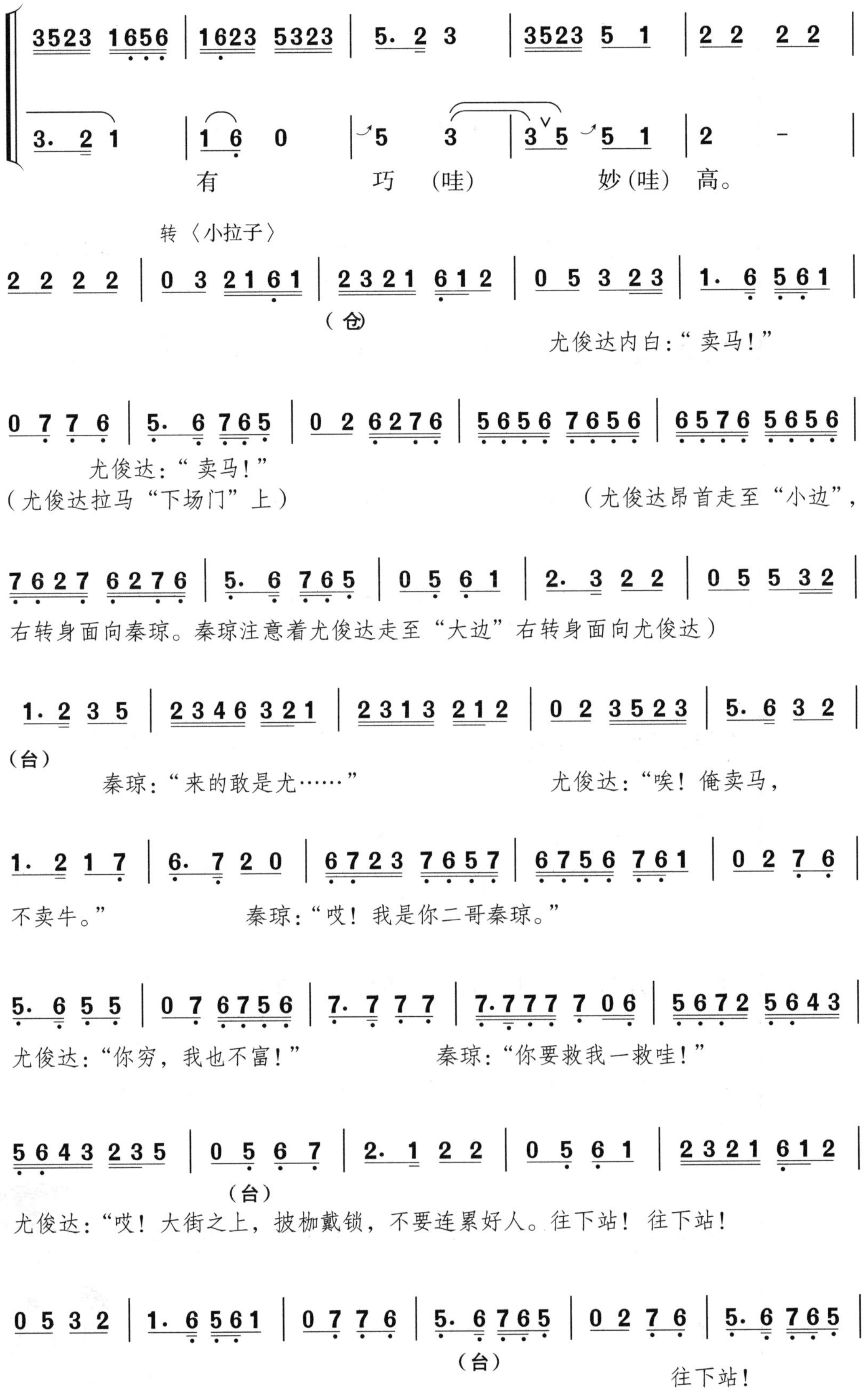
有 巧 (哇) 妙(哇) 高。
转〈小拉子〉
(仓)
尤俊达内白:“卖马!”
尤俊达:“卖马!”
(尤俊达拉马“下场门”上)
(尤俊达昂首走至“小边”,
右转身面向秦琼。秦琼注意着尤俊达走至“大边”右转身面向尤俊达)
(台)
秦琼:“来的敢是尤……”
尤俊达:“唉!俺卖马,
不卖牛。”
秦琼:“哎!我是你二哥秦琼。”
尤俊达:“你穷,我也不富!”
秦琼:“你要救我一救哇!”
(台)
尤俊达:“哎!大街之上,披枷戴锁,不要连累好人。往下站!往下站!
(台)
往下站!

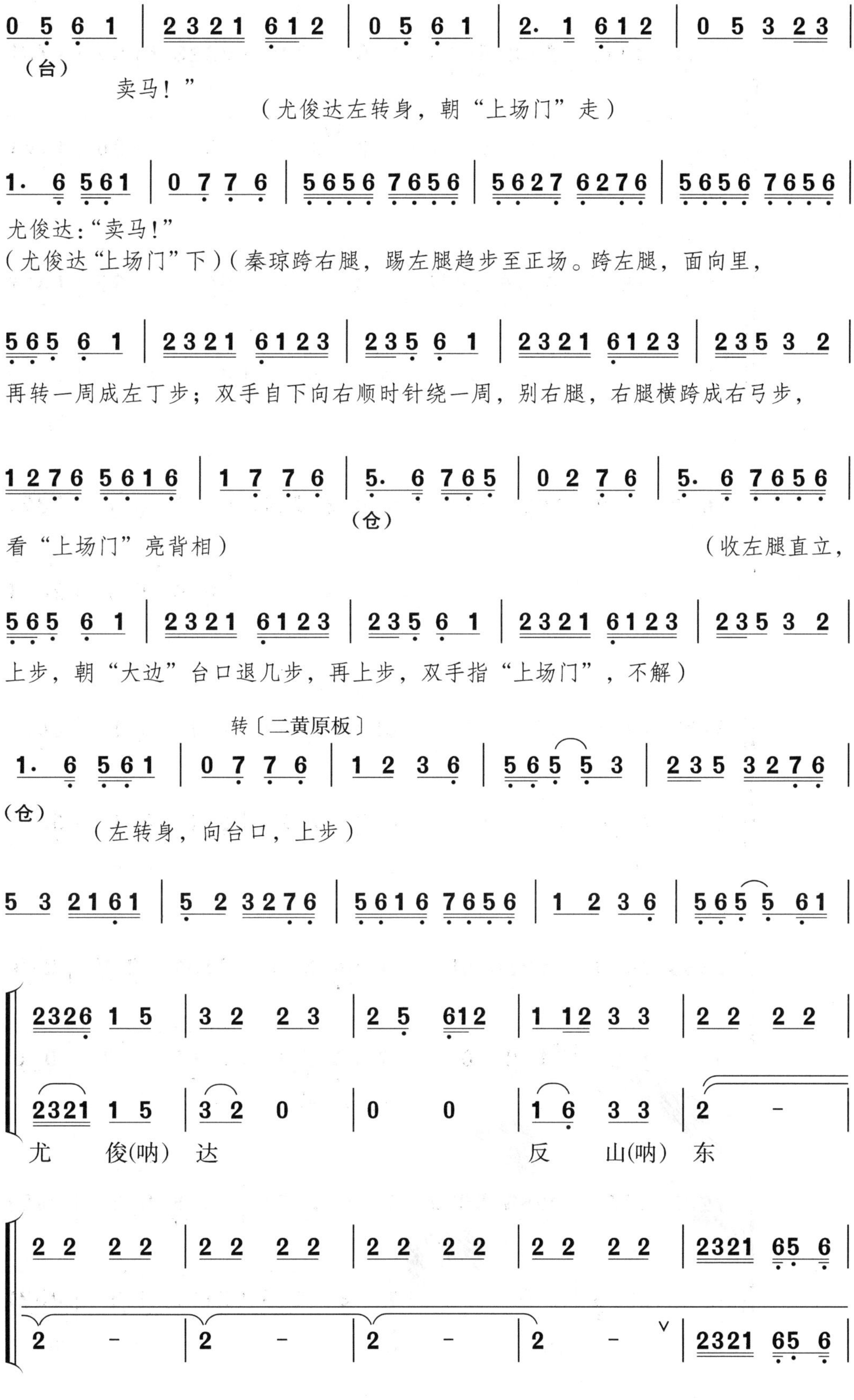
（台）
卖马！”
（尤俊达左转身，朝“上场门”走）
尤俊达:“卖马!”
（尤俊达“上场门”下）（秦琼跨右腿，踢左腿趋步至正场。跨左腿，面向里，
再转一周成左丁步；双手自下向右顺时针绕一周，别右腿，右腿横跨成右弓步，
（仓）
看“上场门”亮背相）
（收左腿直立，
上步，朝“大边”台口退几步，再上步，双手指“上场门”，不解）
转〔二黄原板〕
（仓）
（左转身，向台口，上步）
尤 俊(呐) 达 反 山(呐) 东

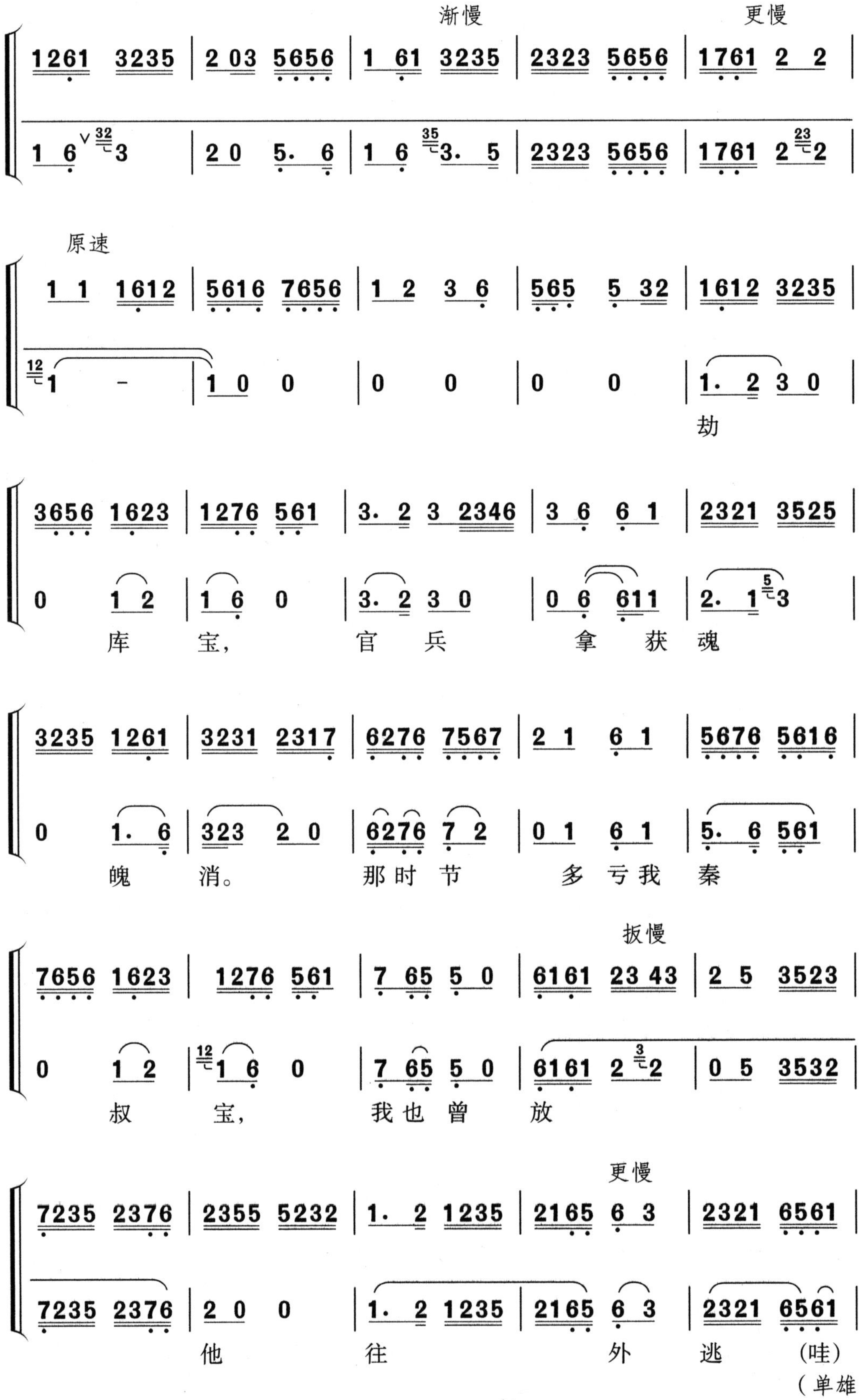
渐慢
更慢
原速
劫
库宝，
官兵
拿获魂
魄消。
那时节
多亏我秦
扳慢
叔宝，
我也曾
放
更慢
他
往
外
逃
(哇)
(单雄

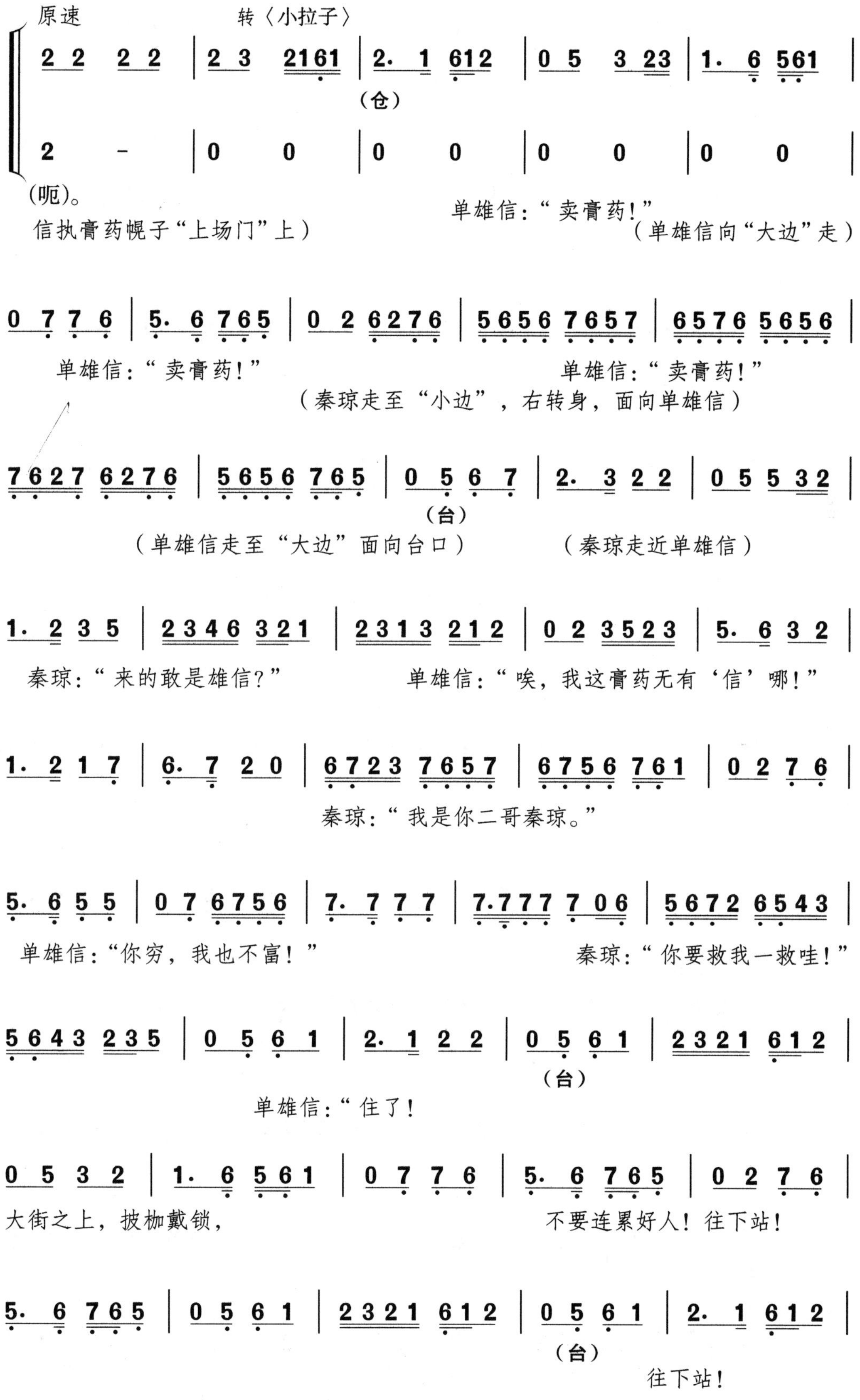
原速
转〈小拉子〉
（仓）
（呃）。
信执膏药幌子“上场门”上）
单雄信：“卖膏药！”
（单雄信向“大边”走）
单雄信：“卖膏药！”
单雄信：“卖膏药！”
（秦琼走至“小边”，右转身，面向单雄信）
（台）
（单雄信走至“大边”面向台口）
（秦琼走近单雄信）
秦琼：“来的敢是雄信？”
单雄信：“唉，我这膏药无有‘信’哪！”
秦琼：“我是你二哥秦琼。”
单雄信：“你穷，我也不富！”
秦琼：“你要救我一救哇！”
（台）
单雄信：“住了！
大街之上，披枷戴锁，
不要连累好人！往下站！
（台）
往下站！

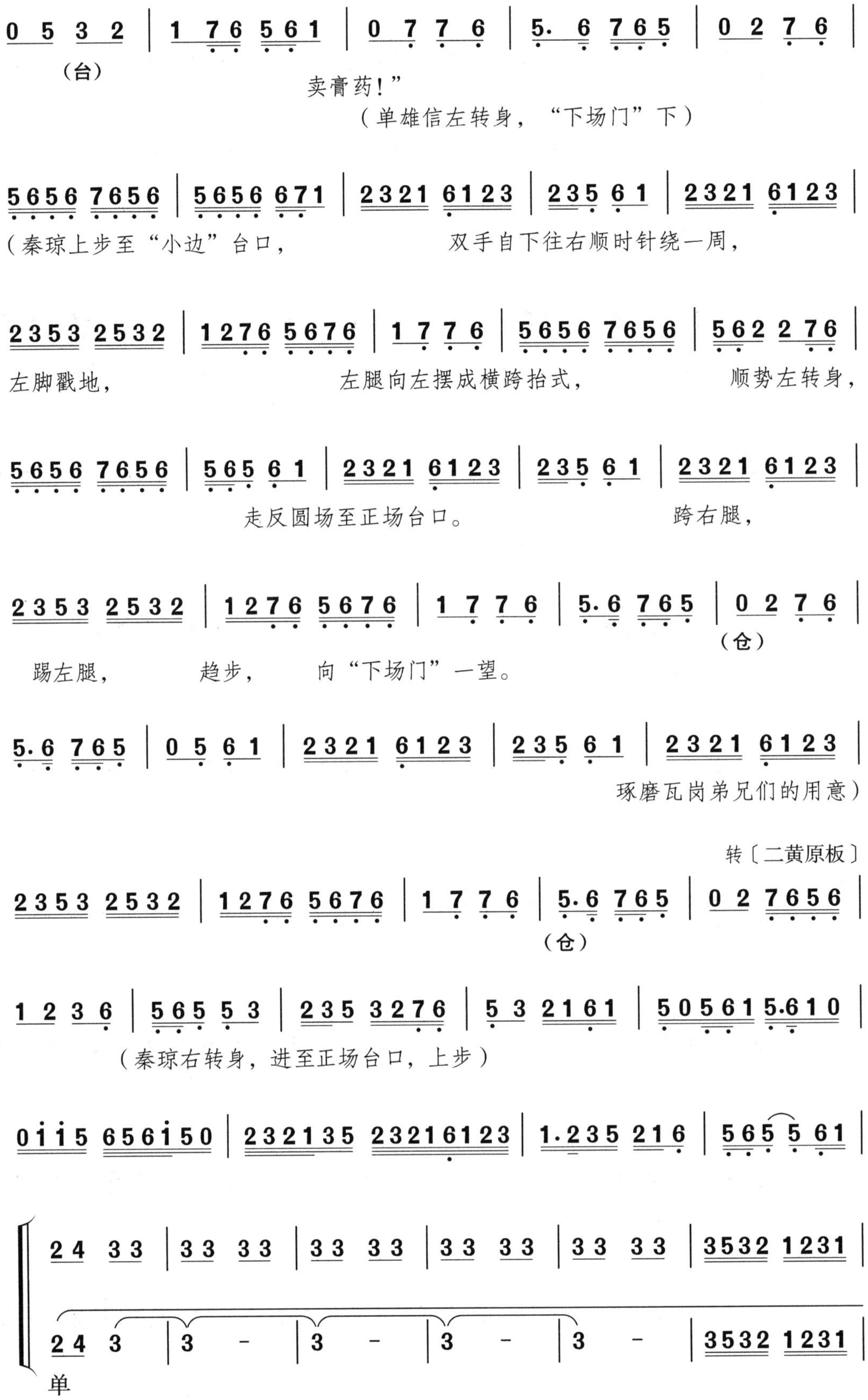
（台）
卖膏药！”
（单雄信左转身，“下场门”下）
（秦琼上步至“小边”台口，
双手自下往右顺时针绕一周，
左脚戳地，
左腿向左摆成横跨抬式，
顺势左转身，
走反圆场至正场台口。
跨右腿，
踢左腿，
趋步，
向“下场门”一望。
（仓）
琢磨瓦岗弟兄们的用意）
转〔二黄原板〕
（仓）
（秦琼右转身，进至正场台口，上步）
单

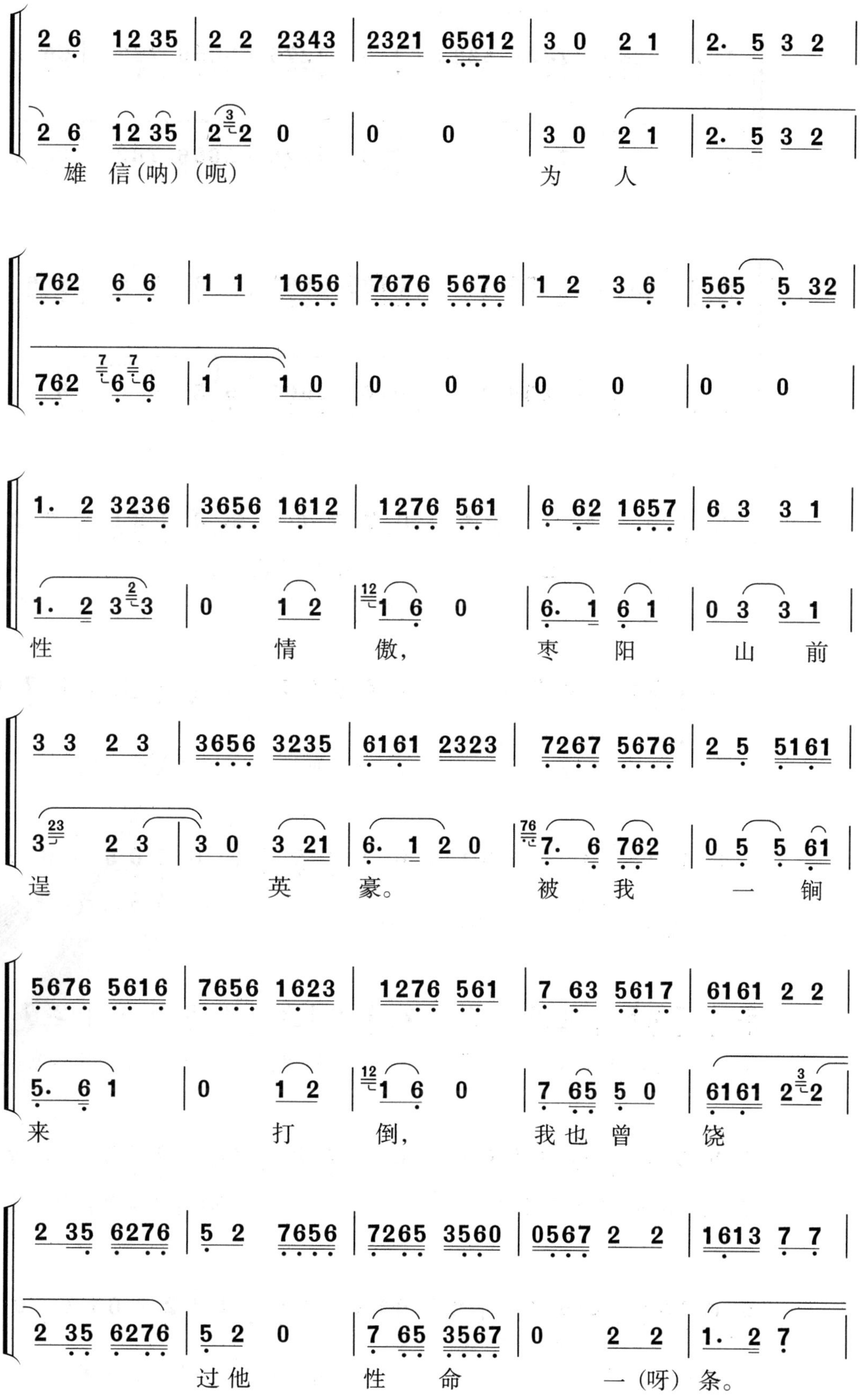
雄信(呐)(呃)
为人
性
情
傲,
枣
阳
山
前
逞
英
豪。
被
我
一
锏
来
打
倒,
我也
曾
饶
过他
性
命
一(呀)
条。

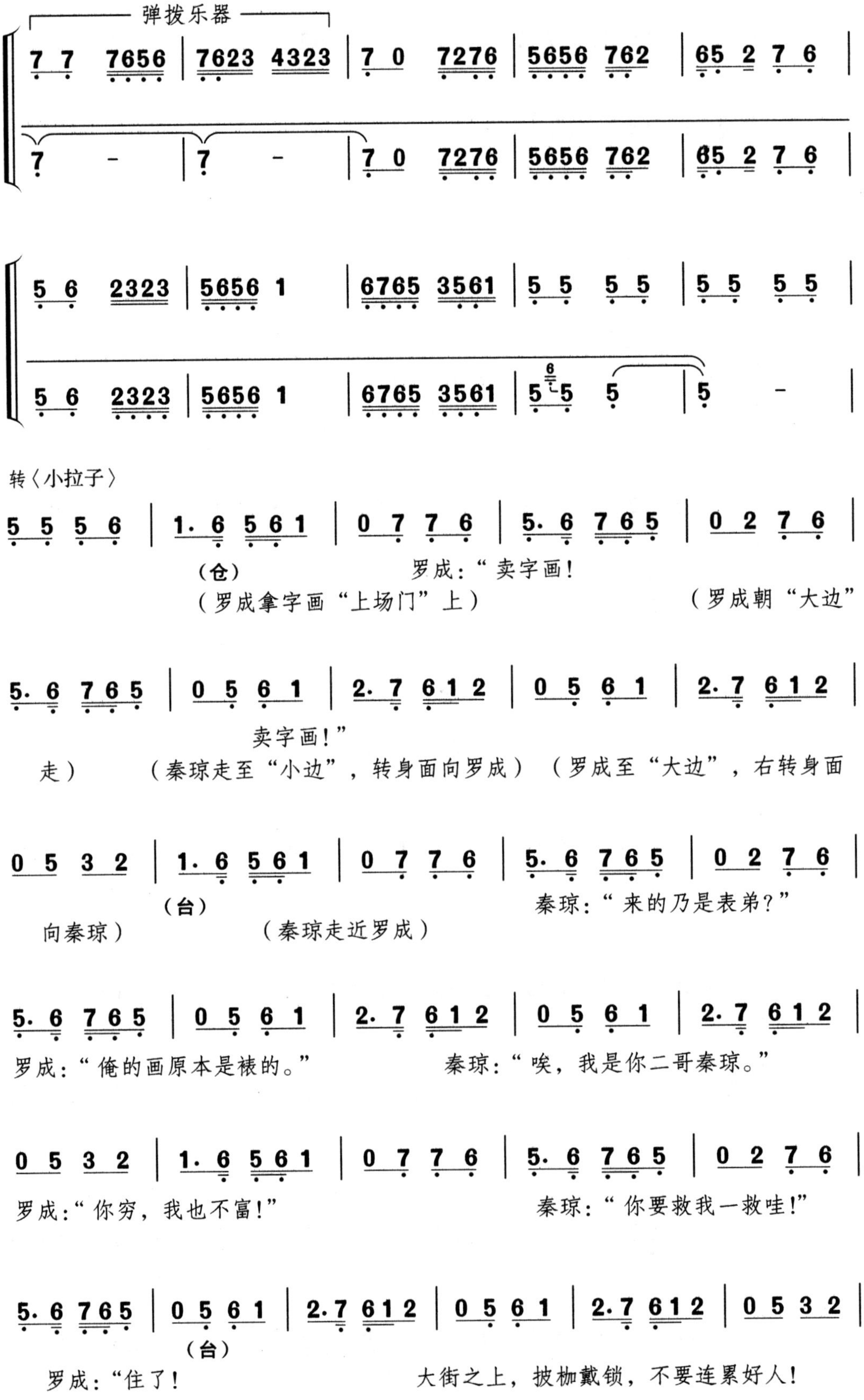
弹拨乐器
转〈小拉子〉
(仓)
罗成："卖字画!
(罗成拿字画"上场门"上)
(罗成朝"大边"
卖字画!"
走)
(秦琼走至"小边"，转身面向罗成)
(罗成至"大边"，右转身面
(台)
秦琼："来的乃是表弟?"
向秦琼)
(秦琼走近罗成)
罗成："俺的画原本是裱的。"
秦琼："唉，我是你二哥秦琼。"
罗成："你穷，我也不富!"
秦琼："你要救我一救哇!"
(台)
罗成："住了!
大街之上，披枷戴锁，不要连累好人!

秦　琼　哦!

〔【纽丝】秦琼退步至正场，右转身向“小边”台口上几步，双手抛锁链，至“小边”，左转身，面向前，双手收回锁链。

〔二黄散板〕

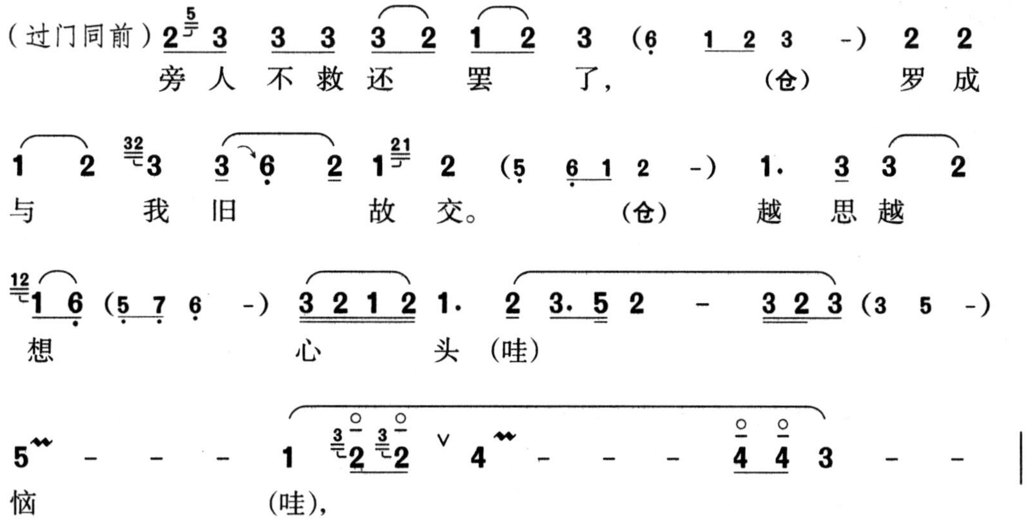

〔【纽丝】秦琼至“大边”；罗周“上场门”上，站“小边”。

罗 周 （过门同前）6 7·6 5 6 7 ᵛ7 5 ᵛ⁷6 - - 3 5 3 ᵛ5 - ‖
二 哥 为 何 心 内 焦？ 【住头】

秦 琼 众家哥弟不救愚兄，却是为何？

罗 周 待小弟再去打探。

秦 琼 有劳贤弟。

〔罗周“上场门”下。

〔二黄散板〕

秦 琼 【纽丝】（过门同前）1 3 2 2 1 1 - ᵛ3 2 - 2 2 ²1
贤 弟 上 了 阳 关（呐）道，

〔秦琼小圆场至正场跨左腿，踢右腿，右丁步面向“上场门”。

〔程咬金内白：“卖烧饼！”

〔秦琼变右弓步一望。左转身，面向台口，上步。

秦 琼 【纽丝】（过门同前）1 2 1 1 2 3 - ᵛ1 2 2 ‖
那 旁 又 来 程 英 豪。 【住头】

〔程咬金端烧饼盘子“上场门”上，朝“大边”走。

程咬金 卖烧饼！

〔程度咬金走至正场，右转身。秦琼至“小边”，右转身。

程咬金 卖烧饼！

〔（台）二人相望。秦琼走到程咬金身边。

秦 琼 来的敢是程……

程咬金 刚出炉的，不陈。

秦 琼 咬金！

程咬金 论个儿，不论斤。

秦 琼 唉，我是你二哥秦琼。

程咬金 你穷，我也不富哇！

秦 琼 你要救我一救哇！

程咬金 你住了啵！【撕边一击】大街之上，披枷戴锁，不要连累好人。你往下站！

〔【急急风】程咬金“大边”小圆场，秦琼“小边”反圆场。二人在后场正中碰面。切住。

程咬金 往下站！

〔【急急风】秦琼“小边”小圆场，程咬金“大边”反圆场。二人在前场正中碰面。（八大仓）（八大仓）程咬金逼秦琼平抬左腿单腿向“小边”台口退步。（嘟……崩登仓）程咬金翻盘子亮出“救”字，跨抬左腿，亮相；秦琼左腿收成跨抬式，亮相。

程咬金 卖烧饼！（左转身，“下场门”下）

〔【急急风】秦琼急走至"大边",向"下场门"眺望。罗周"上场门"上,至"小边"台口。

罗　周　众家哥弟前来搭救二哥。

〔秦琼回身走向罗周。

〔二黄散板〕

秦　琼　好哇!【纽丝】(过门同前) 1 3 2 – 3 2 3 2 1 6 (6 7
众家　英雄齐来到,

6 1 –) 3 3 1. 2 3 3 2 1 1 3 – 2 (5 6 1 2 –)
(仓)　不由秦琼喜　眉梢,　(仓)

6 1 2 1. 3 2 2 1 (2 6 1 –) 1 – – – 2 – –
待等八月　十五　到。

2 2 7 6 1 6.1 2 – – 2 2 – 1 – – (1 1 –)【扫头】

〔秦琼、罗周圆场至正场。【四击头】二人相对向台里大转身,秦琼跨左腿,踢右腿趋步,斜身,回首,别抬左腿,亮矮相。罗周左手甩剑穗,端剑,右手按掌,亮高相。【五锤】【大锣原场】秦琼缓步"下场门"下。罗周随下。闭二幕。

第 七 场

〔【大锣原场】开二幕。正场置高台座椅。红绣金团花桌围椅披。

〔【长尖】唢呐吹奏曲牌〈朱奴儿〉四兵丁、四将士托枪"上场门"圆场上,站"双一条鞭"。杨林右手举鞭,左手提下甲"上场门"上,至"小边"台口,斜鞭勒缰,往"下场门"一望。右转身,下马交一兵丁。左转身,进帐,上高台。四兵丁、四将士归"里八字"。曲牌止。

杨　林　将秦琼押上来!

〔【一锤锣】罗周抱双锏引秦琼"上场门"上,进帐。罗周站"大边",秦琼跪见杨林。

秦　琼　参见千岁。

杨　林　抬起头来。

秦　琼　谢千岁!

杨　林　啊?(仓)为何这样精壮?

罗　周　脸面生得如此。

杨　林　哼,辩得到也干净。秦琼,久闻你秦门双锏,盖世无双,要来孤家一观。

秦　琼　不足千岁一观。

杨　林　哪有许多闲言。王周。

罗　周　在。

杨　林　将他的刑具去掉，双锏交付与他，当面要来！

罗　周　是。

〔**【慢长锤】**秦琼站起。罗周把锏交与一将士，回身给秦琼卸刑具，脱褶子。**【夺头】**秦琼接过双锏左转身，左手抱锏，右手“山膀”，面向台口。抱锏拉开一个“山膀”，上步。

〔西皮快二六〕

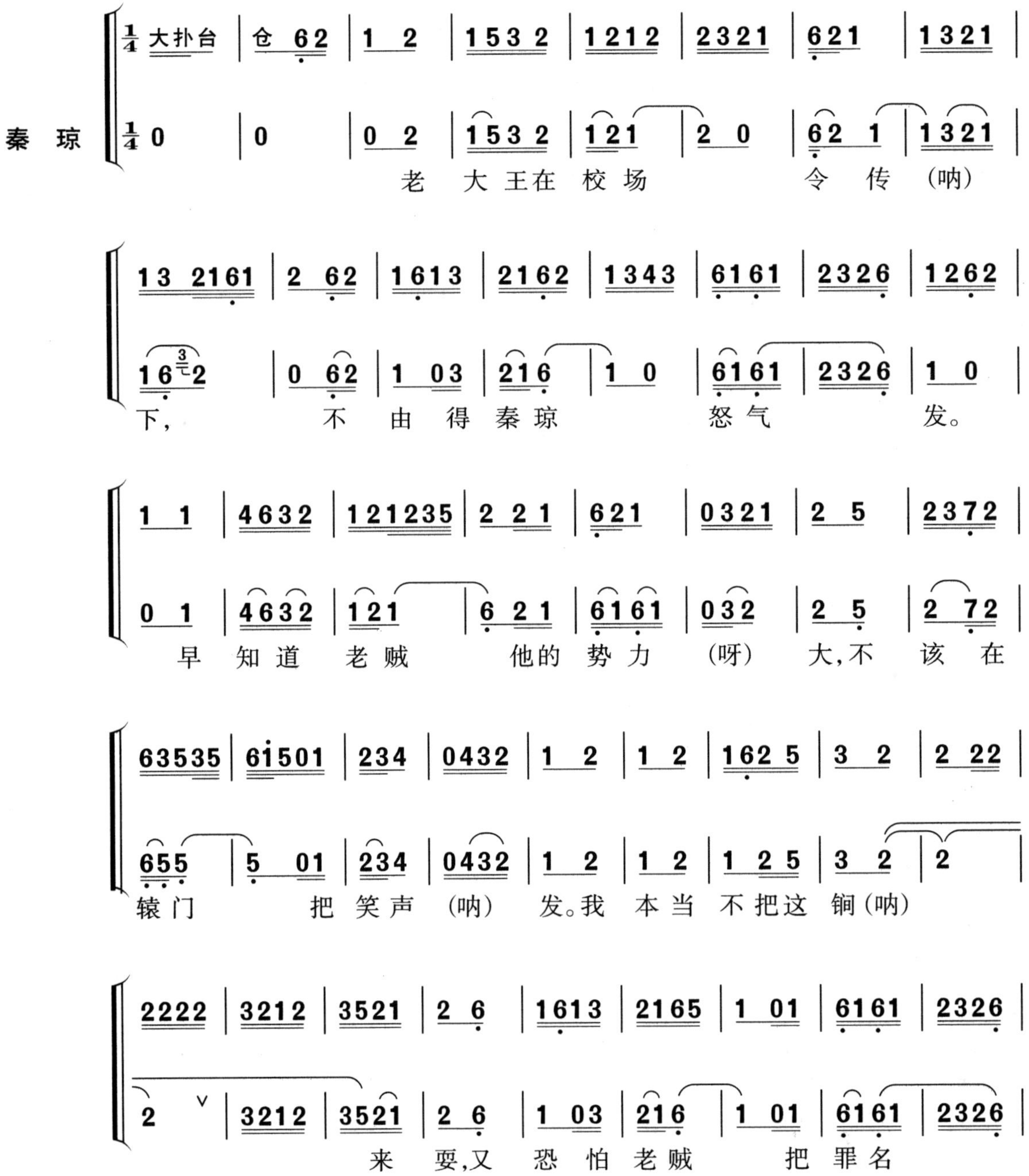

1 1 | 0 2 | 1 5 | 3 1 | 2 | 大 | 大 |（胡琴随唱腔伴奏，略）

1 1 | 0 2 | 1 5 | 3 1 | 2 | 0 | 0 | 廿 23 2 3 3 – V 5 1 – 3 2 –

加。减 头 去 尾 把 锏(呐) 耍，

〔【九锤半·阴锣】左转身，向杨林施礼。退至台口，右转身，朝“大边”上两步，右丁步，抱锏，按掌。反圆场至“小边”，拉右“山膀”，左丁步，亮住。【急急风】双手分锏，劈花转身左转至正场台口，变右转，朝“小边”转两个，再变左转两个，至正场。面向前，剪腕花变揉花。右转身，朝“小边”劈花转身，右转两个，变左转两个，变劈花，撤右退，跨左腿，踢右腿，趋步，别左腿，向左斜身，分锏式亮相。（龙 冬 大 大 大扑 台 仓才 台 仓 仓 才台 仓）踩着锣经，劈锏，“鹞子翻身”。变成右手托锏，左手掖锏，跨右腿。右腿向右跨出，别左腿，下蹲，分锏。左腿向左跨出，别右腿，下蹲，分锏，顺势右锏要一脱手平花，右手成提锏。起身，跺右脚，向左甩髯，左弓步，分锏式亮相。（大 大大 仓）右手掂锏变成正握。【四击头】右锏抡一圈，左脚踢大带，向右大转身一周，顺势推下大带，左甩髯，剪腕，右弓步分锏式亮相。【闪锤】上步，收式。左手抱锏，左转身站“小边”，面向杨林。

〔西皮散板〕

秦　琼（过门同前）1 1 3 23 2 7 6 7 6 1 – ‖

且 候 千 岁 将 令 发。【住头】

杨　林　久闻秦门双锏盖世无双，今日一观，不足为奇。

秦　琼　小人马上武艺还高。

杨　林　啊？（仓）莫非你有逃走之意？

秦　琼　不敢。

杨　林　谅你也不敢。王周。

罗　周　在。

杨　林　赐他老马一匹，背插红灯三盏，他若逃走，照灯追赶。

〔【阴锣】罗周反圆场“上场门”下。二将士给秦琼插红灯。

〔【纽丝】秦琼面向正场台口，左手抱剑，右手“山膀”。再拉一个“山膀”，上步。

〔西皮散板〕

秦　琼（过门同前）1. 2 2 3 – 32 3. 2（2 1 2 3 –）2 3535 3 0 i i – –

鹞 子翻 身 (呐) (顷 仓) 上 黄 骠(哇)。

〔【急急风】单雄信、罗成、谢映登、尤俊达、史大奈两边抄上，过场下。罗周“上场门”牵马上，带马；【四击头】秦琼上马，“小边”台口亮相。罗周“下场门”下。

〔【望家乡】秦琼反圆场至正场，抡马鞭，垂鞭，上步。

〔西皮快板〕

秦 琼 1/4 (3 5 6 i | 3 2 | 1 1 | 6 5 | 5 5) | 1 | 2 | 0 1 | 1 2 | 2 | 3 |

马 前 来 了 众 英

1 (6 2 | 1) 2 | 1 2 | 3 2 | 3 | 3 2 | 3 | 2 |

豪。坐 立 雕 鞍 高 声 叫，“杨林哪，(仓) 贼！”

杨 林 啊？

〔西皮散板〕

秦 琼 【大锣双楗凤点头】(过门同前) 1 2 1 3 2 0 2. 3 4 - - - 5 3. 2 2 - i - ‖

敢 与 秦(呐) 琼 比 英 豪。

〔（崩登仓）鞭打右鞭底，举鞭亮相。反圆场“下场门”下。

〔西皮散板〕

杨 林 【纽丝】(过门同前) 4 3 3 2 2 (2 -) 3 2 3 5 - - - 5 - -

孤 王 校 场 用 目 睁，

〔【闪长锤】杨林下高台，四兵丁、四将士“站门”。

〔西皮流水〕

杨 林 (过门同前) 1/4 1 2 | 3 | 3 (3 | 2) 3 | 3 1 | 2 | 3 2 | 1 (6 2 | 1) 2 | 1 2 |

瓦 岗 寨 来 了 众 贼 兵。 尤 俊

3 (2 | 3) 1 | 3 | 2 (3 | 2) 3 | 1 2 | 1 2 | 2 3 | (6) 2 | 1 6 | 1 |

达、 单 雄 信， 还 有那 混世 魔王 程 咬 金。

0 2 | 1 2 | 3 | 3 6 | 0 3 | 6 1 | 2 | (2) 3 | 1 2 | 3 1 | (1) 2 |

别 的 人 儿 孤 不 怕， 单 怕那 燕山 小

2 3 | 1 2 | 2 | 1 | 3 | 2 | 2 3 | 2 1 | 6 1 | 2 | 【扫头】

罗 成。人 来 与 爷 你们 把 马 顺，

〔杨林上马。【急急风】(加堂鼓) 四兵丁、四将士“插门”下。杨林提虬龙棒，左手拉下甲，走至“小边”台口，左转身，横提棒，面向“下场门”反圆场“下场门”下。闭二幕。

〔开二幕。【水底鱼】谢映登、王伯当、史大奈、罗成、尤俊达、“上场门”“骨牌对儿”上，“站八字”。徐茂公“上场门”上至正场。

徐茂公 众家哥弟，秦二哥身背红灯，反出校场，如何是好？

王伯当 待俺王伯当射他一箭。（“下场门”下）

徐茂公 少时与杨林交战，必须自称罗成。

众 却是为何？

徐茂公 那贼怕的就是罗成。

众 我等就按此行事。

徐茂公 放起火来！

〔【**急急风**】众人放火，亮相。两边分下。

〔【**急急风**】王伯当持弓箭“上场门”上至正场。向“上场门”一望。反圆场，“下场门”下。

〔【**急急风**】秦琼持双锏，背插红灯，反圆场“上场门”上至“九龙口”双锏横举式左丁步亮相。四将士追上，“上场门”“斜胡同”。【**阴锣**】秦琼上两步，横持双锏，左弓步，观察路径和敌情，直立，双锏横举式走至“大边”台口，右转身，左提右托双锏反8字圆场经“九龙口”至“小边”台口变反圆场至“大边”台口。杨林提虬龙棒“上场门”追上，秦琼迎战，“过合”，转身，“一合，二合”，转身，秦琼在“小边”面向“下场门”与在“大边”的杨林相对。

〔王伯当内白：“看箭！”（**台**）（射掉秦琼背插的红灯）（**台**）

〔【**撕边**】杨林一愣。【**急急风**】秦琼反圆场“下场门”下。四兵丁、四喽兵两边上，前场过场下。瓦岗众将两边上。在后场，杨林用虬龙棒挡瓦岗众将，尤俊达用大刀挡众将士“上场门”下。

〔【**急急风**】场上留一将与史大奈开荡，枪对朴刀盾牌，将败。陆续上众将，尤俊达打“六股档”。四将败下。

〔【**急急风**】杨林持虬龙棒“上场门”上，“过合”，打在“小边”的史大奈“上场门”下，转身与在“大边”的尤俊达架住。

杨 林 来将通名。

尤俊达 燕山罗成。

〔【**撕边一击**】杨林转身用虬龙棒压住大刀。

杨 林 呸！

〔【**急急风**】开打。尤俊达败，“上场门”下。谢映登持枪“上场门”上，接攒，在“小边”与杨林架住。

杨 林 来将通名。

谢映登 你老爷罗成。

杨 林 放马过来！

〔【**急急风**】开打。虬龙棒对枪。谢映登败，“下场门”下。程咬金持斧“下场门”上，接攒，在“大边”与杨林架住。

杨 林 来将通名。

程咬金 你老爷罗成。（**仓**）你爷爷程咬金，吃咱三斧！

〔【**三锣**】程咬金砍杨林三斧。杨林打程咬金，程败，“下场门”下。罗周持剑“上场门”上。【**撕边**】剑刺杨林。

罗 周 看剑！

〔（**崩登仓**）杨林转身“漫头”。

杨　林　啊？为何杀起为父来了？

罗　周　取尔首级来了！

〔（**龙冬大大大台仓才台仓仓才台仓**）“过合”，杨林“漫头”，“封头”，二人亮相。罗周“下场门”败下。

杨　林　追！

〔【**急急风**】四兵丁“上场门”上，过场下。杨林“耍下场”，“下场门”下。

〔【**急急风**】一将与秦琼“上场门”上，“二龙出水”一搭，二搭，秦琼“削头”，（**崩登仓**）“腰封”，横举式亮相。【**马腿儿**】二人开打，枪对双锏。【**四击头**】秦琼旋子，举锏式平抬左腿，向左单腿转二周，左手背十字双锏，右手撩髯，搂髯，左弓步亮相。【**急急风**】秦琼与众将、兵丁打“六股档”。杨林“上场门”上，接攒，虬龙棒对双锏；罗成“下场门”上，【**撕边**】挑开杨林压秦琼锏，（**崩登仓**）罗成打杨林“封腰”，亮住。秦琼“下场门”下。

杨　林　来将通名。

罗　成　燕山……

杨　林　啊！（**仓**）

罗　成　罗成。

〔【**撕边**】罗成刺杨林背后一枪，推至“小边”台口，（**崩登仓**）罗成拧枪式亮相。

杨　林　这才是真的罗成哪！

〔【**急急风**】二人开打，虬龙棒对枪。杨林败往“下场门”走，谢映登、单雄信、罗周挡回，与罗成“过合”。秦琼暗上至后场正中。杨林过至“上场门”，又被尤俊达、史大奈、王伯当挡回。过罗成，至后场被秦琼挡回。锣鼓切住。【**撕边**】谢映登、单雄信、罗周与杨林“过合”，【**急急风**】杨林败至“九龙口”，秦琼打杨林“腰封”。锣鼓切住。【**撕边**】杨林蹉步，秦琼串“鹞子翻身”至正场台口，（**崩登仓**）二人亮相。杨林打秦琼“鼻子”，【**四击头**】罗成用枪挑开，刺杨林背后一枪，推至“大边”。罗成拧枪式，杨林转身，“垛泥”，二人亮相。

〔唢呐吹奏曲牌〈尾声〉杨林败，“下场门”下。秦琼双锏拱手式，罗成枪拱手式，推磨，徐茂公、程咬金“下场门”暗上，瓦岗众将调位至“下场门”台口亮相。秦琼在正场、罗成在“小边”台口、史大奈在“大边”，成“斜一字”亮相。落大幕。

——剧　终

哈鸿儒　整理

举鼎观画

杨派剧目

《举鼎观画》又名《双狮图》，是一出老生与小生合演的唱工戏。它与《法场换子》、《徐策跑城》一样，系接续《薛刚大闹花灯》演绎出来的一折戏。小说《薛刚反唐》无此情节。京剧《薛刚大闹花灯》以及后续的几折戏，来自民间，是徽剧进京时带来的剧目。

自程长庚起，就有不同的流派不断地将《举鼎观画》展现在京剧舞台上，名家灌制的老唱片有好几张，夏山楼主（韩慎先）1929年高亭唱片可算得上是其中的精品，一直流传到现在。新中国成立后，关正明、梁庆云录了全剧各唱段的录音。80年代，赵松樵以耄耋之年在天津演出，留下了录像。《京剧丛刊》也整理出了该剧的文学剧本。这些给今天整理该剧目打下了很好的基础。该剧谭派、余派、杨派一脉承传的录音资料较完整，该整理本以梁庆云先生录音为基本依据，并将其列为“杨派”剧目。

《举鼎观画》故事情节很简单。薛刚大闹花灯闯祸，被张泰陷害，满门抄斩。徐策用亲生子金斗替换，救了薛蛟，改名徐宗，带回抚养。十七年后，一天，薛蛟在府门外玩耍，将门口的一对玉石狮子并在一起。徐策回府盘问，知道薛蛟已有本领报仇，于是带他到祖先堂上祭拜，将薛家遇害的画图挂起，讲述了经过，然后修书，打发薛蛟到寒山薛刚处搬兵报仇。

这是一出以唱念为主的戏。徐策的唱段在结构上很有独特之处。“举鼎”一场出场不用习惯的〔摇板〕、〔散板〕或者念对来表达下轿看见石狮子并在一处所产生的疑问，只唱两句〔二黄原板〕，既简练，又新颖，可以说是灵活利用程式化表演的范例。“观画”一场徐策披露薛蛟身世，有大段的念白，对观众听懂核心唱段“二黄导板、碰板、原板”成套唱腔，起着提示引导的作用，要想念得声情并茂甚为不易。〔二黄导板〕无论唱词还是唱腔，与《朱痕记》和《桑园寄子》都几乎一样，然而，朱春登是悲痛，邓伯道是悲伤，徐策则是悲愤。“珠泪滚滚”都要唱得饱满，要靠演员在情绪上把它们区分开。〔回龙〕是像《李陵碑》杨继业唱的那种慢〔回龙〕腔，主句是叙述，附加句“我的儿呀”将腔甩开，抒发感情。杨继业这个腔只拖三板，因为他又冷又饿，心里又着急，不宜把腔拖得太长；徐策则不然，埋在心里十七年的愤恨和积怨，像黄河之水一泻千里，所以腔儿拖了六板半，而且是一个地地道道的曲折的大〔回龙〕腔。〔二黄原板〕分了五个小段落。前两小段忿忿不平地述说薛家祖先的功劳，“跨海征东立下了功勋”一句中“功勋”之间加的虚字“啊”往前抢半拍，“勋”字又往后闪了四分之一拍，是个非常具“杨派”特点的唱腔。全句利用节奏长短错落来表现这种忿忿之情。第三小段突出了“悲”字。第四小段有长达二十板的垛句（京派京剧很少见这么长的垛句），是整个唱段非常突出的特色，为的是突出“气”字——想起薛刚闯祸带来的灾难不由得气由胸中升起，“起祸的根”的“根”字的拖腔前三拍和垛板保持同样的速度，第四拍一板，气愤达到了极点。转到第五小段，涉及自己亲生子，感情不由得化入悲哀之中。〔散板〕结束句不使腔，简洁地告诉薛蛟：“张泰贼是儿的对头人。”

梁庆云这出戏全部唱段都有录音，真实动人地表达出徐策的情感变化，就是每一句〔散板〕也没有丝毫懈怠之处。虽然不是全剧录音，却能使人一段一段听下去，感受到剧情的发展，给挖掘这出戏打下了良好的基础。

《举鼎观画》中薛蛟可以由二路小生扮演，比较简单。也可由角儿扮演。老路子德珺如、朱素云举鼎前唱一段〔二黄慢板〕；姜妙香演这个角色改成唱六句〔二黄原板〕。据说他能要下四个“好”来。

《举鼎观画》这出戏两个人物情感变化复杂，演来很有挖掘的余地。更难得的是，比起小说来，少了神怪法力，对正义的讴歌更为生动感人。

哈鸿儒

人物行当

徐　策	老生	**家　院**	生
薛　蛟	小生	**四龙套**	杂
书　童	丑		

服装扮相

徐　策　俊扮。古铜色员外巾、白三、浅棕色绸条，古铜色团花帔、香色褶子，香色彩裤，厚底靴。

薛　蛟　俊扮。都子头、面牌，白绣花开氅、白团花箭衣、大带，粉色彩裤，厚底靴。

书　童　丑扮。黑软罗帽，黑褶子、小大带，黑彩裤，白袜、皂鞋。

家　院　俊扮。黑罗帽、黑三，黑褶子、大带，黑彩裤，厚底靴。

四龙套　俊扮。红大板巾，红龙套服，黑彩裤，薄底靴。

道具

石狮子	一对	**书 信**	一封
折　扇	一把	**宝 剑**	一口
烛　台	一对	**马 鞭**	一根
香　炉	一个	**桌 子**	一张
画　像	一卷（四幅画）	**椅 子**	两把
云　帚	一把	**红绣金团花桌围**	一套
文房四宝	一份	**红绣金团花椅披**	两套

第一场

〔【撤锣】幕启。场上设正场桌，“小座”。红色绣金团花桌围椅披。

〔【小锣帽子头】薛蛟“上场门”上，【小锣原场】进至“九龙口”，抖双袖，提袖，整冠，捋发辫。进至正场。【小锣归位】抖右袖提袖。

薛　蛟　（引）幼习兵机，（多多）韬略（多罗.）

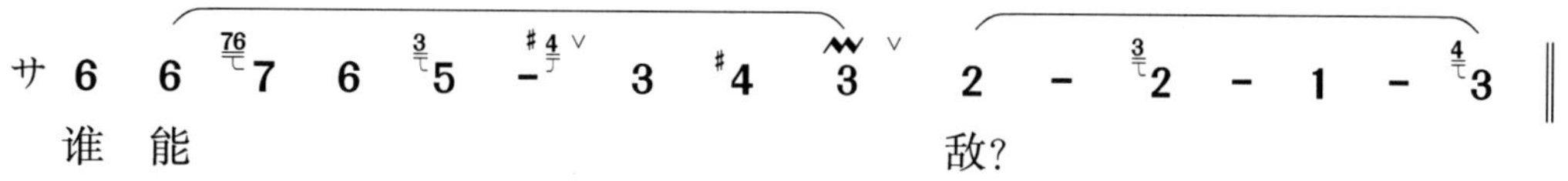

〔【小锣归位】薛蛟左转身，归“小座”。

薛　蛟　（诗）甘罗十二，

元霸幼年；

男儿志量，

英勇当先。【小锣三击】（抖左袖，提袖，右手扯直左水袖）

俺，徐宗。爹爹徐策，唐室为臣，官拜当朝首相，今日上朝未归。是我独坐书户，心中十分烦闷，不免将书童唤将出来，想一玩耍之策。（向“大边”）书童，（向“小边”）书童哪里？

〔书童内白：“啊哈！”

〔【小锣五击】书童“上场门”上，至“小边”台口。

书　童　（念）忽听叫书童，

两腿走如风；

人人都怕我，

我怕大相公。

〔【小锣住头】进门，站“大边”给薛蛟作揖。

书　童　大相公在上，书童丢揖。

薛　蛟　唉，（摊双掌）这是怎样讲话？

书　童　嘿嘿，你想啊！我给别人作个揖，人要还我一个揖；我给大相公作个揖，是好有一比。

薛　蛟　比作何来？

书　童　哎，长虫吃扁担！

薛　蛟　此话怎讲？

书　童　哎，直棍儿一条嘛！

薛　蛟　哎……呃，往日怎样施礼？

书　童　给您呐，请安来了！

薛　蛟　还是一样。

书　童　哎……是嘞，好，好，好！给大相公请安来了您呐！（请安）
薛　蛟　罢了！
书　童　大相公，您把我叫出来，什么事呀？
薛　蛟　是我独坐书房，心中十分烦闷，将你唤出，想一玩耍之策。
书　童　哎，想一玩耍之策呀，那好办呀！要不咱们树上逮知了儿。
薛　蛟　不好。
书　童　河里摸泥鳅。
薛　蛟　也不好。
书　童　不好？我可没主意啦。
薛　蛟　你我倒不如到府外游玩一回。
书　童　要是相爷回来碰上，那我可担待不起。
薛　蛟　无妨，有我担待。
书　童　有您担待，那我可就不怕啦。
薛　蛟　如此，书童带路！
书　童　是。
〔薛蛟离座，抖右袖，提袖。

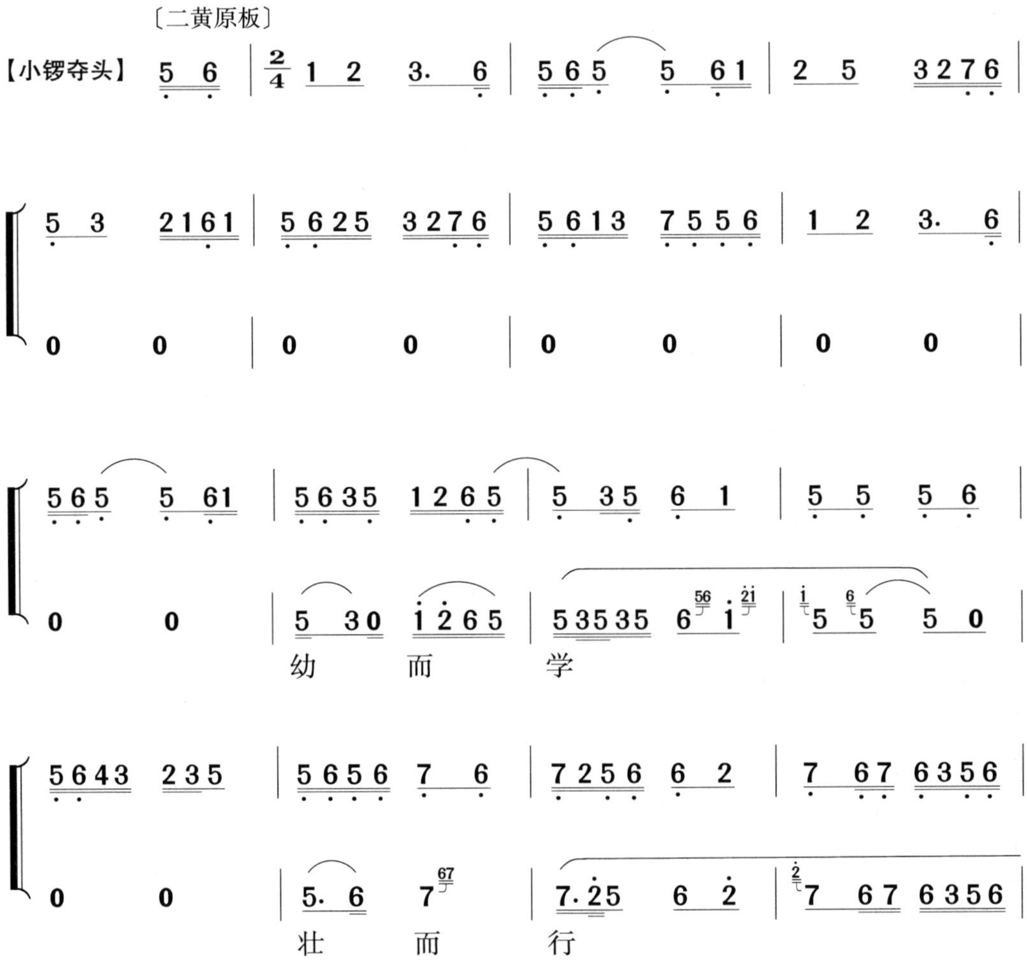

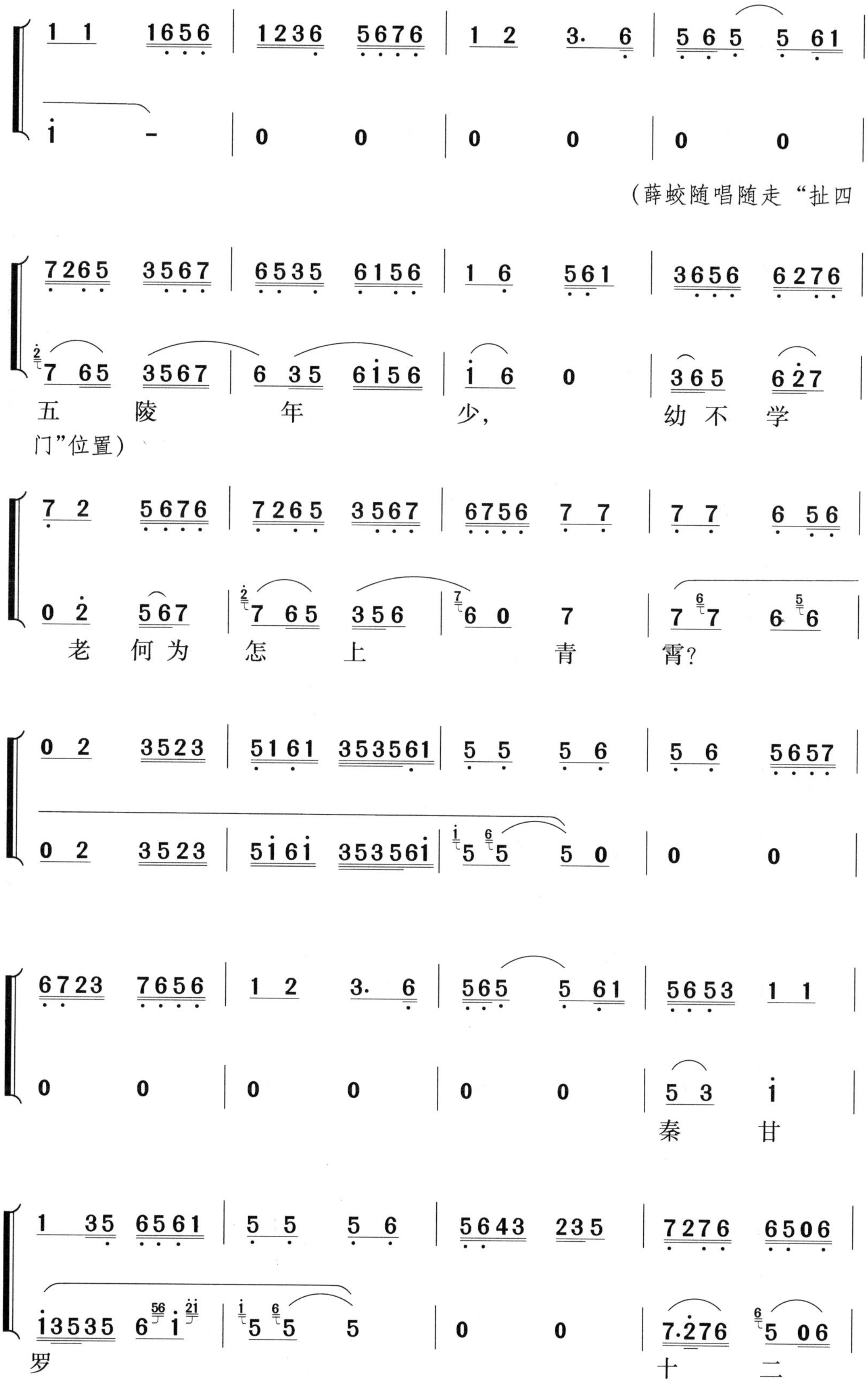
（薛蛟随唱随走“扯四
门”位置）
五 陵 年 少， 幼 不 学
老 何 为 怎 上 青 霄？
秦 甘
罗 十 二

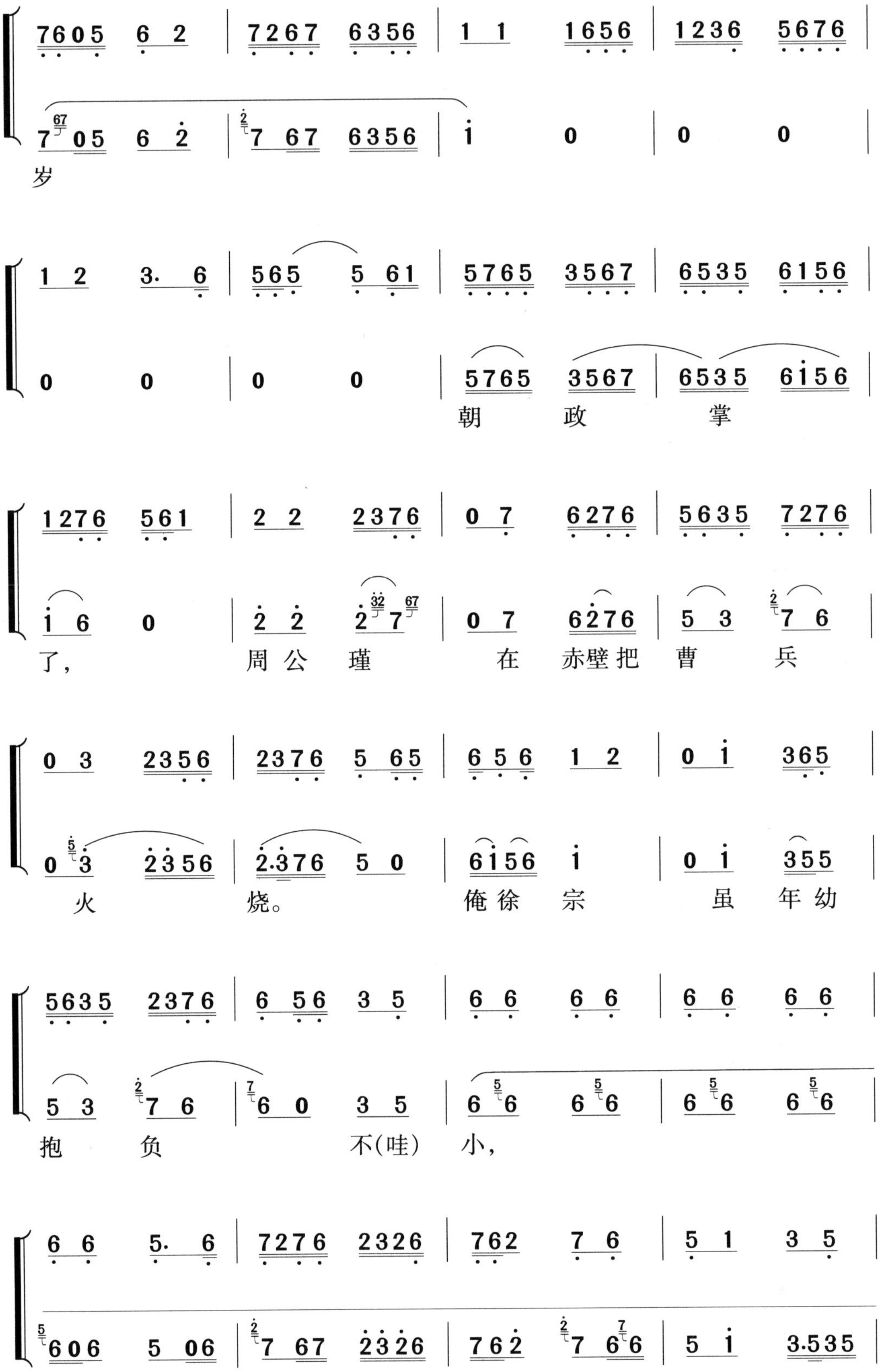
岁
朝 政 掌
了，周 公 瑾 在 赤壁把 曹 兵
火 烧。俺徐 宗 虽 年 幼
抱 负 不(哇) 小，

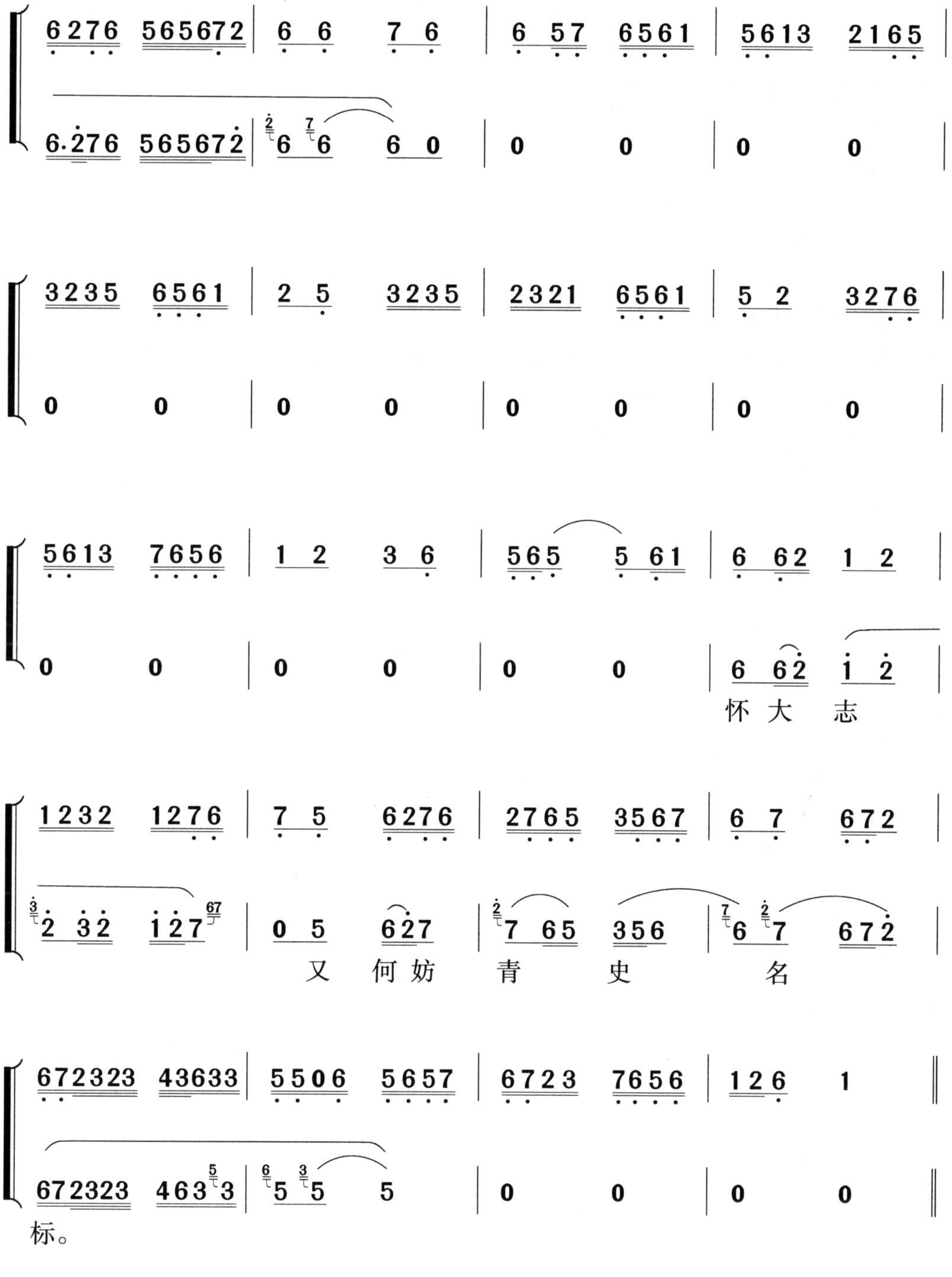

〔【小锣住头】书童、薛蛟出门，薛蛟站“小边”，书童站“大边”。

书　童　大相公，您瞧府外这地方够多豁亮呀！

薛　蛟　（看到玉石狮子）啊，书童，我来问你，这对玉石狮子是哪里来的？

书　童　您问这对玉石狮子呀？

薛　蛟　正是。

书　童　这可是小孩儿没娘，提起来话长啊！这是西辽国进贡来的。万岁爷因为咱们相爷在朝有功，就是把它赐给咱们相爷啦。您瞧，放在这府门口，够多么威风啊！

薛　蛟　但不知它的重量多少？

书　童　哎，这一个呀，五百斤。

薛　蛟　那一个呢？

书　童　那一个呀，五百斤零四两。

薛　蛟　啊，为何多上四两？

书　童　您瞧哇，那脚底下还有一个小狮子呢！哈哈哈……

薛　蛟　书童，我看见这一对玉石狮子，倒想起一辈古人来了。

书　童　哪位古人哪？

薛　蛟　昔日临潼斗宝，伍子胥举鼎斗胜。你我今日学着古人玩耍一番，你看如何？

书　童　好哇！那么，谁的将校，谁的举子哪？

薛　蛟　自然是我的将校，你的举子。

书　童　您的将校，我的举子？

薛　蛟　嗯。

书　童　哎，那好。咱们演习演习，好不好？

薛　蛟　演习演习。（台）

书　童　嘿嘿，演习演习……

〔二人一边说着一边换位，薛蛟站“大边”，面向台口；书童站“小边”，面向“上场门”。

薛　蛟　呔，下面听者！

书　童　啊！

薛　蛟　府门以外，有一对玉石狮子，重有千斤，哪个将它高高举起，轻轻放下，高官得做，骏马任骑！

书　童　（韵白）俺，（旁折右袖，左转身）来也！

〔**【小锣带锣】**书童抖右袖，提袖，双手做挽袖状，跑至“大边”台口，先试着推一推，再用力，推不动。

书　童　（夹白）推不动它呀！这边瞧瞧。

〔书童又跑至“小边”台口，先试着推一推，再用力，仍然推不动。

书　童　（夹白）还是推不动呀！（锣鼓收住）哎，回少公爷的话，它拿我不动！

薛　蛟　唉，你拿它不动。

书　童　嘿嘿，对啦！是我拿它不动，嘿……

薛　蛟　哎，咱们换上一换？

书　童　咱们换上一换。

薛　蛟　你的将校，我的举子。

书　童　好好好，咱们换一下。

薛　蛟　换一下。

书　童　换一下，换一下……

〔二人一边说着一边换位，薛蛟站“小边”，面向“上场门”，书童站“大边”，面向台口。

书　童　呔，下面听者！府门以外，有一对玉石狮子，重有千斤，哪个将它高高举起，轻轻放下，高官得做，骆驼任骑！

薛 蛟 （回身纠正书童）嗨！骏马任骑。（转身，仍面向“上场门”台口）

书 童 嘿嘿，不错。（韵白）骏马任骑！

薛 蛟 嘚！俺，（仓）来也！

〖**【撞金钟】**薛蛟脱开氅，书童接过，放在桌上。

〔二黄散板〕

薛 蛟

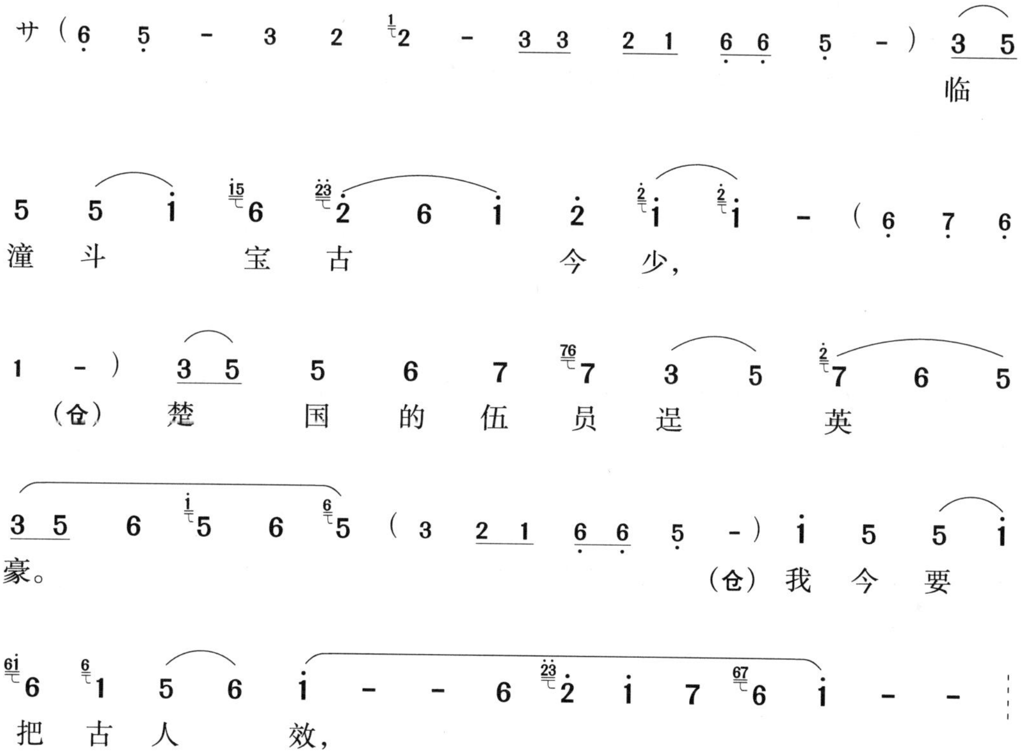

〖**【九锤半】**薛蛟右手拉“山膀”，反“云手”，整左袖，“云手”整右袖，**【阴锣】**捋发辫。进至“大边”台口单膝跪在玉石狮子后，试着摇晃石狮子。站起，整整左袖。又到“小边”台口的石狮子后，单膝跪下，试着摇晃石狮子。站起，整整左袖。捋发辫，至“大边”台口的石狮子后单膝跪下，将石狮子扛在左肩上，站起。扛着石狮子到“小边”台口的石狮子后单膝跪下，将第二个石狮子又扛在右肩上，站起，退至正场。**【急急风】**薛蛟用力缓缓举起两个石狮子。**【撕边】**站稳。

薛 蛟 **【纽丝】**（过门同前）

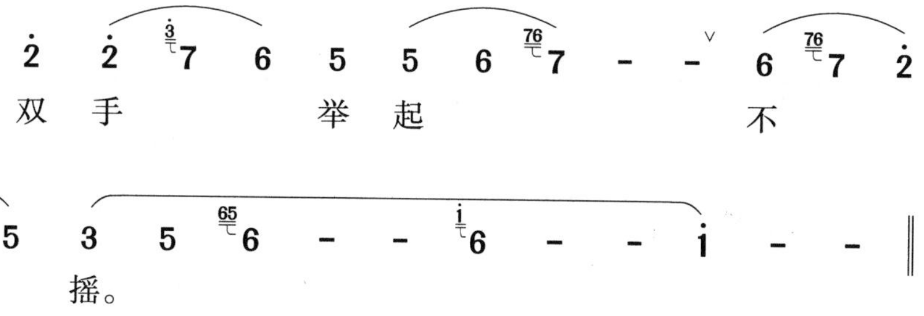

薛　蛟　【三叫头】啊哈，哈哈，啊哈哈哈！……

书　童　哎哟，老相爷回来了。

〔【小锣长丝头】薛蛟慌忙将一对石狮子放在“小边”台口。书童将开氅递给薛蛟，薛蛟“下场门”急忙跑下。

书　童　我也赶紧溜了吧！

〔书童“下场门”跑下。

〔徐策内白：“打道！”四龙套内应声：“啊！”

〔【慢长锤】四龙套、家院“上场门”上，“上场门斜胡同”。徐策上，锣鼓切住，一亮。【慢长锤】徐策至“九龙口”，垂右袖，提袖。

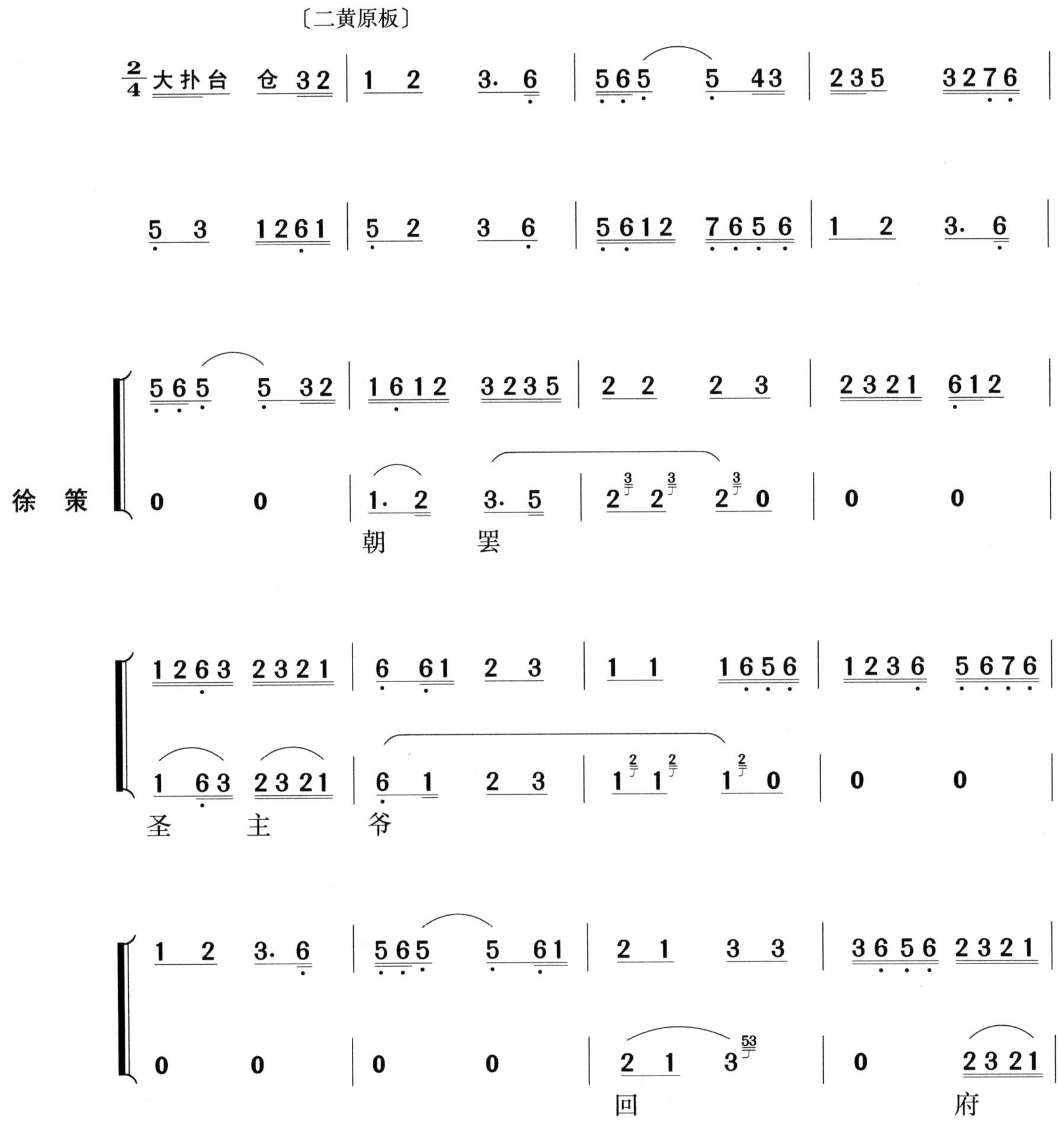

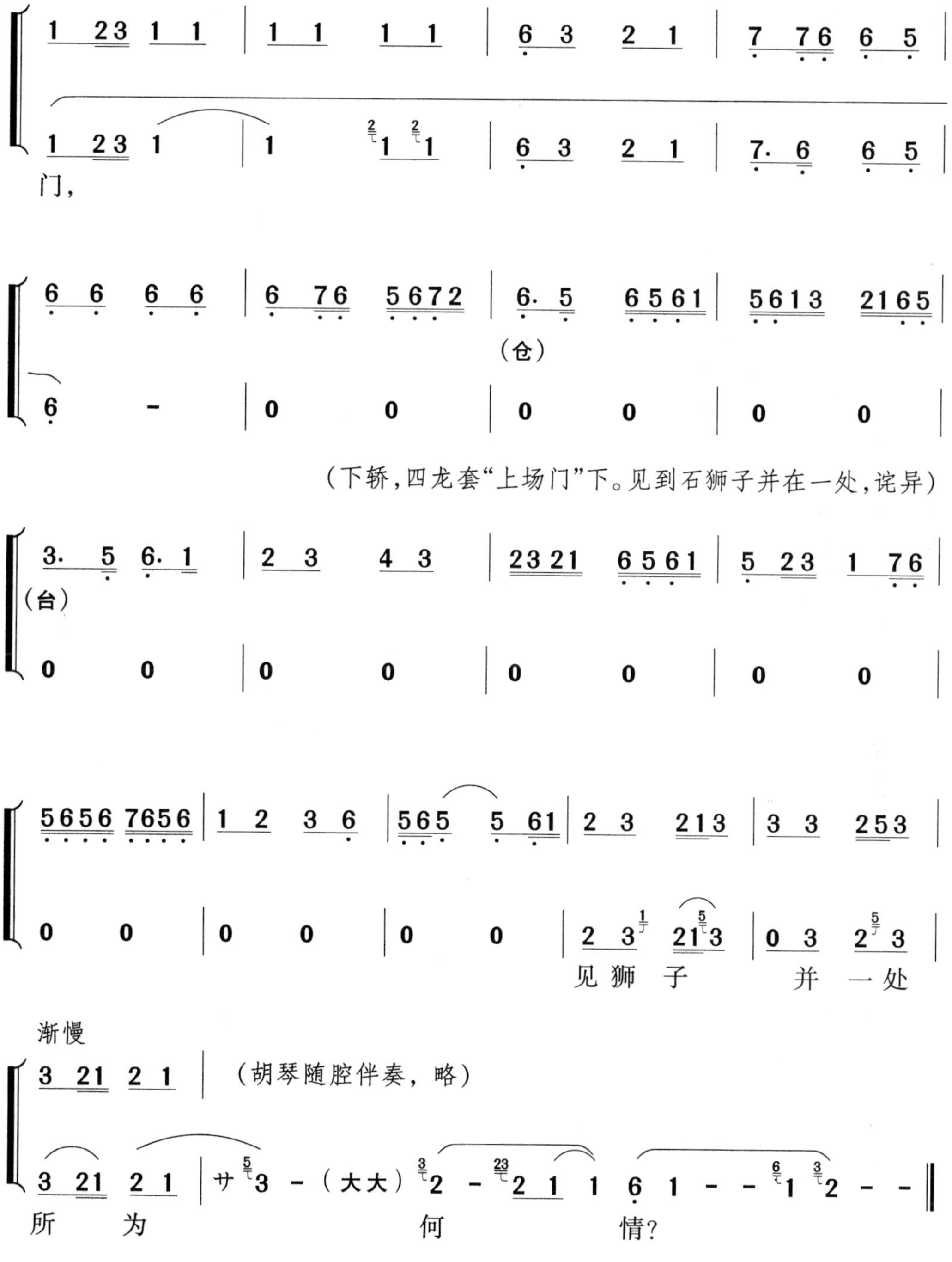

〔【大锣五击】徐策进门，接过家院递过来的扇子，坐“小座”。家院随进，站“大边”。

徐　策　家院。

家　院　有。

徐　策　府门之外，何人值日？

家　院　门官告假，书童代管。

徐　策　唤书童。
家　院　遵命。（出门，朝“上场门”传话）书童快来！
　　〔书童内白：“来啦，来啦！”
　　〔【小锣住头】书童“上场门”上，站“小边”。
书　童　（念）忽听相爷叫，大概事情不好闹。
　　（问家院）嘿嘿，什么事情啊？
家　院　相爷唤你，随我进来。
书　童　是是是。（自语）哎呀，这要麻烦啦。
　　〔家院带领书童进门。（台）家院站“大边”，书童在“小边”跪拜。
书　童　给老相爷叩头。
徐　策　罢了，起来。（书童站起，站“小边”）
书　童　哎，谢老相爷。
徐　策　书童。
书　童　有。
徐　策　今日可是你的值日呀！
书　童　嘿嘿，老相爷，是这么会子事，今儿个门官他病啦，小子是顶班您呐！
徐　策　我来问你，府门以外，有一对玉石狮子，何人将它并在一处？
书　童　嘿嘿，老相爷您不知道。今儿个不是我顶班吗？我看门口挺脏的，我就拿把扫帚，我就东一扫帚，西一扫帚，把它们俩儿就给扫到一块儿啦。
徐　策　噢？呵呵，是你将它并在一处的？
书　童　哎，是小的把它并在一块儿的。
徐　策　好。当着老夫，将这对玉石狮子分为两边。（八大）
书　童　（无奈地）是……哎，是，是（转身面向“小边”台口寻思，有了主意，给徐策施礼回话）哎，回禀老相爷的话，刚才我扫地的时候，那狮子它说了话啦！
徐　策　噢，狮子会说话？
书　童　啊，会说话，会说话！
徐　策　它讲些什么？
书　童　哎，狮子说啦：狮子分雌雄，每日列西东，今日重相会，分开万不能！
徐　策　嗯……（大大　大　多罗．台）
书　童　（急忙跪下）是，您呐！
徐　策　说了实话，还则罢了，若是不说，重重地打！
书　童　哎哎哎。别打，别打。我说，我说。
徐　策　讲。
书　童　是大相公把它并在一块儿的。
徐　策　噢，大相公？
书　童　是的，是的。
徐　策　现在何处？
书　童　在书房哪。
徐　策　唤他前来。
书　童　哎，是是是。（自语）唉，真够麻烦的！（出门，朝“上场门”喊）哎，大相公！

您快来吧,您呐!(台)

「薛蛟"上场门"上，站"小边"。书童站到薛蛟右侧。

薛　蛟　(念)适才府外去玩游，爹爹回来无兴头。

书　童　(念)有兴头，无兴头，相爷问起那根由。

薛　蛟　什么根由?

书　童　狮子案犯啦!

薛　蛟　哎呀!(京白)你就说我不在书房。(右转身"上场门"悄悄地跑下)

书　童　哎，好咧!您就交给我啦!(进门，到"小边"施礼回话)回老相爷的话：大相公说啦，他不在书房。

徐　策　不像话!

书　童　哎，是是是。

徐　策　唤他前来!

书　童　哎，是是是。(出门，自语)本来就不像话嘛!(朝"上场门"喊)哎，大相公，您快来吧，您呐!(薛蛟"上场门"溜上，来到书童身边)快来呀!(台)不成啊，老相爷非见您不可!

薛　蛟　哎呀，这便如何是好哇?

书　童　(想)唉，不要紧的!您看我的眼色行事，好不好?

薛　蛟　好!看你的眼色行事?

书　童　对，看我的眼色行事。快快，跟我来，跟我来!(领薛蛟进门)

书　童　(施礼)老相爷，大相公来啦。(归"大边"，站家院外首)

薛　蛟　(施礼)参见爹爹。(归"小边")

徐　策　罢了。

薛　蛟　将孩儿唤出，有何教训?

徐　策　我来问你，府门以外，有一对玉石狮子，可是你将它并在一处?

薛　蛟　啊，这……(欲抵赖，低声地)未……曾。(台)

徐　策　讲!

薛　蛟　爹爹，是孩儿心中烦闷，与书童一起去到府门以外……(书童伸出左手做暗示)呃……(大大　大　大　大)

徐　策　(发现)嗯……(台)(对书童)你做些什么?

书　童　啊，我这儿……抽鸡爪疯哪!

徐　策　打手!

「家院欲打书童。

书　童　哎，好啦，好啦!

徐　策　往下讲来!

薛　蛟　与书童到府门以外玩要，见一对玉石狮子，(书童努嘴做暗示)是孩儿……

徐　策　你又做什么?

书　童　我……抽歪嘴疯哪!

徐　策　掌嘴!

「家院欲掌书童嘴。

书　童　哎哎……别打，别打!好啦，好啦!

徐 策 滚了出去！

书 童 哎，是。（边出门边对薛蛟）大相公，我可顾不了您啦！（台）（ “下场门”下）

徐 策 我儿慢慢讲来！

薛 蛟 是孩儿看见这对玉石狮子，想起一辈古人来了。

徐 策 哪辈古人？

薛 蛟 想起当年临潼斗宝，伍子胥举鼎斗胜。儿学古人玩要，用尽平生之力，将这对玉石狮子高高举起。不料爹爹下朝回来，孩儿一时惊怕，分之不及，故而并在一处。

徐 策 是你将它并在一处？（大 大 大 大 大大 大）

薛 蛟 正是。

徐 策 好。（台）当着为父将它分为两边。

薛 蛟 （意外地高兴起来）孩儿遵命。

〔【纽丝】徐策离座，站“大边”观看。

〔二黄散板〕

徐 策 （过门同前） 3 6 7 6 6 5 6 i - （6 7 6 1 - ）
儿 同 古 人 比 一 比，（仓）

6 5 6 6 6 6 5 3 5 6 i 5 - （3 2 1
将 这 狮 子 两 分 离。

6 6 5 - ） 6 5 5 6 6 6 6 5 6 i -
（仓） 二 次 举 鼎 威 风 凛，

〔【阴锣】家院过来帮薛蛟脱下开氅，然后在“小边”侍立。薛蛟归正场拉开右“山膀”，整袖，至“小边”台口将两只玉石狮子扛在肩上。徐策带着一些担心惊讶地观看。随着薛蛟扛石狮子至“大边”台口放下一个石狮子，徐策换到“小边”；再随着薛蛟到“小边”台口放下另一个石狮子，徐策换回“大边”。【撕边】徐策暗暗称赞。

薛 蛟 【纽丝】（过门同前） 5 2 7 6 5 6 7 6 6 7 5 5 3 5 - ‖（仓）
我 今 胜 过 伍 子 胥。

〔（嘟……崩登仓）薛蛟向徐策拱手，徐策平拉开折扇，左手摊掌。家院将开氅给薛蛟穿上。

〔【撕边】徐策右手抖折扇，抖左袖。

徐 策 哈哈哈……

举鼎观画

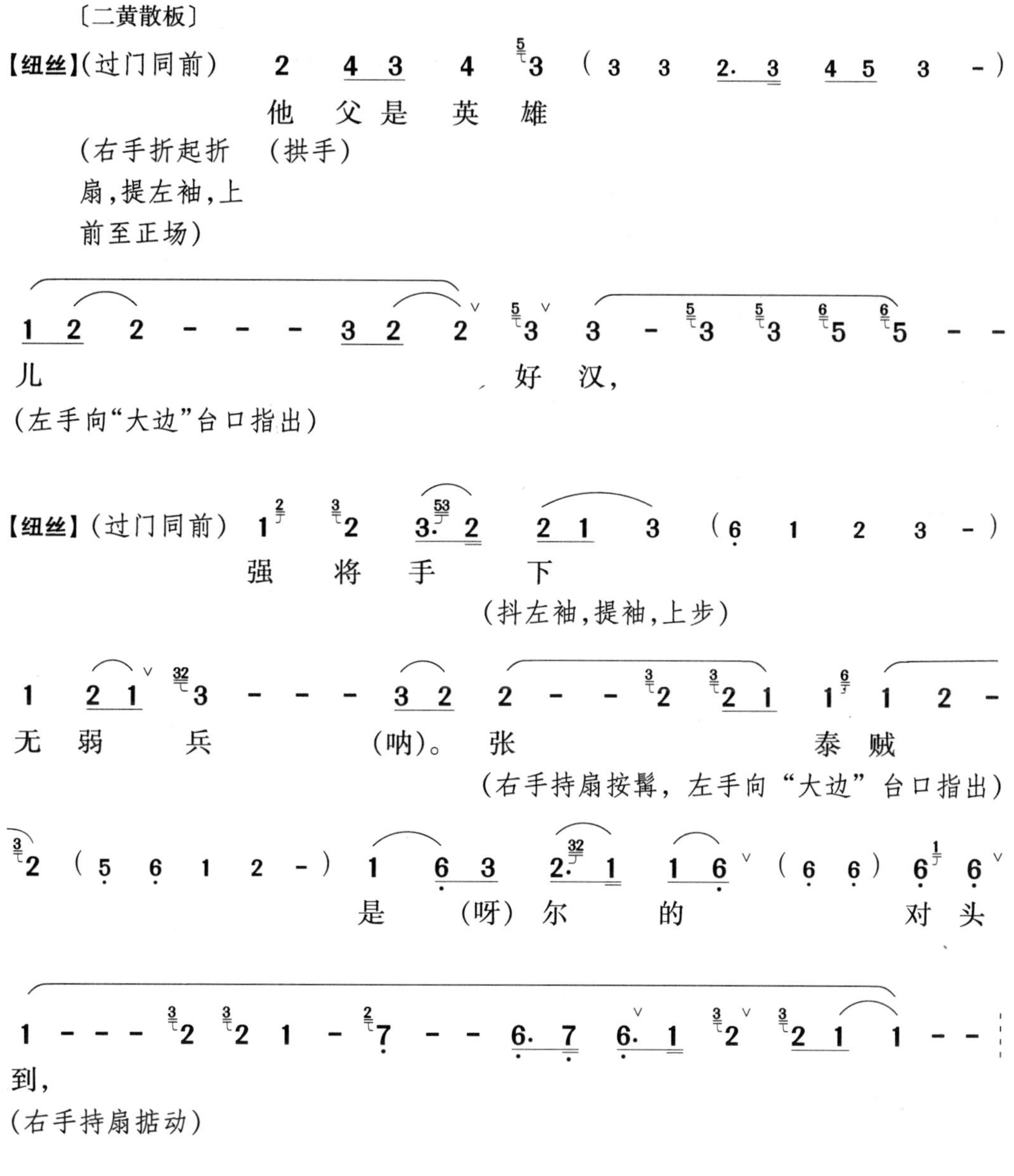

〔【纽丝】徐策垂左袖,提袖,右转身,归“小座”坐。

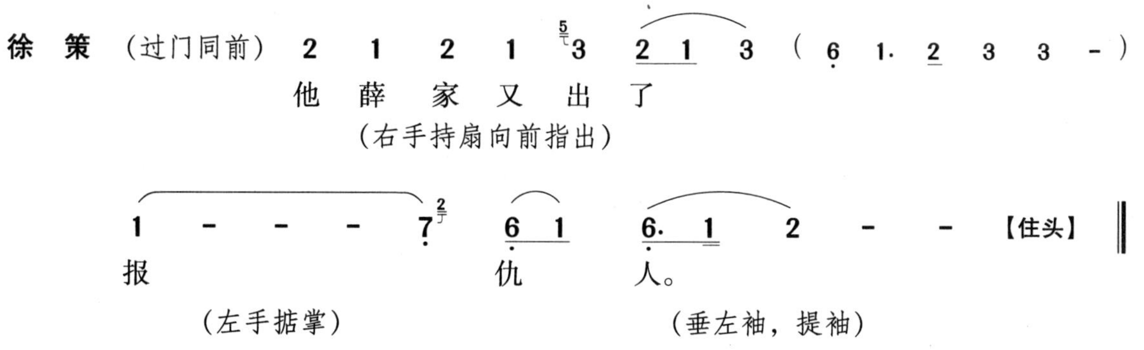

徐 策 儿呀。

薛　蛟　爹爹。
徐　策　自从儿在南学攻书，还不曾到过祖先堂，今日，随为父到祖先堂一祭！
薛　蛟　孩儿遵命。
徐　策　家院。
家　院　有。
徐　策　命你打扫祖先堂。附耳上来。
〔（大 大 大大 乙 台）家院到徐策身旁听其耳语。
家　院　噢，噢，遵命。
〔【小锣五击】家院出门，"下场门"下。
徐　策　儿呀。
薛　蛟　爹爹。
徐　策　你要随为父来！
薛　蛟　孩儿遵命。
〔胡琴奏曲牌<二黄小开门>。徐策持扇离座，出门，向"下场门"走去，薛蛟随后。
〔徐策走到"大边"，右转身，端详薛蛟，薛蛟躬身。
薛　蛟　爹爹！
徐　策　哈哈哈……来呀！（垂右袖）
薛　蛟　遵命。
〔徐策左转身，提袖，"下场门"下；薛蛟折右袖，虚扶徐策"下场门"下。闭二幕。

第二场

〔胡琴接上场奏曲牌<二黄小开门>。开二幕，场上设正场桌，桌上置烛台一对、香炉一座。桌后置红色小帐子。"大边八字椅"、"小边跨椅"。红色绣金团花桌围椅披。
〔家院拿画卷，执云帚"上场门"上，至正场开门，进门，挂画，打扫桌椅，完成后，转身出门到"小边"台口面向"下场门"。
家　院　（躬身）有请相爷。
〔徐策持扇"上场门"上，薛蛟随上。至"九龙口"二人相视，薛蛟躬身。薛蛟虚扶徐策进门，家院随进门。徐策至"大边八字椅"前，用扇指画；薛蛟双抖袖，提袖，整冠，捋双辫；家院随进门，站"大边"。
徐　策　我儿向前拜过。
〔薛蛟至正场，朝画像跪拜。然后，徐策坐"大边八字椅"，薛蛟坐"小边跨椅"。曲牌止。
徐　策　家院。
家　院　有。
徐　策　你且退下。
家　院　遵命。

「【小锣住头】家院执云帚出门，“下场门”下。

薛　蛟　啊，爹爹。想这祖先堂供的都是我家祖先的牌位么？

徐　策　正是呀！

薛　蛟　（指画）想我家世代书香，为何中堂悬挂这武将的真容？

徐　策　哦，你问这张画儿么？

薛　蛟　正是。

徐　策　我朝有一家忠良，被谗臣所害，三百余口，俱被斩首。那时节他举家无后，为父与他家交往甚厚，不忍他断绝香烟，故而将这画儿挂在我家祖先堂上，每年一祭。

薛　蛟　噢。啊，爹爹，这头一排有一位将官，头戴白银盔，身穿白银甲，跨下白龙战马，手持方天画戟，威风凛凛，他是何人？

徐　策　这第一排么？（**大 大大 大大 乙**）

薛　蛟　正是。（**台**）

徐　策　他姓薛名礼字仁贵，乃山西绛州龙门县人氏。此人武艺超群，英雄盖世，保定唐主，跨海征东，立下十大汗马功劳。官封平辽王之位。

薛　蛟　噢，平辽王之位？

徐　策　正是。

薛　蛟　啊，爹爹。这第二排有男女二人，身穿大红，他又是何人哪？

徐　策　第二排乃是仁贵之子，名叫丁山；那一女将乃樊氏夫人。夫妻二人征西有功，到后来封为两辽王之爵。

薛　蛟　噢，原来如此。（**大 大 大大 大大 台**）啊，爹爹。第三排有男女二人，有尸无头，那又是何人？

徐　策　这有尸无头？（**大 大 大大 大大 大**）

薛　蛟　正是。（**台**）

徐　策　此乃丁山之长子，名唤薛猛。那旁就是双刀马氏夫人。他二人镇守河阳。正是他二人被奸党所害，故而有尸无头。

薛　蛟　噢，原来如此。（**大 大大 大大 大大 大 台**）啊，爹爹。那旁有一黑面大汉，手持大棒，怒气不息，他又是何人哪？

徐　策　黑面的孩儿在哪里呀？

薛　蛟　（站起）在这里！

「【撕边】徐策站起，面里，抬头看画。薛蛟不解。

徐　策　（折右袖，抖右袖）【三叫头】黑汉，（提袖，右手抖动朝画指出）狂徒！（右手抖动指着画）是你闯下塌天大祸，怎不气，气……

「【冲头】徐策、薛蛟分别归座。

薛　蛟　啊，爹爹。孩儿提起这一黑汉，爹爹为何这样地怒气不息。

徐　策　那黑汉乃丁山三子，名叫薛刚。是他吃酒带醉行凶，闯下塌天大祸，连累他全家被害。叫为父怎的不气，怎的不恼？

薛　蛟　如此说来，实在可气，实在可恼！（**大大 大大 台**）啊，爹爹。那旁有一婴孩，有何罪过，为何要腰铡三截？

徐　策　婴孩在哪里？婴孩在……

薛　蛟　（站起，指画中婴孩）婴孩在这里。

〔【**撕边**】徐策站起，面里，抬头看画。

徐　策　（折右袖，抖右袖）【**三叫头**】金斗，（提袖，垂袖）我儿，（提袖，拭泪）儿啊……

〔【**冲头**】薛蛟更加不解。徐策、薛蛟分别归座。

徐　策　哈哈哈哈……（**大　大大　大大　大大　大大　大　台**）

薛　蛟　啊？提起这一婴孩，爹爹为何悲中带喜？

徐　策　非是为父悲中带喜。此子虽腰铡三截，他还未曾死呀！

薛　蛟　哎呀呀……爹爹怎么说起呆话来了？

徐　策　怎见得？

薛　蛟　我想，一个人腰铡三截还不曾死，岂不是呆话？

徐　策　我儿哪里知道：此子押在法场，眼看行刑。我朝有一家忠良，与他薛家交好甚深。那时节，将其亲生之子在法场暗中调换，（薛蛟右手赞美式）此子岂不是未曾死么？

薛　蛟　未曾死？

徐　策　正是。

薛　蛟　唉，不知此子的年纪有多大？

徐　策　他的年纪么……（**大　大大　大大　大**）

薛　蛟　正是。

徐　策　哦，（**台**）与我儿般长般大。

薛　蛟　怎么，与孩儿般长般大。

徐　策　正是。

薛　蛟　啊……不知道有何本领？

徐　策　他的本领么……（**大　大　大大　大　台**）他——（右手赞美式）能力举千斤。

薛　蛟　噢……（**仓**）怎么，他能力举千斤么？（左手捏袖，右手前指）

徐　策　正是。

薛　蛟　呵、呵、呵呵呵……【**撕边一击**】（抖右袖，提袖）叫孩儿好恨！

徐　策　啊？（**仓**）你恨者何来？

薛　蛟　我想，他有偌大本领，（左手捏袖，右手前指）为何不为他（右手抓袖，站起）祖先报仇？【**撕边一击**】（亮相）

徐　策　他单丝不线，独木不林。纵有血海冤仇，他一人是怎能得报？

薛　蛟　既然如此，爹爹，将他唤来，与孩儿结为金兰，待孩儿与他代报此仇！（一亮）

徐　策　啊？（**仓**）怎么讲？

薛　蛟　代报此仇！

徐　策　呀呀呸【**大锣五击**】（抖右袖，徐策站起，提袖，到薛蛟跟前指点着薛蛟）你自己的冤仇未报，与人家报的什么冤仇哇？（摊双掌，掂动，左转身，斜身面向“大边”台口）

薛　蛟　（折右袖，拱请式）【**叫头**】爹爹！（抖右袖，提袖）孩儿前堂有父，（薛蛟上步，拱请式。徐策回身面向薛蛟）（**台大台**）后堂有母，（薛蛟右转身，右弓箭步，斜身向“小边”拱手。徐策望“小边”）（**台令台**）（收左腿，回身与徐策相对）慢说无有冤仇，（按右掌，抓右袖）纵有冤仇，孩儿即刻（左脚上步，抓左袖）就报。（**仓**）

徐　策　噢，是你言道：前堂有父，（双手端髯）（**台大台**）后堂有母（望“小边”拱请式）慢说无有冤仇，纵有冤仇，（右手执扇指薛蛟）你即刻就报？

薛　蛟　正是。

徐　策　怎奈你不是我的亲……啊！（发觉失言，急执扇捂嘴）（**大仓**）

薛　蛟　（上步紧问）亲什么？

徐　策　哎呀！【**大锣五击**】为父上了年纪，说话颠三倒四。不必多问，书房攻书去吧！

〔【**撕边**】徐策左转身坐“大边八字椅”。薛蛟急切地往“小边”台口上几步，抖右袖，左转身，折右袖，拱请式。

薛　蛟　【**叫头**】爹爹！（抖右袖，提袖）听爹爹言来语去，这内中必有缘故，对孩儿说了实情还则罢了；如若不然，孩儿就跪死在，（【**撕边一击**】薛蛟左手扯右袖，**八　0　大大．仓　0**）跪，【**软四击头**】【**冲头**】（跪蹉步至徐策跟前）跪死在此啊……（哭）

〔徐策双臂前伸抖动，到薛蛟身前，搀住薛蛟双臂。徐策垂右袖，提袖。薛蛟拭泪。

〔二黄导板〕

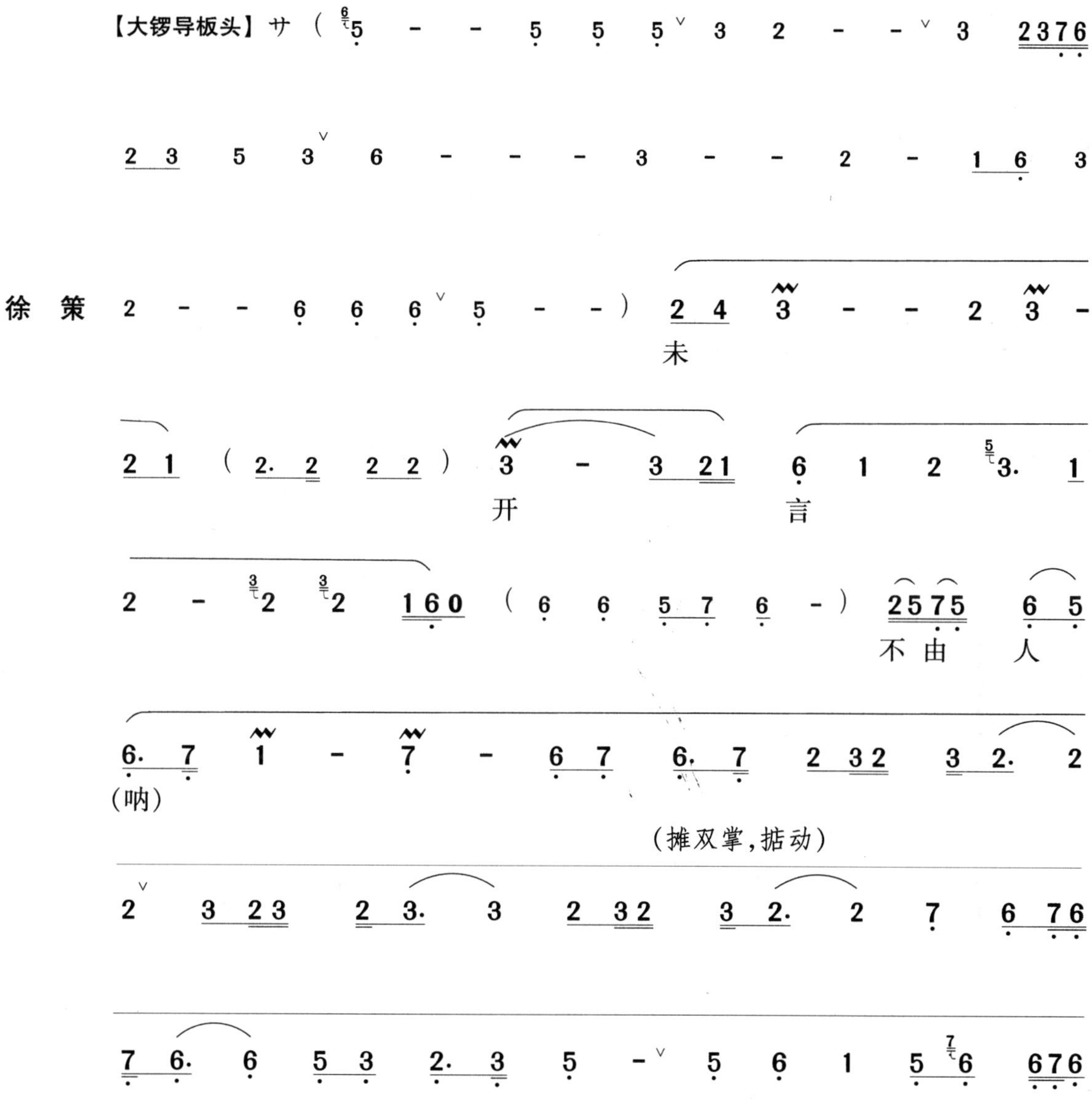

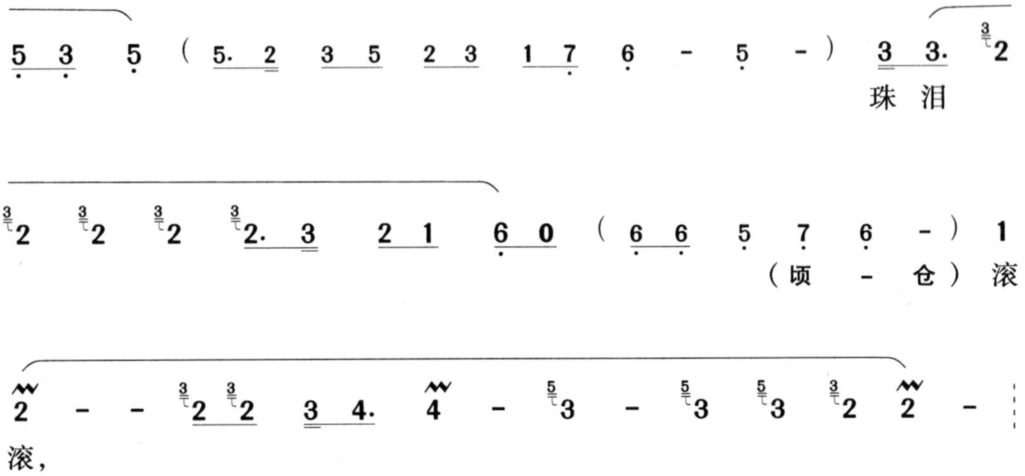

（徐策右手拉住薛蛟左手，掂左掌，左手拭泪。薛蛟左手拭泪）

〔【冲头】徐策示意薛蛟起来，薛蛟站起，归“小边跨椅”坐。徐策垂右袖，提袖。

徐策 【三叫头】（同）薛蛟，我儿，儿啊……

薛蛟 【三叫头】（同）爹爹，我父，爹爹啊……

〔【大锣帽子头】二人拭泪。徐策右手扶桌案，抖左袖，提袖。

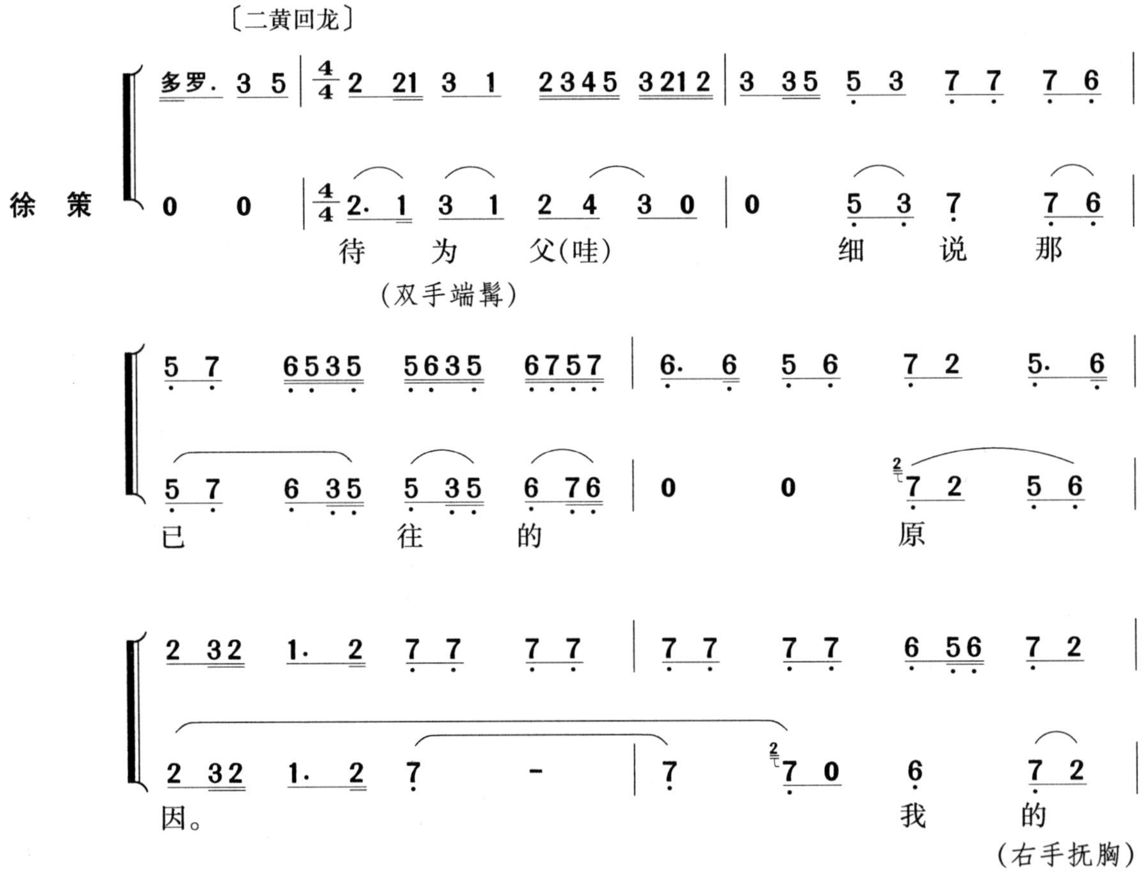

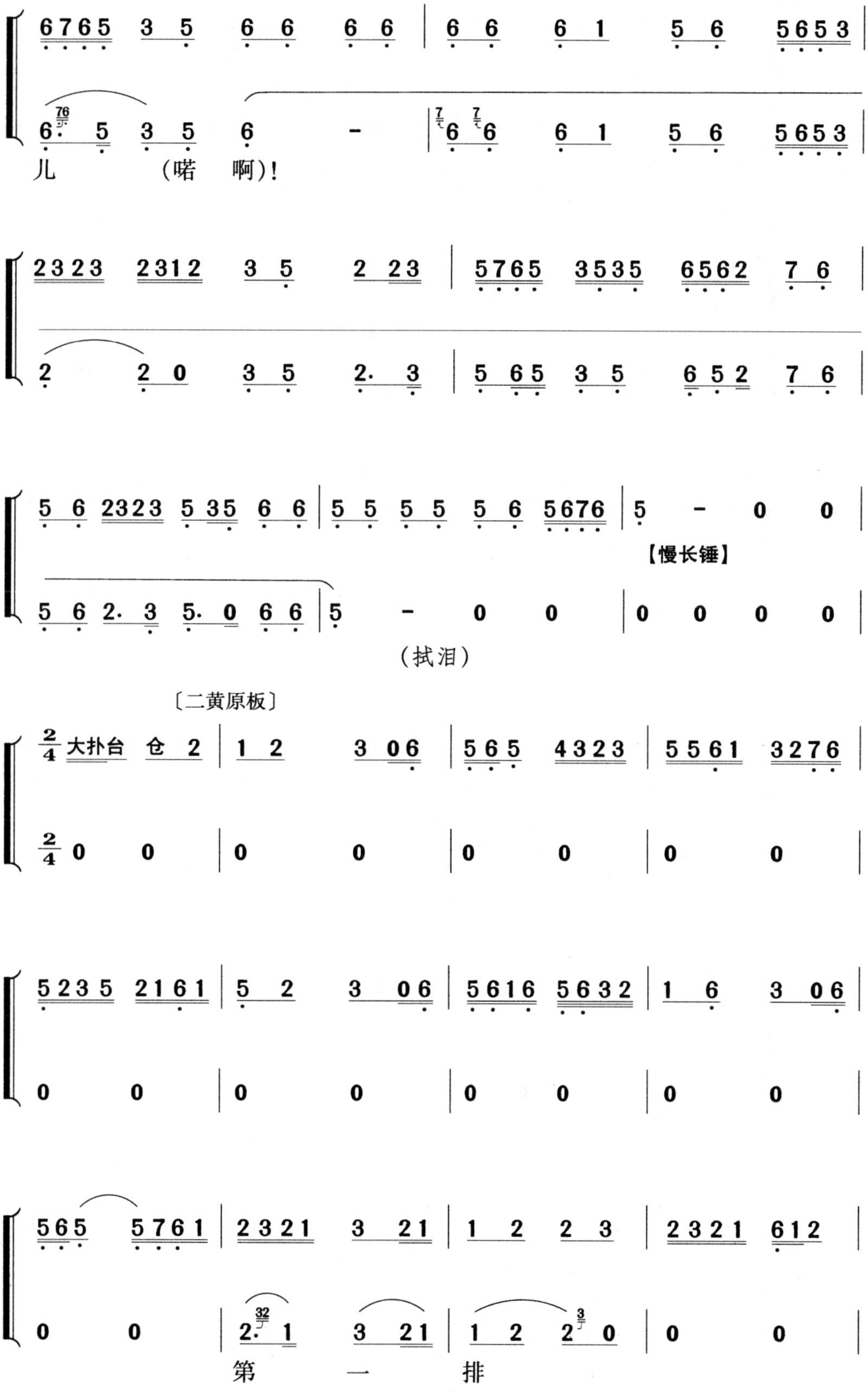
儿 (喏 啊)!
【慢长锤】
(拭泪)
〔二黄原板〕
大扑台 仓
第 一 排

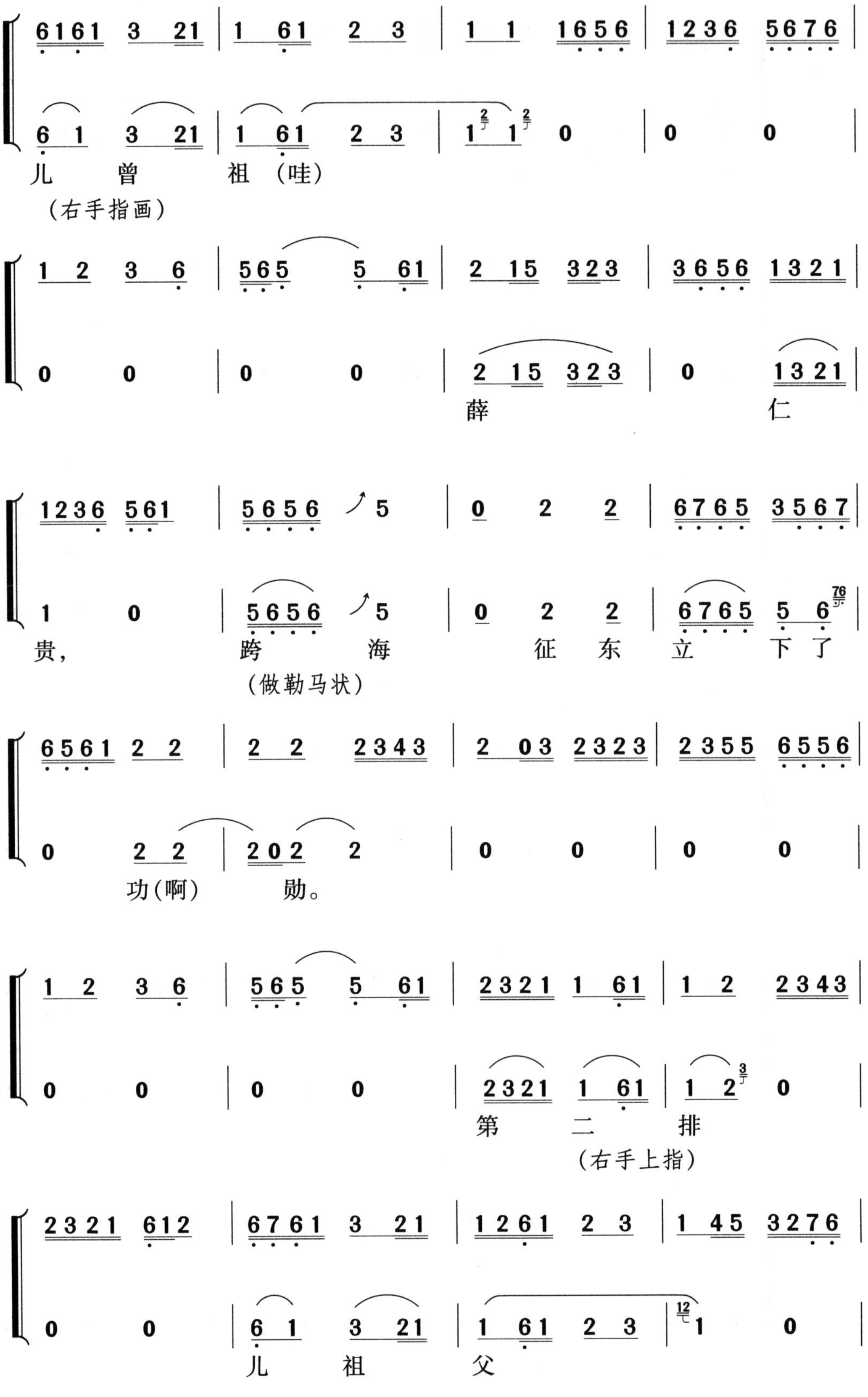
儿 曾 祖（哇）
（右手指画）
薛 仁
贵，跨 海 征 东 立 下 了
（做勒马状）
功（啊） 勋。
第 二 排
（右手上指）
儿 祖 父

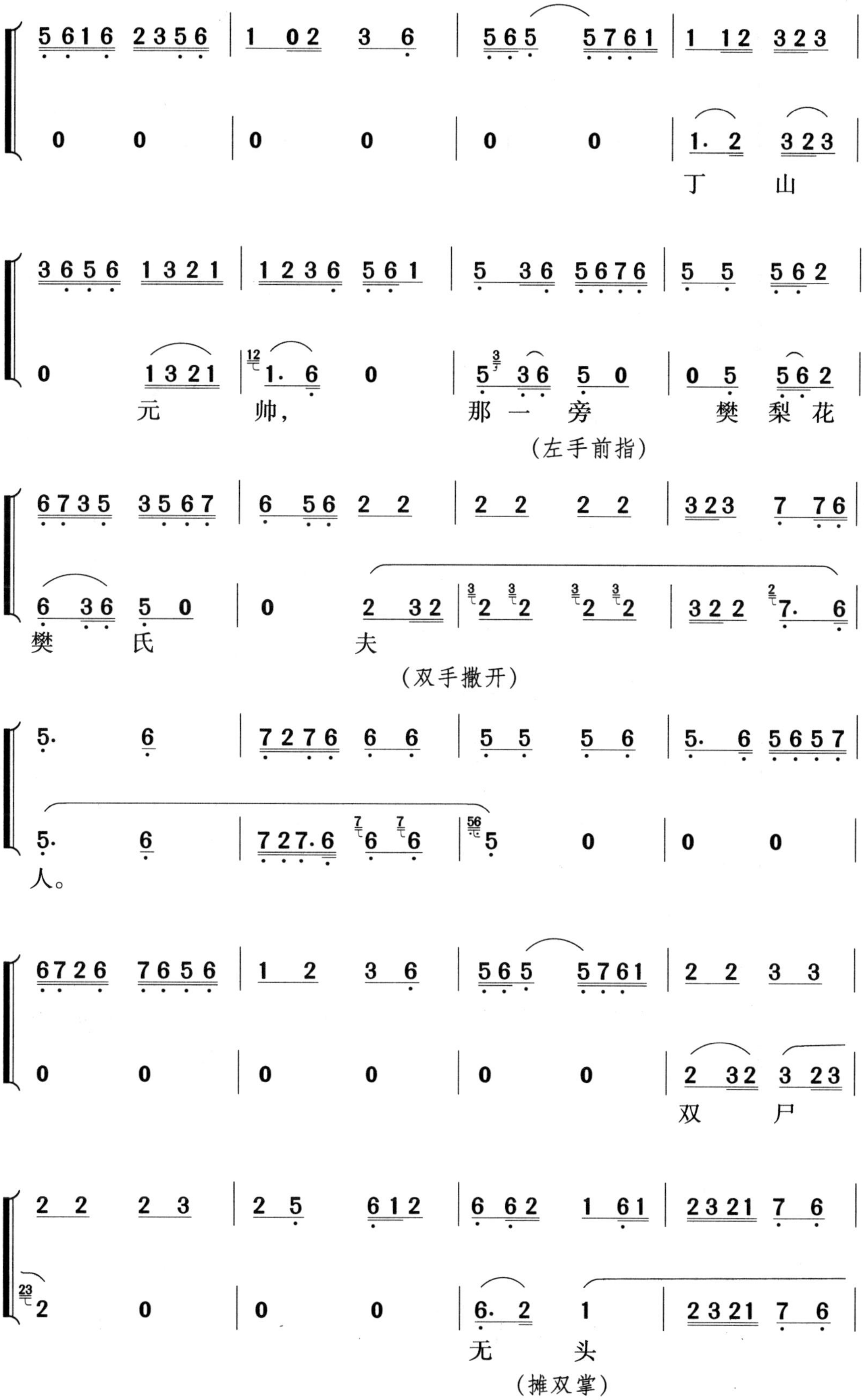
丁 山
元 帅，
那一旁 樊梨花
（左手前指）
樊 氏 夫
（双手撒开）
人。
双 尸
无 头
（摊双掌）

〔薛蛟抖右袖，提袖，拭泪。徐策示意薛蛟跪拜。薛蛟面向前，向前上步，双抖袖，提袖，整冠，捋双辫，左转身。徐策站起，移至“大边”。叫薛蛟拜祭父母。

〔徐策夹白：“多多拜上！”

〔薛蛟行大礼。然后二人归原位。【大锣夺头】

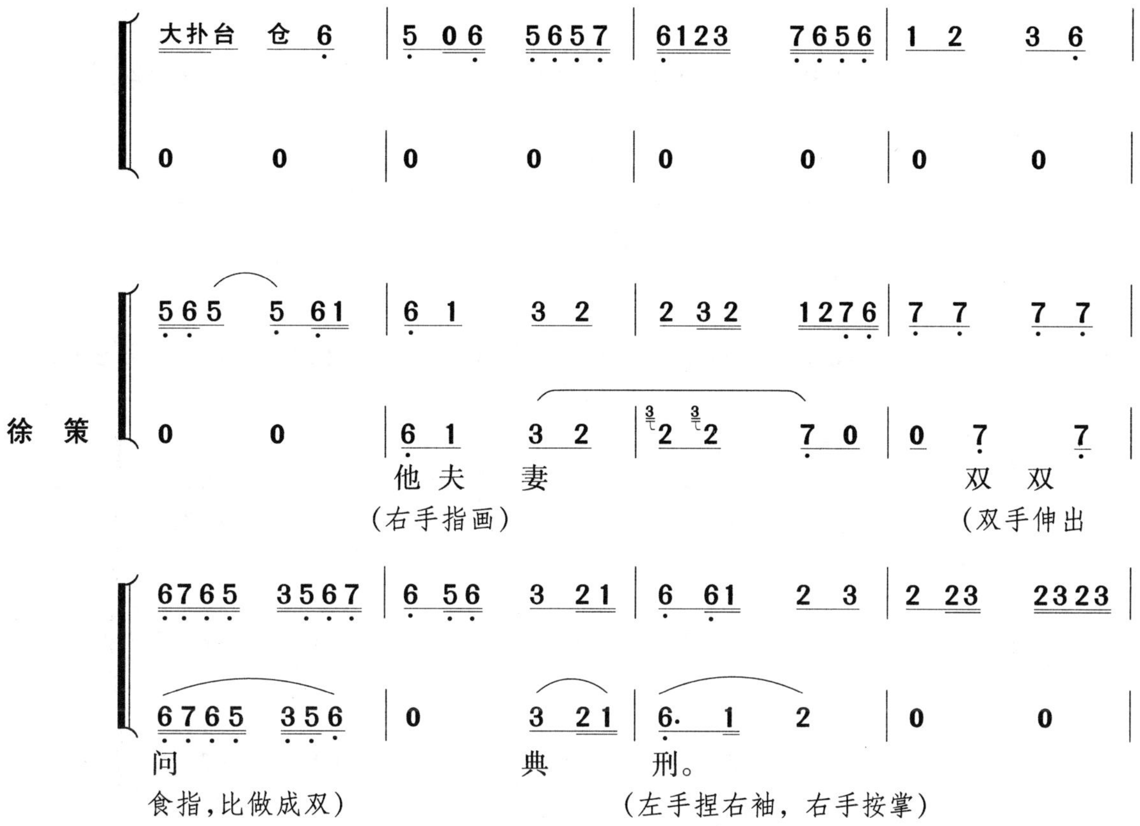
大扑台 仓
徐策
他夫妻
双双
(右手指画)
(双手伸出
问
典
刑。
食指,比做成双)
(左手捏右袖，右手按掌)

薛蛟　那黑汉呢?

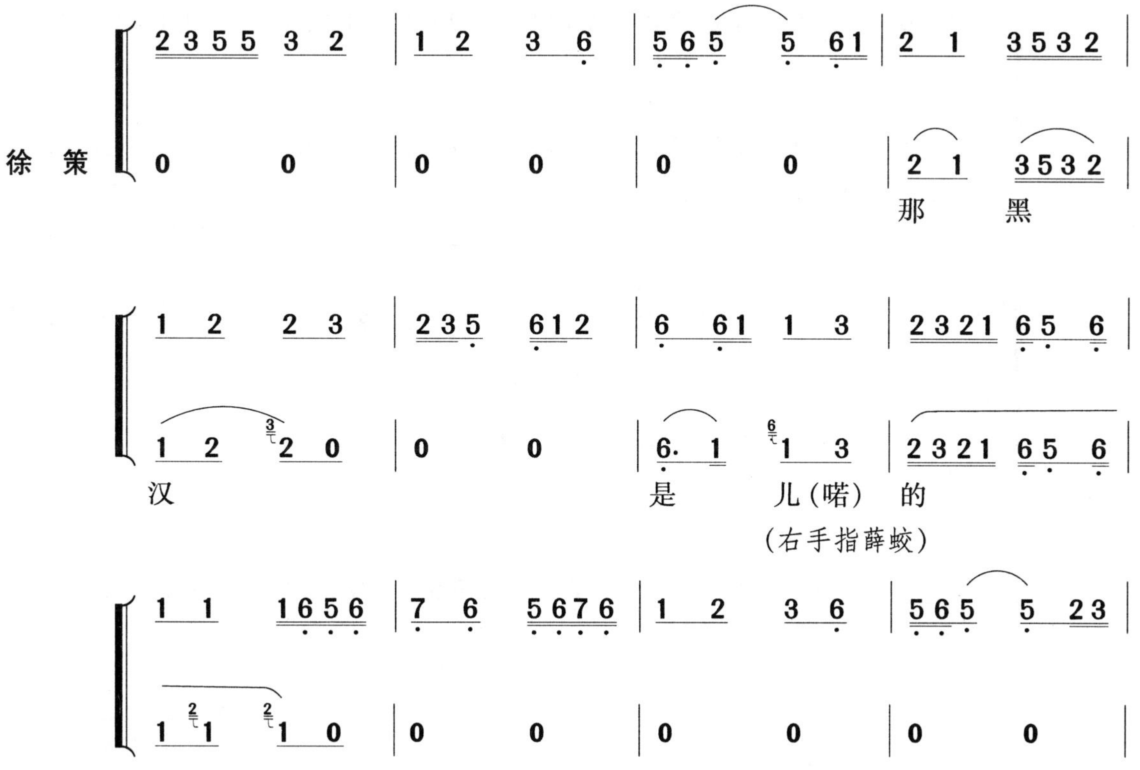
徐策
那 黑
汉
是 儿(喏) 的
(右手指薛蛟)

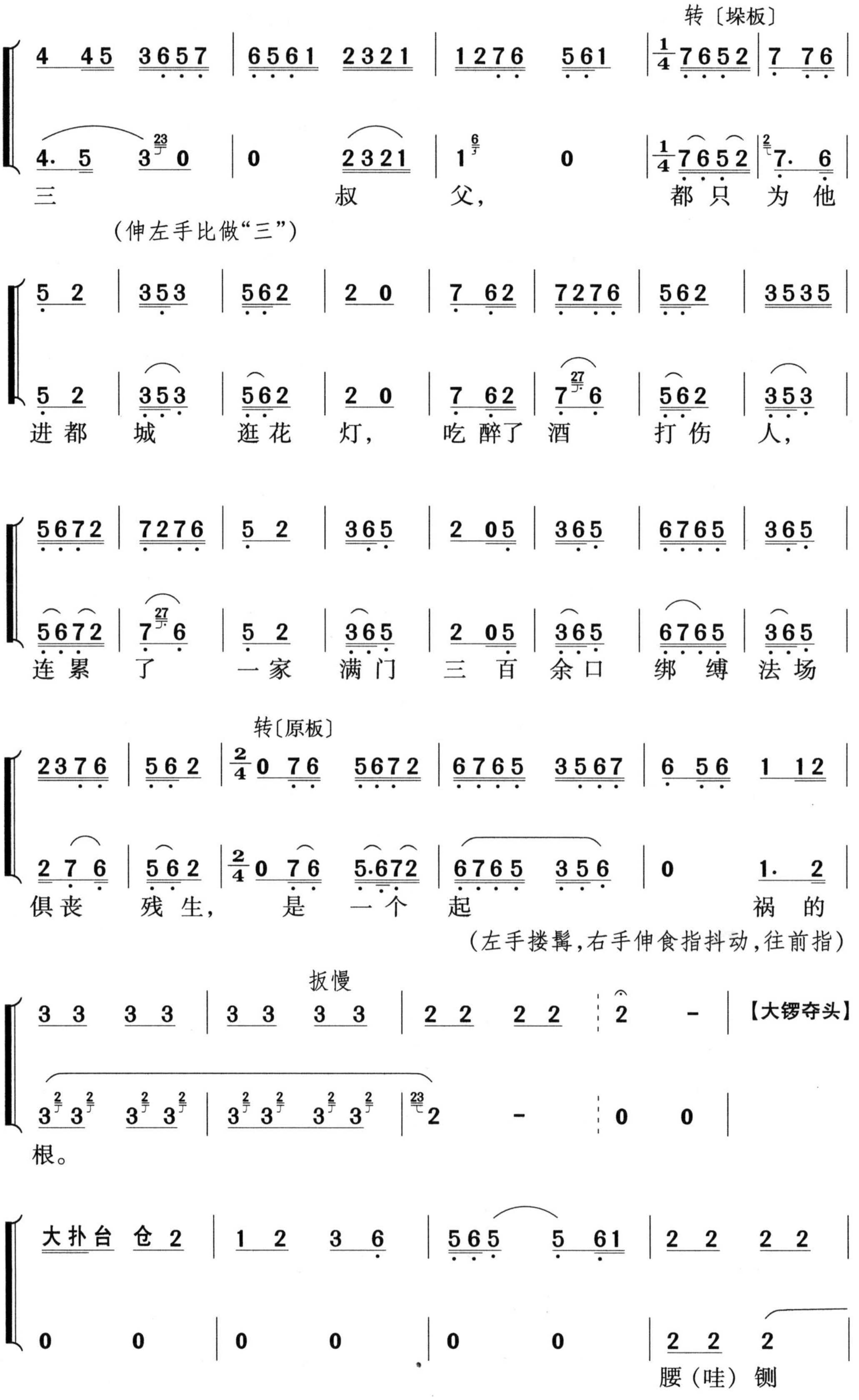
转〔垛板〕
三 叔 父， 都只为他
（伸左手比做“三”）
进都城 逛花灯， 吃醉了酒 打伤人，
连累了 一家 满门 三百余口 绑缚法场
转〔原板〕
俱丧残生， 是一个起 祸的
（左手搂髯，右手伸食指抖动，往前指）
扳慢
【大锣夺头】
根。
大扑台仓
腰（哇）铡

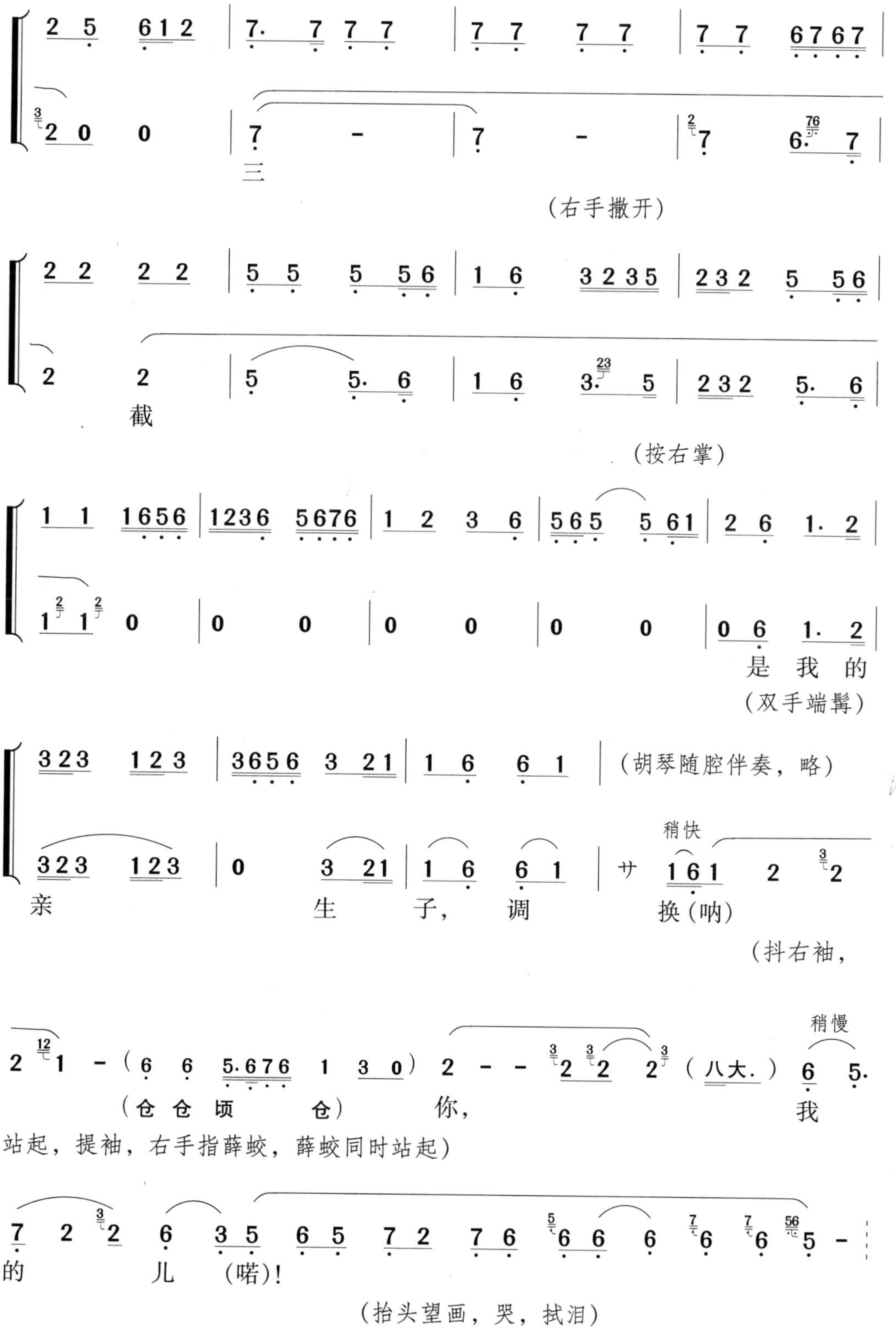

「【纽丝】徐策过去右手拉住薛蛟左手。二人面向前。

〔二黄散板〕

徐　策　サ（3 2 － 2. 1 6 6 6 6 6 5. 5 －）2 2 5 3 3 2. 2. 1 3

张泰 贼是儿的

（3 2 1. 2 3 3 3 －）1 － 1 6 3 2 － 2 1 2 －（2 2 －）‖

对 头 人。

〔【撕边一击】薛蛟右手抓袖。

薛　蛟　好恼！【快纽丝】（抖双袖，提袖，上步，抓右袖）

〔二黄散板〕

（过门同前）i 5 5 7 7 6 2 i 2 i （6 7

听 罢 言 来 心 头 恨，

6 1 －）7 6 5 6 7 7 － － 6 6 5

（仓） 血 海 的 冤 仇 才 得

3 5 6 5 5（3 2 1 6 6 5 －）3 5 5 6

明。（仓） 手 执 宝 剑

6 6 i i － － 2 2 i 2 2 i － －

出 府 门，

〔亮弦〕

（0 6 7 6 1 －）

（仓 匝 匝 匝）

徐　策　儿呀，哪里去？

薛　蛟　【大锣凤点头】（过门同前）6 2 7 6 5 6 7 － － 6 7 6

孩 儿 去 杀 狗 奸

5 3 5 6 6 3 3 5 － － － ‖【住头】（徐策、薛蛟至前场，闭二幕）

臣。

徐　策　儿呀。你单丝不线，独木不林，你一人怎样报仇？

薛　蛟　难道就罢了不成？

徐　策　无妨。你三叔父现在寒山，招兵聚将，积草屯粮，与你举家报仇。待为父与你写下书信一封，我儿去到那里搬兵求助，哪怕此仇不报。

薛　蛟　如此，爹爹修书信，

徐　策　我儿换衣巾。

薛　蛟　遵命。

〔【小锣五击】薛蛟出门，“下场门”下。徐策至“小边”。家院“下场门”上。进门，站“大边”。

徐　策　家院。

家　院　有。

〔开二幕。场上置正场桌，“大座”。桌上放文房四宝。

徐　策　溶墨伺候！

家　院　遵命。（至桌案右侧溶墨）

〔二黄碰板三眼〕

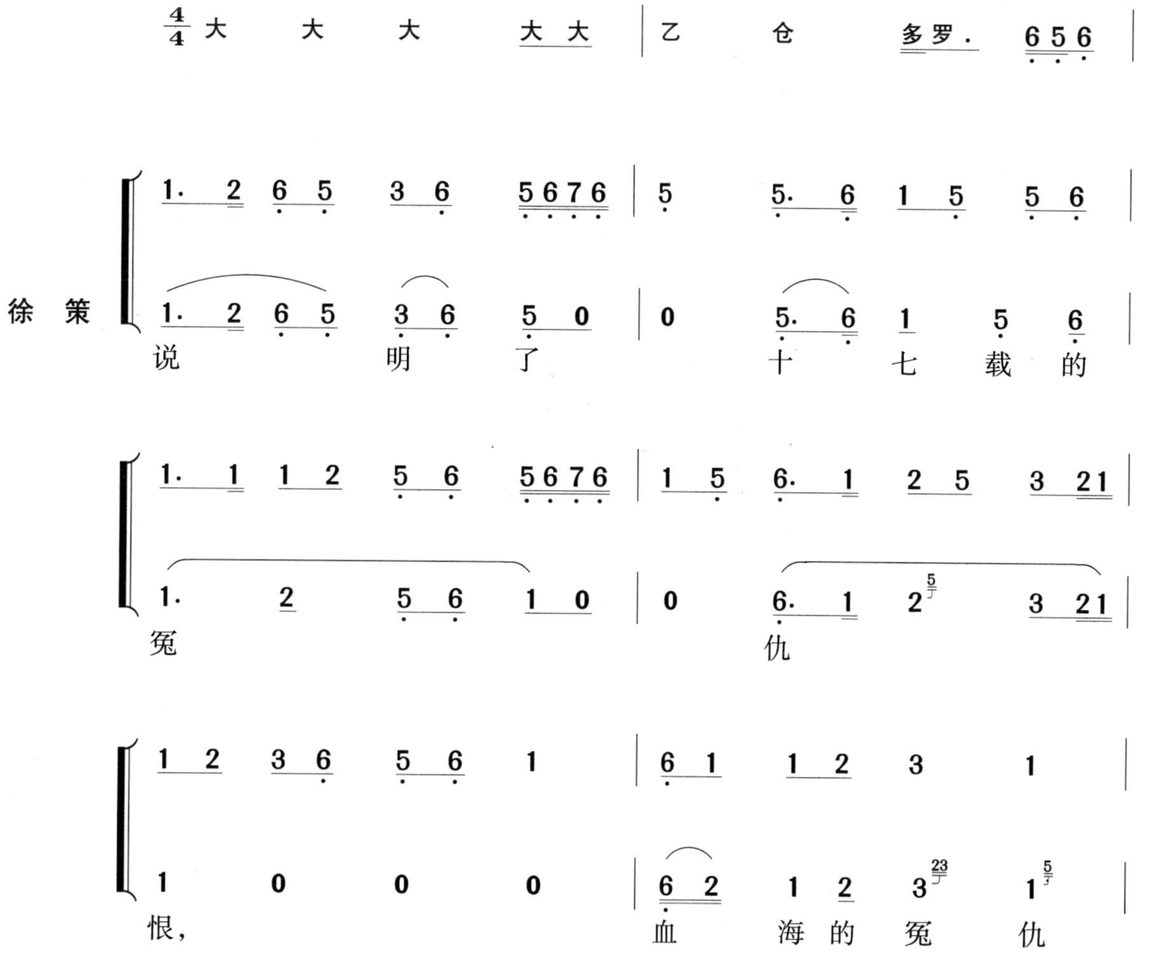

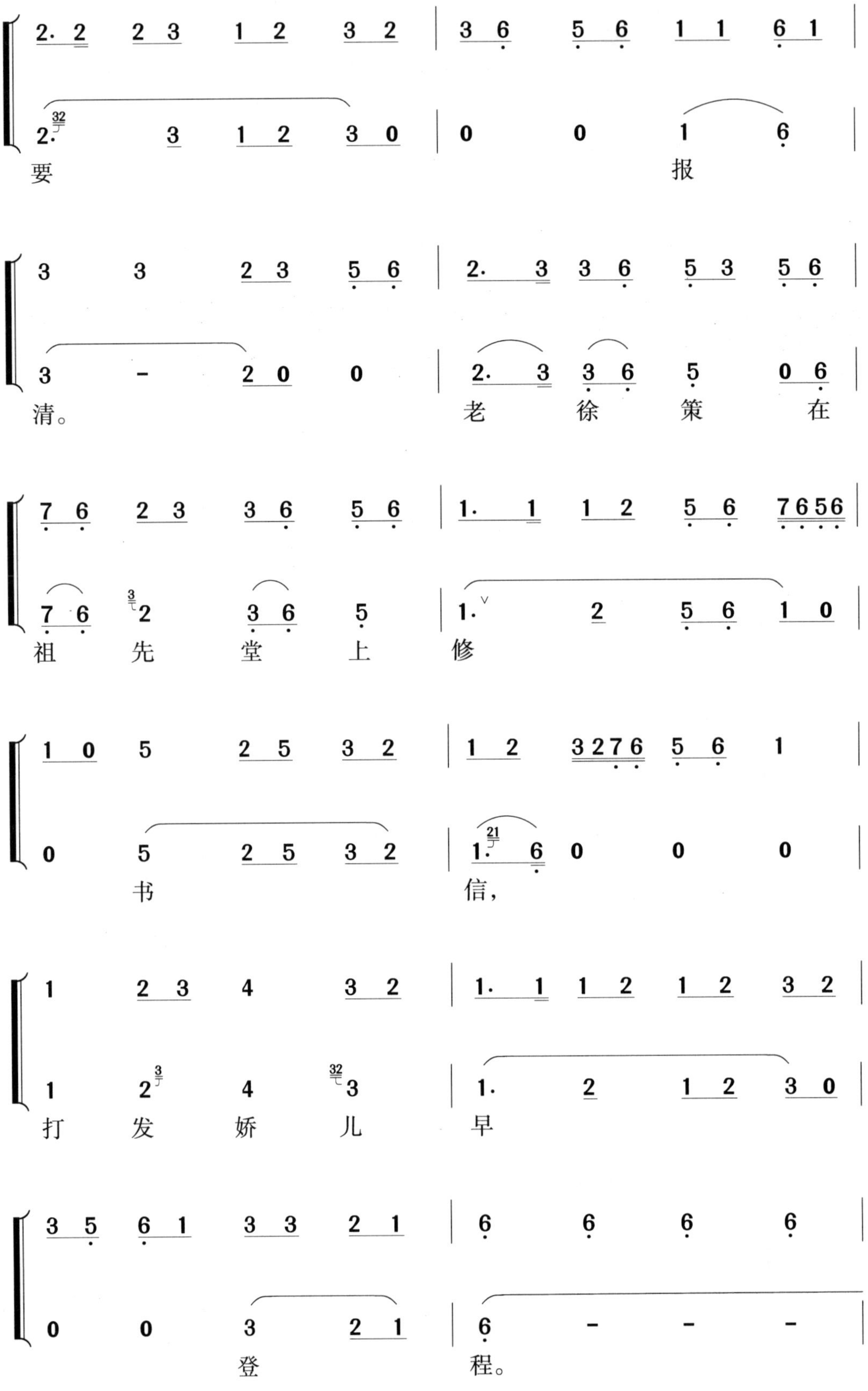
要 报
清。 老 徐 策 在
祖 先 堂 上 修
书 信，
打 发 娇 儿 早
登 程。

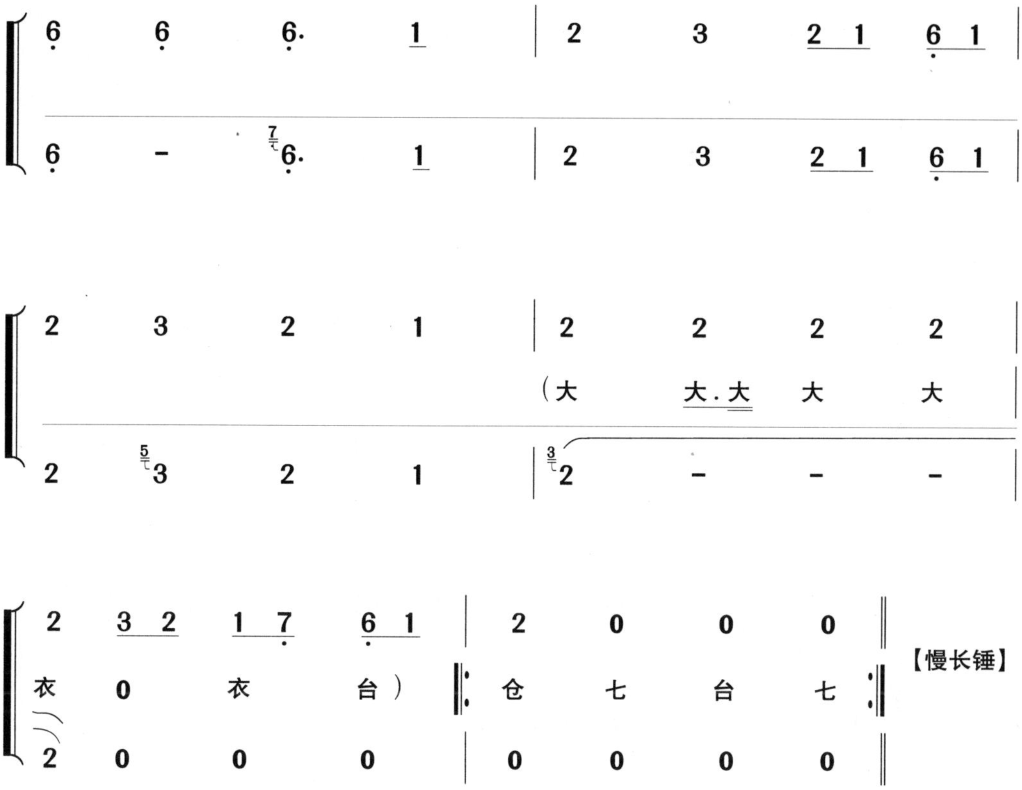

〔在【长锤】中徐策抖右袖，左转身，提袖，入“大座”坐，铺纸，掭笔，修书。家院“上场门”暗下。

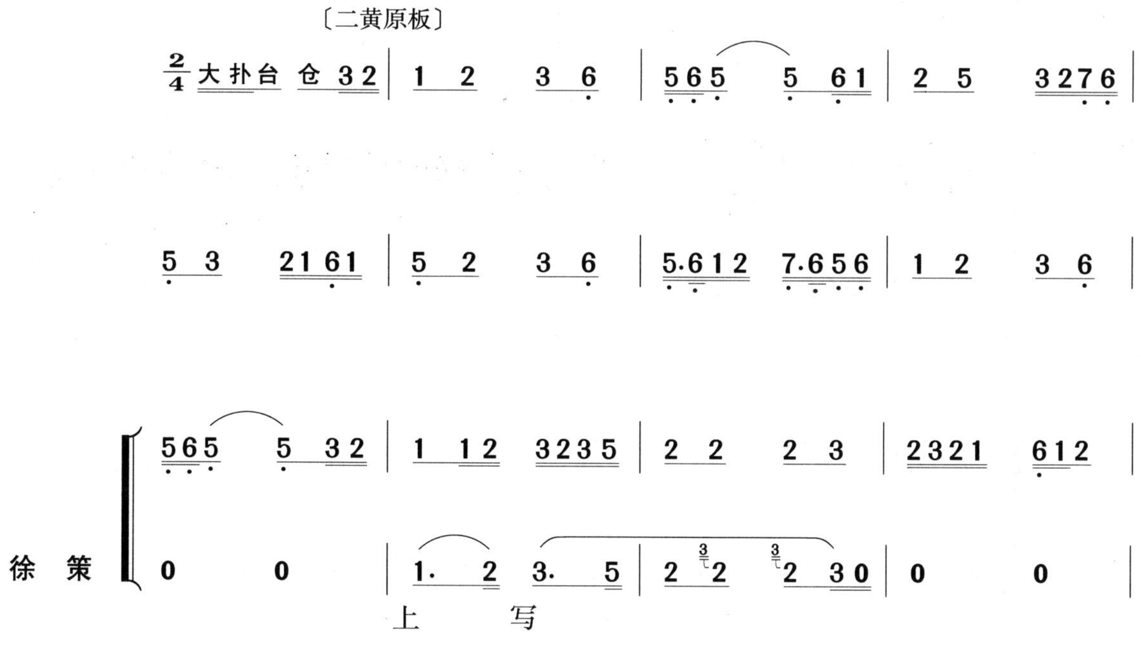

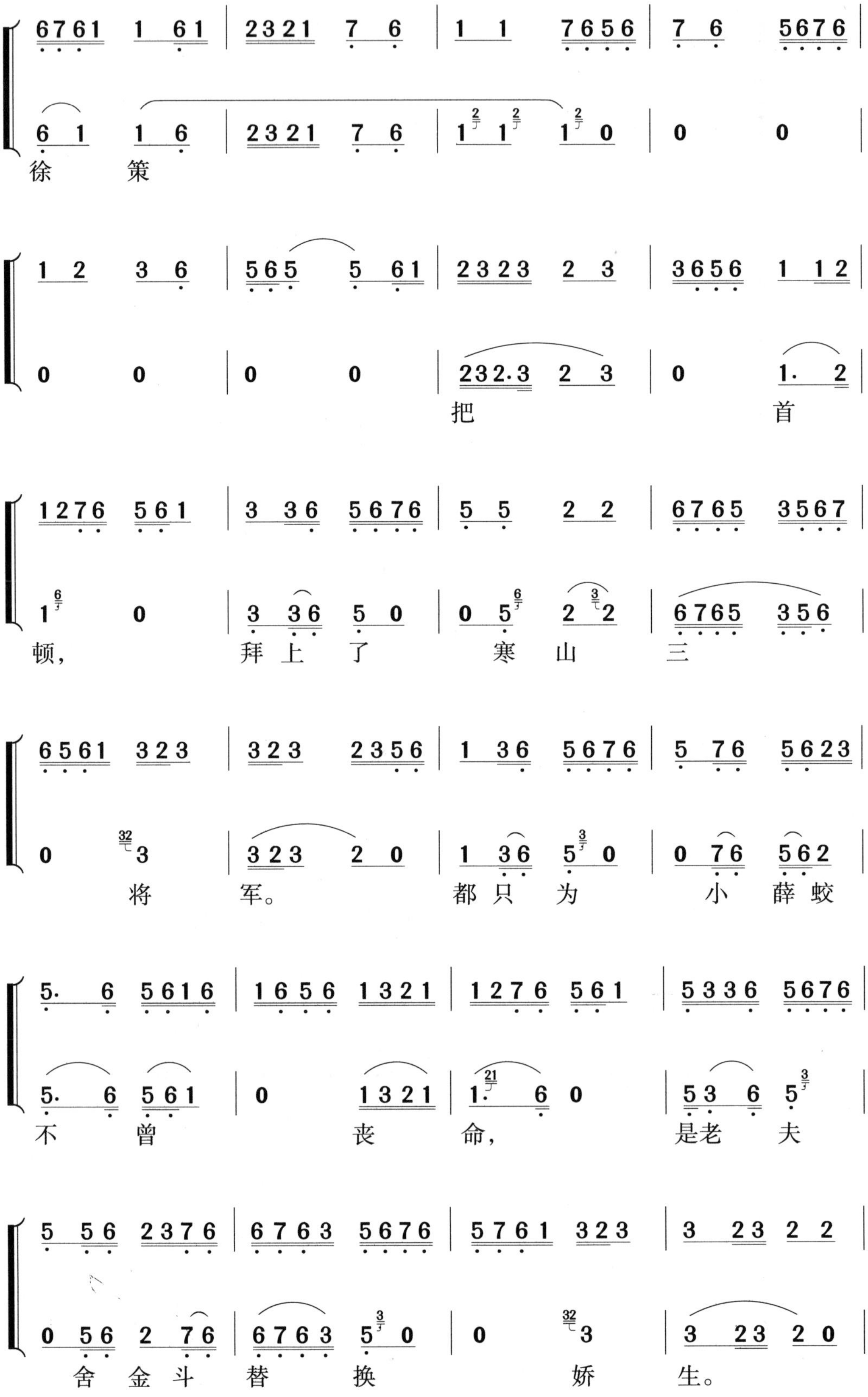
徐 策
把 首
顿， 拜 上 了 寒 山 三
将 军。 都只 为 小 薛 蛟
不 曾 丧 命， 是老 夫
舍 金 斗 替 换 娇 生。

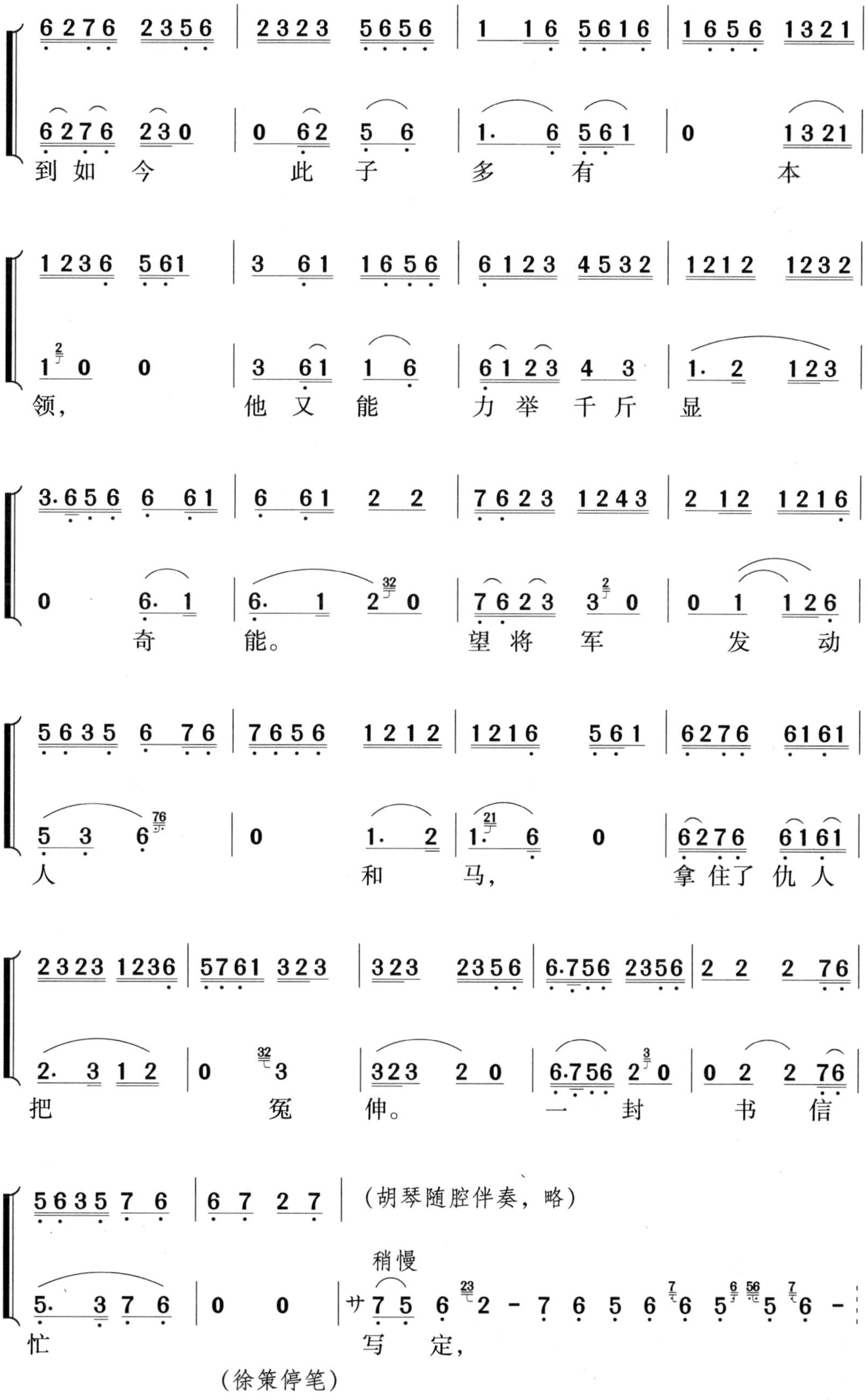
到如今 此子多有本
领，他又能力举千斤显
奇能。望将军发动
人和马，拿住了仇人
把冤伸。一封书信
忙 写定，
（胡琴随腔伴奏，略）
稍慢
（徐策停笔）

〔【撞金钟】徐策将信装入信封，封好，薛蛟穿箭衣，挎宝剑，“下场门”上。徐策出座，将信交与薛蛟。

〔二黄散板〕

徐　策

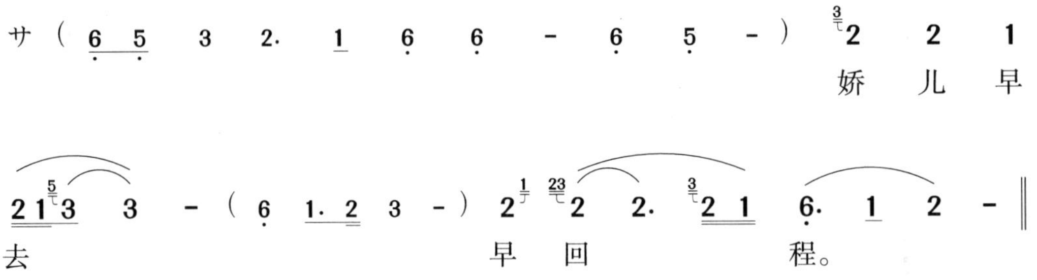

〔二黄散板〕

薛　蛟

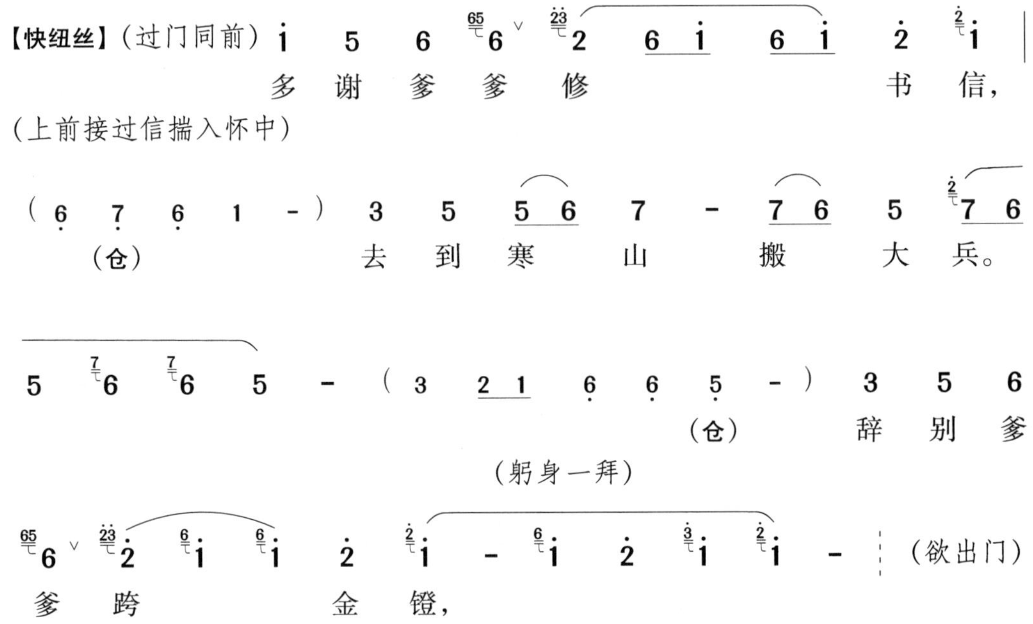

徐　策　我儿转来。

薛　蛟

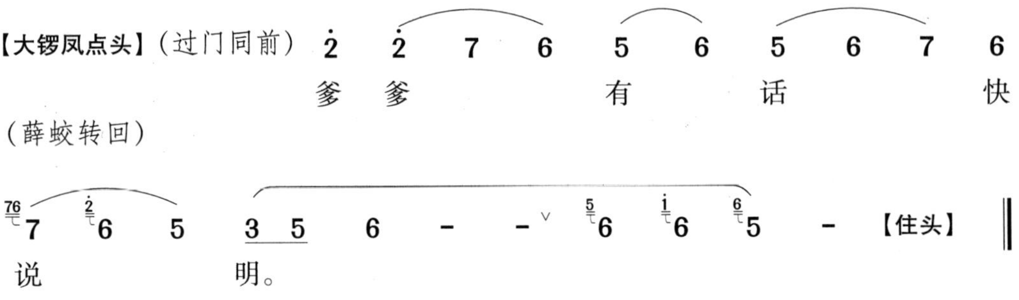

薛　蛟　爹爹唤儿回来，有何训教？

徐　策　（不舍地）我儿此番前去，不知何日方得回来。看为父偌大年纪，（双手端髯）倘

有不测……（犹豫不语）唉唉唉，去吧，去吧！（身体斜向“小边”，低头，抬起左臂，挥左手让薛蛟走）

薛　蛟　孩儿我不去了！（嘟……）

徐　策　啊？（仓）怎么不去了哇？

薛　蛟　孩儿等你二老百年之后，再报此仇，也还不迟。

徐　策　唉，适才为父言道：爹爹我上了几分年纪，说话有些颠三倒四，不要认真，还是前去吧！

薛　蛟　孩儿我不去！

徐　策　当真不去？

薛　蛟　当真不去！

徐　策　果然不去？

薛　蛟　果然不去！

徐　策　哎……呀（嘟……）徐策呀，徐策！（仓）你好没来由，放着自己亲生儿子不养，反来抚养人家的孩儿，至如今(双手端髯）连我的言语都不听了，唉！我好悔呀！

薛　蛟　（跪下）爹爹不必如此，孩儿前去就是。

徐　策　这便才是。快去，快去！

薛　蛟　（起立躬身作揖）告辞了！

徐　策　带马伺候！

〖【扫头】家院“上场门”上，带马。薛蛟出门，在“大边”走，左转回身，扶鞍上马。朝“下场门”走，然后右转回身，面向徐策。

薛　蛟　【三叫头】爹爹，我父，（徐策挥右手让薛蛟走）爹爹……！（决然地打马，右转身，栽鞭，“下场门”急下）

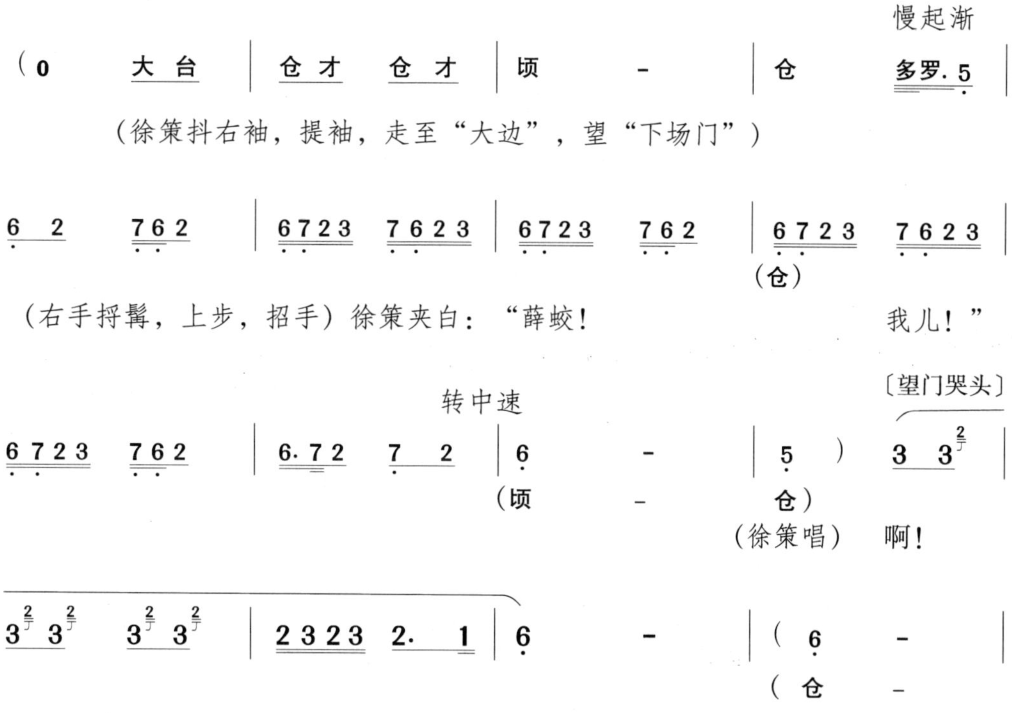

6 - | 6 7 2 3 | 7 6 5 7 | 6 -) |
仓 - 仓 仓 台七 台 仓）

サ 2. 3 2 2 2 1 - - 1 1. 2 3 3 3 2 - ⁞
我 的 儿 呀!
（抖右袖，上步，提袖，拭泪）

〖徐策右转身面向“小边”台口，上步。

〔二黄散板〕
徐 策 【纽丝】(过门同前) 2 3 3 2. 2 (5 6 1 2 -) 1 -
见 娇 儿（喏） 上

3 2 - 2 1 6161 6. 1 2 2 1 - (6 7 6 1 -)
(呃)了 马 能 行, (仓)

1. 2 2 3. 2 3 1 2. 3 2 (5 6 1 2 -)
好 似 开 弓 放 雕 翎。 (仓)

7 6 2 7 6 7 5 5 6 (6 6 5 7 6 -) 6. 1 5 6
悲 切 切 我 把 二 堂

1 - - 2 2 1 7 - 6 7 676.1 2 2 2. 2 1 - ⁞
进,

〖【纽丝】徐策进门，抖右袖，朝“下场门”走，至“大边”左转身，提袖。

(过门同前) 1 2 3 1 2 3 - (6 1 2 3 -)
见 了 夫 人

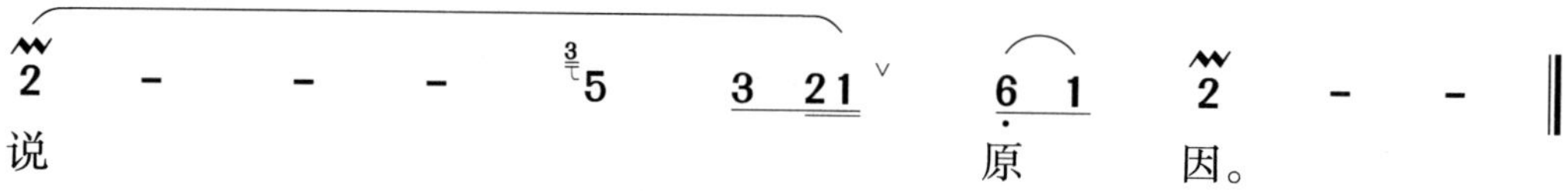

〔【一锤锣】徐策右转身，“下场门”下，家院随下。闭大幕。

——剧终

哈鸿儒　整理

珠帘寨

杨宝森演出本

《珠帘寨》又名《沙陀国》、《解宝收威》。原为净角戏，花脸扮李克用，头路老生扮程敬思。谭鑫培将其改为老生戏后，改李克用由头路老生扮，程敬思则改为硬里子扮演。故事出自《残唐五代史演义》第七回至第九回。《孤本元明杂剧·紫泥宣》讲的也是这段故事。

唐末黄巢起义，将唐僖宗逼至西岐美良川。僖宗派遣程敬思前往沙陀国李克用处借兵解困。僖宗曾认李克用为义子干殿下，当年在五凤楼前为其祝寿，寿筵上，李克用因受国舅段文楚嘲笑而恼怒，遂在席前将段文楚摔死在丹墀之下。僖宗大怒，欲将李克用斩首。程敬思苦苦保奏，李克用才得免死，被贬至沙陀国。为此，李克用一直耿耿于怀，不肯发兵。程敬思用情感、珠宝、圣旨均未能使李克用改变态度。程知李克用惧内，便通过大太保李嗣源运动两位皇娘挂帅，传令发兵，令李克用为先行官。李克用误卯，被两位皇娘责罚。命其领老军队伍，以抑其倔犟。李克用无奈，只得自嘲揶揄自己。行军至珠帘寨遇周德威挡路，众家太保均非敌手。两位皇娘调李克用出战，果与周德威棋逢对手。周提议比箭射金钱定胜负。最后，李克用巧射双雕获胜，收周德威为十二太保，同往西岐解困。

据说，谭鑫培在红得发紫的时候，受到了刘鸿声的抗衡。刘鸿声嗓音高亢，调门极高，以“三斩一碰”（《斩马谡》、《斩黄袍》、《辕门斩子》和《碰碑》）一时红遍京都，剧场票房有时竟在谭之上；就是街头巷尾，也到处可以听到贩夫走卒哼唱“孤王酒醉桃花宫”的腔调。谭鑫培受到很大刺激，居家闭门，仔细分析彼此的优劣，改编了《珠帘寨》。过去花脸《沙陀国》只演程敬思搬兵，改编后，加了两皇娘发兵和收周德威的情节。演出后，大受欢迎。该剧从情节和文学结构来讲，并不属上乘，远远不能与《空城计》、《群英会》等相比。谭鑫培成功的原因在于情节上噱头百出，舞台上文武并重，紧凑火爆，更重要的是演唱上融入了不少新颖的东西，武打中发挥了自己的长处。

《珠帘寨》全剧李克用的唱多达162句，比《大·探·二》杨波的唱还多，且唱腔异常精彩。

谭鑫培善于从其他行当、其他剧种吸收营养，创出新腔。《珠帘寨》中保留了不少的花脸腔，“孤与贤弟叙一叙旧根由”就是其中的典型。“叙一叙”在闪过板之后张嘴，“旧根由”把花脸腔略加处理，用老生的劲头唱，像珠落玉盘一样，将“旧”的小腔又脆又亮地唱出来，其中的高腔唱得非常饱满，然后沉下来，“根由”两个字唱得非常沉稳、苍劲，将久别重逢的故友欣喜异常的心情表达得十分充分。腔既新颖，又十分动情，使得观众不由得叫起“好”来。又如三个“哗啦啦”，是吸收了京韵大鼓的精华创出的新腔。余叔岩留有这段唱的唱片，使后人能直接领略到其中的神韵。虽然整出的《珠帘寨》很少露演，但在晚会上演唱或在票友中传唱“昔日有个三大贤”者却屡见不鲜。一个世纪以来，这段唱始终令人有新鲜感，这是何等的可贵啊！

谭鑫培安排《珠帘寨》的唱词时，使用了很多打破京剧唱词格式的长句，从而产生了不少精彩唱腔。有时在一句中把字数加多，如“叫他来试一试孤的九九八十一斤的定唐刀”，腔并不花哨，但很受听，把情绪被激发起来的李克用活灵活现地展现在观众面前。有时利用附加句形成长句，如“就在这沙陀过几年，落得个轻闲”。有时利用垛句编腔。一般垛句都用在上板的唱段中，而《珠帘寨》却在〔摇板〕、〔散板〕中使用垛句。如“却之不恭，受之有愧，来来来，一礼全收，往后抬”，“老天爷，日月光，过往的神灵听端详”等，有的唱出了感情，有的唱出了气势，还有的增添了诙谐，给观众留下了比较深刻的印象。

唱腔的成功是谭鑫培战胜刘鸿声的根本原因，这也说明了当时观众的观赏习惯从欣赏高亢的气势往追求深厚的韵味方向发展。而后半出戏则是针对刘鸿声体能的弱点所进行的市场操作，当然，“发兵”时“起霸”，“收威”时开打、摆刀架子、耍下场、比箭等都工整大方、姿势优美，且符合李克用的身份和情绪。这也是谭鑫培严谨和高明之处。

谭鑫培之后，老生演员几乎没有不贴演《珠帘寨》者。前后“四大须生”、王少楼、孟小冬都有唱片资料传世。此外，孟小冬留有《珠帘寨》说腔道白的录音，马长礼在“文革”后期，拍摄有《解宝》一折的舞台纪录片。该剧音像资料非常丰富，学习研究都很方便。遗憾的是，到目前为止，还没有该剧的完整剧本出版。1957 年，杨宝森在逝世之前的演出中，留有《珠帘寨》全剧实况演出录音。演出时，他的嗓音状况并不很理想，但在气势上却很传神，唱、念、做、打都工整大方，自然规范。特别是“昔日有个三大贤”一段和余叔岩的唱片比较，余的唱腔很美，唱得干净清爽，很耐人寻味；杨则把李克用剽悍的气质唱出来了，唱得坚挺峭拔，神完气足。现已据该录音录制成了音配像。我们就是根据这些资料，整理出了这个比较完整的剧本。

哈鸿儒

人物行当

李克用	老生	四红文堂	杂
程敬思	老生	四大铠	杂
李嗣源	小生	四兵士	武行
刘银屏	旦	四绿文堂	杂
曹玉娥	旦	四抬夫	杂
周德威	净	二伞夫	杂
马　官	丑	四蓝文堂	杂
马牌子	丑	八太保	杂
探　子	杂		

服装扮相

李克用　俊扮。草王盔、翎子、狐尾、杏黄绸条、白满，红蟒、褶子、苫肩、玉带，红彩裤，厚底靴。（第八场以后换帅盔、黄硬靠、香色绸条）

程敬思　俊扮。忠纱、红风帽、黪三，绿蟒、褶子、玉带、红素斗篷，黑彩裤，厚底靴。

李嗣源　俊扮。太子盔、粉色流苏、翎子、黑素飘带，白绣花箭衣、黑团龙马褂、苫肩、白团花褶子、粉色下甲、黑大带，粉彩裤，厚底靴。（第八场以后换粉硬靠）

刘银屏　俊扮。大头、水钻头面、草花、线尾子、凤冠、流苏，红凤蟒、云肩、玉带、白绣花裙、黄绣花斗篷，彩裤，彩鞋。

曹玉娥　俊扮。旗头、大粉花、水钻头面、草花、粉色绸子（包旗头用），绿色、白色、粉红色绣花旗袍各一件、黄绣花斗篷，彩裤，白袜子、花盆底旗鞋。

周德威　勾红三块瓦。扎巾盔、牵巾、翎子、狐尾、黑满，红蟒、苫肩、玉带、红靠、红靠绸，红彩裤，厚底靴。

马　官　勾老丑脸。黑大板巾、白五嘴，紫色素箭衣、明黄素马褂、紫大带，黑彩裤，薄底靴。

马牌子　丑扮。黑大板巾、黪四喜，紫色素箭衣、紫大带，黑彩裤，白大袜、黑圆口鞋。

探　子　丑扮。梢子帽，蓝布箭衣、绿卒坎、紫大带，黑彩裤，薄底靴。

四红文堂　俊扮。红小板巾，红龙套服，黑彩裤，薄底靴。

四大铠　俊扮。罐子盔，红大铠服，黑彩裤，薄底靴。

四兵士　俊扮。红小板巾，红卒坎、蓝大带，灰素抱衣抱裤，薄底靴。

四绿文堂　俊扮。浅蓝大板巾，浅蓝龙套服，黑彩裤，薄底靴。

四抬夫　俊扮。红秦椒帽，黑褶子、红卒坎，黑彩裤，薄底靴。

二伞夫　俊扮。梢子帽，蓝布箭衣、红卒坎、紫大带，黑彩裤，薄底靴。

四蓝文堂　俊扮。蓝小板巾，蓝龙套服，黑彩裤，薄底靴。

八太保　六人俊扮、两人勾油白脸。扎巾盔八顶、牵巾八份、翎子八对、黑三六口、黑扎一口、黑一字一口，杂色硬靠八件，彩裤八条，厚底靴八双。

道具

门　刀	四把
红标旗	一堂
浅蓝标旗	一堂
蓝标子	一堂
荷包枪	四杆
花带枪	四杆
金　瓜	两根
玉　棍	两根
扁　担	两根
酒　杯	两个
酒　斗	一个
圣　旨	一份
手　绢	一条
女宝剑	一口
令　旗	一面
报子旗	一面
令　箭	两个
马　鞭	十四根
枪	一杆
紫团花椅披	三套
珠宝抬	两抬
黄绣龙伞	一顶
红绣龙伞	一顶
白绣龙斜纛旗	一份
官　印	一方
文房四宝	一份
惊堂木	一块
折　扇	两把
酒　壶	两个
大　刀	一把
象鼻大刀	一把
弓	两张
箭	数枝
堂　鼓	一架（带鼓楗子）
鸟　形	一个
红绣金团花大帐	一份
红绣金团花桌围、椅披	三套
紫团花桌围	一套

第 一 场

〔【冲头】幕启。场上置红绣金团龙大帐、“正场桌”、“大座”。红色绣金团花桌围椅披。桌上放官印一方、文房四宝一份。

〔【大锣原场】

〔众内：“哦——”唢呐吹奏曲牌<水龙吟>。四红文堂持开门刀、四大铠持荷包枪“摆队”上，“站门”。曲牌止。

〔【四击头】李克用右手提蟒襟，“上场门”上，亮相。【回头】前进至“九龙口”，双抖袖，提袖，整冠、捋髯右手提蟒襟至台口。【归位】抖右袖，提袖，端带。

<点绛唇>

李克用 6 1̇ 5 4 3 5 2 －（台 大台）2 2 1 2 7̣ 2 6̣ 1 5̣ －
威 震 沙 陀， 平 定 干 戈。

（台 另 台）5 3 2 －（台 大台）3 1 2 5 6 5 －（台 另 台）
朝 饮 宴， 夜 夜 笙 歌，

6 5 6 1̇ 5 － 3 2 3 3 6̣ 1 － 5̣ － |
宫 中 多 快(呀) 乐！

〔【冲头】李克用抖右袖，抖左袖，双手提袖。起堂鼓。整冠，捋髯。

众 哦——

〔唢呐吹奏曲牌<水龙吟·合头>，李克用右转身归“大座”。曲牌止。

李克用 （念诗）太白斗酒诗百篇，
长安市上酒家眠（呐）。（台 大台）
摔死国舅段文楚，
唐王将孤贬北番。

〔【住头】四红文堂、四大铠归“里八字”。

李克用 孤，李克用（呃）。【住头】唐室驾前为臣，累建奇功。圣上见某，左眼“大璧龙”，右眼“娇玉虎”，认为义儿干殿下，驰名遐迩（呀）！【住头】只因那年在五凤楼前，庆贺孤的千秋，内有国舅段文楚，他笑孤王坐席不正，礼貌不周，怒恼孤王，截席抓将过来，我就摔——【冲头】（站起，反折双袖，指向台口）摔在丹墀。【住头】（抖双袖，提袖，坐下）那贼口吐鲜血而亡。圣上见某有如欺君之罪，推出午门，就要斩首。多亏恩官程敬思苦苦地保奏。死罪已免，活罪难饶，将孤贬放沙陀。一路而来，偶遇众番王，要与孤王比试较量。那时孤将九九八十一斤定唐宝刀，我就要——【住头】（站起，在座椅右侧双手掏翎，右足登椅，亮相。

双手绕翎，放翎）要了数路。【冲头】（归座）个个拱手归降。又收了二位皇娘、几家太保，就在这沙陀，朝朝饮宴，夜夜笙歌，好不快乐人也！正是：【住头】

红尘一点不到处，

〔李嗣源内："马来！"【一锤锣】四兵士右手托枪，左手提銮带"上场门"上，站"一条鞭"。李嗣源右手持马鞭，左手抱令旗"上场门"上，"九龙口"亮相。

李嗣源 日出山岗火焰升。

〔【一锤锣】李嗣源下马。四士兵接马"上场门"下。李嗣源报门。

李嗣源 大太保告进。（"挖门"至中场，施礼）参见父王，儿臣交令。（将令旗放至桌上，归"大边"）

李克用 大太保回来了？

李嗣源 回来了。

李克用 打来多少飞禽走兽？

李嗣源 也不曾打来飞禽走兽，打听一段新闻来了。

李克用 什么新闻？

李嗣源 今有黄巢造反，将唐君驾逼西岐美良。

李克用 噢！【撕边一击】好你大胆的黄巢，欺我唐室无人。大太保听令。

李嗣源 在。（仓）

李克用 （拿起令旗）命你二位皇娘挂帅，众家太保以为前站先行，发出沙陀国四十五万蛮汉兵将，前去兴唐灭巢。（将令旗交与李嗣源）

李嗣源 得令，令出。【传令鼓】（持令旗出门，举旗传令）下面听者！

众 啊！

李嗣源 父王有令：二位皇娘挂帅，众家太保以为前站先行，发出沙陀国四十五万蛮汉兵将，前去兴唐灭巢。

〔【冲头】李嗣源摇令旗，四兵士两边抄上，"过场"下。李嗣源进门，抱令旗站"大边"。

李克用 【叫头】慢着呀，慢、慢、慢着！当初唐王，不斩就贬。如今哪有许多的兵将与他解围。太保！

李嗣源 在。

李克用 原令追回。

李嗣源 遵命。（出门举令旗）原令追回。

〔【冲头】四兵士两边抄上，过场下。李嗣源进门，将令旗站放在桌上，站"大边"。

李克用 你是怎么知道？

李嗣源 程叔父到了。

李克用 程恩官到了，吩咐摆队相迎。

李嗣源 遵命。（出门）摆队相迎。

〔唢呐吹奏曲牌<摆队柳摇金>。李嗣源"下场门"下，更衣。四红文堂两边溜下，换红标旗再上，与四大铠"摆队"下。大太保穿花团花褶子"下场门"上，向李克用施礼，出门，"上场门"下。【一锤锣】李克用起座，至台中，伞夫举黄绣龙伞"下场门"暗上，归正场桌前。【原场】李克用抖双袖，提袖，整冠，捋髯。【一锤锣】右转身，伞夫至"大边"李克用身后，随之"上场门"下。闭二幕。

第二场

「唢呐继续吹奏曲牌<摆队柳摇金>。四绿文堂执金瓜、玉棍，四抬夫抬两箱珠宝，“小边”侧幕上，过场，“大边”侧幕下。程敬思持马鞭“小边”侧幕上，伞夫举红绣龙伞跟上，过场，“大边”侧幕下。

第三场

「唢呐继续吹奏曲牌<摆队柳摇金>。开二幕。四红文堂、四大铠“下场门”上，站“斜门”，引李嗣源、李克用、伞夫上，站“大边”迎接程敬思。

「同时，四绿文堂、四抬夫“上场门”上，站“小边”“一条鞭”，引程敬思、伞夫上。

李嗣源 圣旨下。（**仓**）

「程敬思“一望”，右转身下马，一绿文堂接马。李克用迎上，二人见礼。

李克用 （同时）恩官！
程敬思 参见千岁！

李克用 （捺程敬思髯）恩官，

程敬思 千岁！

李克用 几载未见，恩官你倒老了！

程敬思 千岁须发皆苍白了！

李克用 （托髯）如此说来，彼此。

程敬思 （托髯）一样。

李克用 啊，

程敬思 啊，

李克用
程敬思 （同）啊哈哈哈……（**仓**）

李克用 恩官请！

程敬思 不敢，千岁请！

李克用 你我挽手而行！

「**【一锤锣】**李克用、程敬思挽手，转身朝“下场门”，**【原场】**二人“下场门”同下。二伞夫、李嗣源跟下。四绿文堂、四抬夫、四红文堂、四大铠“骨牌对儿”“下场门”下。闭二幕。

第四场

「唢呐继续吹奏曲牌<摆队柳摇金>。开二幕。场上置“正场桌”、八字椅。红绣金团花桌围椅披。

〔四大铠持荷包枪“上场门”上，“挖门”，站“里八字”。李嗣源引程敬思“上场门”上，“挖门”，李嗣源站“小边”，程敬思站“大边”。李克用随上站“小边”李嗣源前。曲牌止。

程敬思 千岁请上，受学生大礼参拜。（参拜）

李克用 （拦让）你乃孤王救命恩人，理当受孤一拜。（左手拉右水袖，施礼）

程敬思 （拦让）这就不敢。

李克用 大太保过来。

李嗣源 （上步至李克用下首，躬身）在。

李克用 拜见程叔父。

李嗣源 程叔父在上，侄儿大礼参拜。

程敬思 只行常礼。

〔唢呐吹奏曲牌<柳摇金·合头>。李嗣源向程敬思行大礼。

程敬思 不必拜了！

李克用
程敬思 （同）啊哈哈哈……

〔李克用、程敬思互相拱手，归座。程敬思坐“大边”椅，李克用坐“小边”椅，李嗣源“小边”椅下首侍立。曲牌止。

李克用 不知恩官驾到，未曾远迎，面前恕罪。

程敬思 岂敢。学生来得鲁莽，千岁海涵。

李克用 岂敢。唐王驾安？

程敬思 我主安泰。

李克用 满朝文武？

程敬思 问候千岁金安。

李克用 有劳他们。

李嗣源 筵齐。

李克用 摆宴。待孤把盏。

程敬思 这就不敢。

李克用 太保摆宴！

〔唢呐吹奏曲牌<傍妆台>。李嗣源领命，上至“中场”，双抖袖，提袖，整冠。同时，四红文堂抬桌两边分上，摆“八字桌”、“里座”，“小边”桌外侧摆“跨椅”。桌上置酒壶、酒杯、折扇。四红文堂两边分下。李嗣源走至“小边”，朝“大边”桌一望，走至“大边”桌后斟酒，掸尘，然后走至“小边”桌后斟酒，掸尘，再走至“中场”，双抖袖、提袖、整冠，右转身请程敬思、李克用入席，归“小边跨椅”旁侍立。李克用、程敬思离座，双抖袖、提袖、整冠、捋髯，转身面向里行礼，入席。李克用坐“小边”桌里座，程敬思坐“大边”桌里座。曲牌止。

李嗣源 筵齐。

李克用 （念）忆昔离龙搂，相隔有数秋；（台 <u>大台</u>）

程敬思 （执扇念）故友重相见，叙叙旧根由！

李克用 （执扇）好哇！【撕边一击】好一个叙（呀）叙（仓）旧根（呐）由！

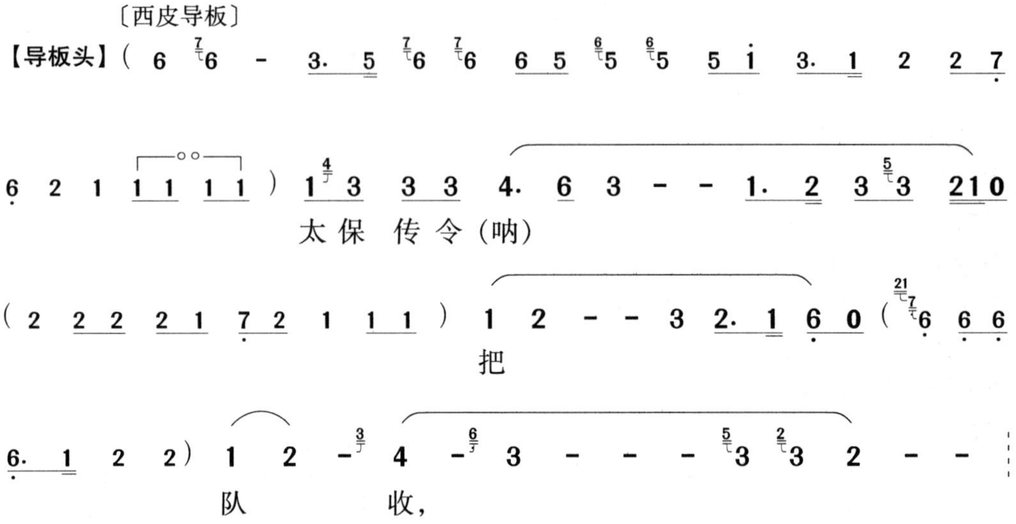

〖【更鼓】李嗣源走至“正场桌”拿令旗，转身举令旗出门，摇令旗。四红文堂两边抄上，四大铠分别左右转身随两边上场的红文堂过场下。李嗣源右转身，进门，将令旗放回“正场桌”上。归“小边跨椅”坐。

〖【原场】李克用、程敬思互敬酒。【四击头】二人饮酒。

李克用 程敬思 （同）干！

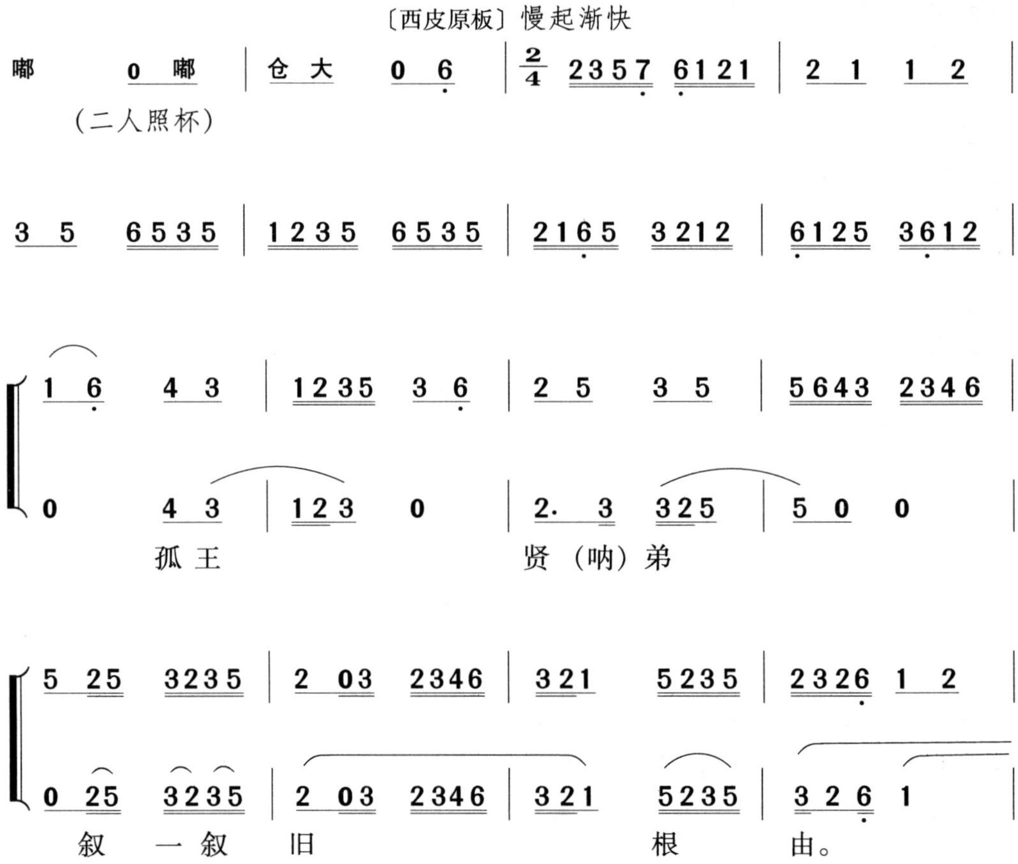

李克用

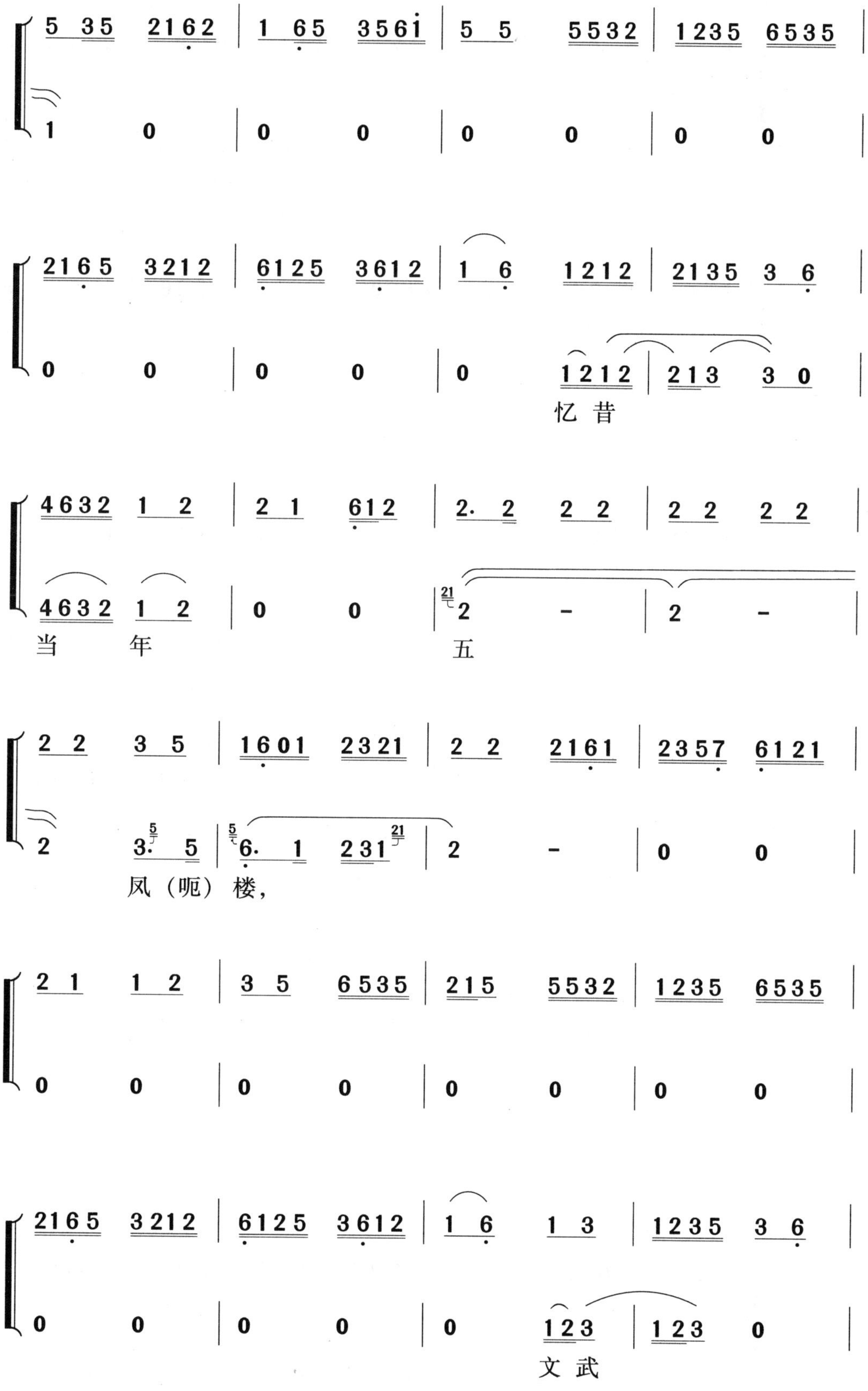
忆昔
当 年
五
凤（呃）楼，
文武

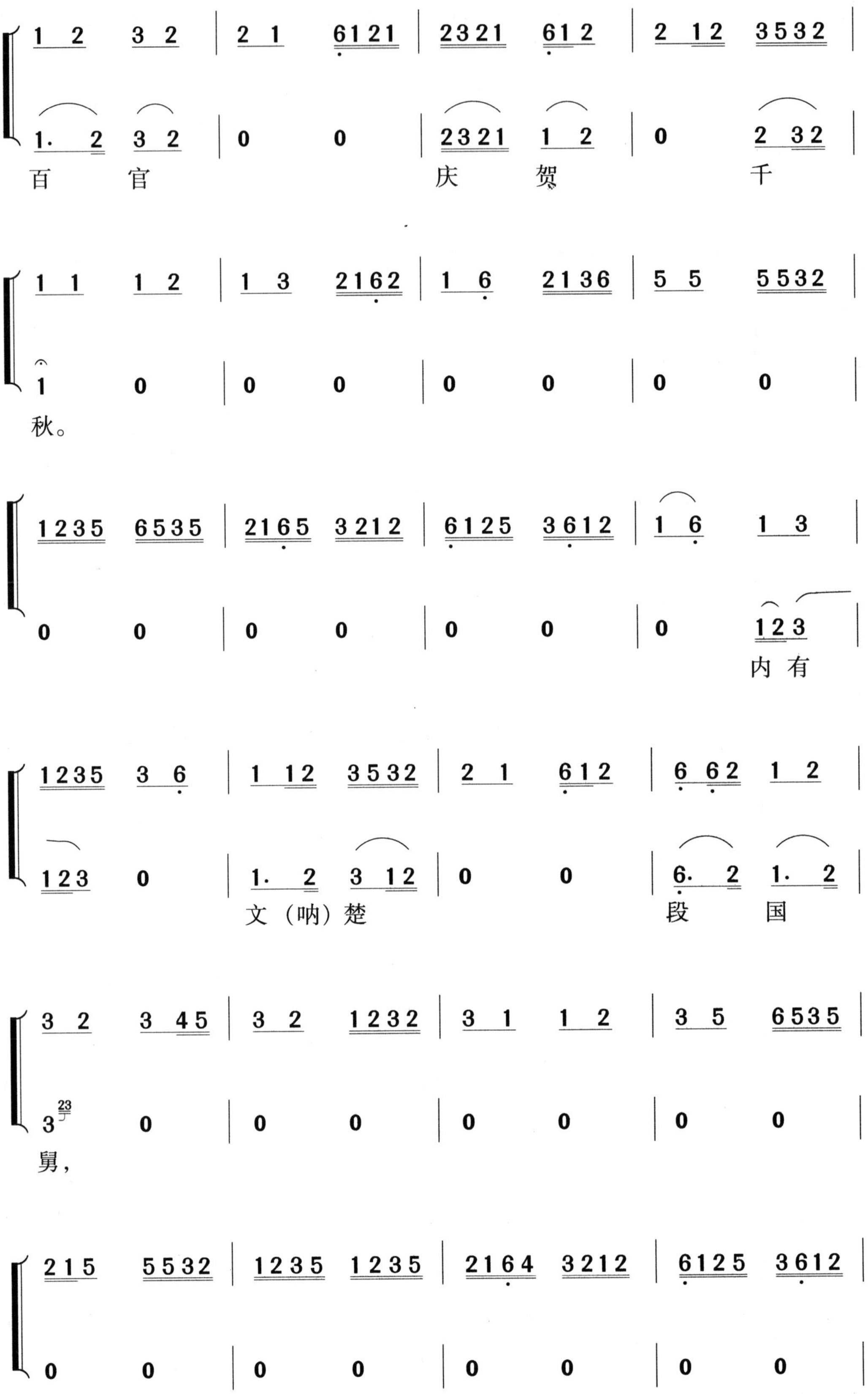
百 官 庆 贺 千
秋。
内 有
文（呐）楚 段 国
舅，

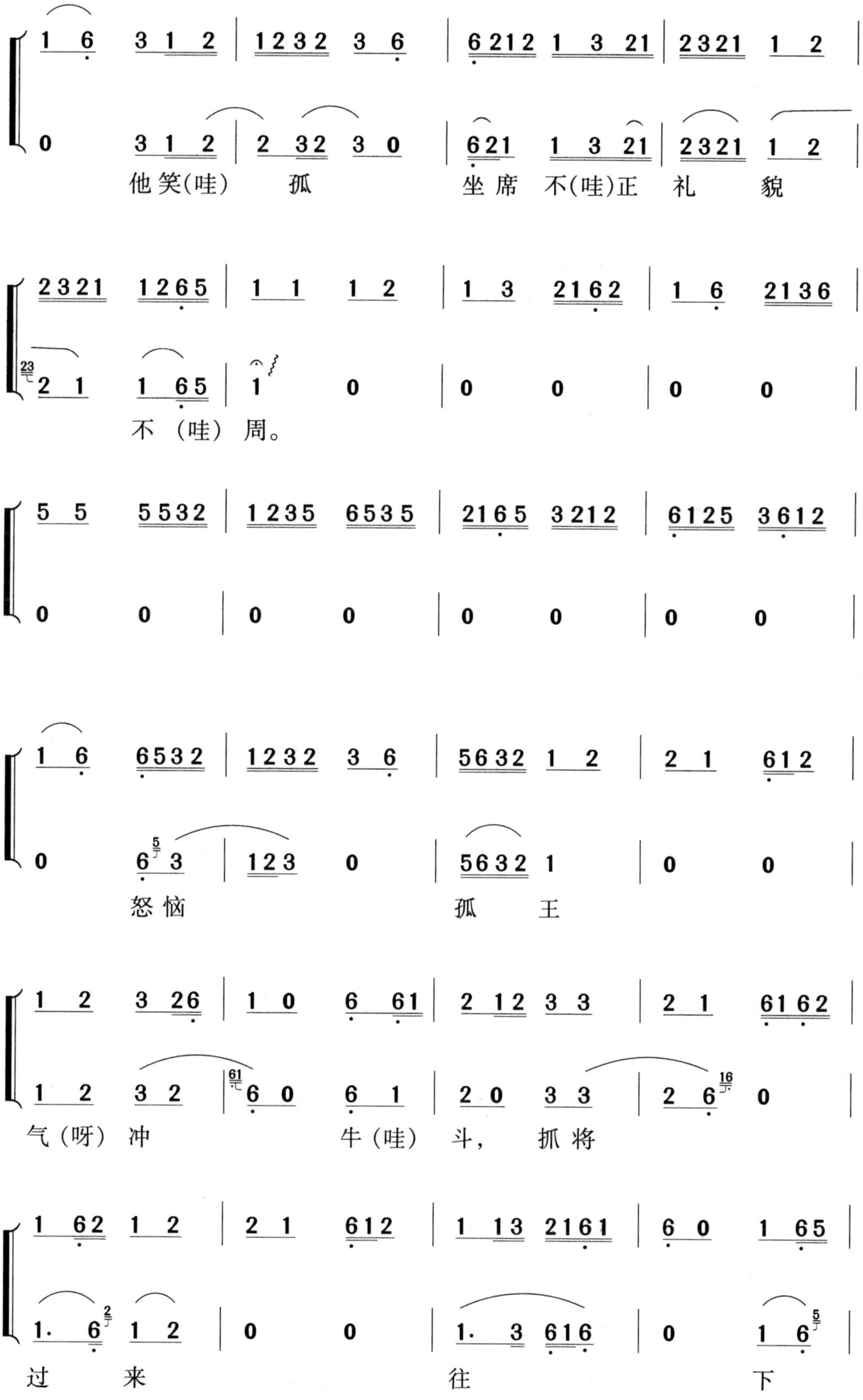
他笑(哇) 孤
坐席 不(哇)正 礼 貌
不（哇）周。
怒恼
孤 王
气（呀）冲
牛（哇）斗， 抓将
过 来
往
下

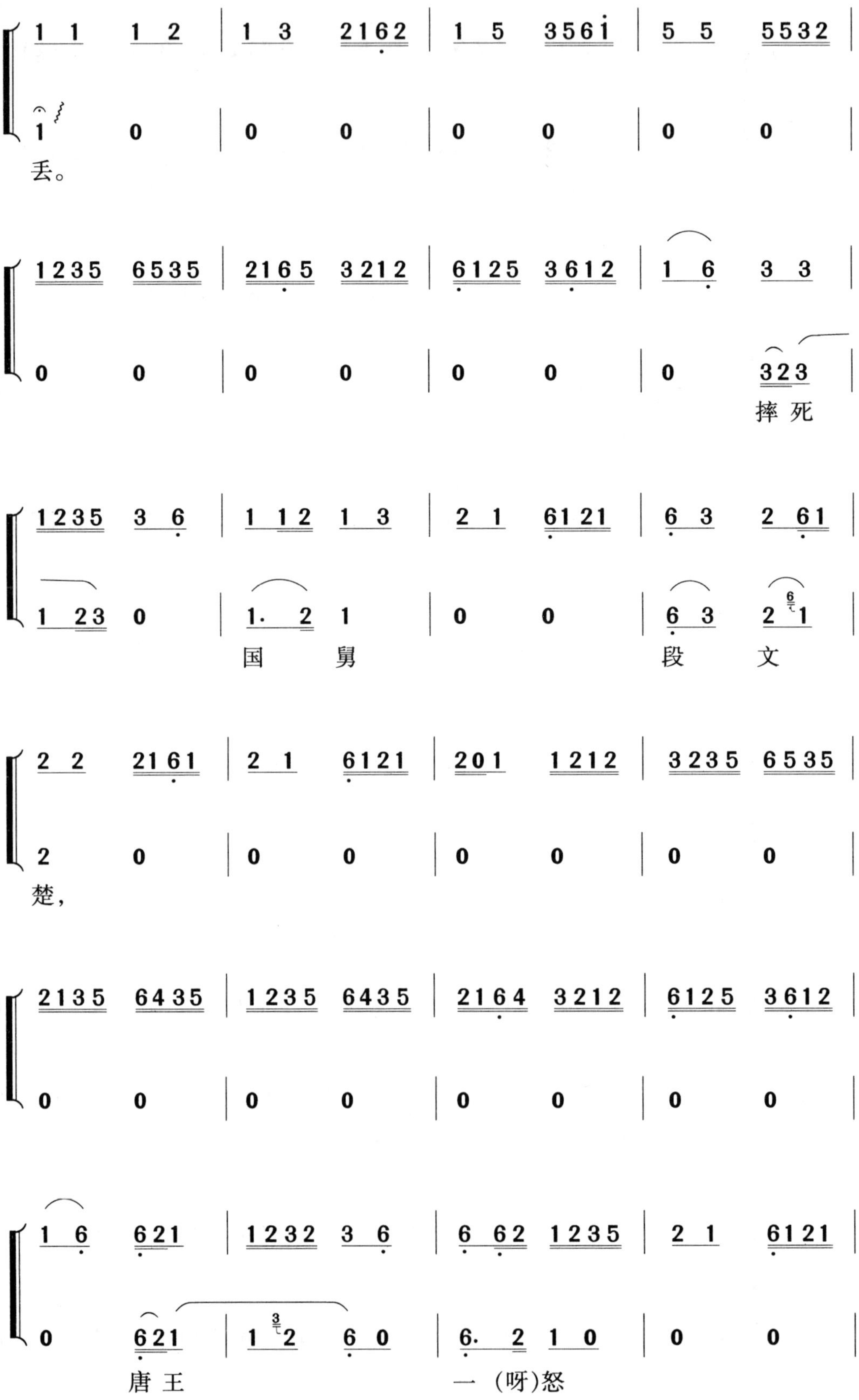
丢。
摔 死
国 舅
段 文
楚，
唐王
一（呀）怒

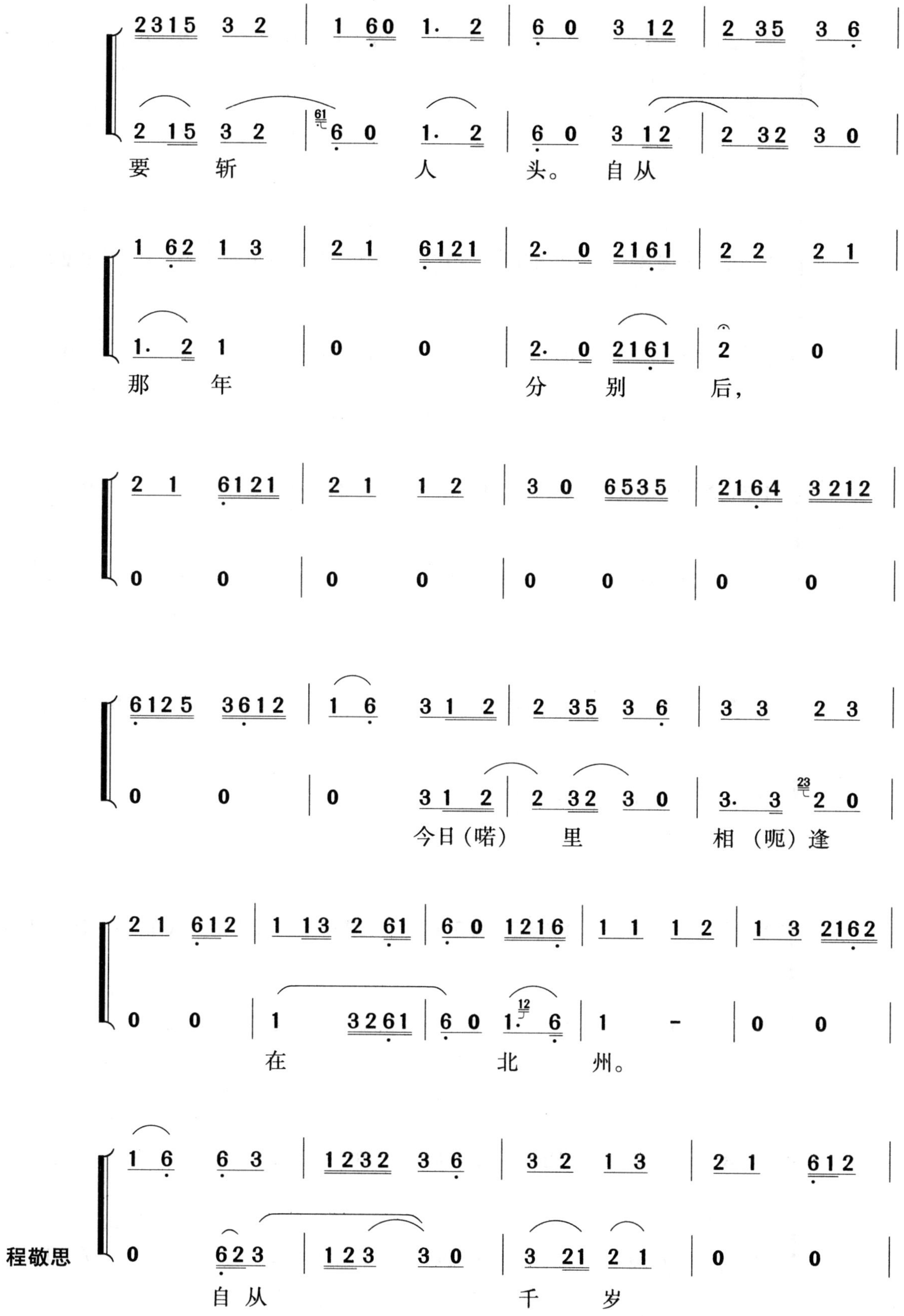
要 斩 人 头。自从
那 年 分 别 后，
今日（喏） 里 相（呃）逢
在 北 州。
程敬思
自从 千 岁

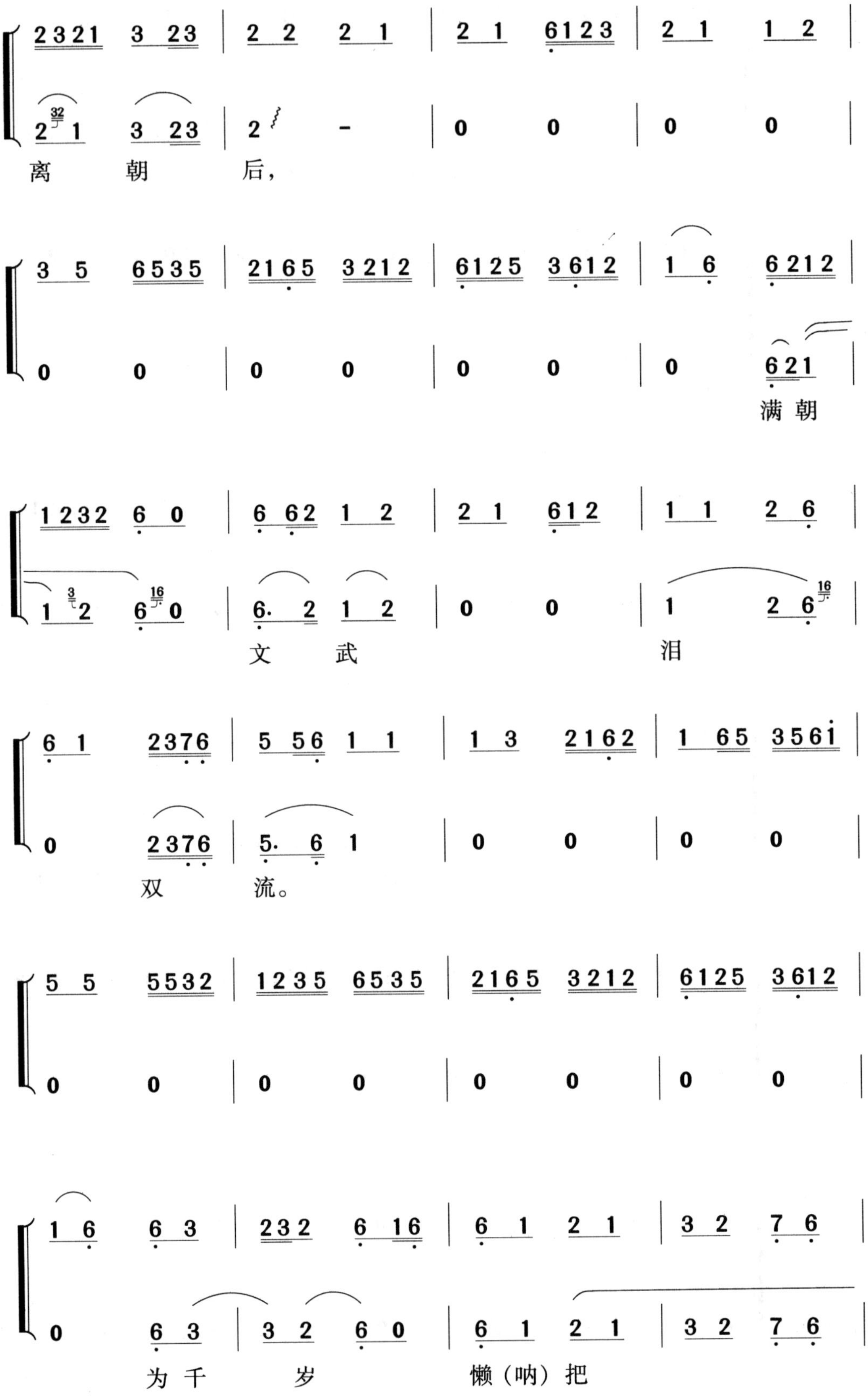
离 朝 后，
满朝
文 武 泪
双 流。
为千 岁 懒（呐）把

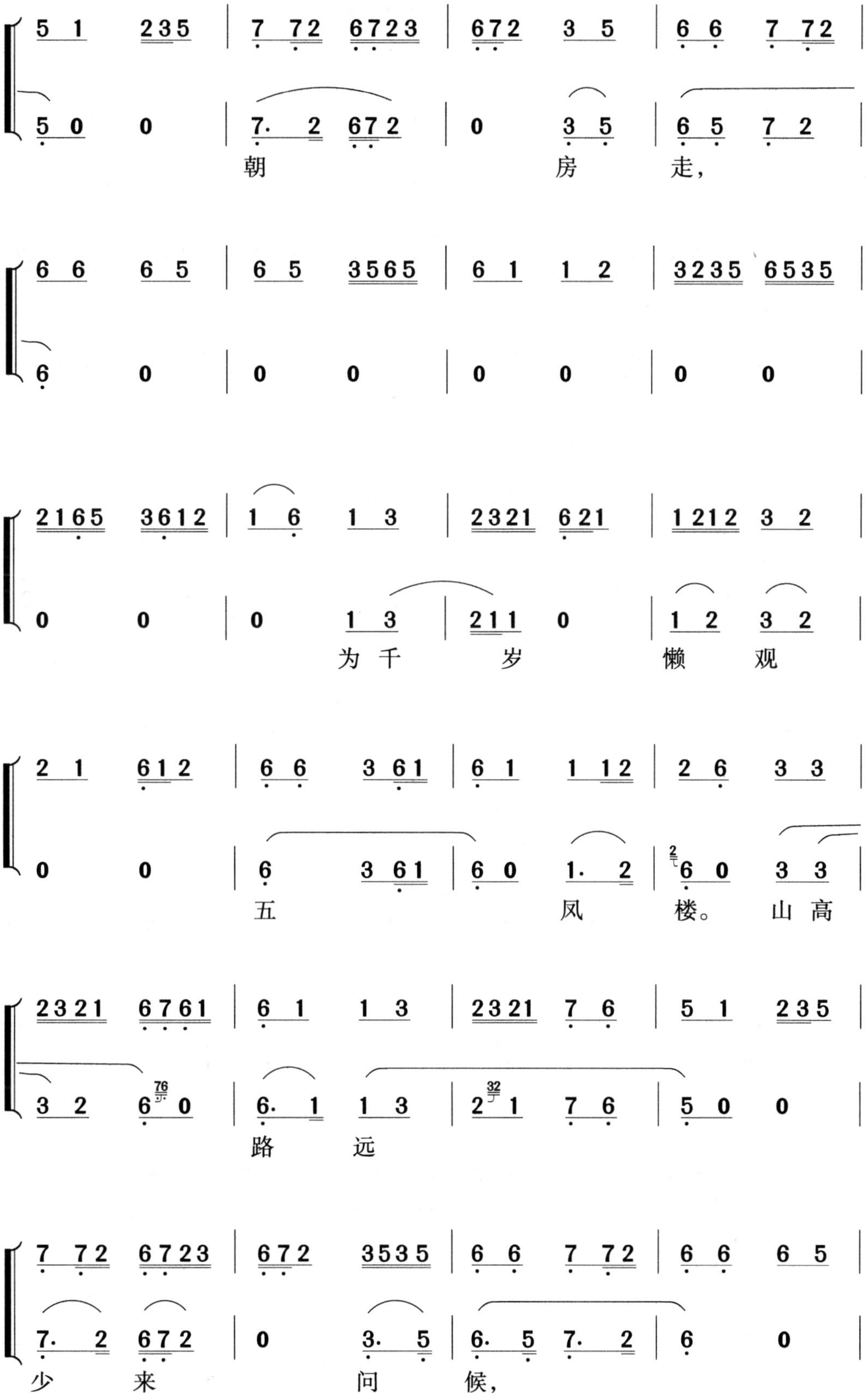
朝 房 走,
为千 岁 懒 观
五 凤 楼。山高
路 远
少 来 问 候,

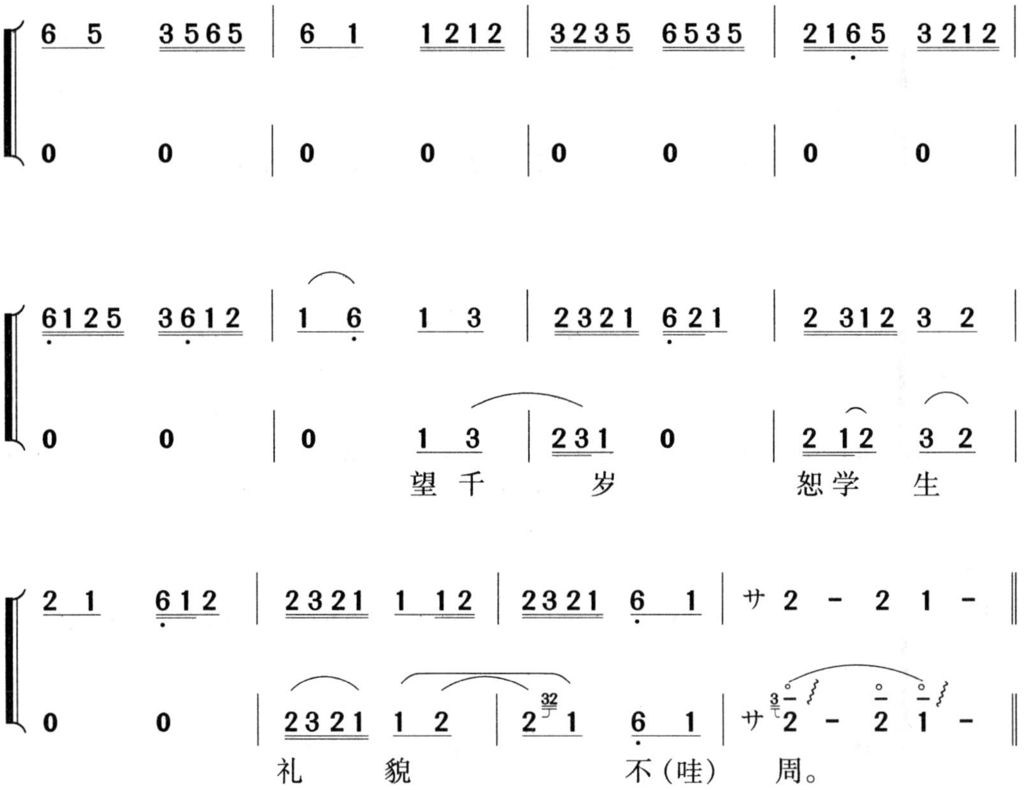

〔西皮摇板〕

李克用

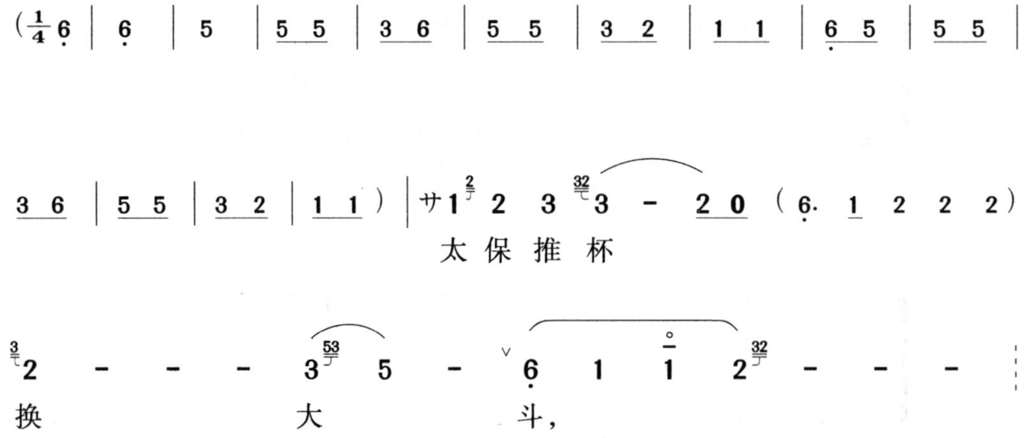

〖【快长锤】李克用、程敬思离座，李嗣源躬身受命，转身至“小边”侧幕取酒斗，斟酒后递与李克用，三人撩袍，李克用跪“小边”，程敬思跪“大边”，李嗣源跪“小边”外首。

〔西皮流水〕

李克用

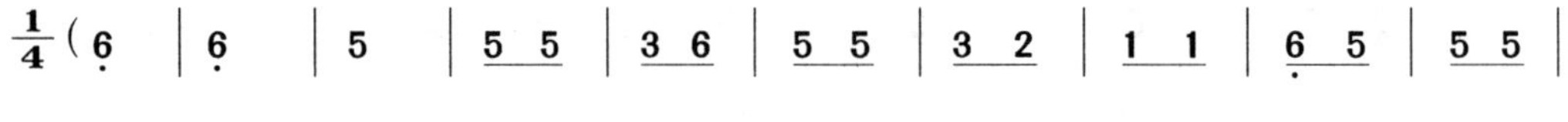

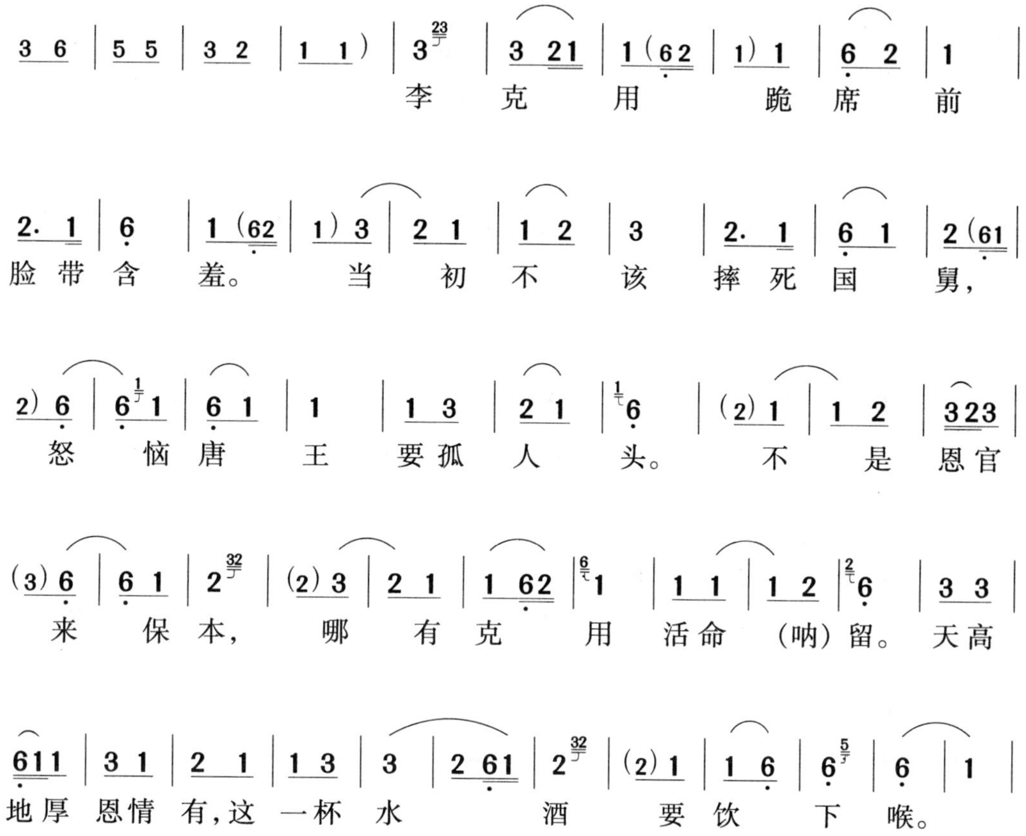

〔【闪锤】李克用敬酒，程敬思接过酒斗，三人站起，李克用居中，程敬思站“大边”，李嗣源站“小边”。

程敬思

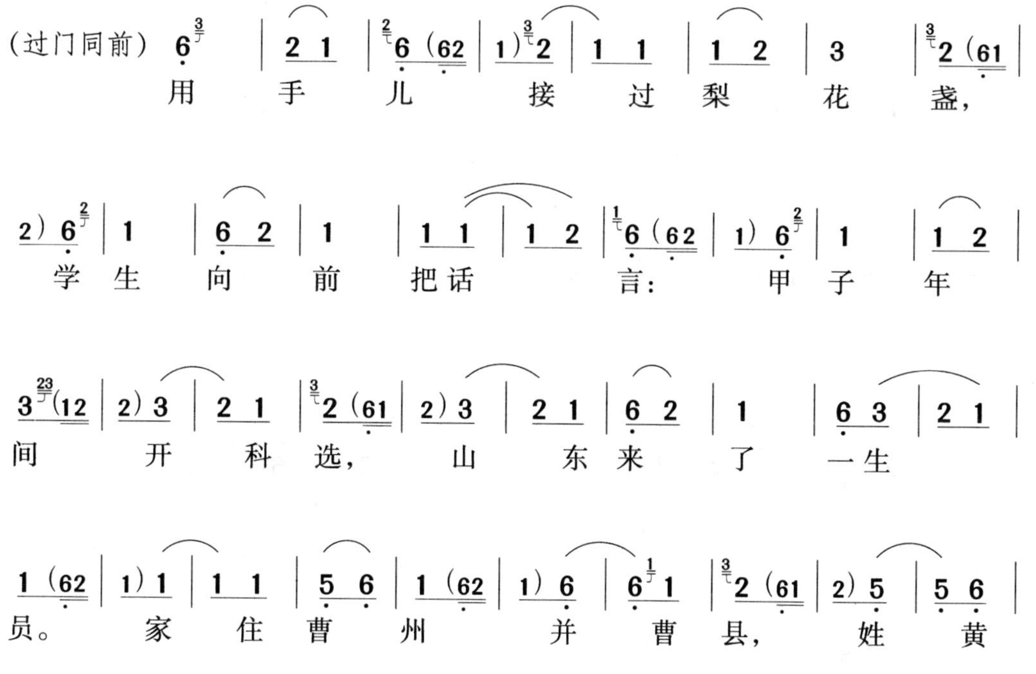

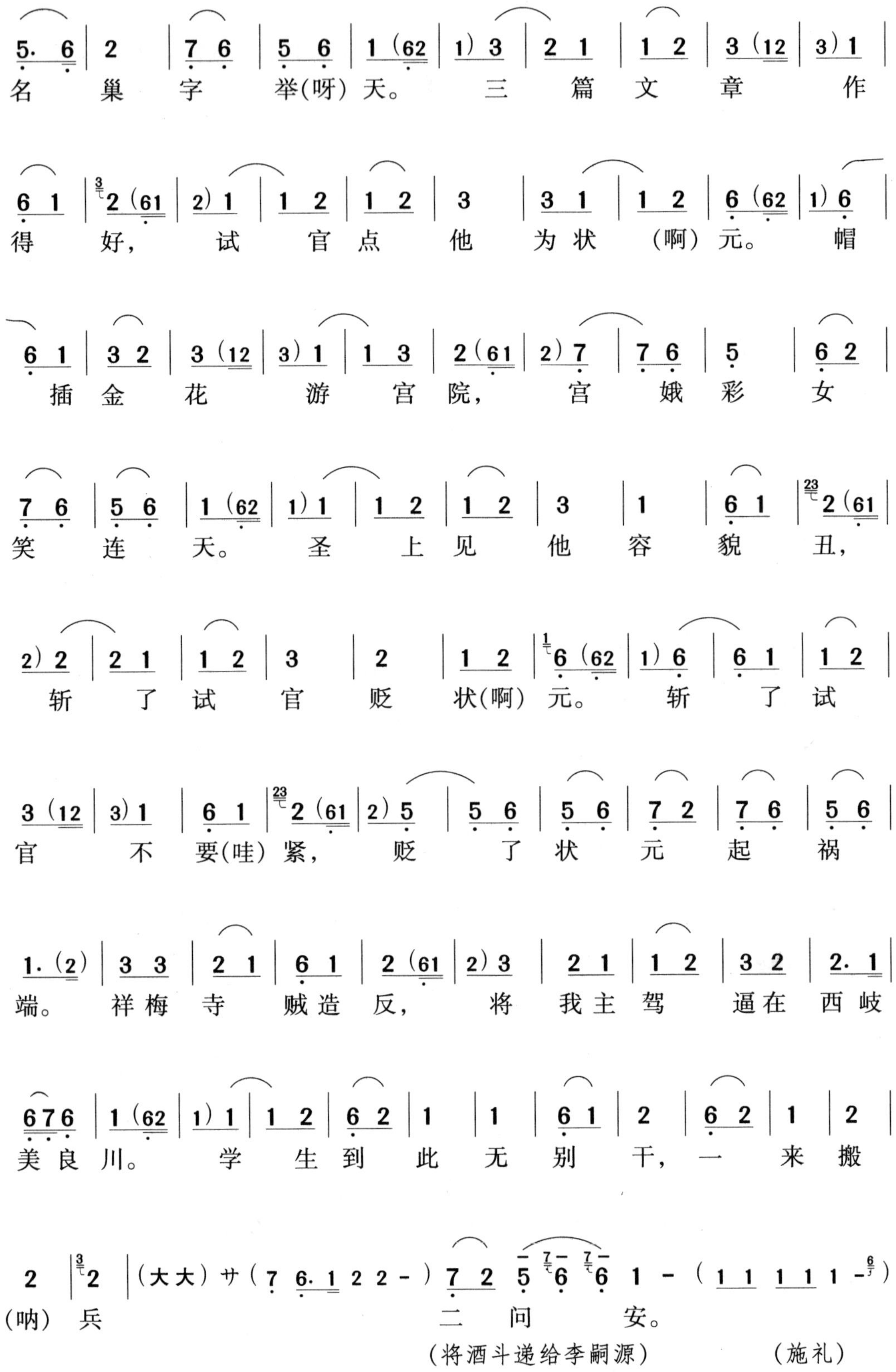
名巢字举(呀)天。三篇文章作
得好，试官点他为状(啊)元。帽
插金花游宫院，宫娥彩女
笑连天。圣上见他容貌丑，
斩了试官贬状(啊)元。斩了试
官不要(哇)紧，贬了状元起祸
端。祥梅寺贼造反，将我主驾逼在西岐
美良川。学生到此无别干，一来搬
(呐)兵 (大大) 二问安。
(将酒斗递给李嗣源) (施礼)

〔李嗣源"小边"侧幕暗下。

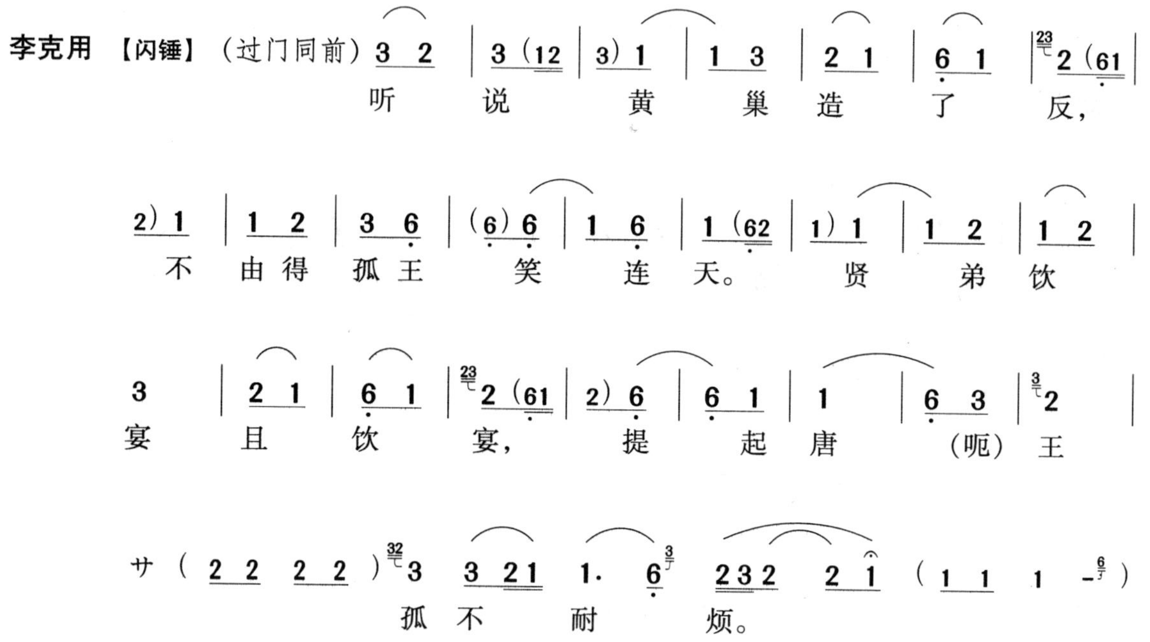

「李克用转身面向“小边”，不耐烦。程敬思抖左袖，提袖。

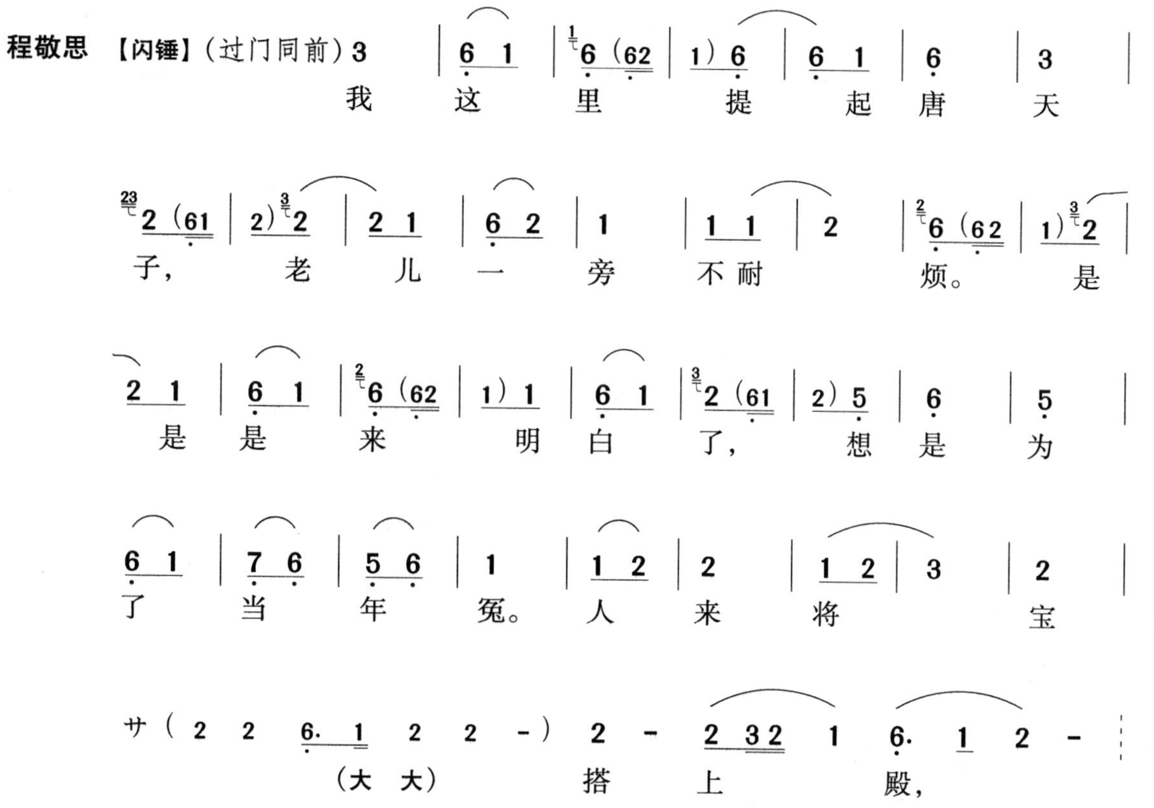

「【快长锤】二杠夫抬珠宝桌“小边”侧幕上，置于“中场”，然后两边分下。锣鼓切住。

〔亮弦〕 (7 6. 1 2 2 -^6)

程敬思 千岁!

〔西皮摇板〕

【闪锤】(过门同前) 6 3 2 3 2 6 1 2 7 6 5^6 1 - (仓)

请千岁向前把宝观。

〔亮弦〕 (7 6 2 1 -)

〖李克用观看珠宝，明白程敬思的用意。

〔西皮快板〕

李克用 【闪锤】(过门同前) 6. 2 | 1 (62 | 1) 3 | 2 1 | 1 2 | 3 | ^3 2 (61 |

一见珠宝帐中摆，

2) 1 | 621 | 323 | (6) 1 | 6^76 | 1 (62 | 1) 1 | 1 3 | 2 1 |

李克用心中笑颜开。上有蟒

6 (62 | 1) 6 | 1 1 | 2^32 (61 | 2) 1 | 1 3 | 6 1 | 1 | 2 5 |

袍和玉带，凤冠头上插金

3 2 | 1 (62 | 1) 6 | 1 1 | 3 | ^3 6 (7 | 6) 3 | 3 1 | 2^32 (61 |

钗。明明知道装不解，

2) 3 | 2 1 | 6^1 1 | 1 2 | ^1 6 0 | 2 1 | 3 21 | 6^1 1 | 2 1 |

假意儿从头问开怀。你做清官有数载，此

1 3 | 3 | 2 1 | 1 | 6 | 1 1 | 1 2 | ^1 6 |

宝打从何处(喏)来?

程敬思 6 | 1 (62 | 1) 2 | 1 1 | 3 | 1 | 2 (61 | 2) 3 | 2 1 | 6 2 |

此宝出在山海外，三年五

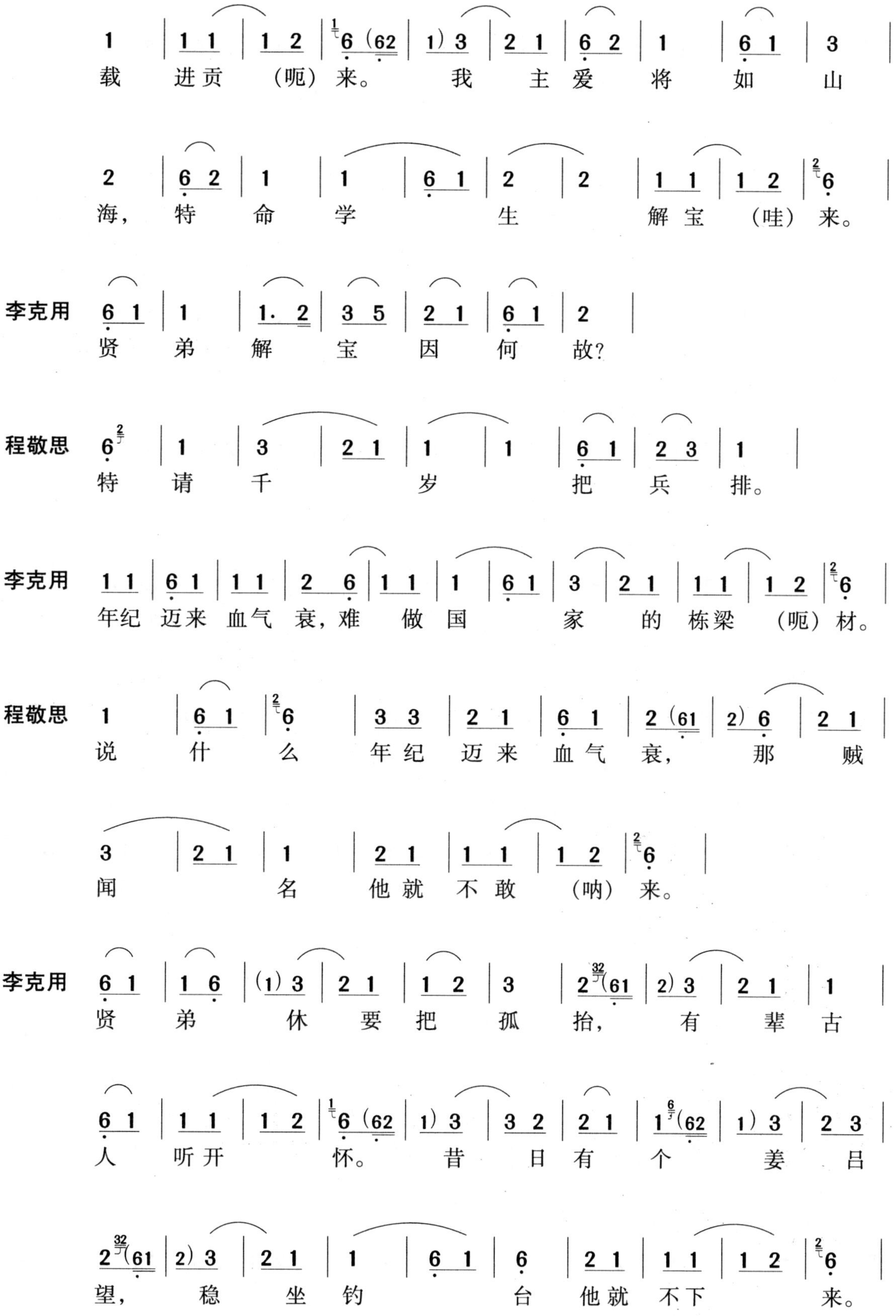

载 进贡 （呃）来。我 主爱 将 如 山
海，特 命 学 生 解宝 （哇）来。
李克用
贤 弟 解 宝 因 何 故？
程敬思
特 请 千 岁 把 兵 排。
李克用
年纪 迈来 血气 衰，难 做国 家 的 栋梁 （呃）材。
程敬思
说 什 么 年纪 迈来 血气 衰，那 贼
闻 名 他就 不敢 （呐）来。
李克用
贤 弟 休 要 把 孤 抬，有 辈 古
人 听开 怀。昔 日有 个 姜 吕
望，稳 坐 钓 台 他就 不下 来。

程敬思
钓鱼台来鱼钓台，一钓周
朝八百载。千岁不发人和
马，黄巢笑你是个老无（哇）才。
李克用
笑只笑唐天子，他笑克用
为何（呀）来。中军帐内挂了帅，众
家太保把兵排。一马儿踏平唐
世界，万里乾（呐）坤扭转来。
程敬思
说此话就该发人马，
李克用
唐王晏（呐）驾你再（呀）来。
（紧接唱）〔西皮摇板〕
程敬思
问千岁此宝

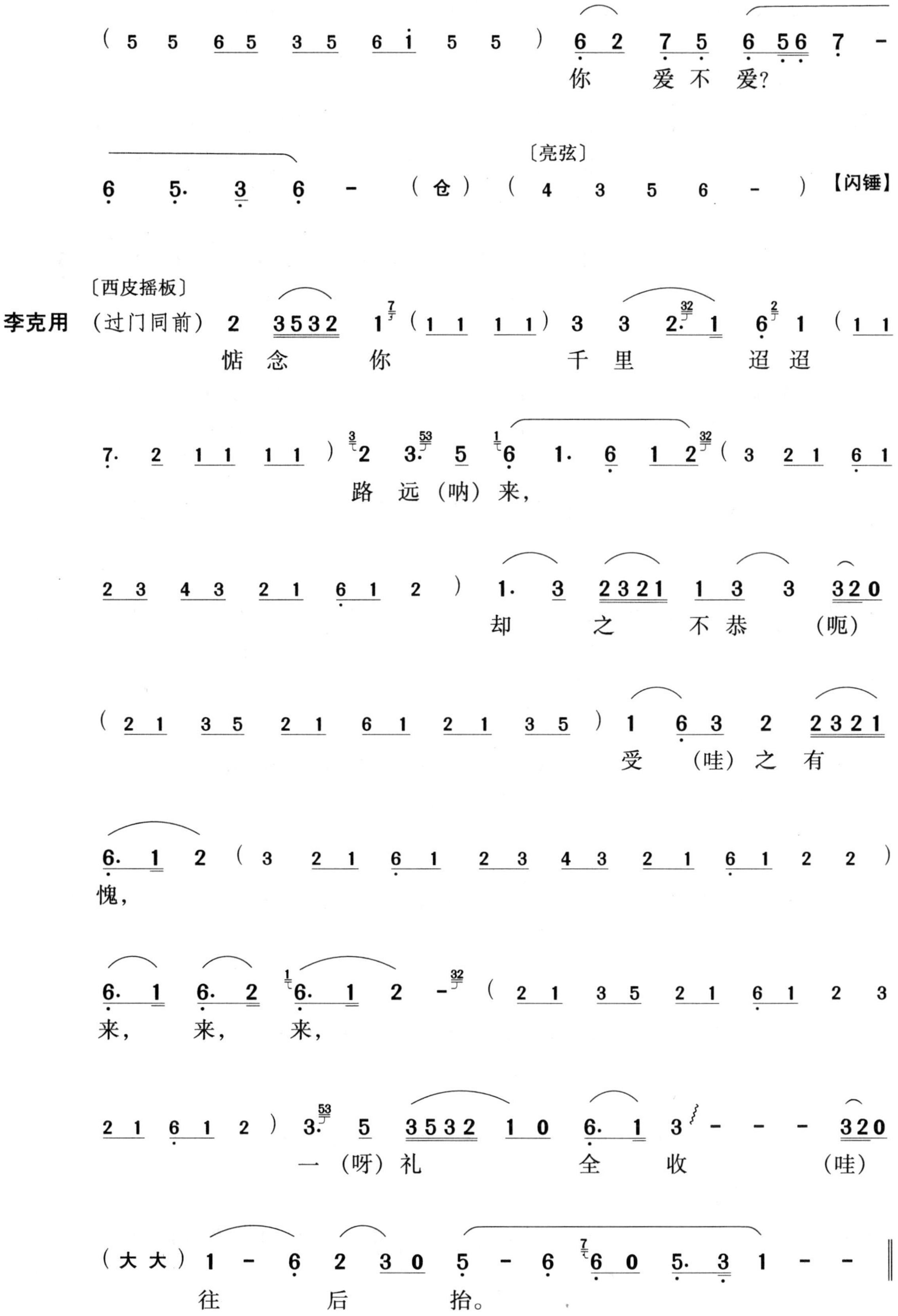
你 爱不 爱?
〔亮弦〕
（仓）
【闪锤】
〔西皮摇板〕
李克用 （过门同前）
惦 念 你 千 里 迢 迢
路 远（呐）来,
却 之 不恭 （呃）
受 （哇）之 有
愧,
来, 来, 来,
一（呀）礼 全 收 （哇）
（大大）
往 后 抬。

〔【闪锤】二杠夫抬珠宝桌“大边”侧幕下。李嗣源押宝下。

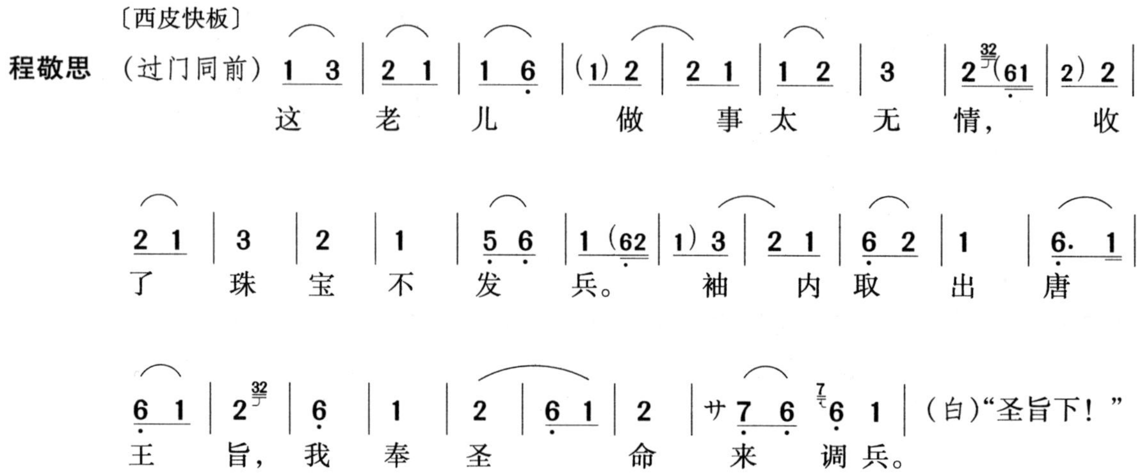

〔【闪锤】程敬思袖内取出圣旨，至“大边”椅前准备宣旨。李克用上前抢过圣旨。

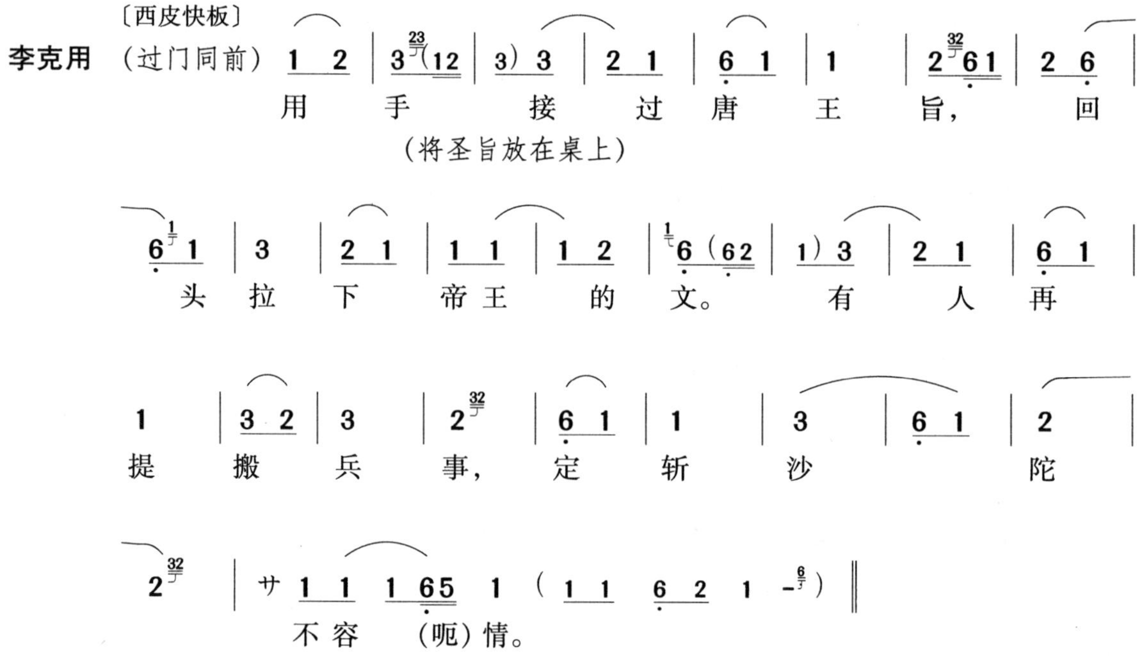

〔李嗣源“下场门”暗上。李克用坐“小边”椅，程敬思上步。

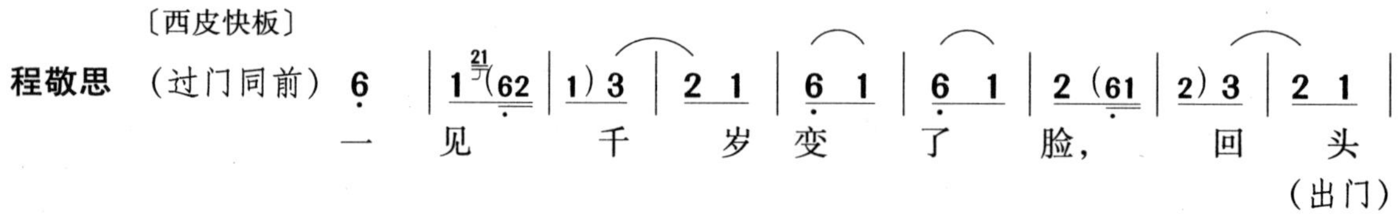

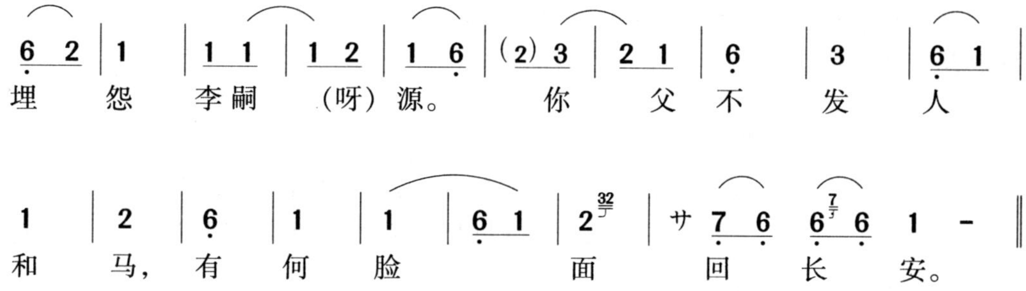

李嗣源　叔父啊!

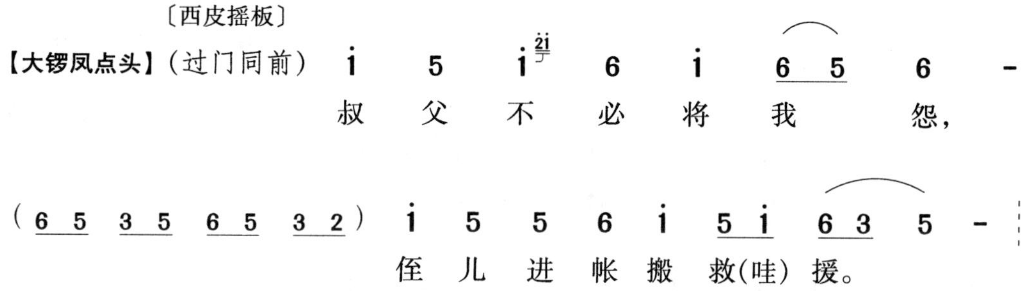

「程敬思进帐坐“大边”椅。

李嗣源

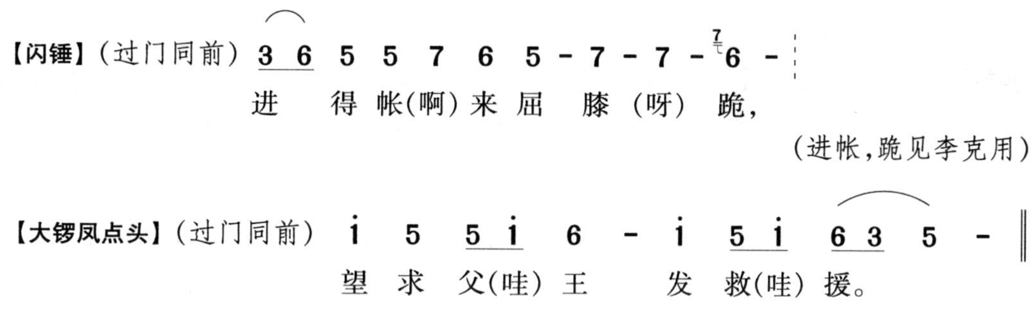

李克用　嘟!

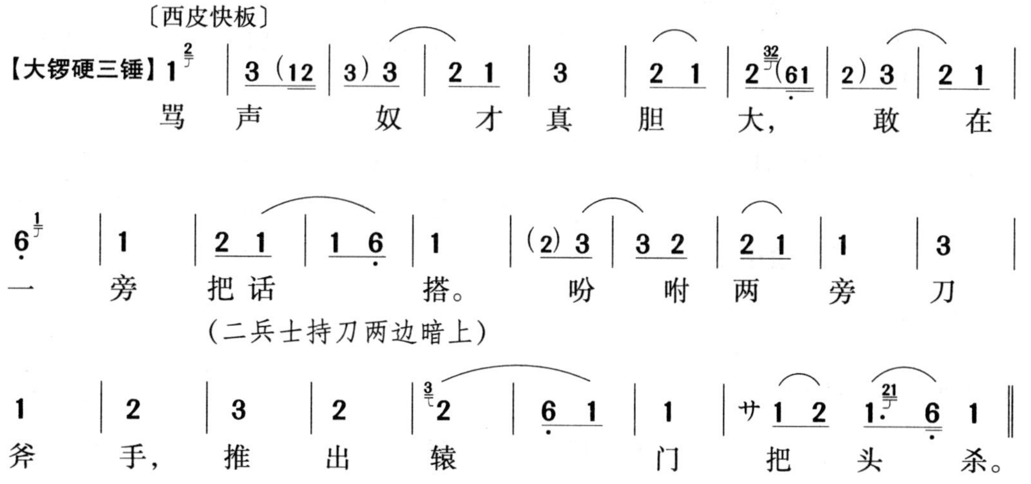

〔【快长锤】二兵士押李嗣源“下场门”下，程敬思离座，出帐。

程敬思 刀下留人！

〔西皮摇板〕

【闪锤】(过门同前) 3532 1 1 2 1 3 53 3 2 － 6 1 1 1 3 2 7 6 7 6 5· 6 1 －

千 岁要斩将臣 斩，快快赦回太 保 还。

(进帐，向李克用求情)

李克用 【大锣凤点头】(过门同前) 3 2· 1 6 2 1 6 1 2 2 6

些 小 的 人 情 来(呀) 准 下，看

1 3 1 2 0 1 2 1 6 1 ‖

你 金 面 饶(哇)恕 他。

程敬思 多谢了！(出帐，朝“下场门”喊) 太保赦回。

〔【快长锤】二兵士押李嗣源“下场门”上，李嗣源站“大边”，二兵士两边暗下。

〔西皮摇板〕

李嗣源 (过门同前) i 5 5 7 6 i 6 3 5 6 －

千 层 浪(啊) 里 翻 身 (呐) 转，

(6 5 3 5 6 5 3 2 1 1) i 5 6 6 － i 5· i

百 尺 高 杆 得 命 (呐)

6 3· 5 3 5· 3 5 5· 7 6 6· 5 7· 7 6 －

还。 进 得 帐(呃) 来 屈 膝 (呀) 跪，

【大锣凤点头】(过门同前) i 5 5· i 6 6 5 5 3 5 － ‖

多 谢 父(哇) 王 不 斩 恩。

(进帐，跪李克用前)

〔西皮摇板〕

李克用 【闪锤】(过门同前) 2 1 2· 2 2 3 3 2 2 － 2 2

我 恨 不 得 一 足 (哇) 将

1. 2 3 5 6 1 6. 1 2 【闪锤】（过门同前） 1 3
尔 （喏）踏， 程 叔
（站起，踢李嗣源倒地，李嗣源盘左腿，抬右腿，左手向后撑地）
程敬思夹白：“啊，千岁，太保年幼！”

2 2321 1 2 0 2 3232 1 2 1 6 1 ‖
父 讲 情 要 谢 过 他。

李嗣源 【闪锤】（过门同前） 3 5 7 6 6 5 7. 7 6 －（6 6
（站起） 叩 罢 头 来 谢 恩（呐）典，
（向李克用一揖）

6 5 3 5 6 5 ） i 5 5 6 5 i 5 6 5 －
转 面 再 谢 程 恩 （呐）官。
（小圆场，对程敬思）

i 5 5 7 6 6 5 － 7 7. 7 7 6 －
使 个 眼 （呐） 色 抽 身 转，
（右手暗示程敬思出帐，右转身出帐，程敬思随出）

【大锣凤点头】（过门同前） i 5 5 7 6 i 5 3 i 6 3. 5 3 5. ‖
侄 儿 后(哇)帐 搬 救 （哇）援。

程敬思 哦，快去，快去！
〔【一锤锣】李嗣源“下场门”下。程敬思进帐。李克用迎上让座，二人各归原座椅前，面向台里。

〔西皮导板〕

李克用 【导板头】（ 3. 5 6 6 6 6 5 5 5 5 i 3 1 2 2 2 7
（李克用右转身，程敬思左转身，面向台口）

6 2 2 2 1 1 1 1 ） 3 3 3 3 4 4 3 － － 1. 2 3 3 21
昔 日 有 个
（李克用、程敬思互让，各归原座）

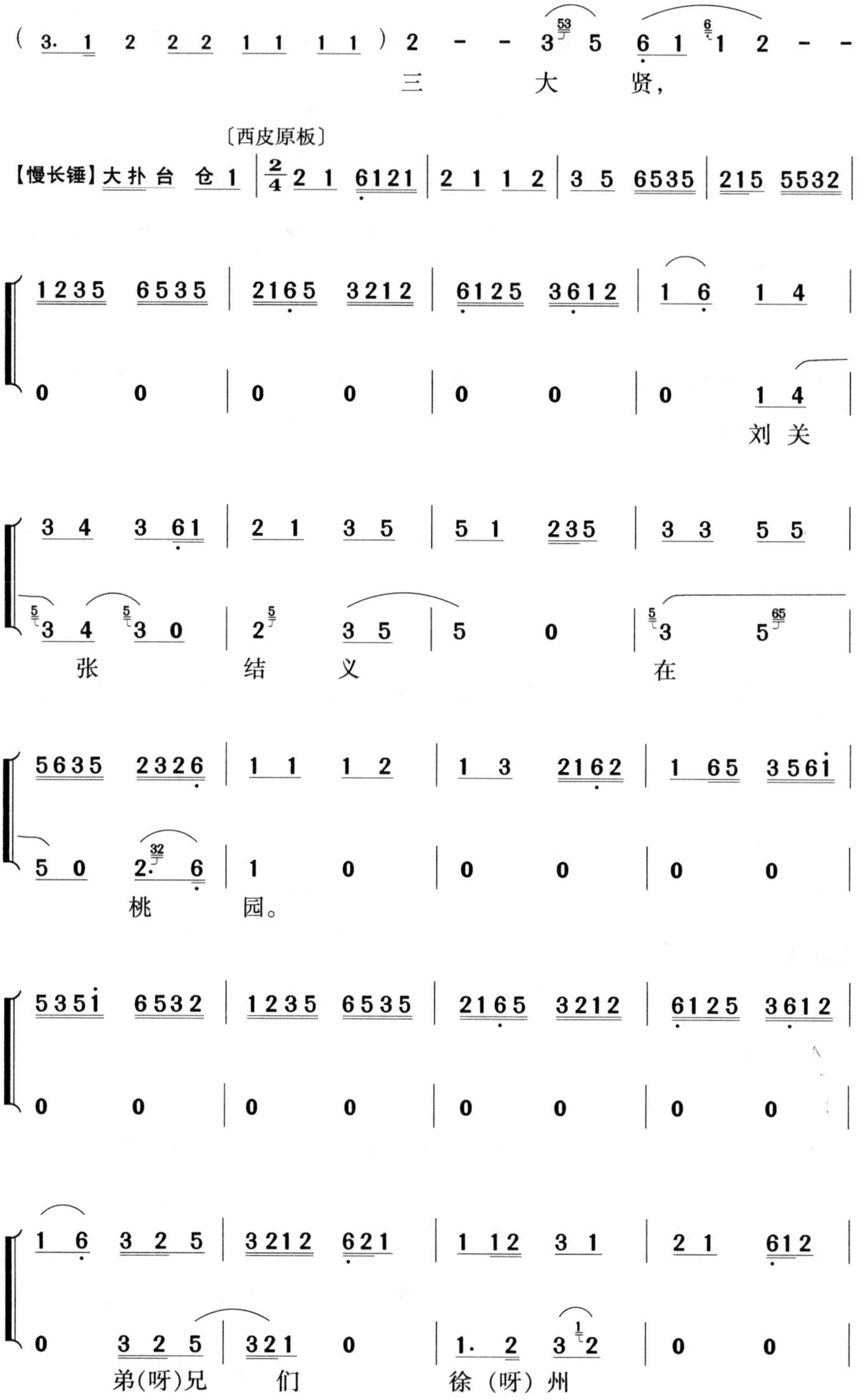
三 大 贤，
〔西皮原板〕
【慢长锤】大 扑 台 仓
刘 关
张 结 义 在
桃 园。
弟(呀)兄 们 徐（呀）州

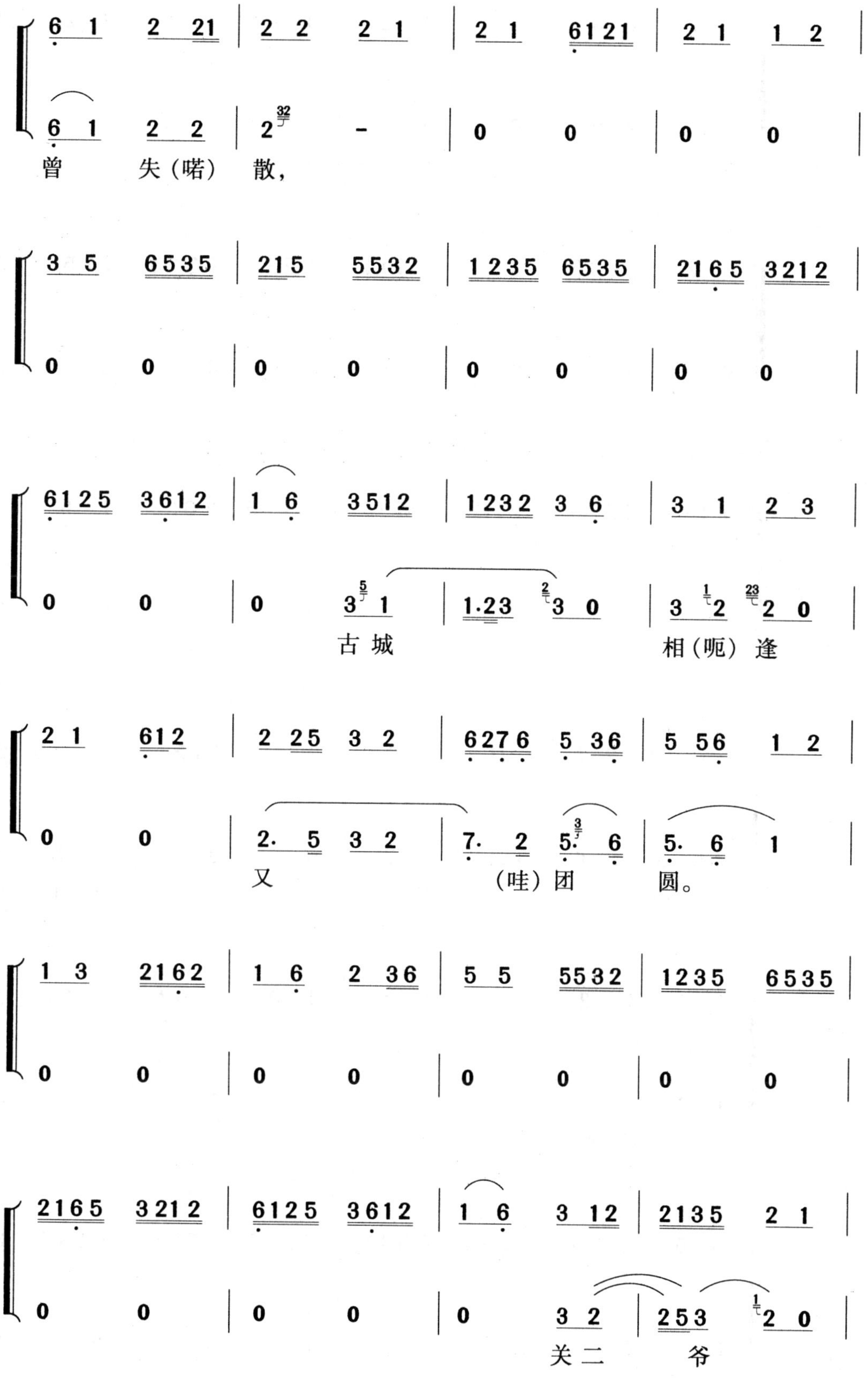
曾 失（喏）散，
古城 相（呃）逢
又 （哇）团 圆。
关二 爷

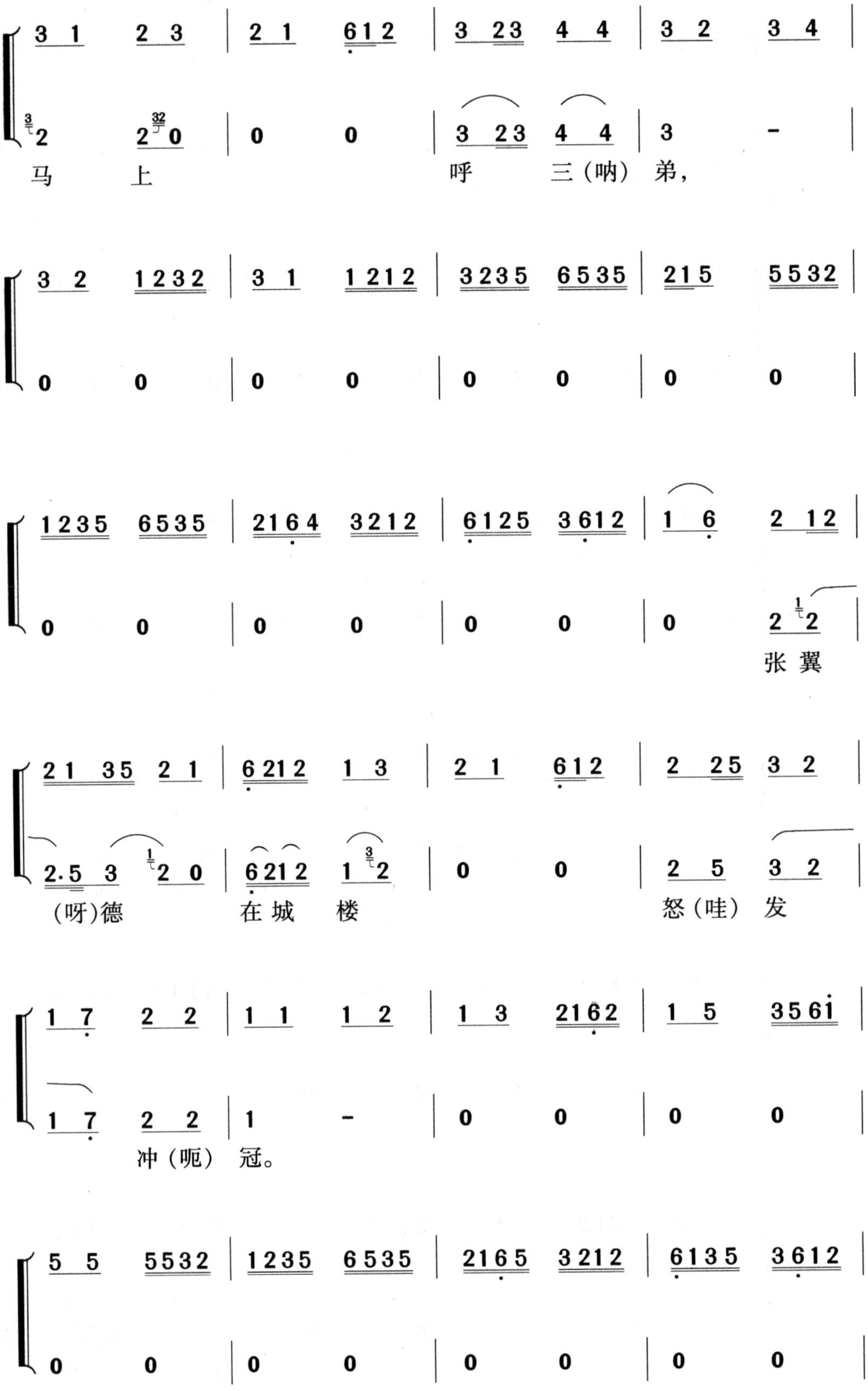
马 上
呼 三（呐）弟，
张翼
（呀）德
在城 楼
怒（哇）发
冲（呃）冠。

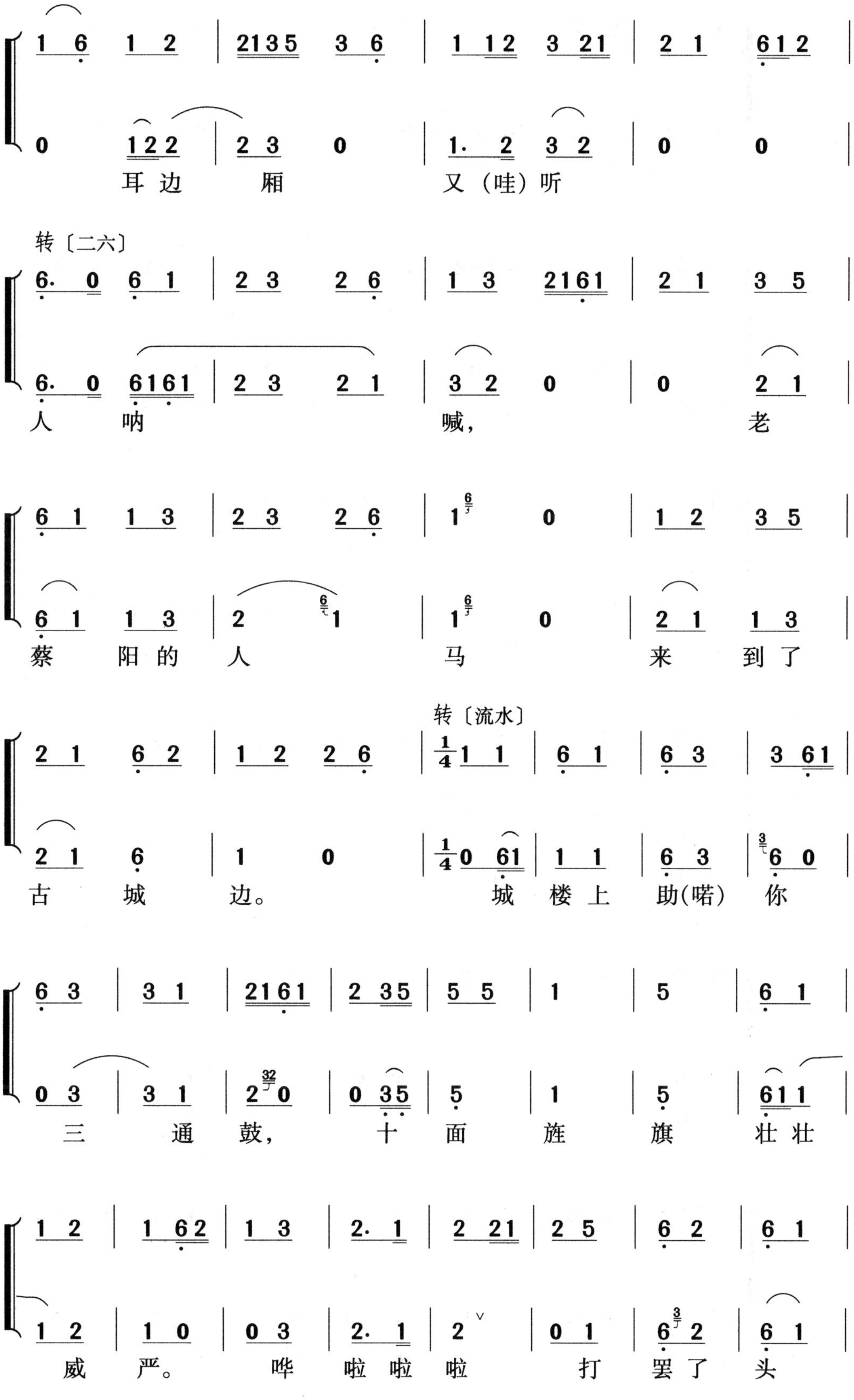
耳边　厢　又（哇）听
转〔二六〕
人　呐　喊，　老
蔡　阳的　人　马　来　到了
转〔流水〕
古　城　边。　城　楼上　助(喏)　你
三　通　鼓，　十　面　旌　旗　壮壮
威　严。　哗　啦啦　啦　打　罢了　头

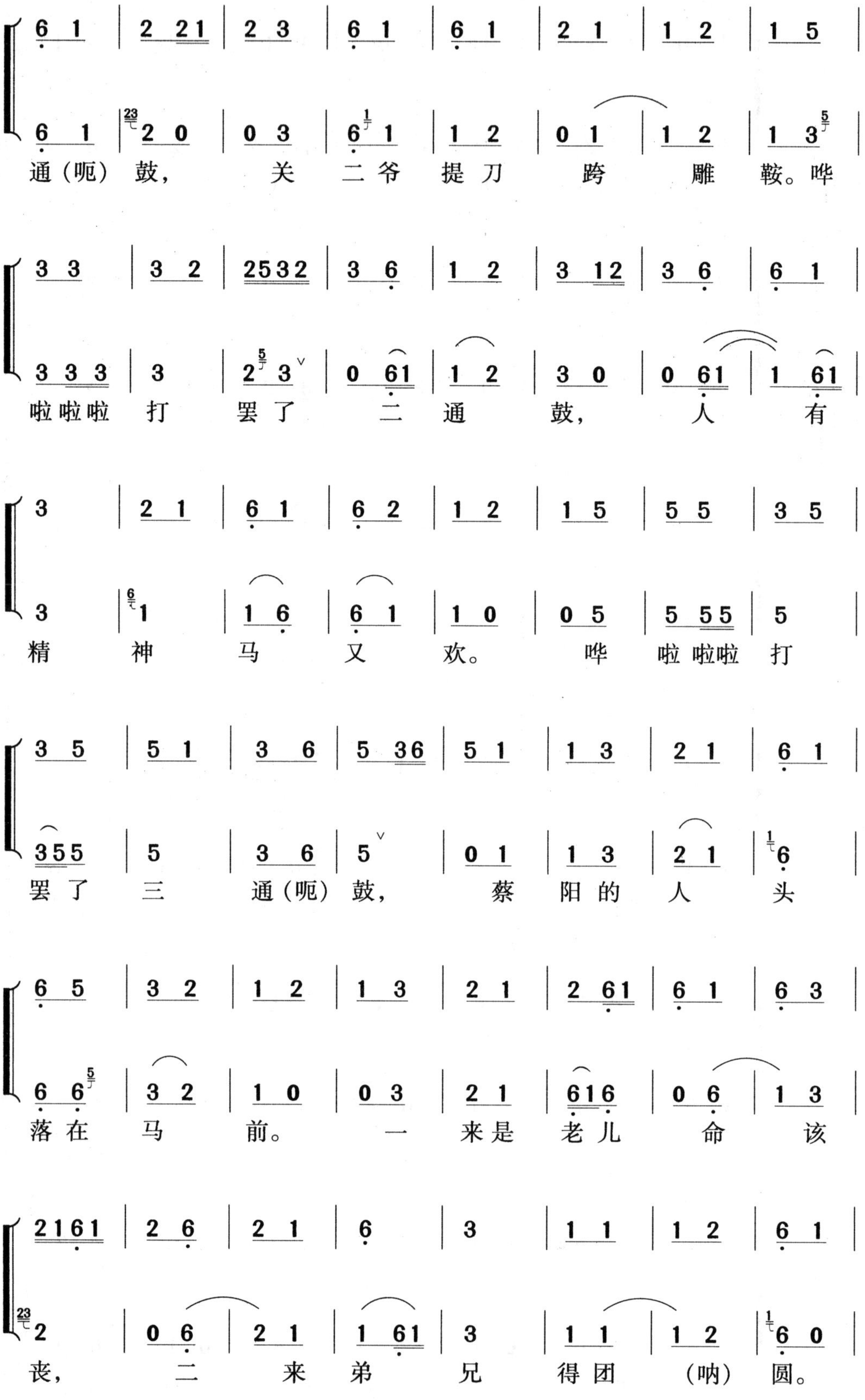
通（呃）鼓，关二爷提刀跨雕鞍。哗
啦啦啦打罢了二通鼓，人有
精神马又欢。哗啦啦啦打
罢了三通（呃）鼓，蔡阳的人头
落在马前。一来是老儿命该
丧，二来弟兄得团（呐）圆。

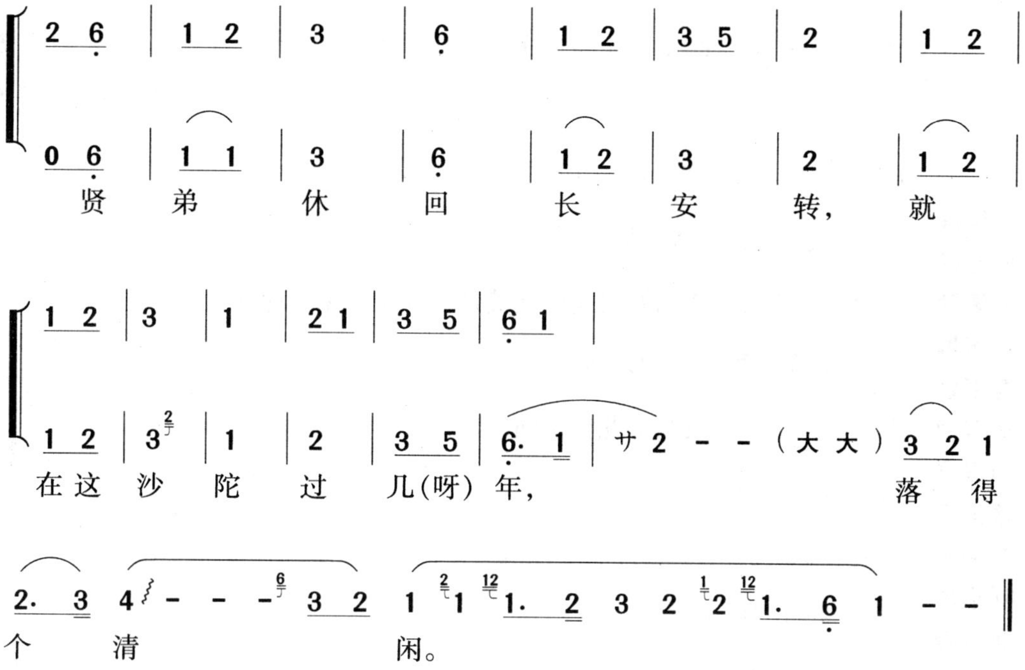

〔【抽头】李克用、程敬思“合扇”，“下场门”下。

第五场

〔【大锣原场】开二幕。场上置“正场桌”、八字椅。红绣金团花桌围椅披。【小锣凤点头】刘银屏、曹玉娥“上场门”上，走至正场台口，刘银屏抖右袖，提袖。

〔西皮摇板〕

刘银屏 (过门同前)

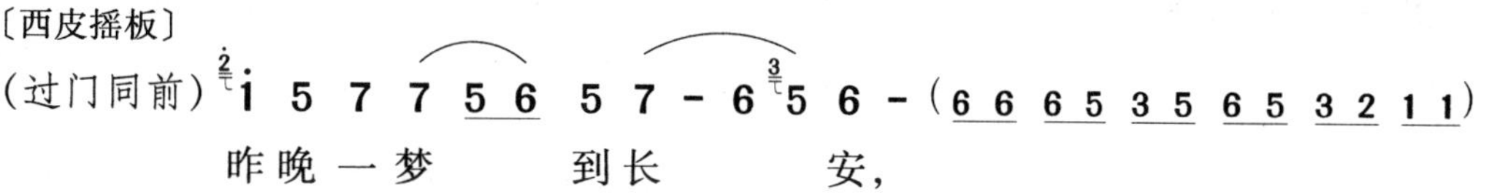

曹玉娥

〔【小锣抽头】刘银屏右转身，曹玉娥左转身，互让，刘银屏归“大边”椅，曹玉娥归“小边”椅。

〔李嗣源“上场门”上至“小边”台口抖右袖，提袖。

李嗣源 (过门同前)

(“挖门”进，站“大边”)

6 5 3 5 6 5 3 2 1 1 ）3 6 5 i 6 5 6 5 -
见 了 皇 娘 泪 涟 涟。

（哭）喂呀，皇娘啊…… （仓）

刘银屏
曹玉娥 （同）太保为何这等模样？

李嗣源 今有黄巢造反，将唐君驾逼西岐美良。程叔父来沙陀搬兵。

刘银屏
曹玉娥 （同）你父王可曾发动人马？

李嗣源 非但不发人马，反将孩儿推出问斩。

刘银屏
曹玉娥 （同）何人保奏？

李嗣源 程叔父保奏。

刘银屏
曹玉娥 （同）我儿进帐何事？

李嗣源 望皇娘发兵救援。

曹玉娥 我儿先行一步，为娘随后就到。

李嗣源 谢皇娘。（出门，右手拍右腿，赞美式）这就好了哇！（台）（左转身“下场门”下）

曹玉娥 我说姐姐，咱们到前面瞧瞧去吧！

刘银屏 贤妹请！

曹玉娥 请！（二人站起）

〔西皮摇板〕

刘银屏 【小锣凤点头】（过门同前） i 5 7 6 5 6 5 5 5 6 -
听 说 恩 官 到 来 临，

〔【小锣凤点头】二人出门，左转身，刘银屏“下场门”下，曹玉娥至“下场门”台口右转身。闭二幕。

曹玉娥 （过门同前） 3 5 6 6 5 6 5 3 5 3 5 -
去 到 银 安 看 分 明。

〔【小锣抽头】曹玉娥左转身，“大边”侧幕下。

第六场

〔【冲头】开二幕。场上置“正场桌”、八字椅。红绣金团花桌围椅披。桌上放一把酒壶、两盏酒杯。【闪锤】程敬思持折扇“上场门”上至“九龙口”，抖右袖，提袖；李克用持折扇随上。

〔西皮流水〕

程敬思

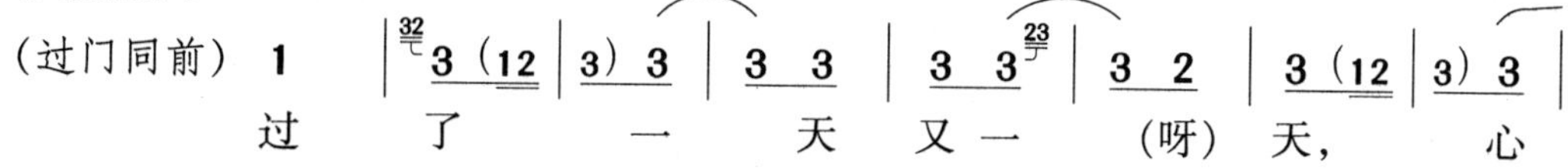

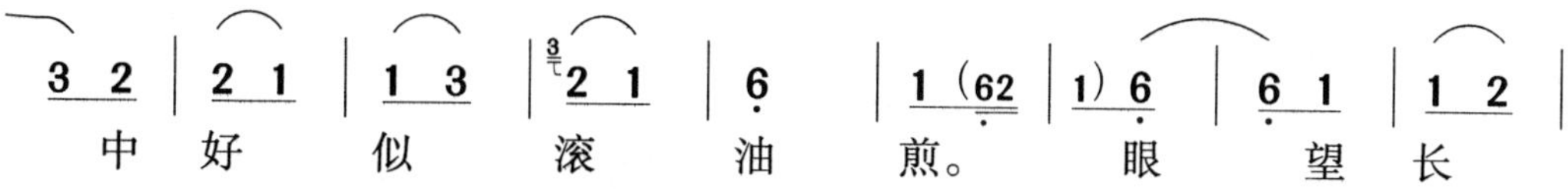

〔【闪锤】李克用拍程敬思肩膀，二人拱手，至“正场”，李克用站“小边”，程敬思站“大边”。

〔西皮摇板〕

李克用

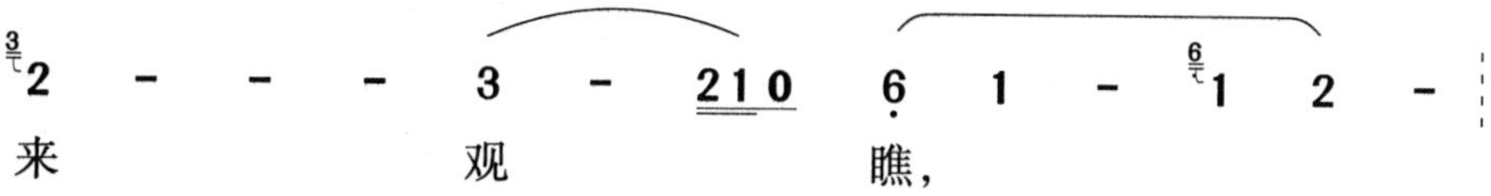

(右手持扇平撇出，指向台口)

〔程敬思右手打开折扇，左右观看，点头表示赞许。

〔西皮流水〕

李克用 【闪锤】

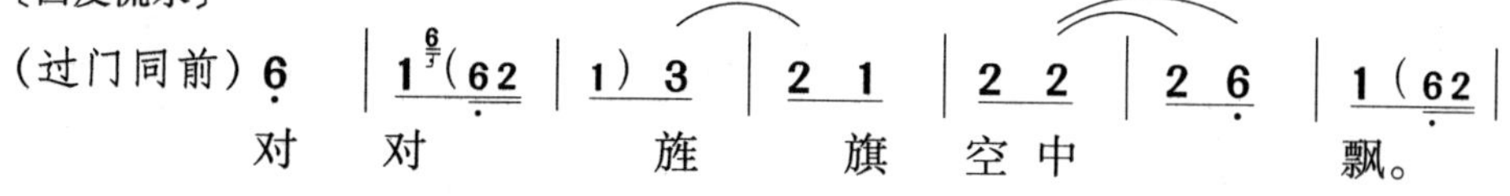

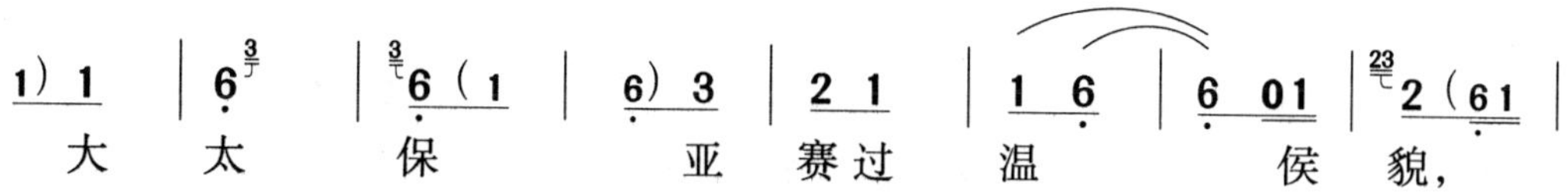

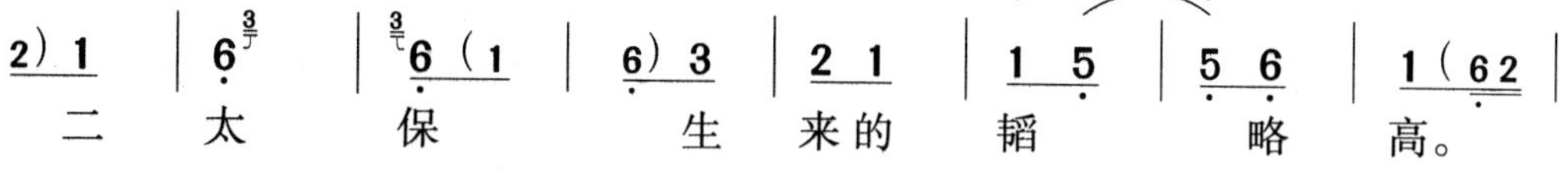

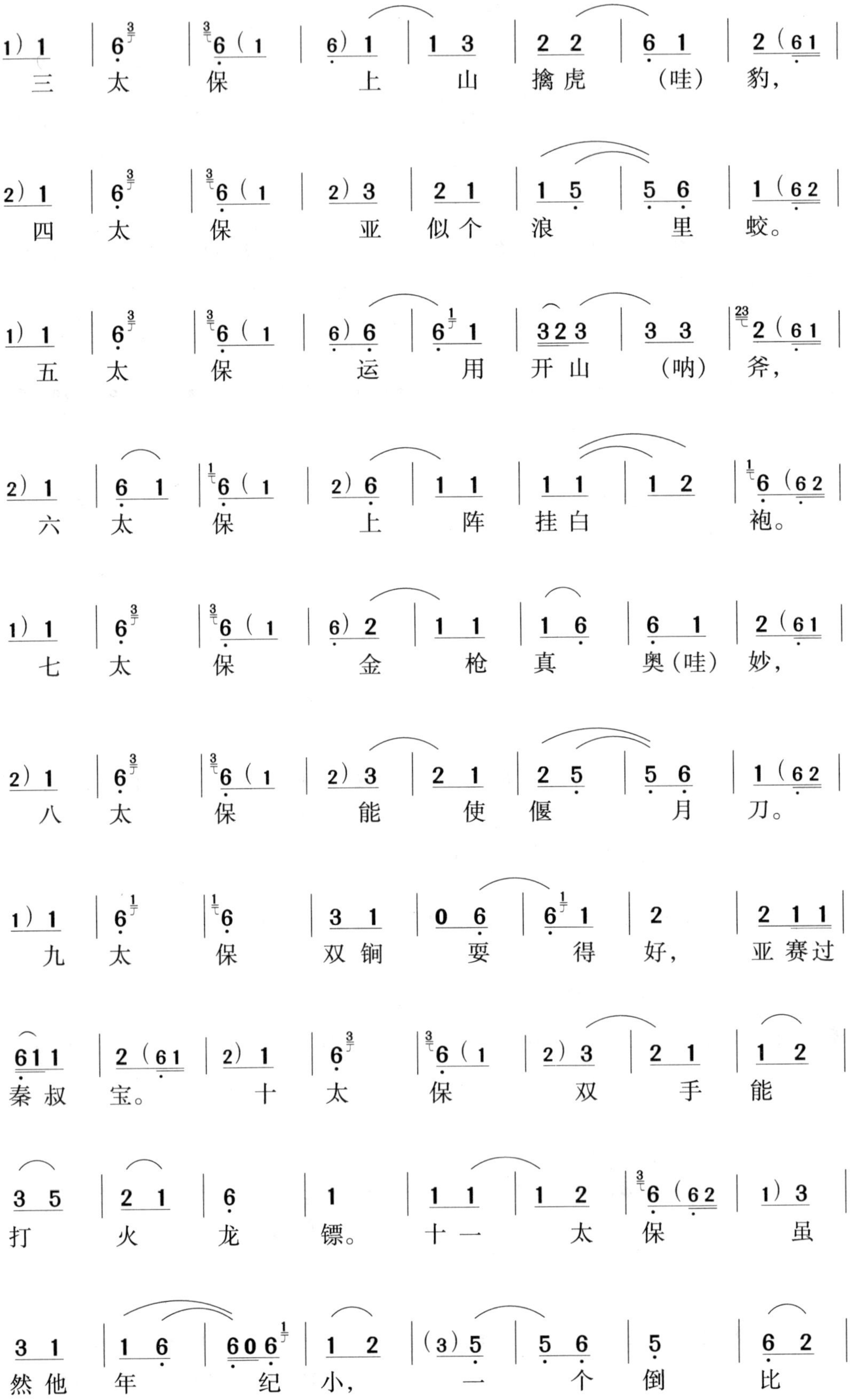
三太保上山擒虎（哇）豹，
四太保亚似个浪里蛟。
五太保运用开山（呐）斧，
六太保上阵挂白袍。
七太保金枪真奥（哇）妙，
八太保能使偃月刀。
九太保双锏要得好，亚赛过
秦叔宝。十太保双手能
打火龙镖。十一太保虽
然他年纪小，一个倒比

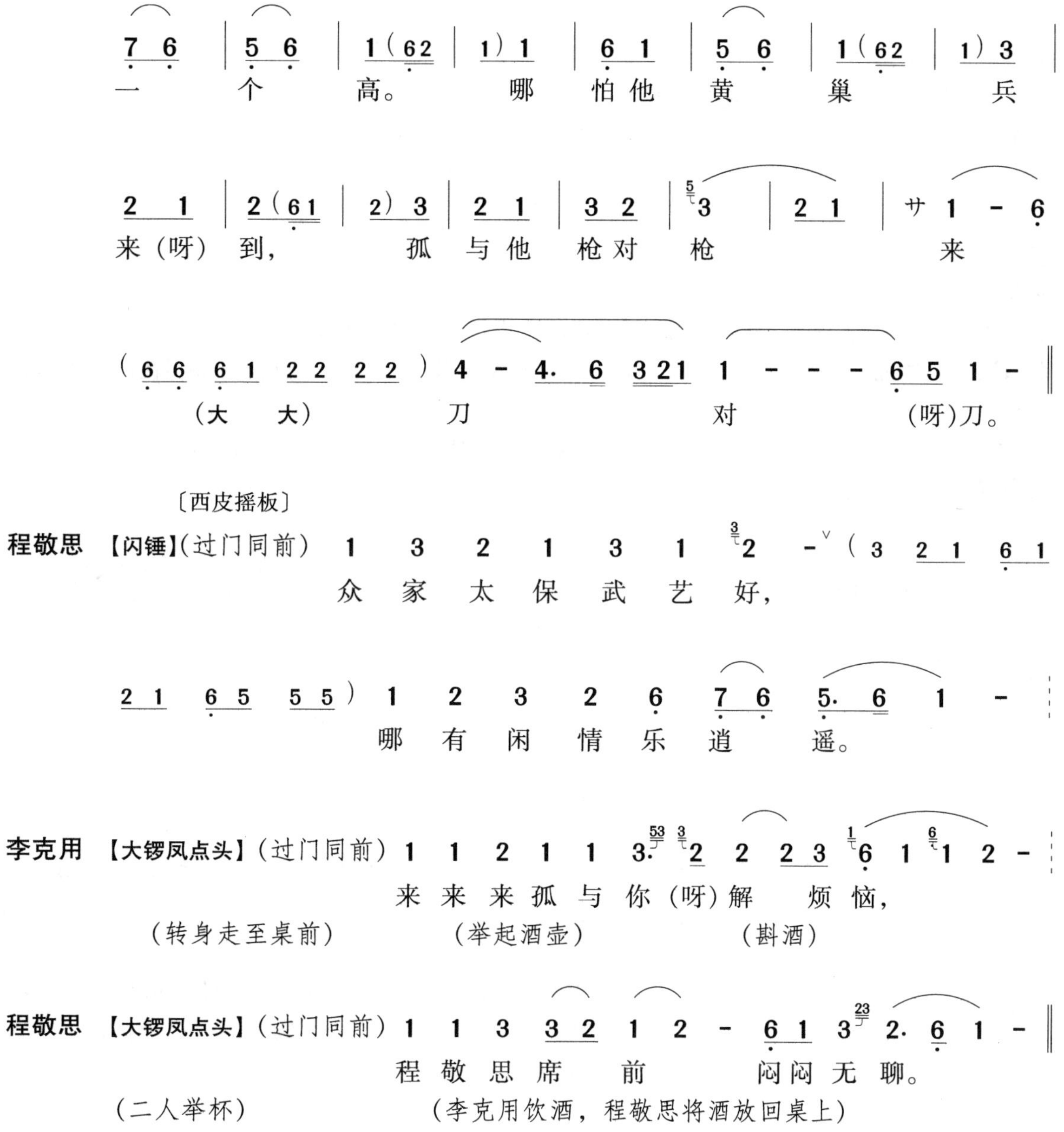

〔【小锣抽头】李克用、程敬思归座。刘银屏、曹玉娥“上场门”上，至“九龙口”。

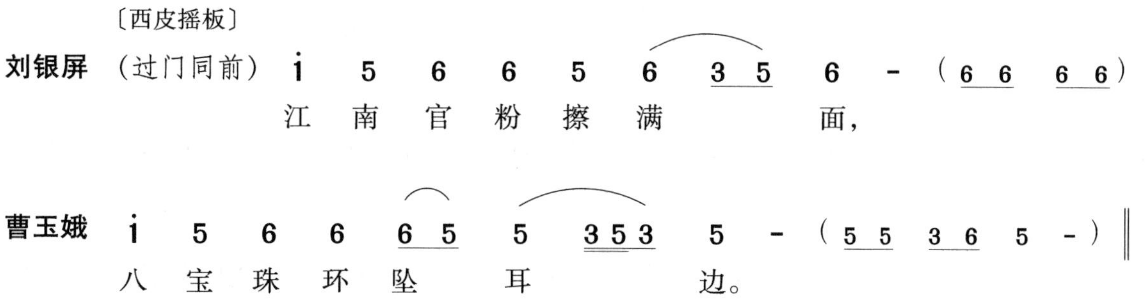

〔李嗣源"下场门"暗上，出迎。

李嗣源 参见皇娘。

曹玉娥 跟你父王去说，就说二位皇娘要见。

李嗣源 遵命。（进帐，站"大边"）启父王，二位皇——

〔（**大大大仓**）李克用惊起，呆坐。背供：右手示意李嗣源过来。李嗣源快步走到李克用身旁。

李克用 （小声）皇什么？

李嗣源 二位皇娘要见。

李克用 （小声）对她们讲啊，有长安的贵客在此，少时退帐再见。

李嗣源 儿遵命。（出帐，对二位皇娘）启禀皇娘，我父王言道：有长安贵客在此，少时退帐再见。

曹玉娥 （对刘银屏）怎么着？他不见咱们哪？好，咱们先回去，给他留点儿脸。

刘银屏 贤妹请！

〔西皮摇板〕

【大锣凤点头】（过门同前） 3 6 6 5 6 5 6 3 5 5 6 -

大 王 不 允 回 宫 转，

（6 6 3 6 5 5 3 2 1 1 6 5 5 5）

（"上场门"下）

曹玉娥 i 5 6 6 6 5 5. 3 5 - 〔小拉子〕（5 5 3 6 5 i 6 5 3 6 5 0）

偷 看 南 朝 一 品 官。

哎呀，听说这位程恩官，对我们这儿有点儿好处。可也不知道他长得什么样，我呀，偷偷地瞧瞧去。（走至"小边"台口，偷觑）（**台**）闹了半天，敢情也是个糟老头子！（转身"上场门"下，曲牌止）

程敬思 哈哈哈……（站起）

〔西皮摇板〕

【闪锤】（过门同前） 1 2 1 2 3 2 1 6 1 3 2 2 -（3

少 时 不（哇）发 人 和 马，

2 1 6 1 2 1 6 5 5 5） 3 2 2 1 2 - 1 1 6 1 - ‖

丢 丑 就 在 顷 刻 间。

〔**【小锣抽头】**程敬思归座。刘银屏抱令旗，曹玉娥抱宝剑，"上场门"上至"九龙口"。

〔西皮摇板〕

刘银屏 （过门同前）i̇ i̇ 3 36 5 5 6 35 6 –（6 35 65 32 11）
怀抱 令 旗和令 箭，

曹玉娥 36 5 5 6 5 76 53 5 – ‖
太 保近前听娘 言。

太保过来！

李嗣源 （出帐）在。

曹玉娥 跟你父王去说，就说二位皇娘二次要见。

李嗣源 遵命。（欲转身进帐）

曹玉娥 回来。

李嗣源 在。

曹玉娥 今儿个见也得见，不见也得见，嘚儿……见定啦！

李嗣源 遵命哪！（左转身进帐，站“大边”）启父王，二位皇——

〖（**大 大大 大大 乙 仓**）李克用又惊起呆坐。背供：右手示意李嗣源过来。李嗣源快步走到李克用身旁。

李克用 （小声）又皇什么？

李嗣源 二位皇娘要见。

李克用 方才言过，有长安的贵客在此，少时退帐再见。

李嗣源 一定要见。

李克用 唉，特意地啰嗦了。（左手不经意打到程敬思纱帽）（**台**）哦！

〖李克用忙起身向程敬思拱手致歉，程敬思起身还礼。李嗣源乘机出帐。

李嗣源 有请！（进帐，站“大边”）

〔西皮摇板〕

曹玉娥 **【小锣凤点头】**（过门同前）36 5 36 5 5 6 35 ⁷6 –ᵛ（65
姐 妹一 同宝帐 进，
（与刘银屏“挖门”进，归“小边”）

35 65 32 11 6̣5 55）3 5 6 6 5 65 3 5 – ‖
见了恩官礼相 迎。

〖曹玉娥、刘银屏朝外跪“小边”，程敬思迎过来，与李嗣源朝外跪“大边”。李克用狼狈地在“正场桌”前左右走动。

〔西皮摇板〕

程敬思 **【大锣凤点头】**（过门同前） 2 1 1 3 21 6̣1 ³2 –ᵛ
千 岁 不 发 人 和 马，

6̣ 1 2 2 7̣ 7̣ 6̣ 5̣. 6̣ 1 - ‖
二 位 皇 娘 发 救 援。

曹玉娥 恩官！

〔西皮摇板〕

【大锣凤点头】（过门同前） i 5 6 6 5 6 3 5 6 -
尊 声 恩 官 快 请 起，
（四人站起）

（6 6 6 6） i 5 6 6 6 5 5 3 5 - ‖【大锣住头】
他 不 发 兵 咱 发 兵。

〔李克用、程敬思各归原座，李嗣源"大边"侍立。曹玉娥、刘银屏站"小边"。

曹玉娥
刘银屏 （同）参见大王。

李克用 （摆谱）二位皇娘，进帐何事？

曹玉娥 恩官到此何事？

李克用 前来搬兵求救哇。

曹玉娥 大王可曾发动人马？

李克用 当初唐王，非斩就贬，如今哪有许多的兵将与他解围。不能发兵哪！

曹玉娥 我说这个大王，俗语儿说得好，臣不记君过，子不记父仇。甭管怎么说，咱们在唐家那儿称着臣，如今人家有难，找到咱们这儿啦，你就该发动人马，这才是你的道理呀！

李克用 哎，孤王业已发下宏誓大愿，永不与唐室出力报效，不能发兵！

曹玉娥 你既不发兵，就不该收人家的礼物哇！

李克用 什么礼物哇？

曹玉娥 珠宝哇。

李克用 珠宝哇！

曹玉娥 嗯。

李克用 乃是程恩官送与孤家的，与发兵什么相干哪？

曹玉娥 （对刘银屏）惯着他了！（对李克用）那凤冠霞帔哪？

李克用 这凤冠霞帔呀……

曹玉娥 也是送给你的？

李克用 这……

曹玉娥 什么？

李克用 哦，哦，孤王也给入了库了哇。

曹玉娥 （对刘银屏）也给入了库啦！既然咱们姐妹也做不了一半的主意，干脆，老的，你给我发兵！

李克用 （大声）哎，你这妇道人家，不要在这里打搅哇！

曹玉娥 （对刘银屏）嘿！我说姐姐，他说咱们在这儿打搅！这可不行。（将宝剑给刘银屏抱起）我得问问去。（转身将李克用拉至台口）这儿来，这儿来！你今儿个敢给我说三声“不发兵”吗？

李克用 啊？三声？

曹玉娥 嗯。

李克用 哈哈哈……（轻视地）三声哪？慢说是三声，就是三十声，三百声，又待何妨啊！

曹玉娥 啊？你给我说一个“不发兵”！

李克用 听了！这，（鼓足勇气）一个“不发兵”！

曹玉娥 哎哟！还真敢说一个“不发兵”，啊？

李克用 算的了什么！（转身与程敬思搭讪）

曹玉娥 姐姐，都是您惯的！（又将李克用拉过来）这儿来，这儿来！说这第二个“不发兵”！

李克用 听！这，（左右环视，壮起胆子）两个“不发兵”哪！

曹玉娥 这老梆子可真“要菜儿”呀！

李克用 （对程敬思）啊，贤弟。

程敬思 千岁！

李克用 （解嘲）你我饮酒，也不曾要过菜呀！

程敬思 不曾，不曾。

曹玉娥 （又将李克用拉至台口）你说这第三个“不发兵”！

李克用 啊？

曹玉娥 你说第三个“不发兵”！

李克用 哦——这第三个……

曹玉娥 对啦！

李克用 （犹豫）

曹玉娥 你说呀！

李克用 这三个……

曹玉娥 三个“不发兵”！

程敬思 （激李克用）啊，千岁，少说一句吧！

李克用 你少管闲事呀！

曹玉娥 这三个“不发兵”，你说呀！

李克用 这三个……

曹玉娥 （挽起袖子）你说呀，你说呀！

李克用 我……

曹玉娥 你说呀！

李克用 我……

曹玉娥 你说，你说呀！

李克用 我，我，（豁出去了）我到底不能发兵！

曹玉娥 （打李克用耳光）

李克用 唔……（与程敬思归座）

〔西皮摇板〕

曹玉娥 【大锣凤点头】(过门同前) 3 6 5 5 6 6 6 3 5 6 - (6 5
一 支 将 令 往 下 传，

(从刘银屏处拿过令旗)

3 5 6 5 3 2 1 1) 3 5 5 3 5 6 5 7 6 3 3 5 - ‖【住头】
太 保 近 前 听 娘 言。

(白) 太保，这儿来！

李嗣源 在。

曹玉娥 传令下去。就说二位皇娘挂帅，带领沙陀国四十五万蛮汉兵将，前去兴唐灭巢。命你父王以为前站先行，明日校场听点。来早便罢，

李嗣源 倘若来迟？

曹玉娥 若是来迟呀——叫他提头来见！（递令旗）传令去吧！

李嗣源 （接令旗，得意地摇旗）得令！（仓）

〔曹玉娥、刘银屏“上场门”暗下。李嗣源进帐至“大边”。

李嗣源 嘚，父王听令！（站到中场，举起令旗）

〔李克用站起，惊坐。（仓）

李嗣源 皇娘挂帅，发动沙陀国四十五万蛮汉兵将，前去兴唐灭巢。命父王以为前站先行，明日校场听点。来早便罢，

李克用 若是来迟呢？

李嗣源 （令旗指到李克用面前）提头来见——！

〔李克用站，举起打开的折扇，转至椅后，左手扶椅背，右手用扇子护头，做惧怕状。胡琴奏曲牌。

1/4 (仓) i | i 3 | 565 | 0 2 | 2 3 | 565 | 0 i | i 3 | 565 |

(李嗣源举令旗出帐，朝“下场门”走，李克用赶出，招呼)

李克用:“啊，回来，回来！商量商量啊！”

0 2 | 2 3 | 5 65 | 3656 | 365i | 653 | 5 65 | 3656 | 365i |

(程敬思随李克用出来，不断地示意李嗣源快走)

李嗣源:“无有什么商量的呀！”

653 | 5 | 0 5 | 5 2 | 323 | 0 4 | 3 2 | 121 | 0 5 |

(李嗣源走近李克用)

李克用:“太保回来，商量商量啊！”

5 2 | 3 - | 0 4 | 3 2 | 1 21 | 6212 | 6213 | 216 | 1 21 |

(李嗣源举令旗指李克用) (冬 仓)

李嗣源:“无有什么商量的呀！哎，令出！”

6123 | 6123 | 216 | 1 3 | 2 1 | 7 2 | 1 - ‖
(仓)

(李嗣源左转身举令旗“下场门”下)

〔胡琴曲牌止。李克用转身发现程敬思示意李嗣源走，表示不满。

〔西皮摇板〕

李克用 【闪锤】(过门同前) 2 1 2 1 2 (3 2 1 2 1 2 2) 3532
大 太 保 就 是 挑

1. 2 4 4 - 3 0 (3 3 3 3 3 2 1 2 3 2 6 5 5 5)
祸 的 精(呐)，

1 6 1 3 2 - (2 1 6 1 6 1 2 2) 2. 1 1 - 6
在 后 帐 搬 来 两 个 夜

1 3 2 2 1 (1 2 2 1 6 5 5 5 3 6 5 5 3 2 1 1)
叉 夫 人 (呐)。

6. 1 3 2. 1 6 6 2 (3 2 1 6 1 2)
顺 水 推 舟 把 人 情 准， “贤(呐)弟！”

【大锣凤点头】(过门同前) 3 2 2326 1 2326 1 2 2 2 7 6 5. 6 1 - ‖
孤 为 你 点 动 蛮 汉 的 兵。

程敬思 千岁！

〔西皮摇板〕

【大锣凤点头】(过门同前) 3 2 2 1 1 3 2 - (3 2 1
千 岁 不 必 表 人 情，

6 1 2) 6 2 1 3 2 7 6 5 6 1 - (2 1 6 2 1 1)
学 生 心 中 明 如 灯。

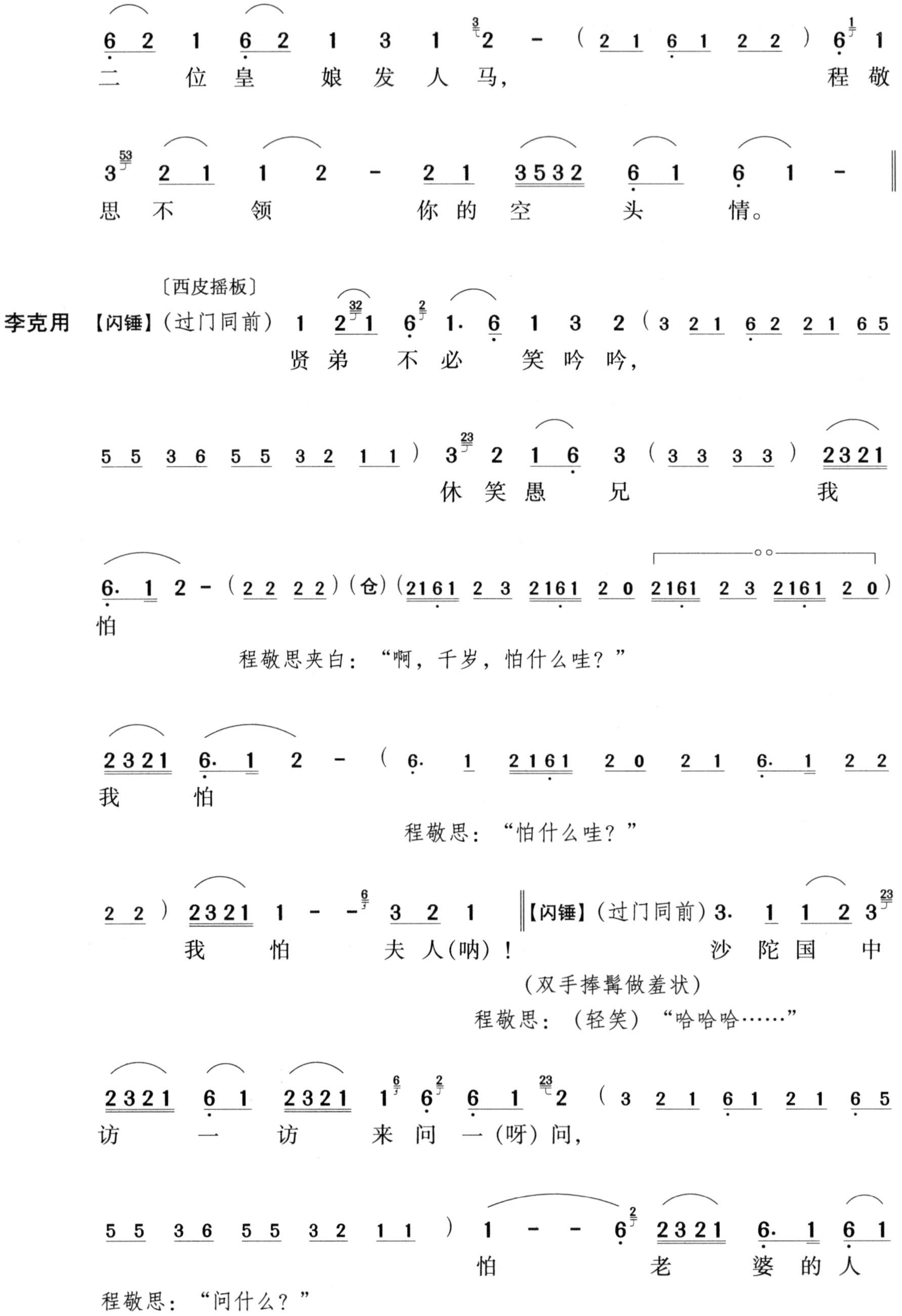
二位皇娘发人马，程敬思不领你的空头情。
〔西皮摇板〕
李克用【闪锤】(过门同前)
贤弟不必笑吟吟，
休笑愚兄我怕
(仓)
程敬思夹白：“啊，千岁，怕什么哇？”
我怕
程敬思：“怕什么哇？”
我怕夫人(呐)！
【闪锤】(过门同前)
沙陀国中
(双手捧髯做羞状)
程敬思：(轻笑)“哈哈哈……”
访一访来问一(呀)问，
怕老婆的人
程敬思：“问什么？”

6. 1 2（大 大）^{35}3 2 1 1 - 6 3 2321 1 - ‖
儿 我 算 是 头 一 名 （呐）！

李克用
程敬思 （同）哈哈哈……

〔【一锤锣】李克用、程敬思“下场门”下。闭二幕。

第七场

〔【大锣原场】开二幕。正场置高台座椅，紫色团花桌围椅披。四蓝文堂执标旗“上场门”上，头家扛大刀，“站门”。周德威扎硬靠褶蟒上，至台口【归位】抖左袖，右手拉左袖口，向上折袖，遮面。

〔<点绛唇>【一锤锣】周德威抖左袖，折左袖，右手前指。抖左袖，提袖，整冠，捋髯，上步，抓左袖，右转身，右手提袍襟，上高台。四蓝文堂归“里八字”。【归位】周德威抖左袖，提袖。

周德威 （诗）少小英雄志量宏，
怀揣韬略武精通。（台 大台）
虽然未遇皇家用，
好似明珠（折左袖，右手前指）（仓）埋土中。【归位】

（抖左袖，右手拉左袖口，上折水袖）某，【报名一击】珠帘寨主周德威。【住头】幼学技艺，兵法精通。闻得程敬思押解珠宝，来到沙陀，搬请李克用。我欲下山，劫夺他的珠宝，与他较量。他若不胜，将珠宝留下；俺若不胜于他，马前归顺，共灭黄巢。【住头】也曾命喽啰，下山打探，未见回报。

〔【冲头】报子持旗“上场门”上，“挖门”进，跪“小边”。

报　子 程敬思押解珠宝打此经过。

周德威 再探。

报　子 啊。

〔【冲头】探子出门，“上场门”下。

周德威 【叫头】且住！适才喽啰报道，程敬思押解珠宝，打从这山前经过，俺不免下山抢劫。众喽兵。（仓）

众 有。

周德威 一起下山！

众 啊！

〔【一锤锣】周德威下高台。四蓝文堂“合扇”，头家带马。周德威“下场门”暗下，脱蟒，复上，持刀上马。【冲头】四蓝文堂“插门”下。周德威跟下。闭二幕。

第八场

〔【大锣原场】开二幕。【四击头】李克用“起霸”。双手提下甲“上场门”上，亮相。【回头】上步至“九龙口”，亮住。【冲头】跨腿迈步前进至正场台口垫步亮相。【长尖】双手放下甲，“云手”，“左山膀”，按右掌，亮住。别腿退步至“九龙口”，拉开“山膀”亮相。（嘟-崩登仓）“反云手”，“右山膀”，按左掌，左腿戳步亮相。【四击头】跨右腿，踢左腿，“左山膀”，推掌，错步，“云手”左转身，左弓箭步，亮背相。【长尖】“云手”，上步，“左山膀”，按右掌，亮住。退步至台口，拉开“山膀”，【长尖】双手掏翎子，跨右腿，左转身，抬左腿，斜向“小边”台口蹲裆式亮相。【四击头】收左腿，跨右腿，斜身，别左腿，上步，跨右腿，左转身，抬左腿，斜向“大边”台口，蹲裆式亮相。【冲头】放翎子，上步，“左山膀”，按右掌，退步至“九龙口”，双手拉开“山膀”，亮相。【回头】“云手”，整左袖。【回头】“反云手”，整右袖。【四击头】整冠、蓬髯、勒甲。【冲头】捋髯，左转身一周，左手提下甲，“右山膀”，【回头】面向台口“丁字步”亮相。【冲头】回身右手拉出下甲，双手提下甲走半个圆场至台口，右手反撩下甲，向左回身，“丁字步”亮相。【归位】放下甲，“云手”左转身一周，成双手拱请式。

李克用 （诗）白发苍苍似银条，
　　胸藏文韬武略高。（台 大台）
　　算来是黄巢的死期到，
　　试试呀（【冲头】双手掏翎，小圆场亮相）孤王定唐刀！（“大刀抱刀式”亮相）【住头】

唉！（右拳击左掌）（仓）黄巢造反，将唐王驾逼西岐美良，程敬思前来搬兵求救（哇）。（马牌子执卷起来的大纛旗“上场门”、马官“下场门”暗上，站两边）孤王业已发下宏誓大愿，永不与唐室效力报效。偏偏又遇着两个无知的皇娘，见了珠宝，一个要发兵，一个要挂帅呀！发兵挂帅，唉，倒也不错。也不知，怎么糊里糊涂地把这个先行弄到孤王的头上来了。本当不遵她的将令哪，唉，家法又十分的厉害。

马　官 家法大于国法嘛！

李克用 做此官说此理呀！带马，带马！

马　官
马牌子 （同）是是是。

〔马牌子从后腰取马鞭欲带马。

马　官 （也欲带马）哎，带马。（见马牌子带马）怎么着，你干什么来啦？

马牌子 我带马呀！

马　官 带马？

马牌子 啊。

马　官 带马，你带的着吗！

马牌子 我怎么带不着哇?

马　官 那是，你带不着。

马牌子 我怎么带不着?

马　官 你再说，我给你嘴巴!

马牌子 哎，哎，你打人!

李克用 哎，你这两个奴才，当着孤王的面，便是这样闹闹吵吵的么?

马牌子 哦，老千岁爷，您听我说。

马　官 你说什么呀，你!老千岁，您听我说。我是马官，他是马牌子。老千岁出兵，那应当我伺候您。这匹马他带不着，您想，他这不是越级当差吗?这小子，他可真是会仗大钻营啊!

李克用 哦，你不是那看守宫殿的老军么?

马　官 啊，不错，是我呀!哎哟，您那好眼力呀!哈哈哈……

李克用 你不看守宫殿，也要跟随孤王出兵打仗么?

马　官 哎，此番老千岁出兵，我伺候您鞍前马后，大小我要立下点儿功劳。

李克用 哎呀，看你偌大的年纪，在宫中吃碗安乐茶饭，岂不是好哇!

马　官 哎，老千岁，您这句话不要紧哪，岂不是把我这一团尚武的精神就给打消了吗?

李克用 是呀，两军阵前，刀枪无眼，倘有差错，岂不枉送了你的一条性命吗?

马　官 哎，嘿嘿，大丈夫生而何欢，死而何惧，有道是，两军交锋何惜命，人不该死自然生。我这个人哪，一生一世就是不怕死。虽死犹生。但得阵亡，我还要留个伟人的名望哪。

李克用 哦，听你之言，你不怕死哇!

马　官 不怕死!

李克用 你真不怕死?

马　官 就是不怕死!

李克用 好，你就与孤带马。

马　官 这不就结了吗!

〔**【冲头】**马官从马牌子手里拉过马，带马，李克用上马，马牌子展开大纛旗，马官拉马，三人“下场门”下。闭二幕。

第九场

〔**【大锣原场】**开二幕。正场置红绣金团花大帐，“正场桌”，两把“大座”椅，“大边跨椅”。红绣金团花桌围椅披。桌上放官印一方、文房四宝一份、惊堂木一块、令箭一支。

〔唢呐吹奏曲牌<水龙吟>。四红文堂持标旗、四兵士持刀，“上场门”“摆队”上，“站门”。程敬思、刘银屏抱令旗上，程敬思站“大边”，刘银屏站“小边”。曲牌止。**【一锤锣】**曹玉娥抱宝剑上，“九龙口”亮住。**【原场】**进至台口。**【归位】**

〔<点绛吟> **【冲头】**曹玉娥两望门。

众 噢——

〔唢呐吹奏曲牌<水龙吟·合头>。曹玉娥右转身，刘银屏左转身归“大座”。程敬思右转身归“大边跨椅”。四红文堂、四兵士归“里八字”。曲牌止。

曹玉娥 （念）貔貅列虎帐，
将令调三军。（台 大台）

刘银屏 （念）马踏花世界，
重整锦乾坤。

曹玉娥 咱家，【一击】曹玉娥。

刘银屏 刘银屏。【归位】

曹玉娥 只因黄巢造反，将唐王驾逼西岐，命程恩官前来搬兵。我家大王记恨前仇，不肯发兵，是我姐妹二人一拢担在身上。【住头】是我挂了帅印，命我家大王以为前站先行。今日校场点兵。我说来呀！

众 有。

曹玉娥 伺候了！

众 啊！

〔【大锣原场】李嗣源领八众太保两边分上，正场向里成“一字”，施礼。

众太保 参见皇娘。

曹玉娥 站立两厢。

众太保 啊！

〔【归位】众太保在红文堂前站“里八字”。李嗣源站“小边”。

曹玉娥 太保。

李嗣源 在。

曹玉娥 查点人马，可曾到齐。

李嗣源 俱已到齐。

曹玉娥 吩咐起鼓听点。

众 啊！（起鼓）

曹玉娥 前营。

众 有。【冬匡】

曹玉娥 后营。

众 有。【冬匡】

曹玉娥 左营。

众 有。【冬匡】

曹玉娥 右营。

众 有。【冬匡】

曹玉娥 众家太保。

众太保 有。【冬匡】

曹玉娥 先行。

众 【撕边】未到。（仓）

曹玉娥 初点大卯，先行未到。（对刘银屏）可真有点儿瞧不起咱们哪！

李嗣源 启禀皇娘，天气炎热，宽点二卯。

曹玉娥 好。吩咐再起鼓听点。

李嗣源 （躬身）是。（转身传令）起鼓听点。

众 啊！（起鼓）

曹玉娥 前后营。

众 有。【冬匡】

曹玉娥 左右营。

众 有。【冬匡】

曹玉娥 众家太保。

众太保 有。【冬匡】

曹玉娥 先行。

众 【撕边】未到。（仓）

曹玉娥 本帅连点二卯，先行竟敢不到，这可休怪我要杀他啦。

程敬思 （起立）启禀皇娘，天气炎热，路途遥远，请皇娘宽点三卯。

曹玉娥 您给他讲情吗？（程敬思拱手）您快请坐。（程敬思坐）太保。

李嗣源 在。

曹玉娥 吩咐起鼓，咱们单点先行。

李嗣源 （转身传令）起鼓。【堂鼓撕边】

众 啊！

曹玉娥 先行。

众 未到。（仓）

曹玉娥 先行。

众 未到。（仓）

曹玉娥 先行。

众 【撕边】未到。（仓）

曹玉娥 本帅连点三卯，先行竟敢不到。我说，来呀！

李嗣源 有。

曹玉娥 将误卯牌悬挂营门。

「【快长锤】李嗣源出帐，做挂误卯牌状。进帐，归“大边”。马官、马牌子执大纛旗“上场门”上，站“小边一条鞭”。李克用右手举鞭，左手提下甲“上场门”上，亮住。加鞭进至“九龙口”，斜鞭，勒马，放下甲。

〔西皮摇板〕

李克用 （过门同前） 2 3 2 1 1 6 2 6 1 2 （2 1 6 1

耳 听 营 门 放 号 炮，

2 2 2 1 6 1 2 1 6 5 5 5 ） 6 3 2 2 1 1 6 6

个 个 儿 郎 杀 气

1 （1 1 2 1 6 1 2 1 6 5 5 5 ） 1 - 2 2 3 2 0

高。 来 在 营 门

（2 1 6 1 2 2）2 - - 3 2 1 6 1 1 2 -
下 鞍 韂，

〔【快长锤】李克用下马，马官接马鞭给马牌子，马牌子“上场门”下。锣鼓切住。

〔亮弦〕（7 6. 1 2 -）

李克用 【大锣凤点头】（过门同前）2. 5 3 21 6（6 6 6 6）1 - - 6
误 卯 牌 挂

2321 2 - - - 2 2 0（大 大）5 - - 3 1 - 1 - 【住头】
出 （喏） 要 糟 糕。

李嗣源 （出帐）父王，你来了！
李克用 来了。
李嗣源 误了。
李克用 误了什么？
李嗣源 皇娘军令，你误了卯时了。
李克用 哦，误卯了？（李嗣源点头）小事，小事呀！过来。
李嗣源 在。
李克用 前去通报，就说孤王到了，叫她们出来迎接呀！
李嗣源 遵命。（进帐，站“大边”）
马　官 千岁，您这先行，好大派头儿呀！
李嗣源 启禀皇娘，我父王到此，要二位皇娘出去迎接。
曹玉娥 怎么着？你父王来啦，叫我们去迎接吗？
李嗣源 正是。
曹玉娥 我就知道先行伺候元帅，哪有元帅迎接先行的哪？你误了我的卯啦。告诉他，叫他报门而进。（**嘟仓**）（拍惊堂木）
李嗣源 遵命。（出帐）父王，叫你报门而进！（**嘟 - 八大仓**）
李克用 叫哪个报门？
李嗣源 叫你报门。
李克用 哼，反了你们！孤王是甚等样人，岂肯与她们报门？人马是孤家的，我哇，我不去了哇！
〔李嗣源进帐，站“小边”。李克用转身向“上场门”要走，马官拦住。
马　官 老千岁，老千岁！您就别在这儿唠叨啦。现如今二位皇娘执掌军权大印，您不就误了卯了吗，您就糊里糊涂地给他溜了进去，二位皇娘不肯把您老人家怎么样？要是死乞白赖地这么要菜儿呀，把皇娘惹翻儿了这个娄子可就更大啦。

李克用 反了哇！（仓）
马　官 谁反啦？
李克用 反了哇。
马　官 反了这算什么新鲜的！

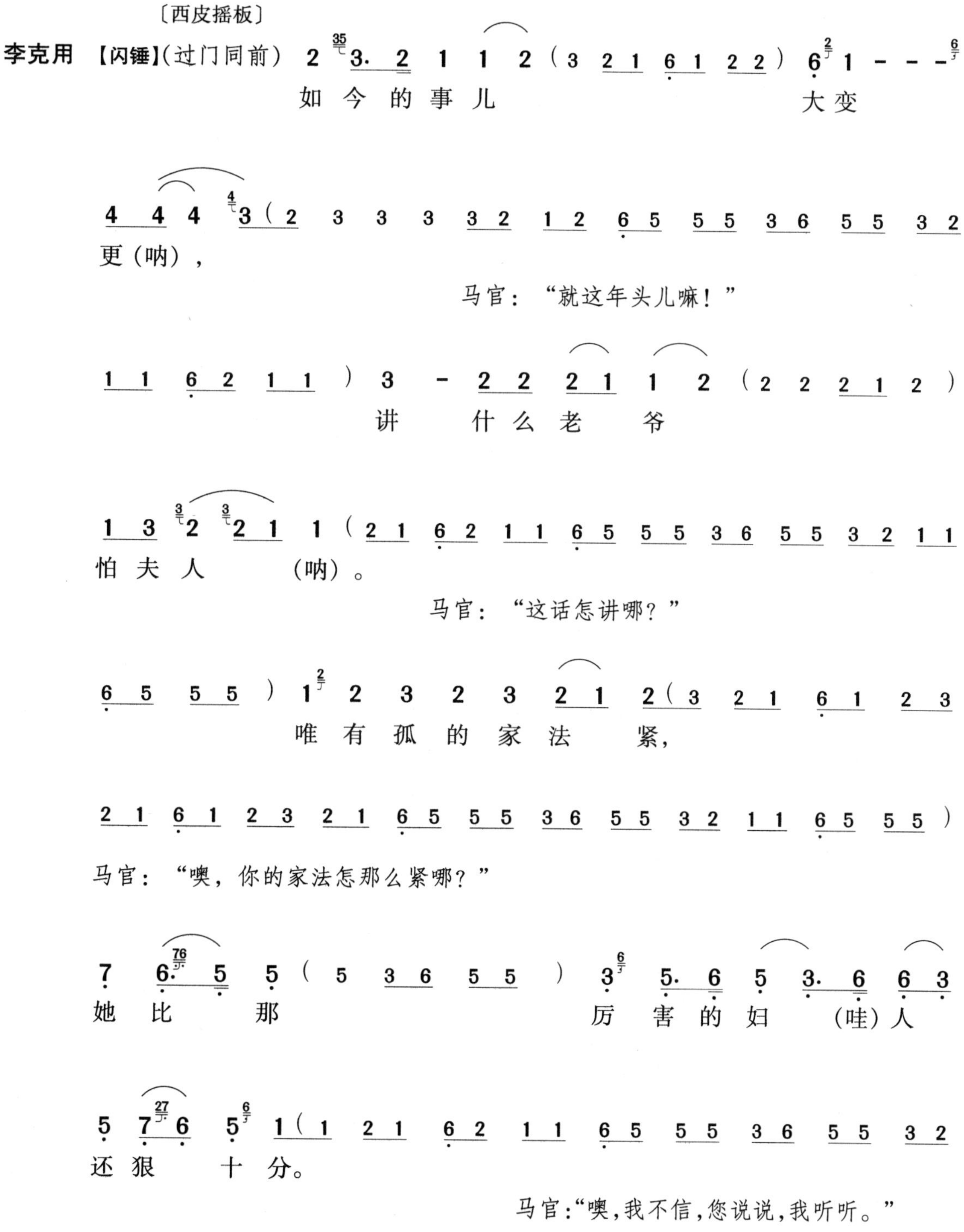

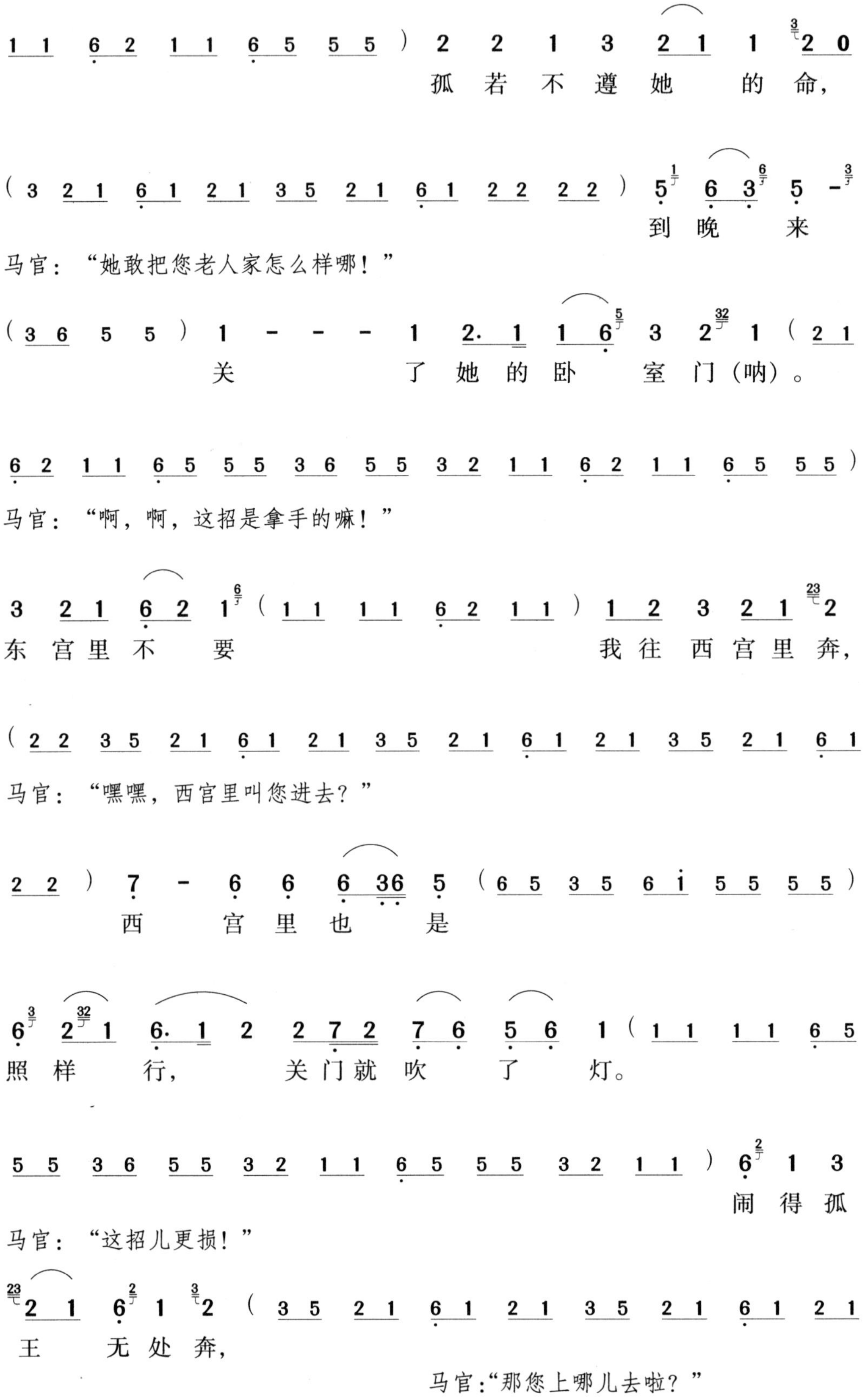
孤若不遵她的命，
到晚来
马官："她敢把您老人家怎么样哪！"
关了她的卧室门（呐）。
马官："啊，啊，这招是拿手的嘛！"
东宫里不要
我往西宫里奔，
马官："嘿嘿，西宫里叫您进去？"
西宫里也是
照样行，
关门就吹了灯。
闹得孤
马官："这招儿更损！"
王无处奔，
马官："那您上哪儿去啦？"

珠帘寨

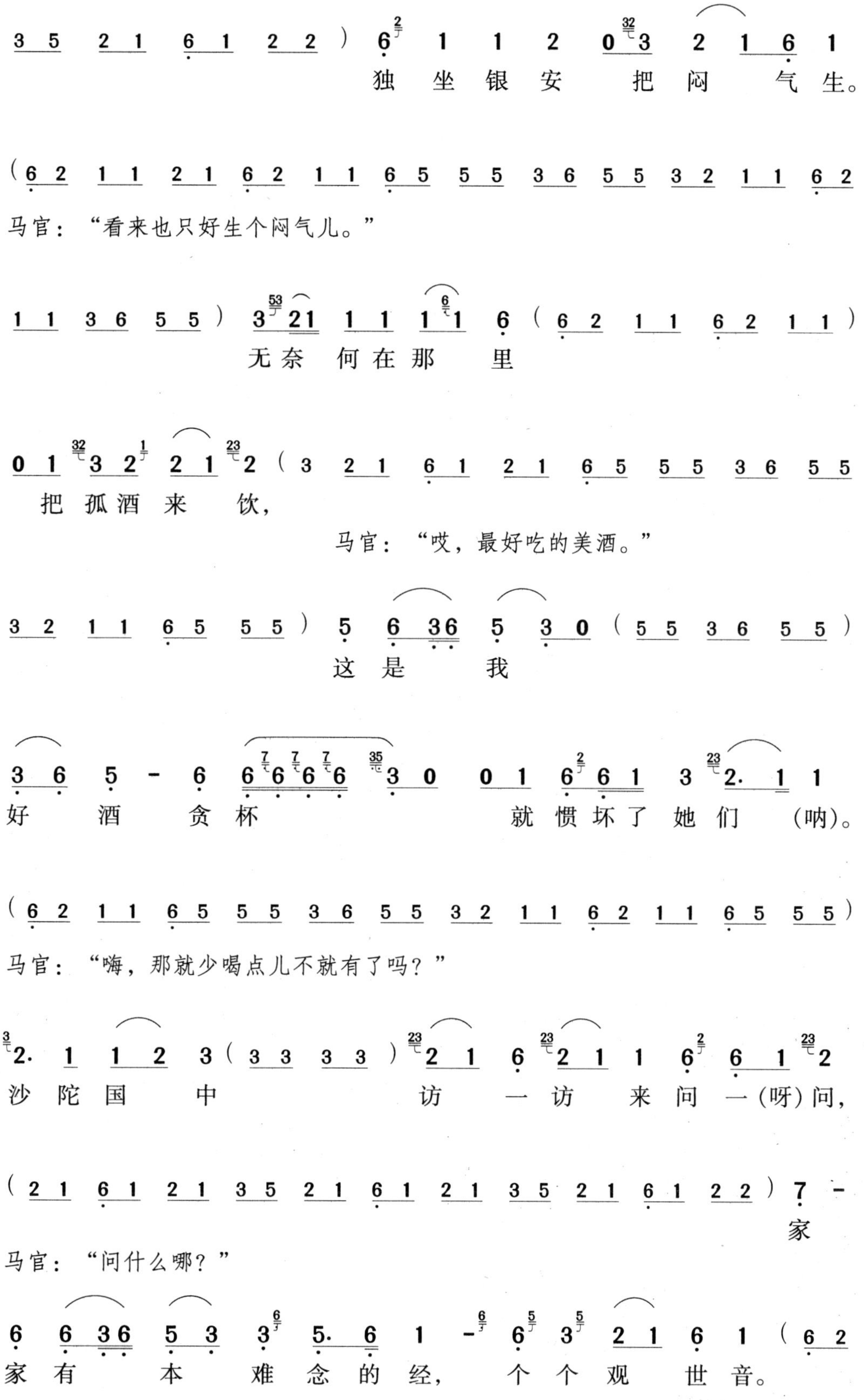

独坐银安把闷气生。
马官："看来也只好生个闷气儿。"
无奈何在那里
把孤酒来饮，
马官："哎，最好吃的美酒。"
这是我
好酒贪杯
就惯坏了她们（呐）。
马官："嗨，那就少喝点儿不就有了吗？"
沙陀国中
访一访来问一（呀）问，
家
马官："问什么哪？"
家有本难念的经，个个观世音。

1 1 2 1 6 2 1 1 6 5 5 5 3 6 5 5 3 2 1 1 6 2 1 1

马官：“我说，您别发牢骚了，赶紧报门去得啦！”

6 2 1 1）1 2 2 1 2 1 - 3 - 2 - 2 - 3 2 16 5

叫 老 军与 孤 王

5 6 | 1/4 5 | 6 | 1 3 | 2 1 | 6·123 | 1276 | 53535 | 6576 |

你就 报 门 进——

5 61 | 4323 | サ 5 - - - 5 - 6 - - 6 6 5 - -

马　官　报，先行告进！

〔【快长锤】李克用“挖门”进帐，马官随后。锣鼓切住。李克用归“大边”。

〔亮弦〕（3 6 5 -）

李克用　【大锣凤点头】(过门同前) 6 132 6 1 2 1 6· 6 1（2 1 6 2 1 2

上 面 坐 定 两 个 夜 叉 精。

6 5 5 5）2 1 2 1 2 2 3 2 - 1 1 2（3 2 1

她 二 人 狼 狈 为 奸 拿 了 个 稳，

6 1 3 5 2 1 6 1 2 2）3 2 1 1 1 - 6· 3 2

她 那 里 不 问 （呐）我

（6120 6·122 2）2 1 1 1 1 - 6 1（1 1 - ）‖【住头】

我 也 不 作 声。

李嗣源　先行到。（二位皇娘不应）先行到。（还不应）先行到——【撕边一击】

曹玉娥　我知道啦。下面站的可是先行吗？

马　官　（小声提醒）千岁爷，上边儿问哪。

李克用　是我哇！我对你讲啊，我这个先行啊，一不是捐来的，二不是谋来的，也不是运动来的，还是你亲派的呢！

曹玉娥 是我亲派的你。问问你，连点三卯，你都上哪儿去啦?

李克用 孤王料理宫廷之事，来迟了一步也算不了什么!

曹玉娥 宫廷之事,昨儿个晚上我们姐儿俩早就料理完啦。你这是撒谎,分明是瞧不起我们哪!

李克用 嗯，那还用你说。

曹玉娥 哼，刀斧手!

众 有。

曹玉娥 给我杀了他。(仓)

马　官 (对李克用)哎哟，动起杀法来啦!(劝李克用忍耐)

刘银屏 (对曹玉娥)妹妹，瞧我薄面，饶恕他吧!

曹玉娥 姐姐您给他讲情啊?

刘银屏 嗯。

曹玉娥 (小声地)我哪儿能真杀他呀!(对众)死罪已免，活罪难饶。我说来呀!

众 有。

曹玉娥 给我重责他四十军棍!(仓)

马　官 (对李克用)妈呀，这可真够厉害的。

李嗣源 父王年迈，难以受责，孩儿情愿代父王领责。

曹玉娥 怎么着，你情愿替父王领责吗?

李嗣源 正是。

曹玉娥 起来，起来，起来!

李嗣源 谢皇娘。

曹玉娥 (对李克用)老梆子，你这儿来呀!

李克用 哦，哦，来了。

曹玉娥 你这人缘儿可真不错呀。我要杀你，有我姐姐讲情；我要打你，有你那好儿子替你领责。杀也杀不了你，打也打不了你，我不用你了成不成啊?

李克用 哦，不用我了?(拱手)好好好，另请高明。(出帐欲走，马官赶忙过来拦住)

曹玉娥 回来!(仓)先行不用你。给你一百名老弱残兵，改为后队。用你的时候，拿大令叫你去。不用你的时候，不许你满营地胡溜达。要是胡溜达，叫我拿着哇，当做奸细办着吧!(仓)

李克用 (摊双掌)完了!

马　官 完了就完了吧!

〔**【冲头】**马官、李克用出帐，“下场门”下。

曹玉娥 大太保听令!

李嗣源 在。(仓)

曹玉娥 命你为前站先行，逢山开道，遇水搭桥。不得有误!

李嗣源 得令!

〔**【大锣原场】**一红文堂带马，李嗣源接过令箭举起，左转身出帐，走一个小圆场，上马，“下场门”下。

曹玉娥 众将官!

众 有。

曹玉娥 一路之上，不许骚扰百姓，起兵前往!

众 啊!

〔【大锣原场】四红文堂、四兵士"合龙口"。曹玉娥抱宝剑，刘银屏抱令旗，程敬思离座，与众太保成"正一字"。

〔唢呐吹奏曲牌<大泣颜回>曹玉娥、刘银屏、程敬思、众太保上马。四红文堂、四兵士、众太保"插门"领下。曲牌止。【一锤锣】程敬思、刘银屏、曹玉娥随下。

〔马牌子举大纛旗"上场门"暗上，站"小边"。李克用、马官"下场门"暗上，马官站"大边"。李克用在正场见曹玉娥等离去，至"小边""右山膀"，左手搂髯，朝"下场门"远望。

李克用 妇人夺权的事情都有了，古来也无有这个事情啊!

马　官 这事儿古来就有，很不算稀奇。

李克用 啊?怎么古来就有哇?

马　官 八成您是好喝盅吧?

李克用 哎，不错。

马　官 就坏在这个酒底儿上了。

李克用 怎么?

马　官 有几辈古人我说说，您听听。

李克用 噢。

马　官 昔日:桀王宠妹嬉，纣王宠妲己，幽王宠褒姒，列国齐王宠邹妃，本朝唐明皇宠爱杨贵妃。这都是前车之鉴嘛!

李克用 这些个故事你是怎么知道哇?

马　官 我在家里头常看《纲鉴》哪!

李克用 啊，你不要瞎诹胡咧了哇!

马　官 是是是。

李克用 如今哪，孤王（双手捧髯）嘿嘿，舒服了哇!

马　官 怎么您倒舒服了呢?

李克用 不曾听见么?

马　官 听见什么?

李克用 她赐我一千老夫军，督后（哇）队，这个品级还小吗?

马　官 哎哟老爷子，您都听拧啦。

李克用 怎么?

马　官 二位皇娘赐您一百老弱残兵，打入后队。这无非是比去职强一点儿。简直是贬了本官，听候任用啦。我也看出来啦,这个差使当不当可也不要紧啦。(对马牌子)伙计!

马牌子 怎么着?

马　官 你不要带马吗?归你带啦，我不带了，我走啦。

李克用 （拦住马官）好哇!

马　官 怎么，老爷子。

李克用 你这老狗才，你真真的势利眼哪!

马　官 哎哟老爷子，不是我势利眼哪,您想啊,您都贬了本官了,我非得连带辞职不可呀!

李克用 哎哎哎，你不要听她们的呀!

马　官 噢噢噢。

李克用 那些个太保呀，不过是射个猎呀，捉个响马。若论交锋打仗，非孤王不可哇。

马　官 还得用您老人家？

李克用 那个自然。

马　官 那么，大令调您的时候，您是去呀，还是不去呀？

李克用 一定要去呀。

马　官 一定要去？

李克用 一定要去。

马　官 得，我再捧您一把。

〔**【一锤锣】**马官接过马牌子拿着的马鞭，带马。**【四击头】**李克用上马。**【冲头】**马官拉马引李克用“下场门”下，马牌子举大纛旗随下。闭二幕。

第十场

〔**【冲头】**开二幕。**【急急风】**（**加堂鼓**）四蓝文堂“上场门”，四兵士“下场门”冲上，“二龙出水”下。周德威右手提刀，左手提下甲“上场门”上，在“小边”里首，李嗣源右手举枪，左手提下甲“下场门”上，在“大边”里首，二人一亮，进至正场台口右转身面向里，架住。

李嗣源 **【撕边】**呔！（**仓**）来将通名。

周德威 珠帘寨主周德威。

〔周德威、李嗣源右转身，面向外，各自刀枪成“护腰式”。

周德威 **【叫头】**呔，来将通名。

李嗣源 听者！**【住头】**俺乃老大王膝下大太保李嗣源是也。

周德威 **【叫头】**李嗣源，快叫你父王出马，饶尔不死，去吧！

李嗣源 一派胡言，放马过来。

〔**【急急风】**（**加堂鼓**）开打，“一合”，“两合”，二个“合扇”转身，周德威打“蓬头”，李嗣源“接蓬头”，败下，周德威追下。

第十一场

〔**【冲头】**开二幕。场上置“正场桌”，八字椅。红绣金团花桌围椅披。桌上放两支令箭。

〔**【快长锤】**程敬思、曹玉娥“上场门”上至中场，程敬思站“大边”，曹玉娥站“小边”。

〔西皮摇板〕

曹玉娥 （过门同前） [2̇]7　6　5　6　5　7 6　5　-　[6]5　-　[7]6　-　‖

将　身　且　在　宝　帐　等。

〔**【扫头】**曹玉娥、程敬思互让，进帐，程敬思坐“大边椅”，曹玉娥坐“小边椅”。

〔**【冲头】**李嗣源、四太保“上场门”上，进帐，面向里，“横一字”。

众太保 参见皇娘。

曹玉娥 众位太保暂回后帐歇息，单留大太保回话。

众太保 啊！

〔【归位】【冲头】李嗣源归“小边”。四太保出帐，两边分下。

曹玉娥 尔等此去，胜负如何？

李嗣源 启禀皇娘：儿等路过珠帘寨，有家大王名叫周德威，将儿等杀得大败，单叫我父王出马。

曹玉娥 怎么着？尔等此去路过珠帘寨，有家大王武艺高强，将尔等杀得大败，单叫你父王出马吗？

李嗣源 正是。

曹玉娥 （对程敬思）这老头子还真有点儿名气呀！

程敬思 嗯。

曹玉娥 没法子，还得用他呀！

程敬思 哦，不错，正是。

曹玉娥 太保听令！

李嗣源 在。

曹玉娥 拿我的大令，将你父王给我提溜来。（递令箭）

李嗣源 （接令箭）得令！

〔【冲头】李嗣源左转身出帐，举令箭，“下场门”下。

曹玉娥 程恩官。

程敬思 皇娘。

曹玉娥 一会儿我们老千岁要是来了，您千万不要恭维他。

程敬思 哦、哦、是是是。

曹玉娥 看我的眼色行事。

程敬思 哦哦。

〔【快长锤】马官引李克用“上场门”骑马上，马官站“小边”，李克用“九龙口”斜鞭一亮，松下马鞭。

〔西皮摇板〕

李克用 （过门同前）2 2 1 3 2（21 61 2 2）2 - - 323 5 1 2 -

来在营门 下 虎（哇）豹，

〔【闪锤】李克用下马，进帐，站“大边”。马官接鞭、拴马后，随李克用进帐，站“大边”外首。

李克用 （过门同前）1 2. 2 2 1 1 2 1 6 3 2 2 1 1 ‖

这样的紧急为 哪条（哇）？【住头】

〔曹玉娥、程敬思站起。

程敬思 （拱手）啊，千岁，千岁。

李克用 （拱手）请坐，请坐哇！

「李克用坐“大边”椅，程敬思坐“小边”椅。曹玉娥上前指责李克用。

曹玉娥 嘿，嘿，嘿，嘿！你怎么坐在这儿啦？

李克用 怎么？

曹玉娥 这是客位。

李克用 噢，这是客位？哎呀，（对程敬思）贤弟，

程敬思 千岁。

李克用 快来，快来，请来上座。

程敬思 请坐，请坐。

「程敬思、李克用换座。马官“下场门”搬放“大边跨椅”。曹玉娥站正场桌前。

曹玉娥 （对程敬思）程恩官，您快请坐。您可千万别见笑。我们这老千岁呀，这么大的岁数，连一点儿规矩也不懂。这都怪我平日里管教不严。

「曹玉娥后退欲坐“小座”椅，李克用推之。

李克用 唉，（仓）这里还有一个人呢！

「李克用坐“小座”椅。

曹玉娥 （站“小边”）你怎么又坐在这儿啦？

李克用 怎么？

曹玉娥 这是帅位。

李克用 哦，这是帅位。我呢？

曹玉娥 你呀，（指“大边跨椅”）那边。

马　官 得啦，老爷子，您过来吧。

李克用 哎，好好好，这边就这边。（解嘲地）家无常礼呀！

马　官 这儿都给您预备好啦。

「李克用坐“小边跨椅”，曹玉娥归“小座”椅。马官“下场门”暗下。

李克用 这样的紧急，叫孤王前来作甚哪？

曹玉娥 叫你来呀，没什么要紧的事儿，不过是想说会儿话，谈谈心。

李克用 谈谈心哪，好好好，谈谈心。

曹玉娥 告诉你一桩稀奇的事情。

李克用 什么稀奇的事情？

曹玉娥 太保们路过珠帘寨，遇见一家大王，武艺高强，太保们都杀不过他。你瞧，奇怪不奇怪呀？

李克用 可曾问过那人的名姓哪？

曹玉娥 嗯——他叫什么——，嗯——噢，周得崔呀。

李克用 唉！周德威吧。

曹玉娥 不错不错，周德威，就是周德威。

李克用 哼！无名的小辈呀！

曹玉娥 无名小辈？你敢去会会他吗？

李克用 会会他又待何妨呢！

曹玉娥 哟！这个大王可不是闹着玩儿的。

李克用 唉，一定要去呀。

曹玉娥 一定要去？好极啦！千岁听令。（仓）

〔曹玉娥拿令箭站起，李克用也站起。

曹玉娥 命你前去大战周德威。得胜回来呀，咱们是另有好处。（仓）

李克用 慢来慢来。什么叫做“得胜回来，另有好处”哇？我就不懂，什么叫另有好处？

曹玉娥 这好处哇，就是好处。

李克用 我不懂啊。

曹玉娥 一定要说呀？

李克用 哎。

曹玉娥 你拿耳朵来。（与李克用耳语）

李克用 噢——【撕边一击】呵呵呵呵……（京白）没听见！

曹玉娥 我告诉你呀：得胜回来呀，预备一桌酒，把你让在这上脸儿上，我们姐儿俩呀，一边一个陪着你呀，这么一吃一喝。你活这么大岁数，有过这个乐子吗？

李克用 就是这个好处哇？

曹玉娥 啊。

李克用 孤王打仗也吃酒，不打仗也吃酒。不吃你们的酒哇。

程敬思 （起身对李克用）啊，千岁！得胜回来，学生也备得有酒，与千岁同饮哪！

李克用 我们这是家务事，你不要在这里帮腔啊！

曹玉娥 程恩官，您这儿来吧！

程敬思 好好，做什么？

曹玉娥 普天下这个物件呀，都是越老越值钱。人要是老了哇，就会说大话，吹牛皮，这一点儿用也没有啦。这不就叫老而无用了吗！

〔程敬思点头称是，右转身归“大边”椅坐。

李克用 （对曹玉娥）哎，过来！

曹玉娥 干吗呀？

李克用 你说哪个老了？

曹玉娥 你问我呀？

李克用 嗯。

曹玉娥 我就说你老啦。

李克用 你说孤王老了？你可知，我人老心不老哇。

曹玉娥 胡说八道不是。

李克用 有道是虎老雄心在，这年迈呀（仓）力刚强！

曹玉娥 你敢去吗？

李克用 （夺过令箭）你拿过来哟！（马官“下场门”暗上）

〔西皮快二六〕

【大锣夺头】	多 罗. 6 2	$\frac{2}{4}$2 0	1 3	21 35
	0 0	$\frac{2}{4}$2 0	1 3	2 35
		老	虽 （呀）	老 孤 的

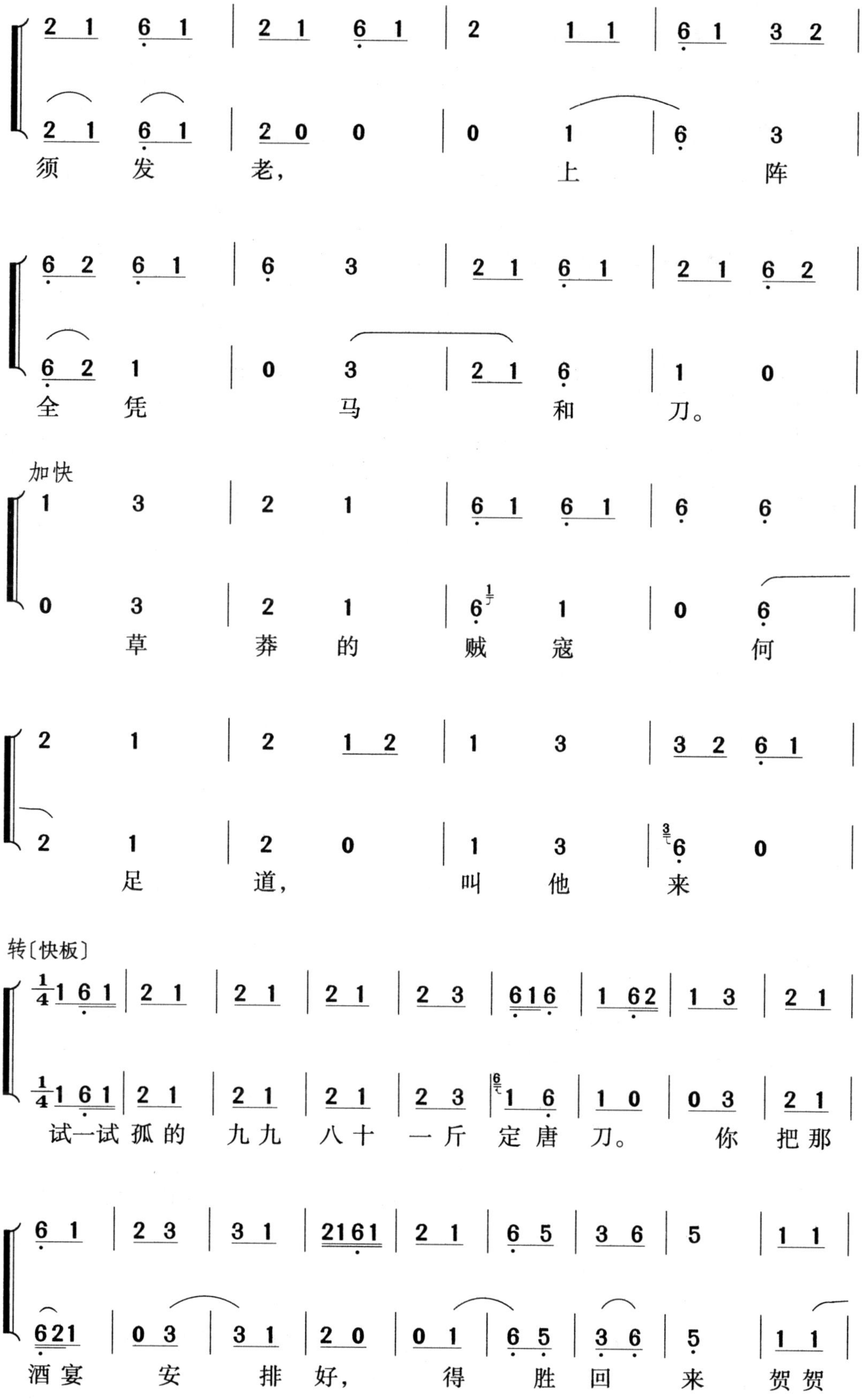
须 发 老， 上 阵
全 凭 马 和 刀。
加快
草 莽 的 贼 寇 何
足 道， 叫 他 来
转〔快板〕
试一试 孤 的 九 九 八 十 一 斤 定 唐 刀。 你 把 那
酒 宴 安 排 好， 得 胜 回 来 贺 贺

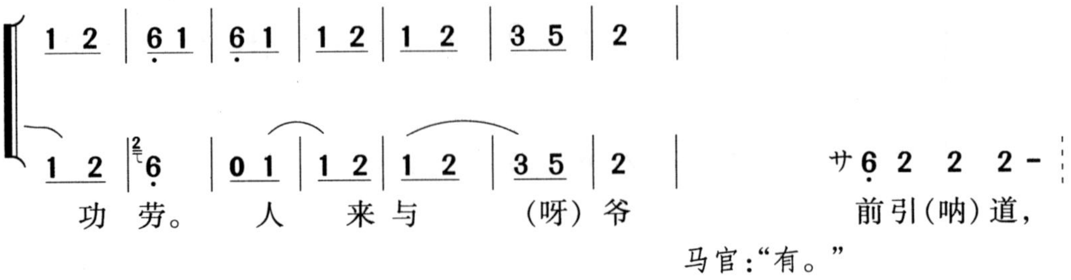

〔【快长锤】马官出帐至"小边"解马，带马，归"小边"。李克用出帐，上马，向"下场门"走，回身。

李克用

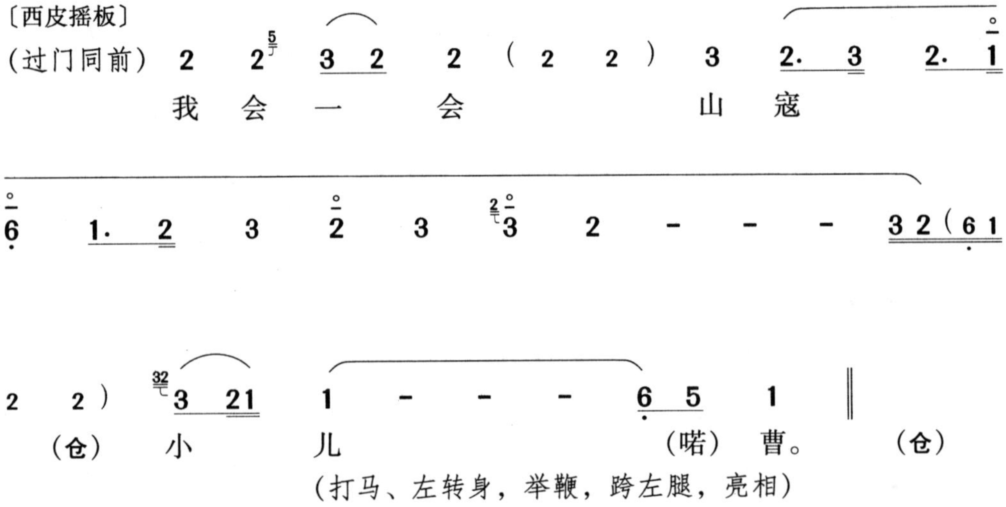

〔【冲头】李克用打马"下场门"下。马官进帐，"小边"跪见曹玉娥。

马　官　启皇娘：小人愿讨军令，去到两军阵前，给老千岁祝祝军威。

曹玉娥　好。我赐你军鼓一面，去至两军阵前。你可要小心点儿啊！

马　官　得令哪！（站起至中场）

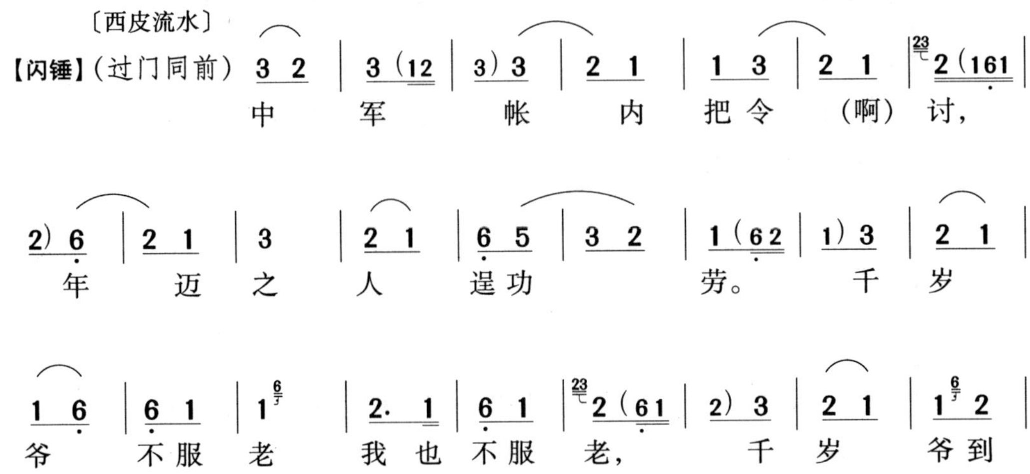

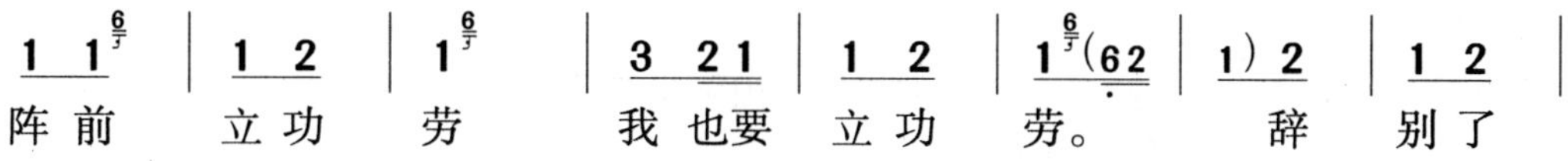

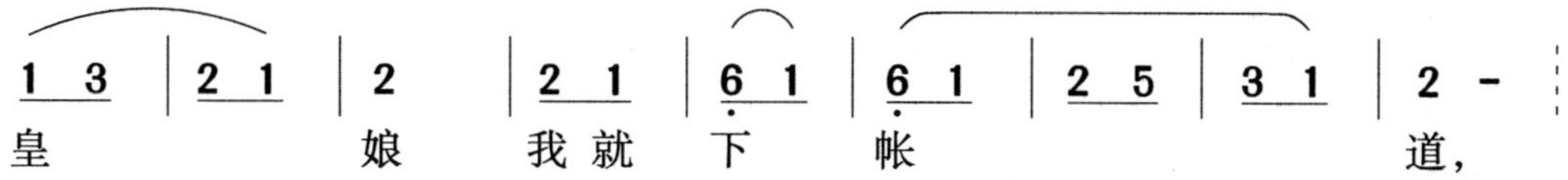

〔【快长锤】马官辞别曹玉娥，出帐，向“下场门”走，回身。

〔西皮摇板〕

马 官 （过门同前）

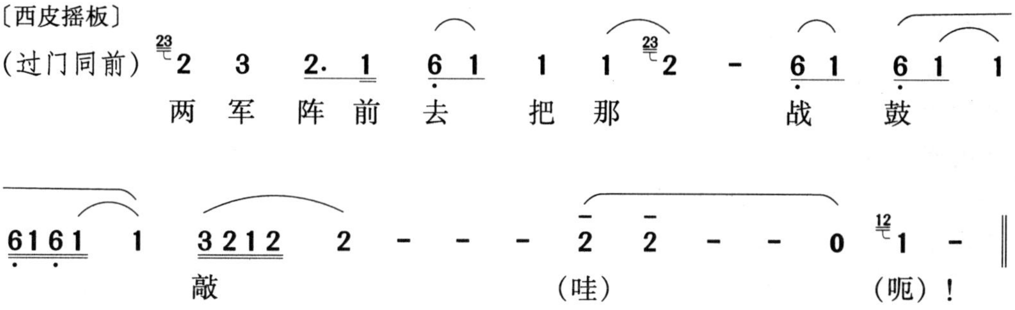

〔马官“下场门”下。曹玉娥、程敬思互让，站起，至中场。

〔西皮散板〕

程敬思 【闪锤】（过门同前）

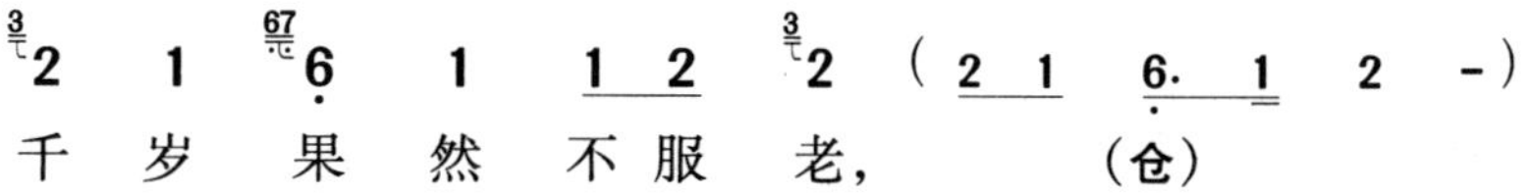

曹玉娥

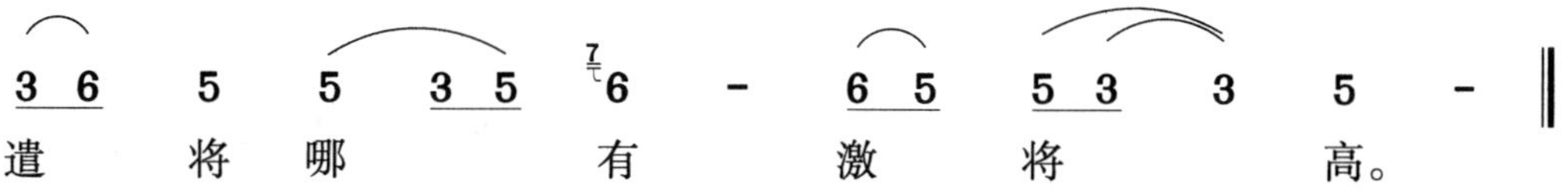

〔【大锣原场】曹玉娥礼让程敬思先行，“下场门”下。闭二幕。

第十二场

〔【冲头】开二幕。【急急风】（加堂鼓）四蓝文堂“上场门”，四红文堂“下场门”各持标旗“二龙出水”上，各归里场“斜一字”。周德威右手提大刀、左手提下甲“上场门”上，李克用右手提象鼻大刀、左手提下甲“下场门”上，至正场里首亮住。【冲头】周德威在“小边”进至前场面向里，李克用在“大边”进至前场面朝外，架住。

李克用 【叫头】呔，马前来的可是周德威？

周德威 然。

李克用 **【叫头】**周德威！看你人品出众，相貌堂堂，何必以身落草。听孤相劝，归顺孤家，封你一家太保，你意如何？

周德威 **【叫头】**李克用！快将珠宝留下，放你全军过岗。

李克用 听你之言，是要孤王的珠宝哇。

周德威 嗯。

李克用 珠宝是有哇，孤王业已入了库了哇！

周德威 啊！

李克用 **【叫头】**也罢！你若胜得孤王定唐宝刀，将珠宝留下。你若不胜呢？

周德威 俺若不胜，马前归顺。

李克用 丈夫一言，

周德威 岂能反悔。

李克用 各传一令。

周德威 各传一令。

李克用 （同时）儿郎的！
周德威 喽啰的！

众 有。（仓）

李克用
周德威 （同时）压住阵脚！

众 啊！

〔西皮导板〕

李克用 **【导板头】**サ（6 5 5 5 3 2 1 7̣ 2 1 1）4 3 3 2 3
三 军 与 爷

（3 2 123 3 3）3 - - - 2 3 4 3 2 3 - -
战 鼓 打，

〔**【擂鼓】**四蓝文堂、四红文堂“二龙出水”翻回原位。**【紧锤】**李克用、周德威“一扯、两扯”，二人双手横刀回至原位。

〔西皮快板〕

李克用 1/4（6̣ | 6̣ | 5 5 | 3 6 | 5 5 | 3 2 | 1 1 | 6̣ 2 | 1 1）| 2 |
马

2（1 | 2）1 | 2 | 3 | 1 2 | 1（6̣2 | 1）2 | 2 | 1 2 | 3 |
前 站 定 一 娃 娃。 谅 尔 本 领

2 1 | 6 1 | 2 | 2 5 | 3 | 2 | 2 | 2 | サ 1 - 1 1. ‖
有 多 大，敢 与 孤 王 动 杀 法。

〔西皮散板〕

周德威 【快纽丝】（7 6 6 5 3. 1 2 7 6 2 1）サ 3 3
少 小

4 3 3 2 1 2 3 （3 2 1 2 3） 1 2 1
英 雄 非 自 夸，（仓） 细 听 大

2 2 3 1 （7 6 2 1） 1 2 3 2 1 3
王 说 根 芽：（仓） 劝 你 珠 宝 早 留

2 （1 6 1 2） 2 3 2 1 2 1 6 1 1 ‖
下，（仓） 免 得 两 家 动 杀 法。

〔**【慢扫头】**李克用、周德威“一合”、“两合”，**【急急风】**（**加堂鼓**）架刀。四蓝文堂、四红文堂“钻烟筒”分下。李克用、周德威“一扯”、“两扯”，“一合”、“两合”，下面一兜，同时左转身，周德威打李克用“上下”。两刀一磕，李克用右转半周，砍周德威两个“腰封”。“合扇”转身，周德威砍李克用两个“腰封”。向里“合扇”一转身，向外“合扇”两转身，二人耍“大刀花”，李克用左转身“削头”。（**嘟-崩登仓**）周德威右手提刀，左腿戳步在“小边”，李克用“倒提柳”在“大边”亮相。

〔唢呐吹奏曲牌<柳青娘>。（在曲牌中，配合演员动作随曲牌节奏加锣鼓）李克用、周德威“对刀”。二人横刀上步，同时向里翻回，李克用搂髯横刀，周德威双手横刀相视一亮。后退两步，“夸将”。二人上步，“托刀”，“推磨”，二人换位。同时右转身右手“横刀”，拉开“山膀”，同时上步，“上磕”，“反花”，李克用面朝外，周德威面朝里，“杵地”，左手整冠，右脚踢镈，李克用拉开“山膀”，周德威成背刀式。二人转身上步“上磕”，李克用回花转身至“小边”台口成“横刀式”，周德威走至“下场门”台口，右手托刀杆，左手靠近刀镈部握刀杆将大刀向右上方推出再拉回，左转身成“抱刀式”。二人同时左转身，李克用至“九龙口”成“藏刀式”，周德威至“大边”台口成“勉刀式”。二人同时上步，“下磕”，李克用至中场后部朝外成“抱刀式”，周德威至中场前部朝里成“托刀式”。二人原地“上磕”，右转身，李克用在“小边”，周德威在“大边”相对，“横刀”拉开“山膀”，二人同时上步，“上磕”，退步，大刀花，左转身，李克用至中场前部朝里，周德威至中场后部朝外，再回花，右转身，李克用换至“大边”，周德威换至“小边”。曲牌止。

〔【急急风】（加堂鼓）二人同时大刀花，左转身，再回花，右转身，二人换位。同时右转身，李克用打“蓬头”，周德威“封蓬头”。二人刀头“一磕”，刀镩“一兜”，李克用“横刀”左转身，周德威“倒提刀”左转身，李克用砍周德威“腰封”。二人右转身，再回身，李克用再砍周德威“腰封”，李克用右转身“削头”。（崩登仓）李克用横提刀搂髯，周德威横提刀，亮相。【急急风】（加堂鼓）周德威败下。李克用耍大刀花，【四击头】左手横提刀，右手掏翎子“蹲裆式”亮相。【冲头】右转身，追下。闭二幕。

第十三场

〔【冲头】开二幕。后场置高坡。坡上放一架堂鼓、一副鼓楗子、一座椅。

〔【快长锤】马官“上场门”上，至中场，双手拉开“山膀”，上步。

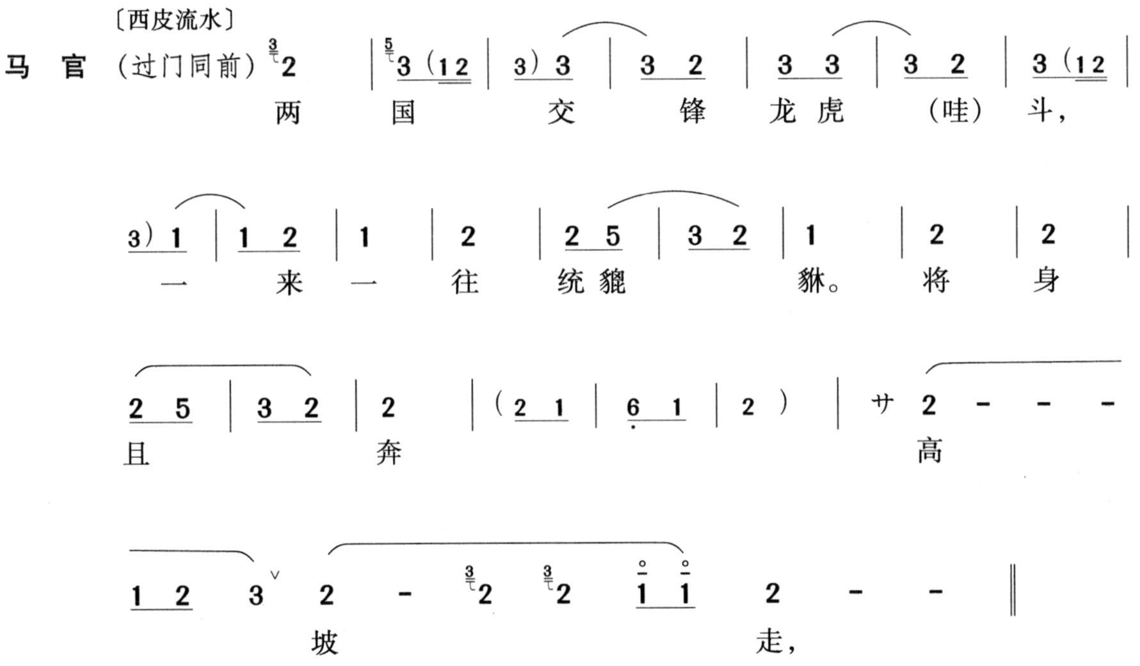

〔【快长锤】马官左转身，右手“山膀”向高坡一望，上坡。至堂鼓处，拿起鼓楗子，双手拉开“山膀”，坐。

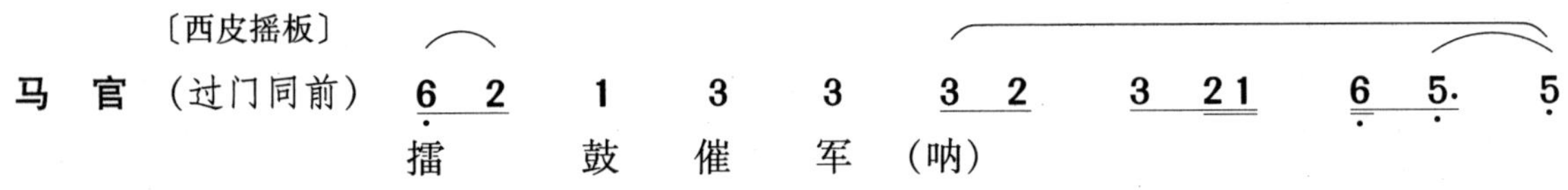

5 7 5 7· 6 5 6 5 7· 6 5 5· 6 1
战 鼓 吼。
冬冬· 冬冬冬 冬冬冬 冬·冬 冬冬 冬0 冬·冬 冬0 冬·冬 冬0
(马官边唱边擂鼓)

5· 6 1 - - 2 - 2 - 1 - - ‖
冬·冬 冬冬 冬冬 冬冬 冬冬 冬冬 冬冬 冬冬 冬冬 冬冬 冬冬

〔【快长锤】马官继续按锣经节奏击堂鼓。周德威右手握马鞭，左手挽弓箭“上场门”上，加鞭至中场，勒马。

〔西皮摇板〕

周德威 (过门同前) 3 3 3 3 2 3 2 3 (3 5 3 2 1 2
老 将 果 然 武 艺 好，

3 6 5 5 3 2 1 1) 3 1 2 2 3 1 2 1 (2 1 6 2
他 的 武 艺 比 某 高。

1 1 6 5 5 5) 3 3 3 2 2 2 - 1 3 2 - -
开 弓 便 把 箭 放 (啊) 了，

〔李克用右手提刀“上场门”暗上至“九龙口”。周德威上步至“大边”台口搭箭开弓，左转身射李克用。李克用接箭。(仓)

周德威 啊？(一望，右转身“下场门”下)

〔【纽丝】李克用握箭进至中场，向“下场门”远望。锣鼓切住。

〔亮弦〕(4 3. 1 2 -)
(匝 匝 匝 匝)

〔西皮散板〕

李克用 【大锣凤点头】(过门同前) 3. 1 3 3 6 1 2 1 (1 1) 2 -
接 过 雕 翎 箭 一 条。 (仓) 周

1 2 3 2 1 1 1 3 2 (2 2) 1 - - 2
德 威 小 儿 行 奸 巧， (仓) 暗 放

2 1 1 2 － 2（1 6 1 2 －）1 1. 1 － － － 6 1 － ‖
冷 箭　　　　　　　　　　不 算　　　　　高。

〔【一锤锣】李克用将箭扔掉，“横提式”亮住，“下场门”追下。
〔【纽丝】周德威右手握马鞭，左手挽弓箭“上场门”上，加鞭，半个圆场至“小边”台口，左转身朝左前亮住，左转身半个圆场至中场。

〔西皮散板〕
周德威（过门同前）3 3 3 3 3 2 1 2 3（6 1 2 3）3. 3 1
某 家 放 了 箭 一 根，（仓） 老 将 倒

2 3 1 2 1（7 6 2 1 －）3 3 3 2 2 2 1 3 2 －
有 接 箭 能。（仓） 二 次 再 把 箭 放（呃）定，

〔李克用右手提刀“上场门”暗上至“九龙口”。周德威上步至“大边”台口搭箭开弓，左转身射李克用。李克用接箭。（仓）
周德威 啊？（一望，右转身“下场门”下）
〔【纽丝】李克用握箭进至中场，向“下场门”远望。切住。

〔亮弦〕（4 3. 1 2 －）

〔西皮散板〕
李克用【纽丝】（过门同前）3. 1 3 2 1 6 6 1（7 2 1 －）
接 过 雕 翎 箭 二 根。（仓）

2 － － 3 2 1 2 3 2 1 6 1 2（1 7 6 1
这 样 的 射 法 不 算 准，（仓）

2 －）1 3 2 2 1 1 2 － － 2（1 7 6. 1 2
孔 夫 子 门 前

2 －）3 21 1 － － － 6 3 2 2 2321 1 － － ‖
你 卖 的 什 么 文（呐）。

〔（崩登仓）李克用扔箭，双手握刀“护腰式”亮相。【冲头】“下场门”追下。

〔【纽丝】周德威右手握马鞭，左手挽弓箭“上场门”上，加鞭至中场，抱鞭向“上场门”一望，左转身挽弓斜鞭亮住，松开马鞭。

〔西皮散板〕

周德威 （过门同前） 3 3 3 3 3 2 2 3（2 1 2

某 家 放 了 箭 二 根，（仓）

3 －） 3 － 3. 2 1 2 2 3 1（7 6

射 不 着 老 将 为 何 情？

2 1 －） 3 3 3 2 2 2 1 2 2 2

（仓） 催 马 来 在 战 场（呃）等，

〔【纽丝】周德威举鞭至“小边”台口，左转身，加鞭，向“下场门”走。李克用右手提刀，左手提下甲“上场门”追上至“九龙口”。锣鼓切住。

〔亮弦〕（ 7 2 1 － ）

李克用 哪里走！

〔【纽丝】周德威右转身，站“大边”，李克用站“小边”。

〔西皮散板〕

李克用 （过门同前） 1 2 3 21 6. 1 2（1 6 1 2 2 2 ） 2. 1

败 阵 先 逃 尔 就

1 1 1 － － － 6 3 2. 3 2323 2. 1 6 1 －

不 算 能！

【叫头】周德威！战又不战，射又不射，在那里又弄什么诡（呀）计？

周德威 【叫头】李克用！你我马上武艺俱是一样。敢与俺下马比箭？

李克用 比箭么……

周德威 嗯！（仓）

李克用 你的箭法，孤王业已领教过了哇！但不知怎样的比法？

周德威 在百步之外，立一高杆，拴上一旗，挂上金钱一面。哪家射中，金钱响亮，方为英雄好汉。

李克用 你若射不中呢？

周德威 某若射不中，情愿做一家太保。

李克用 孤王若是射不中呢？
周德威 将珠宝与俺留下。（仓）
李克用 你净惦记着孤王的珠宝哇！但不知是哪家先射？
周德威 自然是某家先射。
李克用 孤王若是先射，就无有尔的份儿了，让你先射。
李克用 （同时）儿郎的！
周德威 （同时）喽啰的！

〔众内白："啊！"
〔【冲头】四兵士"上场门"上，"小边""一条鞭"。四蓝文堂"下场门"上，"大边""一条鞭"。李克用、周德威下马交与己方之人。

周德威 （对蓝文堂）立起高杆哪！

〔西皮散板〕

【纽丝】（过门同前）4 3 3 3 4 3 3 （3 2 1 2 3）
我等出言无虚谎，（仓）

6 1 1 2 2 3 1 （7 6 2 1 - ） 2
两下比武停刀枪。（仓） 开

2 3 2 2 3 - 3. 3 2 （台 冬）
弓便把雕翎（呐）放，
（向"下场门"射头箭，远望）

【纽丝】（过门同前）3 3 2 1 2 2 3 1 （7 6 2 1 - ）
弓开月满世无双。（仓）

3. 2 2 1 2 - 2 1 2 2 2 （台 冬）
不中标（哇）竿中皇（呃）榜，
（向"下场门"射第二箭，远望）

【纽丝】（过门同前）6 1 2 2 2 3 1 （7 6 2 1 - ）
箭射金钱响叮当。（仓）

3. 3 3 2 3 2 2 2
三次开弓雕翎放，（台 冬）（仓）
（向"下场门"射第三箭，掏翎子远望）

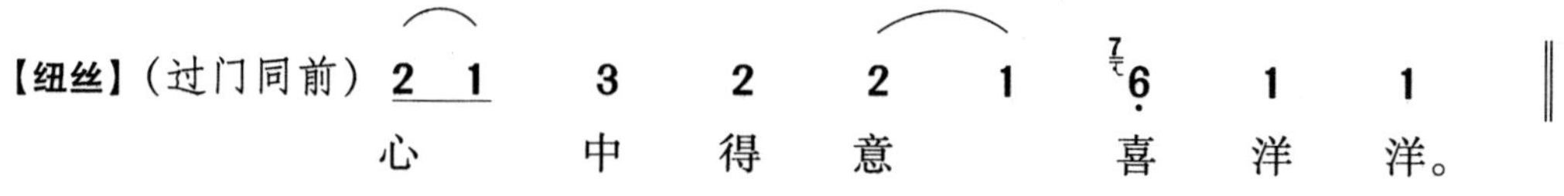

【叫头】李克用，你且射来！

李克用 站定了！

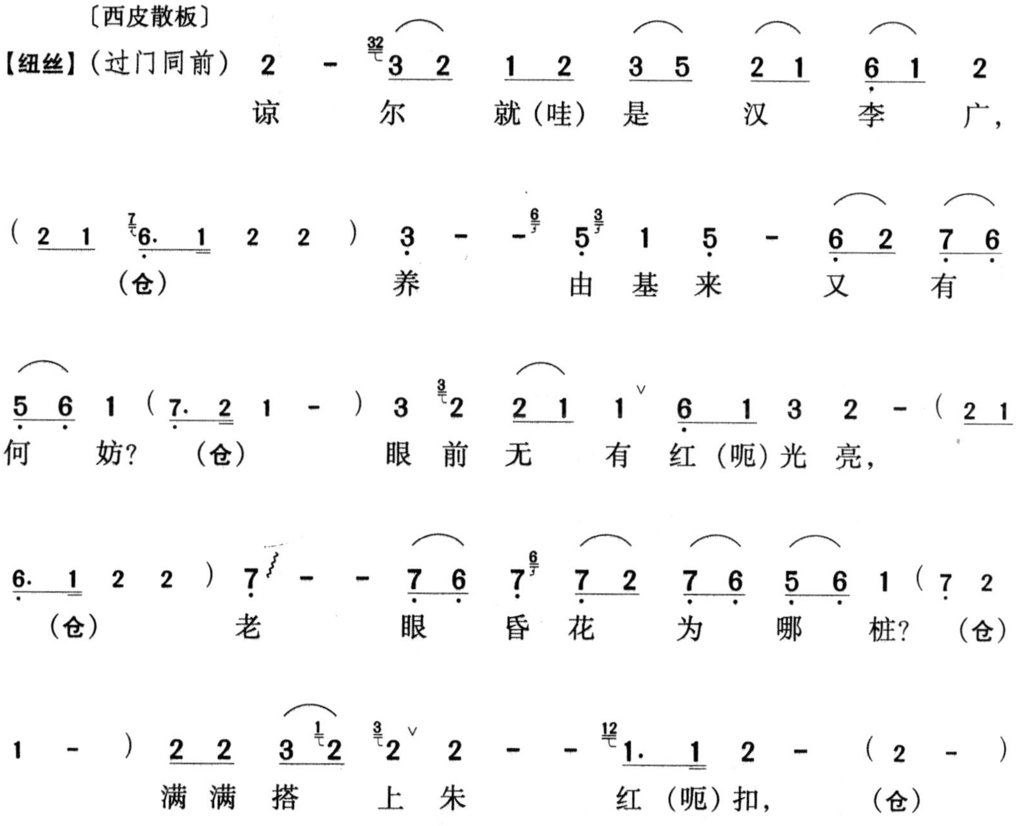

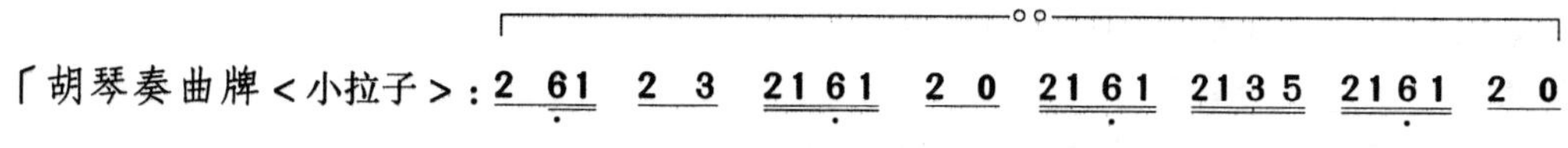

〔李克用向“下场门”开弓瞄准，瞄得过高。

马　官 噢——老千岁，高啦！

李克用 啊？

马　官 高啦！

李克用 高了？

马　官 高啦。

〔李克用继续瞄准，瞄得过低。

马　官 啊——不成，不成。老千岁，又矮啦，矮啦！

李克用 啊？

马　官　又矮啦！

李克用　高了又高了，矮了又矮了，叫你把孤就支使糊涂了。（曲牌止）

〔西皮散板〕

【纽丝】（过门同前）1 2 2· 2 1 2 1 2 1 1（7· 2

看不见金钱在哪厢。

1 －）3 2 1 6 1 2 2 2· 1 6 5 0（5

（仓）低下头来

5 ）5 － 2 7 2 － 7 6 6 －

暗思想，（仓）

ㄏ（**嘟-崩登仓**）李克用仰望天空，看到雕鸟，胸有成竹。

サ（3· 5 6 6 5 5 5 i 3 1 2 1 7 6 2 1 －）

【大锣凤点头】

3 2 1 6 2 1· 2 1 3 2 1 1 ‖

猛然一计在心旁（呃）。

周德威　**【叫头】**李克用！为何停箭不射？

李克用　那金钱乃是一死物，孤王要射一活物你看。

周德威　这战场之上，哪里来的活物哇？

李克用　你抬头**【撕边】**观看哪！（**仓**）空中何物？

周德威　乃是一对雕鸟。

李克用　好哇！（**仓仓才仓**）孤王射他个双雕落地。

周德威　好哇！**【五锤】**你若射得个双雕落地，俺情愿马前归降，做一家太保。

李克用　丈夫一言，

周德威　岂能反悔。

李克用　站定了。

〔西皮散板〕

【纽丝】（过门同前）6 1 3 2 2 1 2（1 6· 1 2 －）

背转身来谢上苍，（仓）

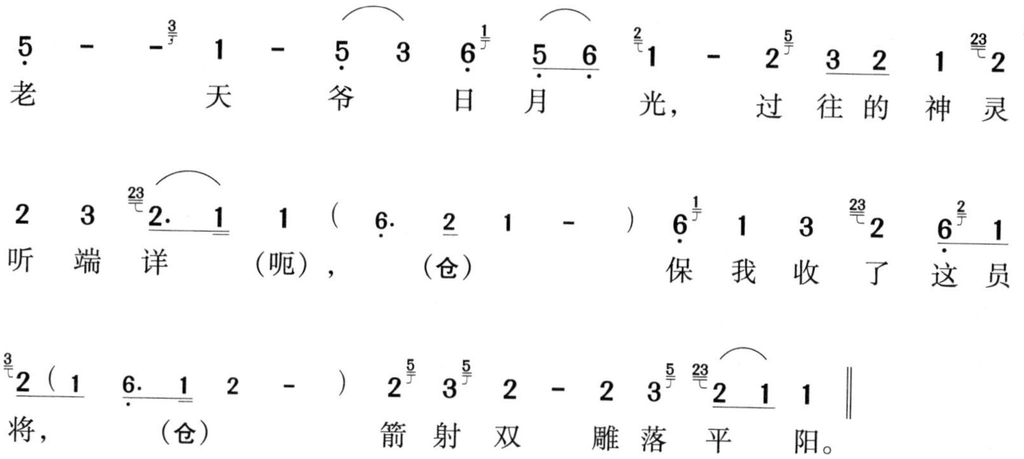

（嘟……大台冬冬冬仓）

（马官“下场门”暗下）　　（众：“双雕落地。”）

周德威　哎呀！

〔西皮散板〕

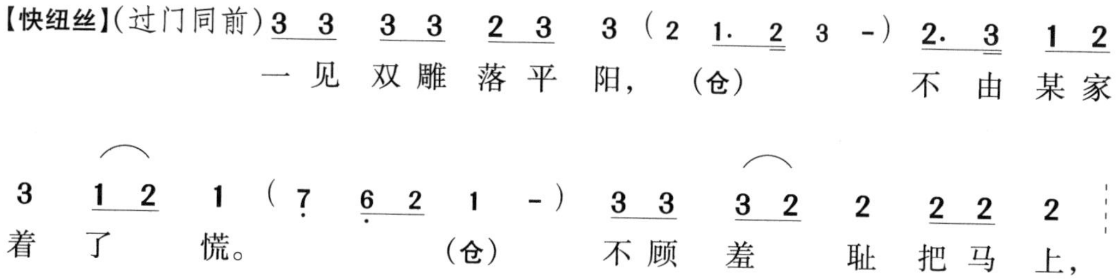

〔【冲头】周德威接鞭上马。李嗣源领八太保两边分上，分站两边。

众　哪里走！

周德威　【快纽丝】（过门同前）

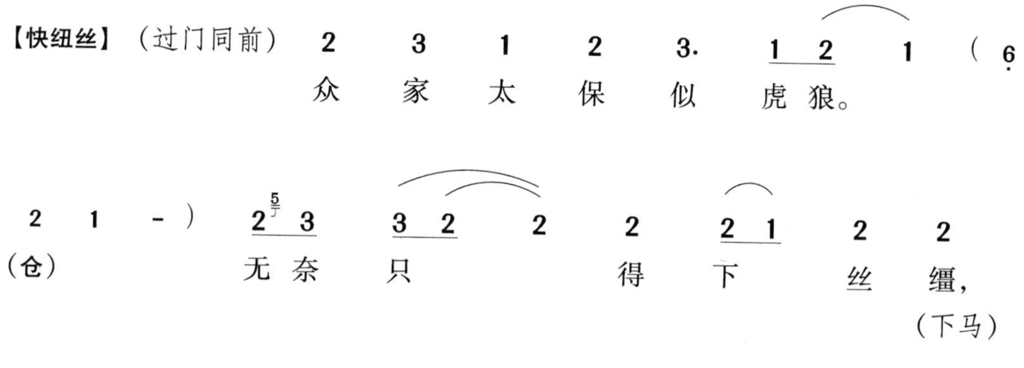

【快纽丝】（过门同前）

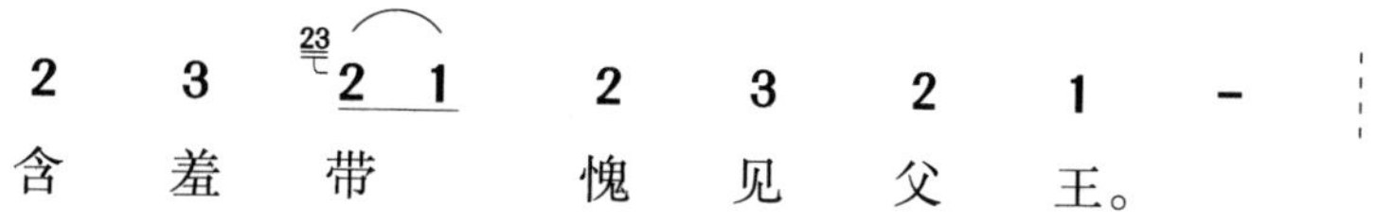

李克用 【快纽丝】（过门同前） 2 2　3 2　1 2　2（6. 1 2 -）
你若 真心 把孤 降，（仓）

3. 2　1 3　2 1　2　1.　2　1
封你 太 保 扶 大 唐 （呃）。【住头】

周德威 请父王上山，查点粮草。
李克用 不必查点。儿郎的呀！（仓）
众 有。
李克用 兵回御营。
众 啊！

〔唢呐吹奏曲牌<尾声·合头>众太保、四兵士、四蓝文堂归“横一字”，李克用挽周德威手，亮相。

〔【大锣原场】大幕落。

——剧终

尹培玺　**整理**　　蔡国盈　**记谱**

困曹府

贯大元演出本

《困曹府》又名《割瘤讨封》。该剧源于清嘉庆年间宫廷大戏《盛世鸿图》(共96折，演绎曹彬下江南征战的故事，作者佚名)。《困曹府》是一出濒临失传而又非常冷僻的戏。原因是该剧虽演的是赵匡胤起兵事，情节却不见众所熟知的小说《飞龙传》，故事的来龙去脉不甚清晰，一般观众难以理解；再者该剧属于红生戏，唱腔高亢，常作为开蒙戏，一般老生名家鲜动此剧。近六十年以来该剧已绝迹舞台，能传承此剧的演员实属凤毛麟角。贯大元则是使该剧得以流传的关键人物。

《困曹府》剧情发展是按传统的度过黑夜五更来处理的。一共两大段唱，共五十多句。初更一段主要是抒情，赵匡胤感叹受困于曹府中无奈的心情。“汉刘秀坐江山二十八将”一句，听起来有似曾相识之感，原来是把《碰碑》中〔反二黄原板〕“把四子丧了”的腔不露痕迹地运用到〔二黄原板〕的唱腔之中。这时受困的赵匡胤对九五之尊的渴望如同海市蜃楼，与杨令公战败失去四子的失落情绪确有相通之处。这一段结尾“恨不得使长枪刺落了天边月亮，用金钩钩出了红日轮光”，唱腔新颖，又非常动听。上句先低后高。下句突破常规，在眼上开唱，先高后低。以这种高低起伏的处理方法准确地表达出赵匡胤急于摆脱困境的心情。

另一段是五更天赵匡胤向曹彬表述经历和夜梦的唱段。唱腔巧妙地将古朴的“十三一”唱腔融入其中。“十三一”是《文昭关》“一轮明月”中“一”字的古老唱法，因其共有十三个转折，故称“十三一”。《困曹府》的处理方法是将“休道我光棍家根本无有”后面的三拍小过门去掉，在头眼开唱“请台座”，这就使“听玄郎细说从头”在板上开始行腔，很自然地将“十三一”的腔嵌在“听”字上。这里需要说明的是，贯大元所灌的《困曹府》唱片是第一段，因此把“十三一”这个腔用到“此乃是中秋月分外明光”的“中”字上，与余叔岩《上天台》唱片中“叫寡人怎舍得开国元勋”的“怎”字行腔如出一辙。但是，在舞台上不这样唱，应该按该整理本的路子处理。

现在能看到的对《困曹府》情节的介绍，都过于简单，对赵匡胤为什么困在曹府说得都很含糊。为使观众明白故事的脉络，同时也让表演者准确掌握住赵匡胤的情绪，笔者尝试根据《洒金桥》、《董家岭》、《花亭射妖》等剧目将《困曹府》的情节背景勾勒出一个轮廓。

赵匡胤大闹御勾栏杀死御乐十七人，闯下大祸，流落江湖。在洒金桥遇苗顺卜卦，苗顺称其有帝王之相。后又与柴荣和郑子明相遇，三人在秦王庙义结金兰。弟兄三人在董家桥除掉人称董氏五虎的恶霸五兄弟，之后分手各奔前程。柴荣到怀庆投奔其舅父郭威，得到重用，受爵封王。他邀赵匡胤、郑子明携家眷投靠郭威。赵匡胤先到怀庆，弟兄二人相见，在花亭摆筵，共叙衷肠。饮酒间鱼妖在鱼池兴风作浪，赵匡胤挽弓搭箭，一箭射出，鱼妖带箭而逃。翌日，柴荣引赵匡胤见郭威。原来鱼妖是郭威命星，故郭威一见赵匡胤即将其上绑问斩。柴荣讲情赦回赵匡胤。郭威以赵匡胤父母家眷为人质，命其到燕州刺杀后汉刘化王，立功赎罪。赵匡胤夸下海口不要一兵一卒，只身前往燕州。因其自幼肩上长有肉瘤易被辨认，故至燕州匿居曹彬家。赵偶闲步关前，为守关人崔龙认出，幸遇曹彬之嫂张氏。张氏利用赵与其夫曹仁相貌相像，叫声丈夫使赵匡胤暂时脱险。赵匡胤夜间与曹彬私语，讥张氏，张在窗外听到，羞愧自缢。是夜，赵匡胤梦中见华佗前来为其割瘤，术后讨封，赵匡胤封其为神；张氏鬼魂也来讨封，赵匡胤封之为华山插花圣母。醒来见曹彬因嫂亡大哭，乃告以梦中之事，并让曹彬给他戴上手杻，以曹仁身份去见崔龙，得以上金殿成功行刺。

《困曹府》以唱功见长，系二黄调式，唱腔高亢繁复，两个大唱段计五十多句，故没有好嗓子绝对唱不下来，这也是将其定为开蒙戏的原因之一。贯大元 5 岁登台，因嗓音响亮、扮相台风俱佳而大受观众喜爱，7 岁便以唱戏养家。变声后他仍有一条好嗓子，这出《困曹府》从儿时一直唱到成名。

贯大元该戏受教于贾丽川，在多年的舞台实践中又吸收了王九龄的唱法，该剧逐渐成为他的代表作之一，在 20 世纪 20 年代曾灌有唱片流传于世。20 世纪初，有位曾寿臣王爷最喜听贯大元的这出《困曹府》，一次堂会，头出是雪艳琴的《贵妃醉酒》，二出就是贯大元的这出《困曹府》，末出是贯、雪共唱《坐宫》，嘉宾大呼过瘾。

前辈名伶李顺亭、时慧宝、张如庭、杨菊芬均擅演该剧。贯大元曾将此剧传授给吴小如、梅葆玥、孙岳、续正泰及外孙尹培玺等。此戏即由尹培玺整理。

哈鸿儒　常立胜

人物行当

赵匡胤	老生	**华　佗**	老生
曹　彬	小生	**金　童**	杂
曹小姐	旦	**玉　女**	杂
张　氏	旦	**四兵士**	杂

服装扮相

赵匡胤　俊扮。绿色绣边武生巾、头发黑三、牵巾，绿色绣边箭衣、黄大带、苫肩、宝蓝色素褶子，红彩裤，厚底靴。

曹　彬　俊扮。皎月色绣花小生巾，皎月绣花褶子，粉彩裤，厚底靴。

曹小姐　俊扮。梳大头、抓髻、亮头面、草花，粉色绣花袄、裤，裙子，彩鞋。

张　氏　俊扮。梳大头、点翠头面、草花，黑素褶子、豆青绣花帔、白绣花腰包，皎月彩裤，彩鞋。(后换鬼发、盖水纱)

华　佗　俊扮。香色豆包巾、黪五绺，香色绣边褶子、蓝色绣边大坎肩、黄绦子，黑彩裤，白高腰袜子、福字履。

金　童　俊扮。孩儿发、包头、高泡子条，皎月绣边对襟衣裤、红色绣草龙飘带披肩、侉子、腰箍，白袜子、皎月打鞋。

玉　女　俊扮。古装头、亮泡子、亮正凤、草花，粉色绣边古装衣裙、腰箍、皎月帔，白袜子、彩鞋。

四兵士　俊扮。包头、紫色绣边兵丁盔，紫色绣边兵丁衣裤、扣板，薄底靴。

道具

酒　壶	一个	**酒　杯**	两个
手　扭	一副	**蜡　灯**	一盏
拂　尘	一把	**无鞘剑**	一把
小镜子	一面	**红油彩、油笔**	一份
托　盘	一个	**幡　旗**	一副
凤　冠	一个	**桌围、桌搭**	一份
单　刀	四把	**手　帕**	一方
椅披、垫子	两份		

困 曹 府

〔正场桌、八字椅，桌上放酒壶、两酒杯。暗放手杻、小镜子、红油彩、红油笔备用。

〔**【大锣原场】**转**【撤锣】**

〔曹彬内白："兄长请！"

〔赵匡胤内白："贤弟请！"

〔**【小锣打上】**赵匡胤、曹彬二人"上场门"上，至台口。**【小锣归位】**

赵匡胤 逃出天罗地网。

曹　彬 好似雀鸟腾空。兄长请坐。（左转侧身拱手）

赵匡胤 （右转侧身拱手）有座。

〔**【小锣五击】**赵匡胤坐"大边"，曹彬坐"小边"。

赵匡胤 多蒙贤弟搭救，我这里当面谢过。（拱手）

曹　彬 岂敢，小弟当报前恩。（拱手）

赵匡胤 岂敢。（摆动右手）

曹　彬 小弟备得有酒与兄长压惊。（斟酒）

赵匡胤 来此就要叨扰。

曹　彬 兄长请！（举杯）

赵匡胤 贤弟请！（举杯同饮）

〔二黄摇板〕

【小锣凤点头】 サ（6 5 3 2 2 3 3 33 21 61

曹　彬 56 76 5 5） 5 i 36 5 2 2 i
受 恩 不 报 非 君 子，

（6 56 76 1 1） 5 2 76 56 5.6 7 -
忘 恩 负 义

6 65 35 6 6 5 - ‖ （入睡）
是 小 人。

（揉手）**【小锣一击】**

〔**【起更】【一更鼓】**

赵匡胤 二相公，（右手指）他倒睡着了。

〔二黄三眼〕

4/4（扎 多 大5 32 | 16 53 23 36 | 56 565 55 3235 |

（将椅子搬至"大边"台口坐）

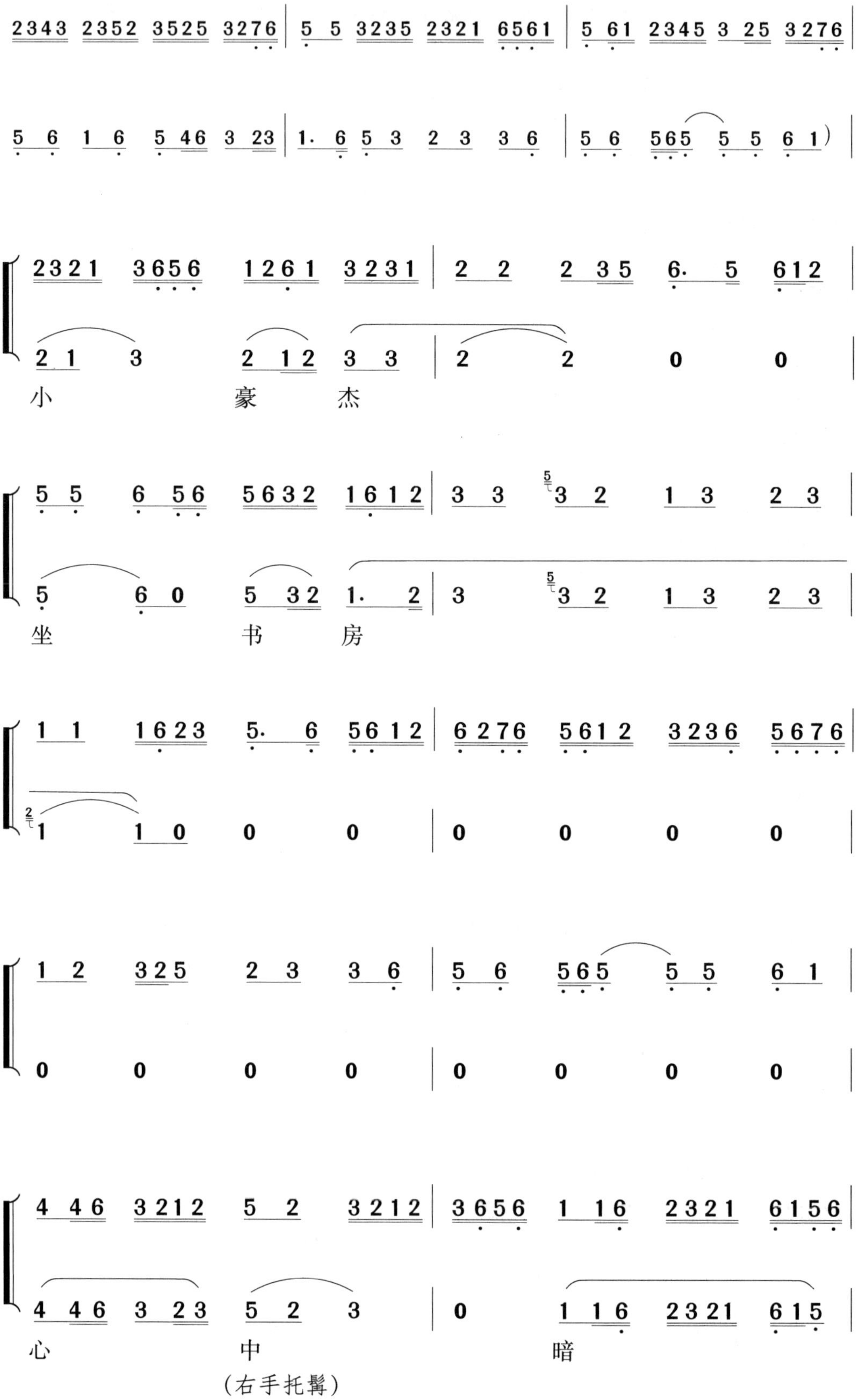
小 豪 杰
坐 书 房
心 中 暗
(右手托髯)

困曹府

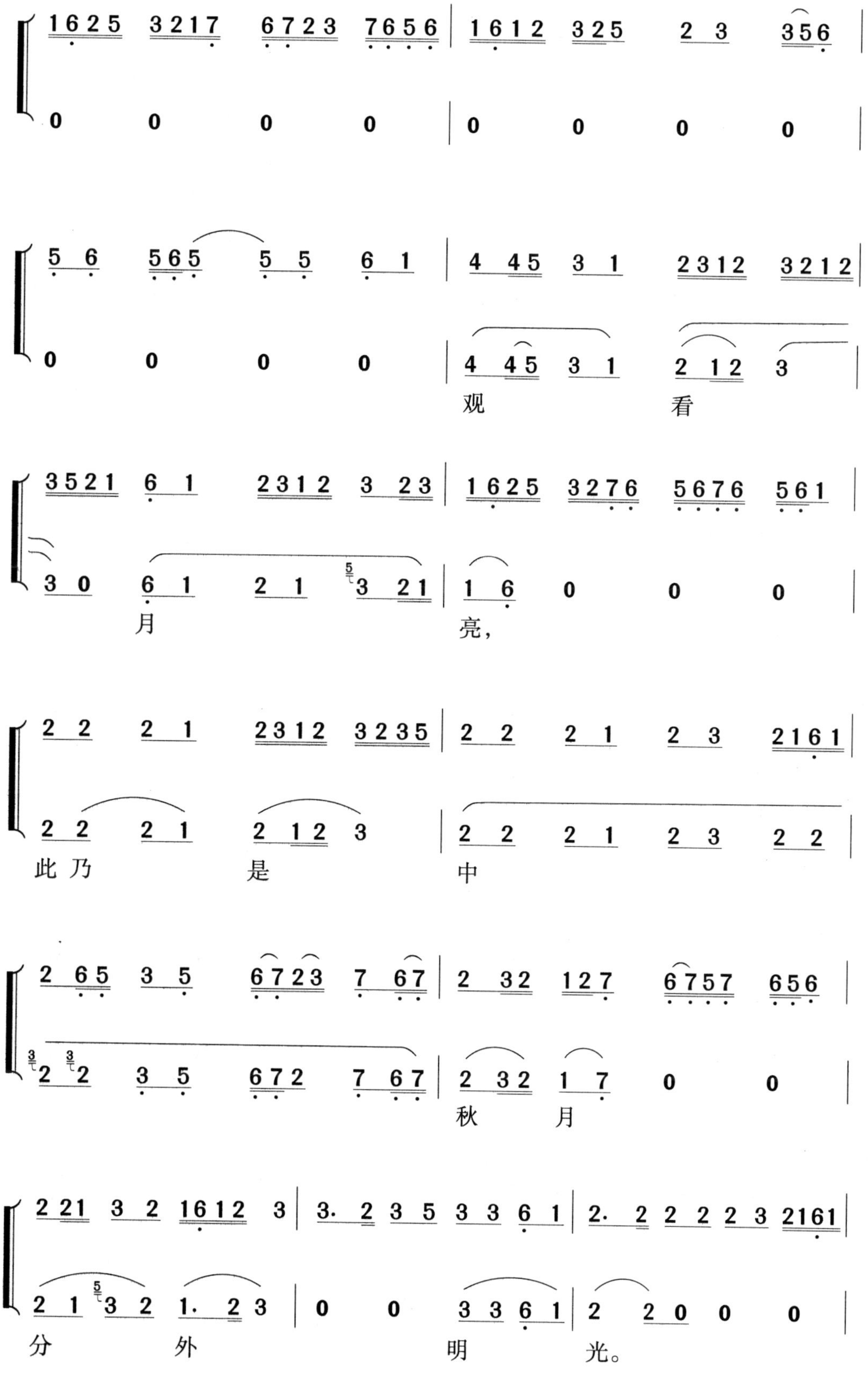

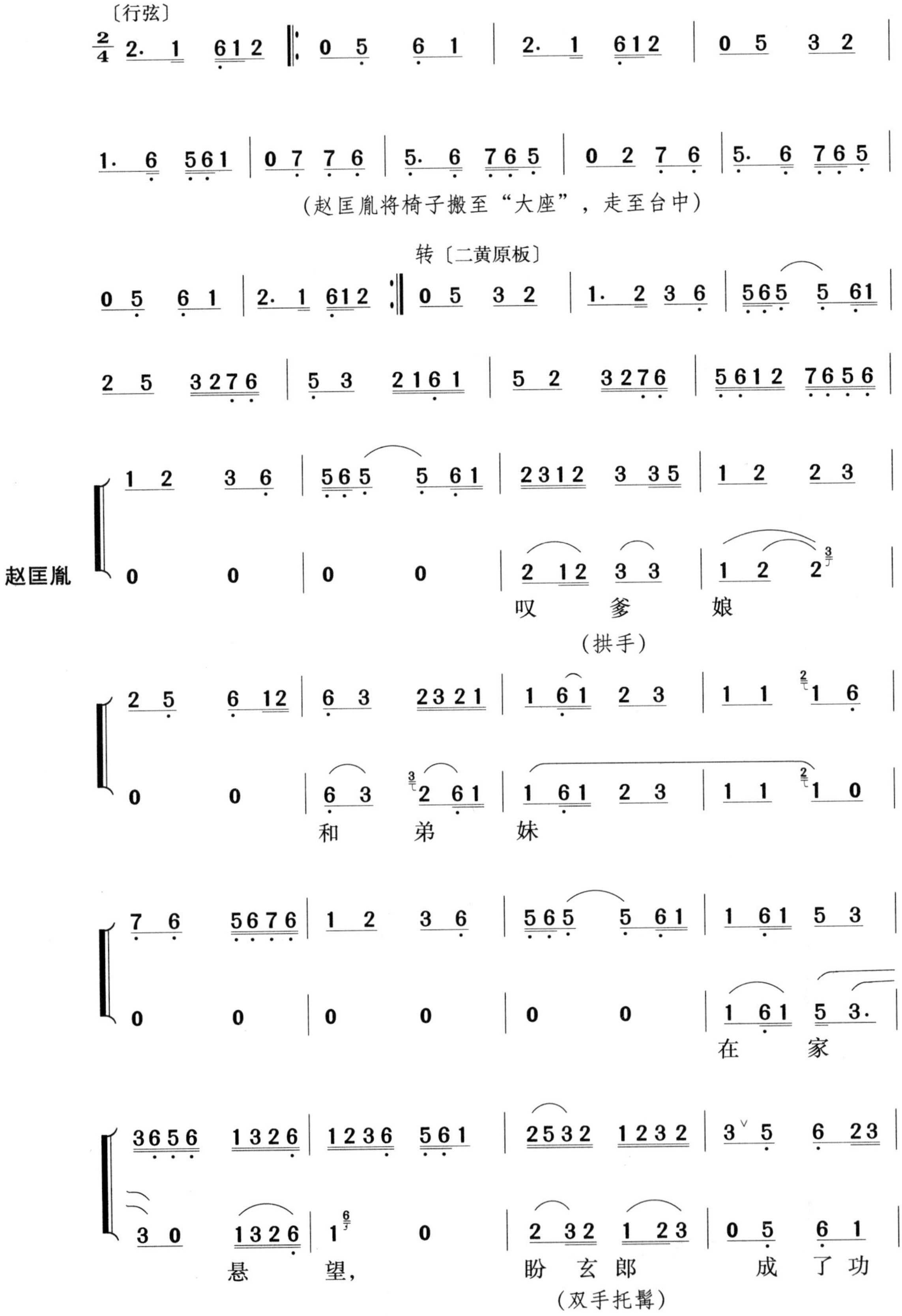
〔行弦〕
(赵匡胤将椅子搬至“大座”，走至台中)
转〔二黄原板〕
赵匡胤
叹 爹 娘
(拱手)
和 弟 妹
在 家
悬 望，
盼 玄 郎 成 了 功
(双手托髯)

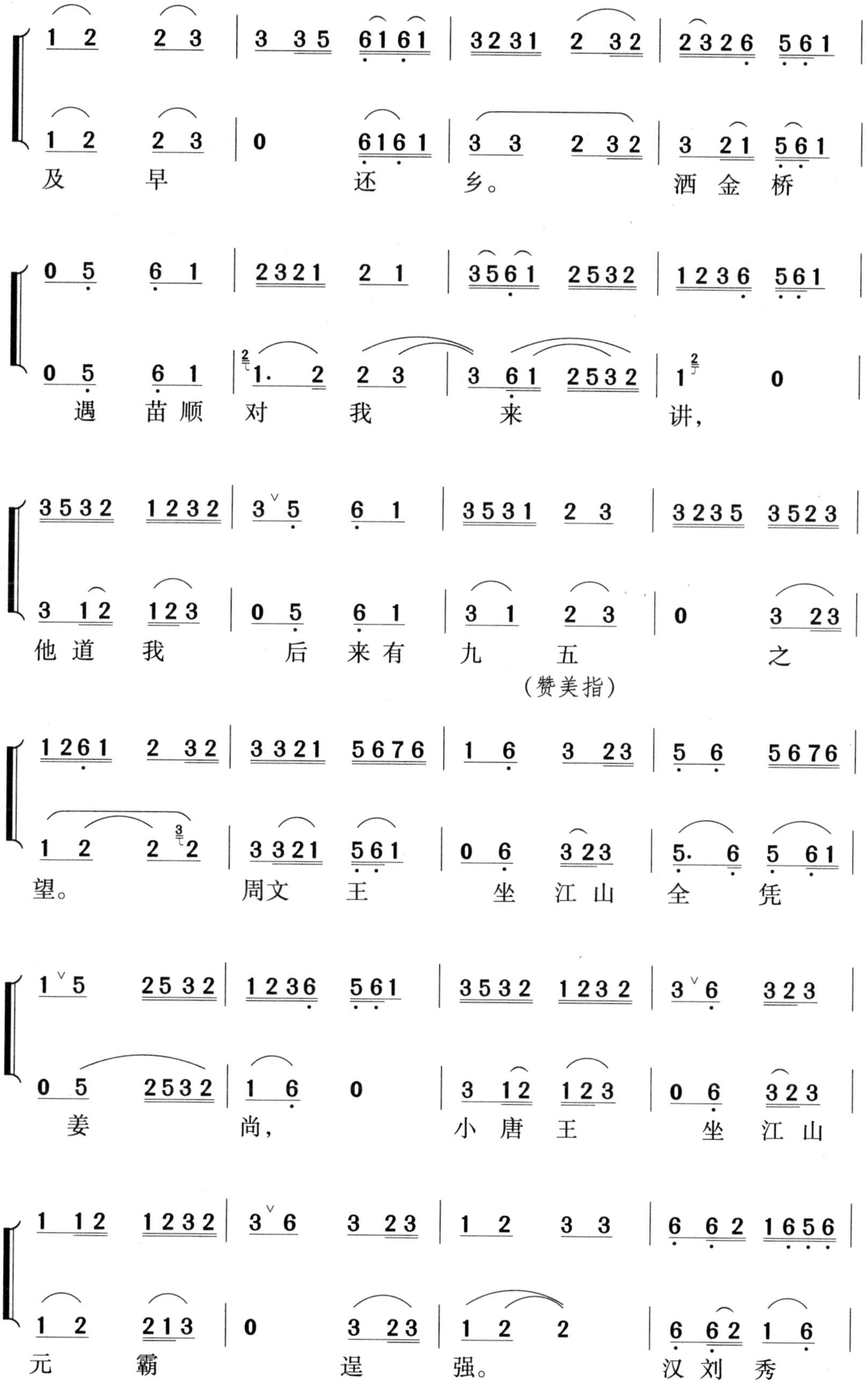
及早还乡。洒金桥
遇苗顺对我来讲，
他道我后来有九五之
（赞美指）
望。周文王坐江山全凭
姜尚，小唐王坐江山
元霸逞强。汉刘秀

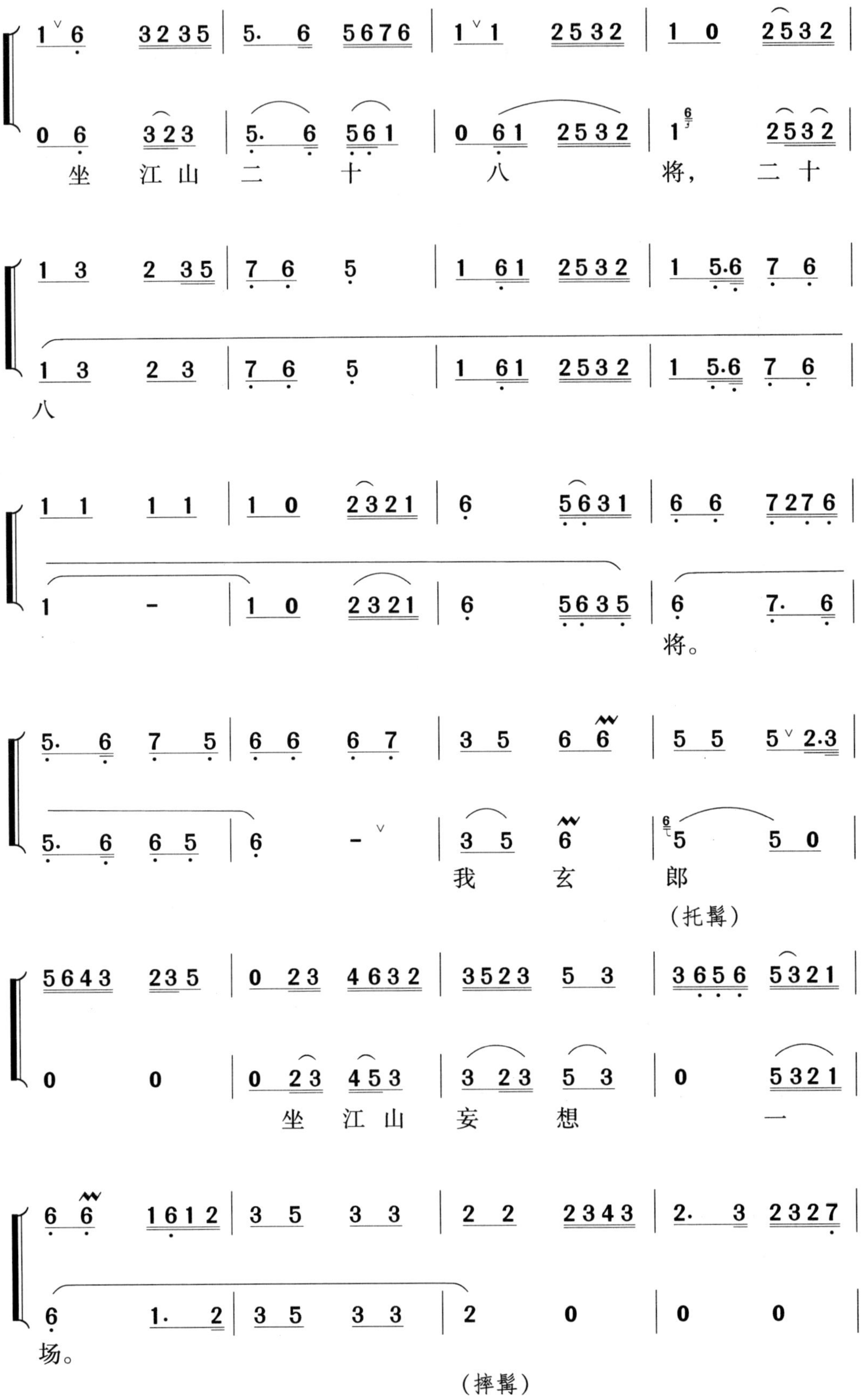
坐 江山 二 十 八 将，二 十
八
将。
我 玄 郎
（托髯）
坐 江山 妄 想 一
场。
（摔髯）

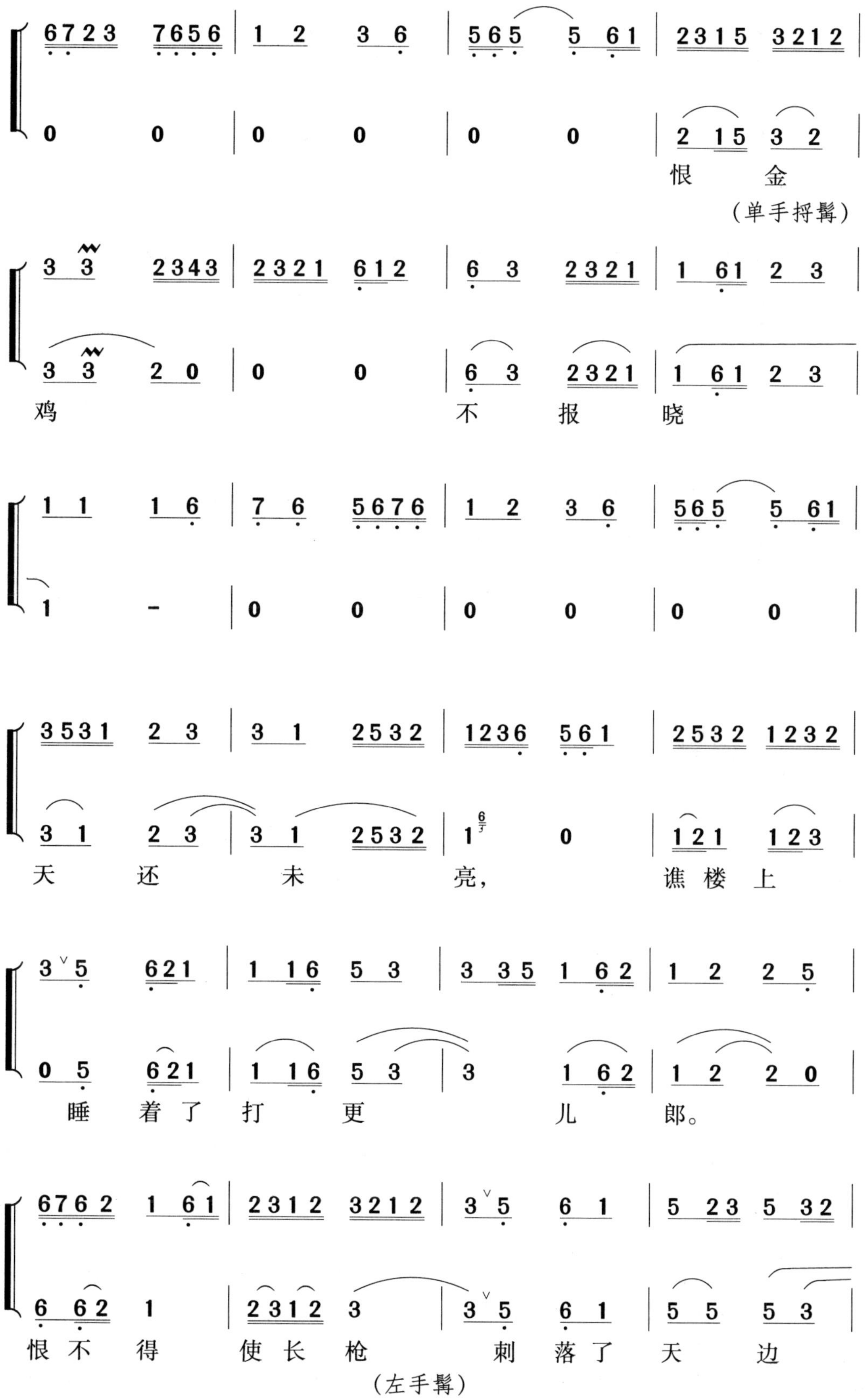
恨 金
（单手捋髯）
鸡 不 报 晓
天 还 未 亮，谯 楼 上
睡 着 了 打 更 儿 郎。
恨 不 得 使 长 枪 刺 落 了 天 边
（左手髯）

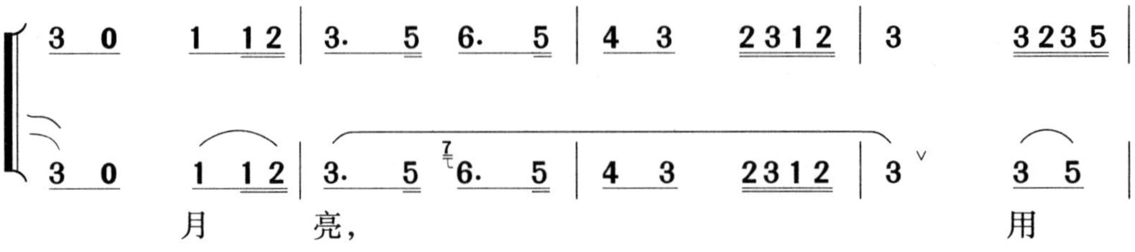

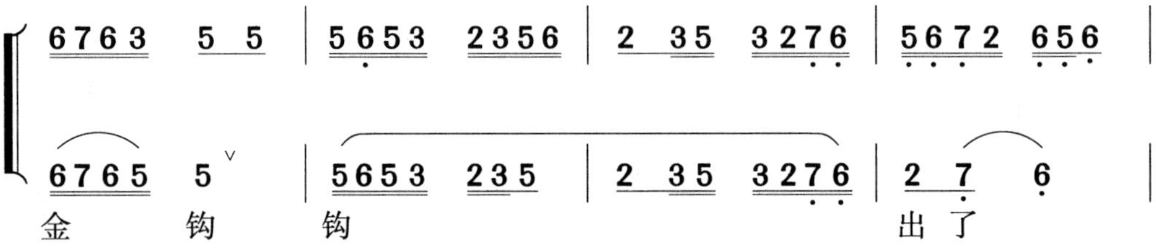

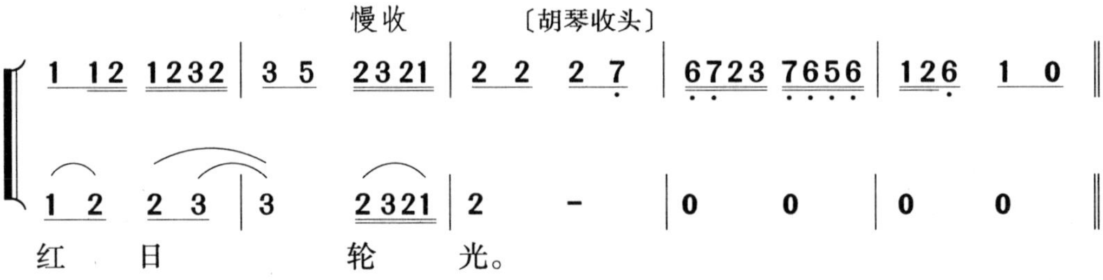

（缓右手再指出）

〔【二更鼓】赵匡胤转到“大座”做睡状。

〔【小锣抽头】张氏“上场门”上至“小边”台口。

〔二黄摇板〕

张　氏

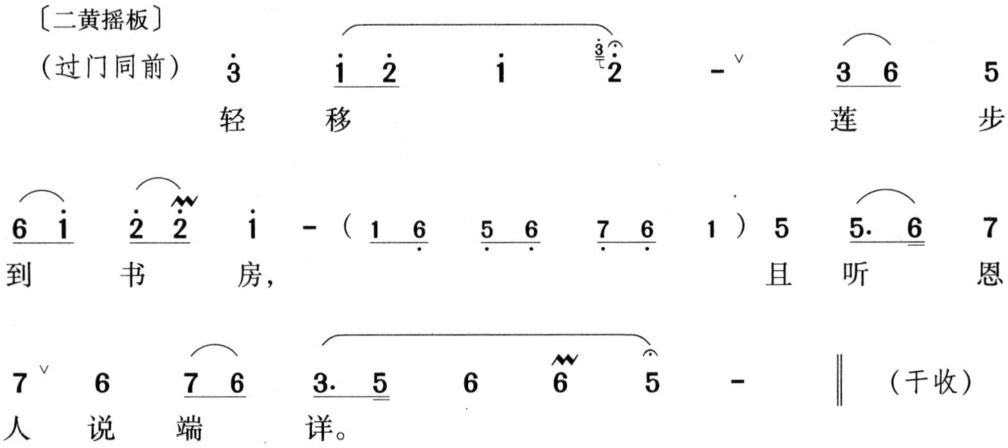

（左手指）

张　氏　奴家张氏。赵恩人正在书房饮酒，（指房内）不免去到窗下听他讲些什么。正是（扎）要知心腹事，但听口中言。（走至窗前窃听）

〔【小锣一击】赵匡胤摄眼醒来。

赵匡胤　哎呀且住，【小锣一击】适才在关前被崔龙拿住，（右手双指指出）多亏张氏嫂嫂叫俺一声丈夫（双手托髯），真乃难得呀难得。唉！【小锣一击】（扔髯）讲什么难得，若是俺玄郎的妻子叫了别人一声丈夫，我就是这一刀。【大锣一击】（左手搂髯右手斩式掌）

张　氏　啊！（起“屁股坐子”）【大锣一击】

赵匡胤　哎呀！

「【快纽丝】出桌至台中。

〔二黄散板〕

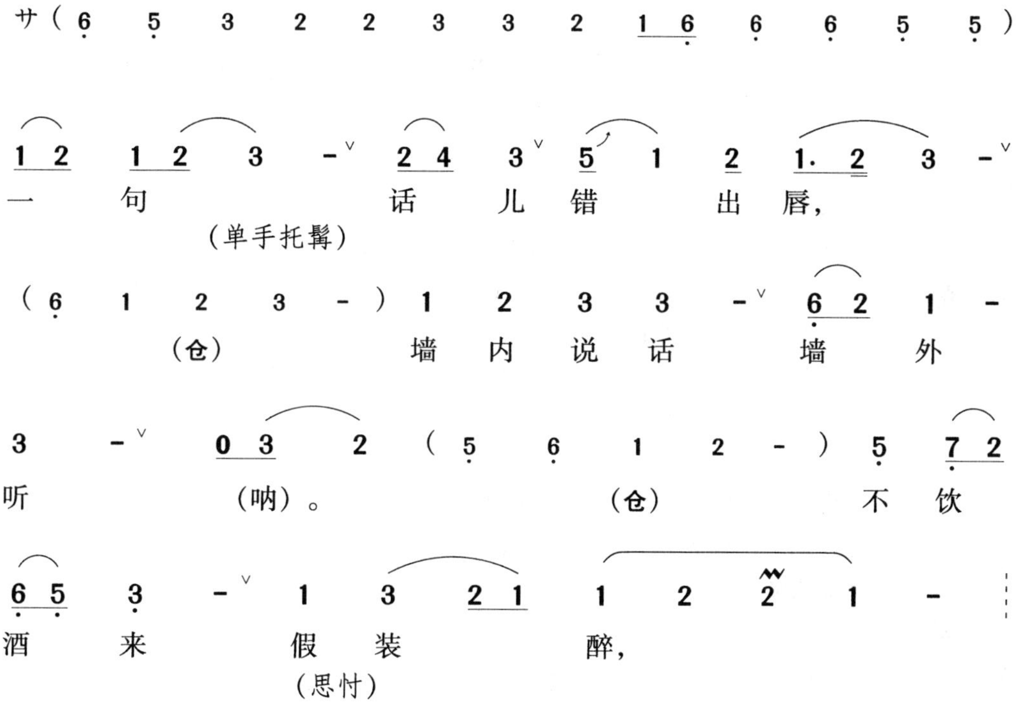

「【小乱锤】倒醉步归“大座”。锣鼓转【双楗凤点头】

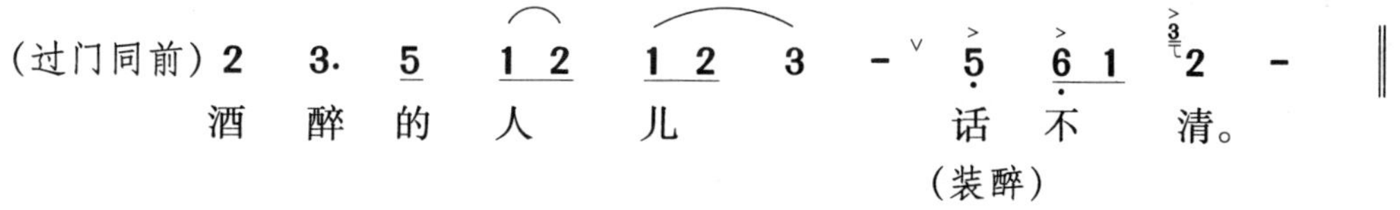

「赵匡胤在桌内暗用红油笔照小镜子在左眉下画条龙，右眉下点个点。

〔二黄散板〕

张　氏　【大锣凤点头】（过门同前）

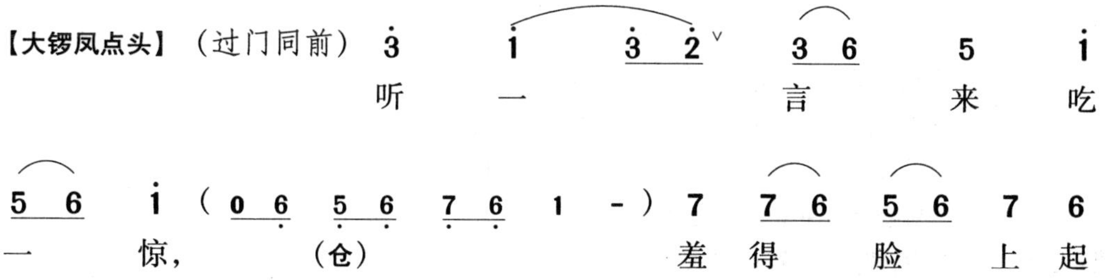

6 5　3. 5　6　6　5　－　（3　2 1　6　5　－）i
红　　云。　　　　　　　　（仓）　　　腰

5　6　6　6 5　5 6　i　－　2　2　i　－
间　解　下　紫　　罗　　　带，
（解腰带）

【大锣凤点头】（过门同前）7　7 6　5 6　7　－　3 6　5　7. 6　5　6　6　5　－‖
不　如　一　死　丧　残　生。
（双手托腰带）

〔【站头】双手捋腰带"上场门"下。

〔起【三更鼓】【小锣打上】华佗持拂尘、抱无鞘剑上，至正中台口。

华　佗　闷坐松树下，修道数百年。
三国行医术，自称华佗仙。（台 0大 台）
我乃华佗是也。（扎）赤须龙在曹府被困，特地前来讨一封号。【小锣住头】来此已是，看他睡熟，待我为他医治起来。
〔胡琴奏<二黄小开门>，以下念白和动作在伴奏中进行。
不用忧来不用愁，宝剑割去肉龙瘤。（华佗边念边用剑割去肉瘤，敷药）
阳世之间无用处，抛在长江顺水流。（<小开门>止）
〔【撕边大锣一击】赵匡胤惊醒。

赵匡胤　何方妖道在此摆来摆去。

华　佗　贫道华佗。（拱手躬身）（站"大边"）

赵匡胤　前来做甚？

华　佗　前来讨封。（走至台中，面向里跪）

赵匡胤　修炼多少年代？

华　佗　数百余年了。

赵匡胤　可算得一洞老神仙。

华　佗　谢隆恩。正是（扎）（站起边走边念）
不是真龙开金口，
焉得蓬莱一洞仙。
〔【大锣五击】华佗"下场门"下。赵匡胤睡。（起【四更鼓】）
〔【小锣五击】张氏头披黑纱上。

张　氏　一死如灯灭，犹如汤泼雪；
若要还阳转，海底捞明月。（扎）
奴家张氏。只因闻听赵公子之言羞愧难当，回房自缢身死，方知他日后有九五之尊。不免去书房，向他讨一封号。来此已是，待我进去。（大锣轻击锣边意示阴风）
〔【撕边大锣一击】赵匡胤醒。

赵匡胤　何处鬼魂在此摆来摆去！

张　氏　奴乃张氏鬼魂是也。（站“大边”）

赵匡胤　到此何事？

张　氏　前来讨封。（走至台中面向里跪）

赵匡胤　前日打从华山经过，缺一圣母，就封你为茶花圣母，金童玉女送她归位去吧。

张　氏　谢主隆恩。（站起）

〔金童打幡，玉女捧凤冠，分两边上。**【大锣长尖】**加**【南堂鼓】**轻击。

〔金童、玉女引张氏“下场门”下，赵睡。

〔起**【五更鼓】**

〔曹小姐内白：“走哇！”**【小锣五击】**“上场门”上，至“小边”台口。

曹小姐　忙将大嫂事，报与二哥知。二哥快快开门。（叫门）

〔曹彬揉眼，醒，站起，开门，出门。**【大锣撕边一击】**

曹　彬　贤妹何事？

曹小姐　嫂嫂悬梁自尽了。（哭）

曹　彬　今在何处？

曹小姐　随我来。（**【大锣快扫头】**转身向“上场门”）哎嫂嫂哇！

〔曹小姐拭泪，“上场门”下。曹彬随后走至“上场门”处。

曹　彬　哎嫂嫂哇！

〔奏唢呐曲牌<小锣哭批>**【冲头】**曹彬返回，进门。

曹　彬　兄长醒来。（站“小边”）

〔二黄散板〕

赵匡胤　**【大锣凤点头】**（过门同前）1 3 2 1 3 2 2 1 2 1

茶 花 圣 母 归 了 位，

（在睡状中唱）

（5 6 7 6 1 －）2 2 1 2 1. 2 3 － 2 3

（仓）三 国 华 佗 受 封

1 2 3 2（5 6 1 2 －）3 6 5 6 6 6 5

回。（仓）猛 然 睁 开 丹

3. 5 6 5 6 － 6. 5 5 6 6 5. 3 5 －

凤 眼（呐），

（双手揉眼）

〔双手扶桌，醒后望曹彬，**【撕边大锣一击】**一惊，出座。

赵匡胤　**【快纽丝】**（过门同前）2 2 1 2 1. 2 3 － 2 2 1 6 1 2 － ‖

贤 弟 为 何 两 泪 垂？

（摊双手）　**【大锣住头】**

曹　彬　哎嫂嫂哇！（哭）【撕边一击】

赵匡胤　（捋中髯）贤弟为何落泪？

曹　彬　我家嫂嫂悬梁自尽了。【大锣一击】

赵匡胤　有这等事？

〔内呐喊声。起【堂鼓架子】【大锣冲头】四兵士持刀分两边上“抄过场”分下。【冲头】赵、曹二人出门分两边【搜场】各望“上、下场门”【冲头】转身双“挖门”，赵匡胤归“大边”，曹彬归“小边”。

赵匡胤　哪里人马呐喊？（向外指）

曹　彬　待小弟府门打探再来回报。

赵匡胤　有劳贤弟。

〔【冲头】转【长尖】曹彬出门“上场门”下，再上，进门归“小边”。

曹　彬　兄长大事不好了。（双摊手）

赵匡胤　何事惊慌？

曹　彬　今有崔龙带领人马将府门围住，口口声声要拿兄长上殿。【撕边一击】

赵匡胤　贤弟，今乃什么日期？

曹　彬　八月十四日。

赵匡胤　明日呢？

曹　彬　八月中秋之日了。【大锣一击】

赵匡胤　如此说来俺玄郎（托髯）也有出头之日了。【撕边一击】

曹　彬　嗳，想你这光棍还有什么出头之日不成？（双摊手）

赵匡胤　贤弟呀！（大　大　大大　乙　仓）

〔二黄碰板〕

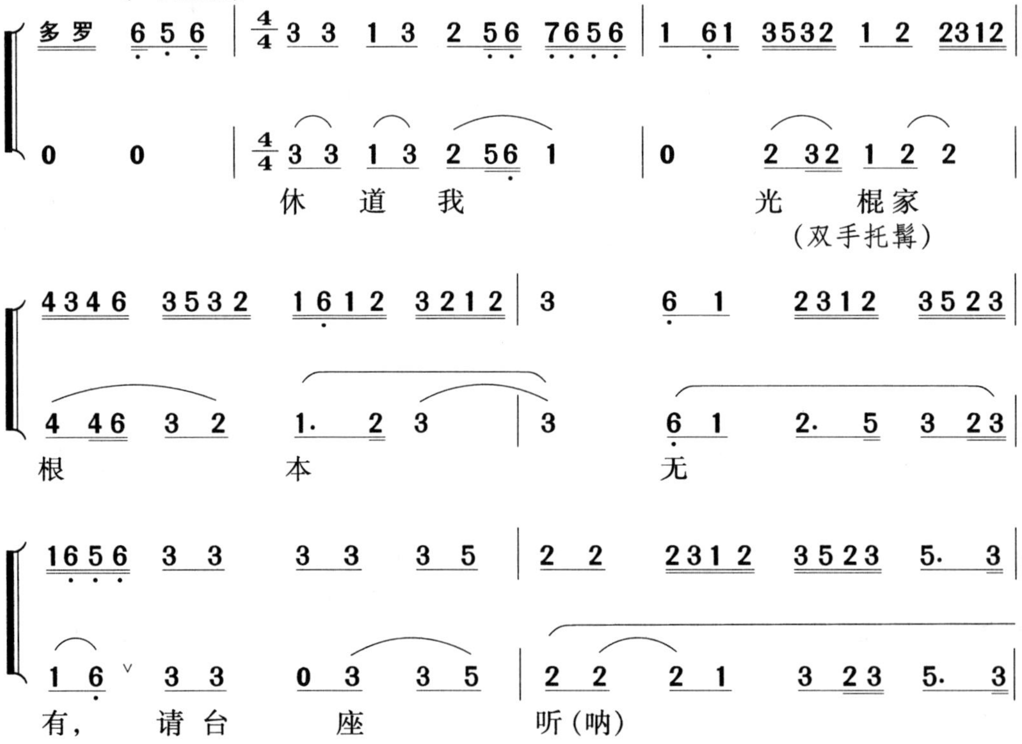

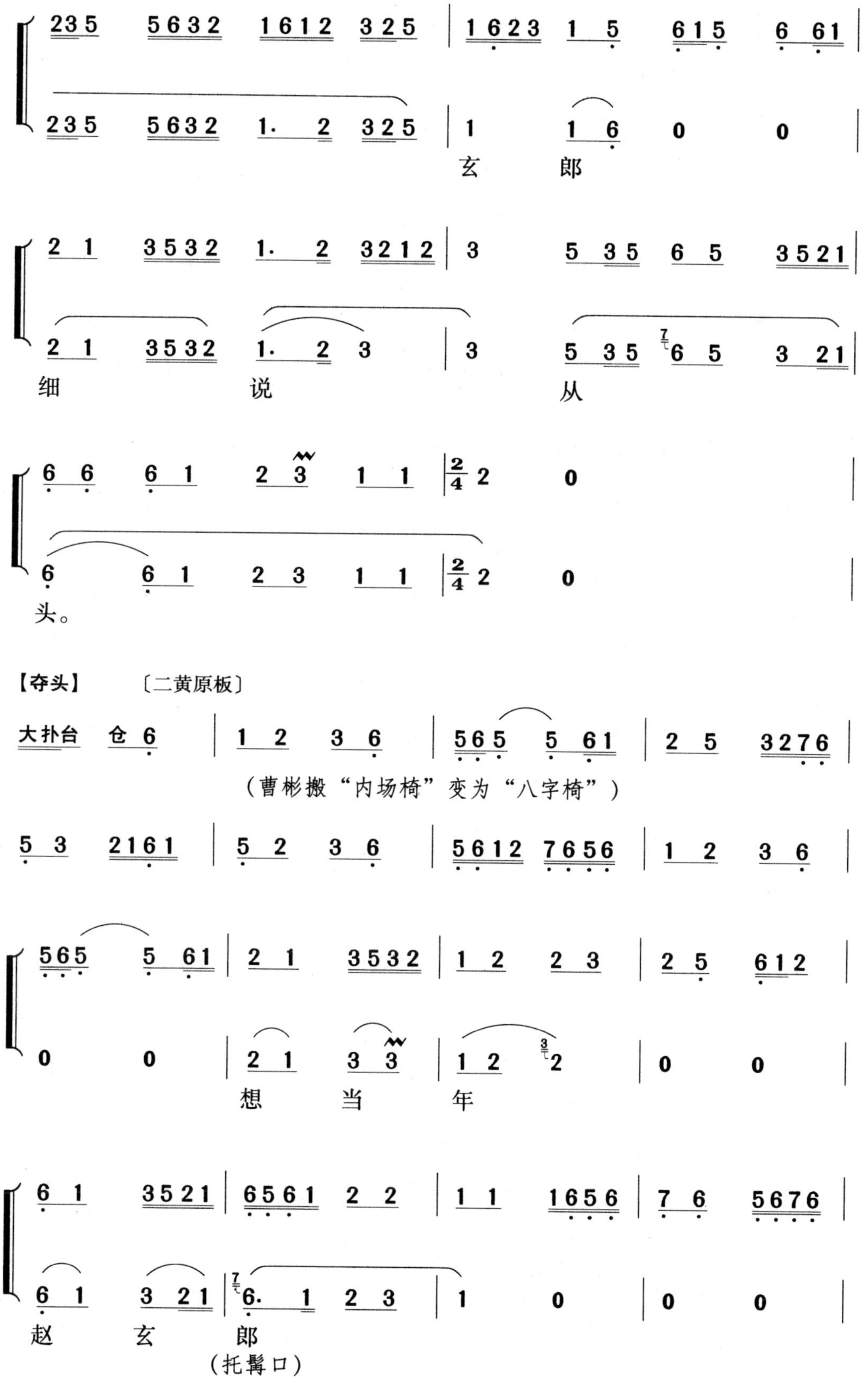
玄 郎
细 说 从 头。
【夺头】
〔二黄原板〕
大扑台 仓
（曹彬搬“内场椅”变为“八字椅”）
想 当 年
赵 玄 郎
（托髯口）

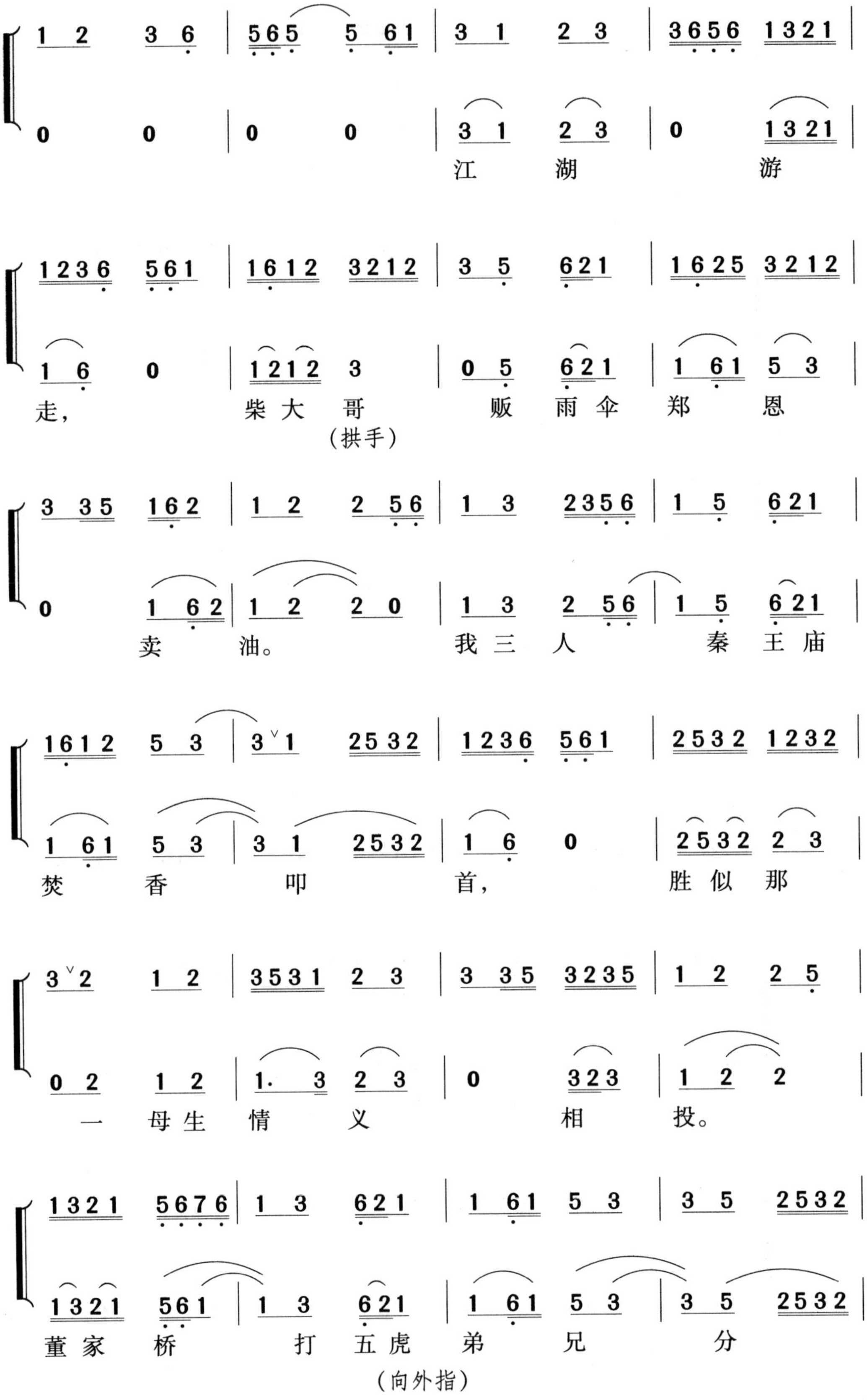
江 湖 游
走， 柴大哥 贩雨伞郑 恩
（拱手）
卖 油。 我三人 秦王庙
焚 香 叩 首， 胜似那
一 母生 情 义 相 投。
董家 桥 打五虎 弟 兄 分
（向外指）

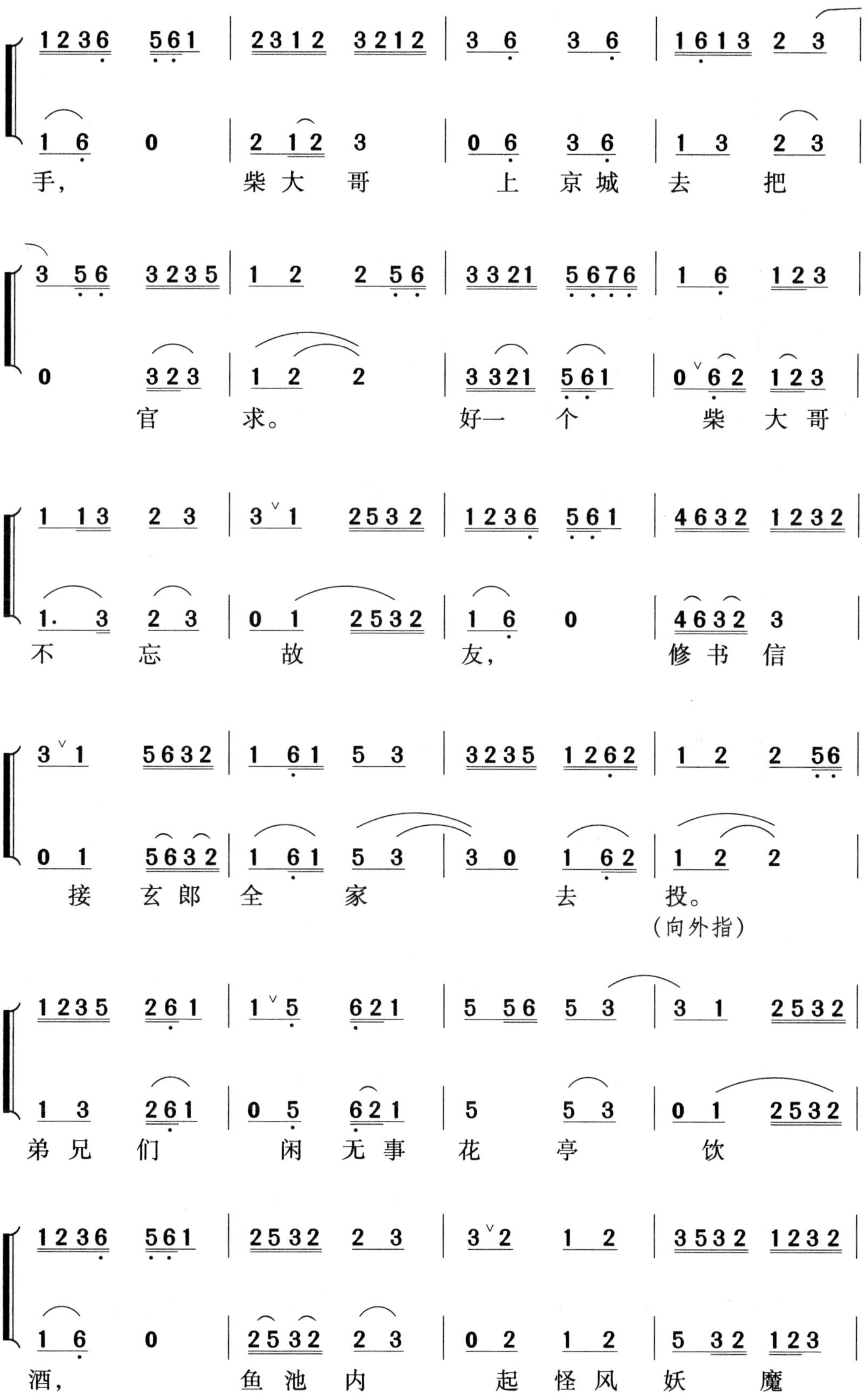
手，柴大哥上京城去把
官求。好一个柴大哥
不忘故友，修书信
接玄郎全家去投。
（向外指）
弟兄们闲无事花亭饮
酒，鱼池内起怪风妖魔

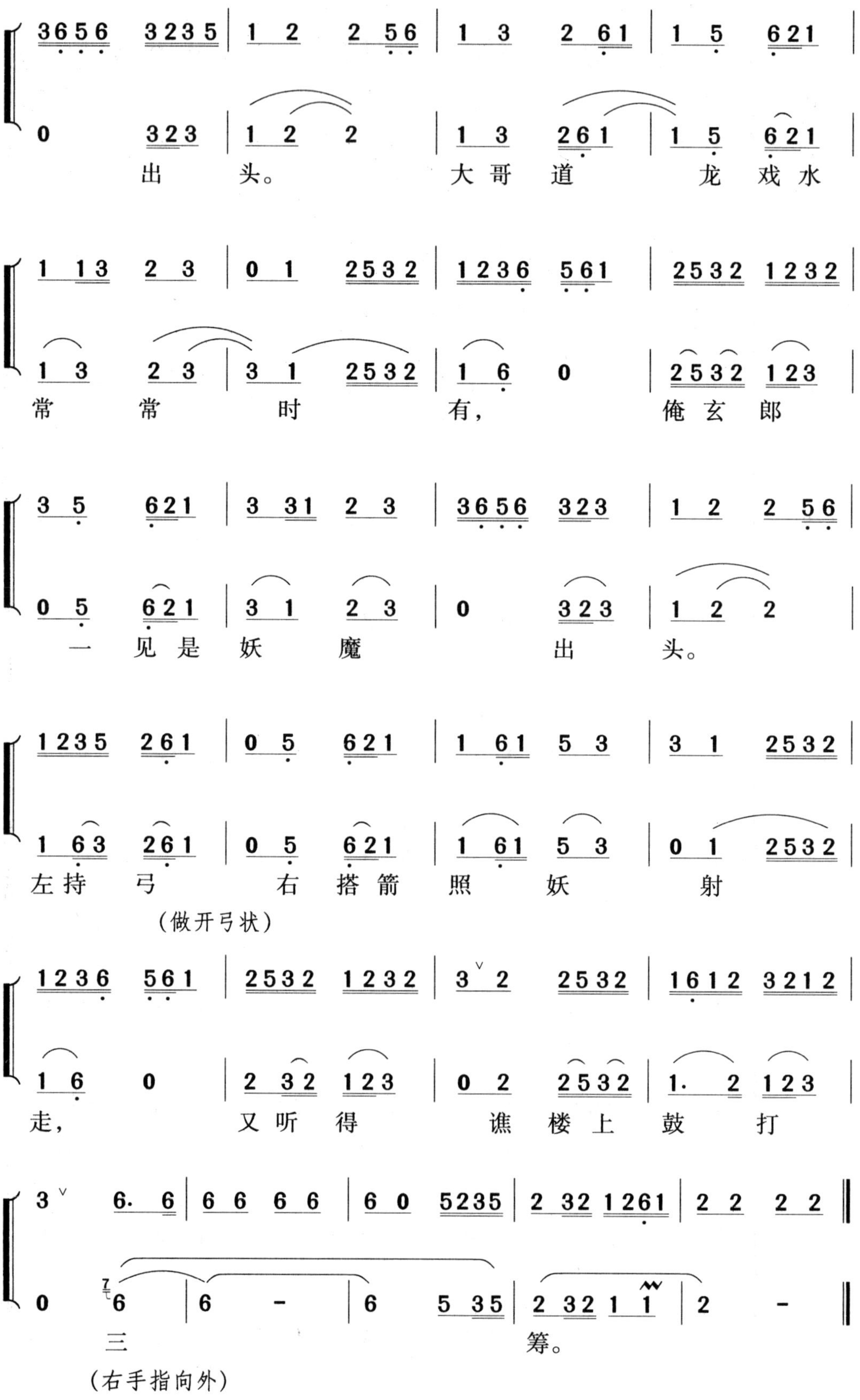
出 头。 大 哥 道 龙 戏 水
常 常 时 有， 俺 玄 郎
一 见 是 妖 魔 出 头。
左 持 弓 右 搭 箭 照 妖 射
（做开弓状）
走， 又 听 得 谯 楼 上 鼓 打
三 筹。
（右手指向外）

「【慢长锤】左、右抖袖后略做思索状，双抖袖。

「接转【夺头】起〔二黄原板〕，过门同前。

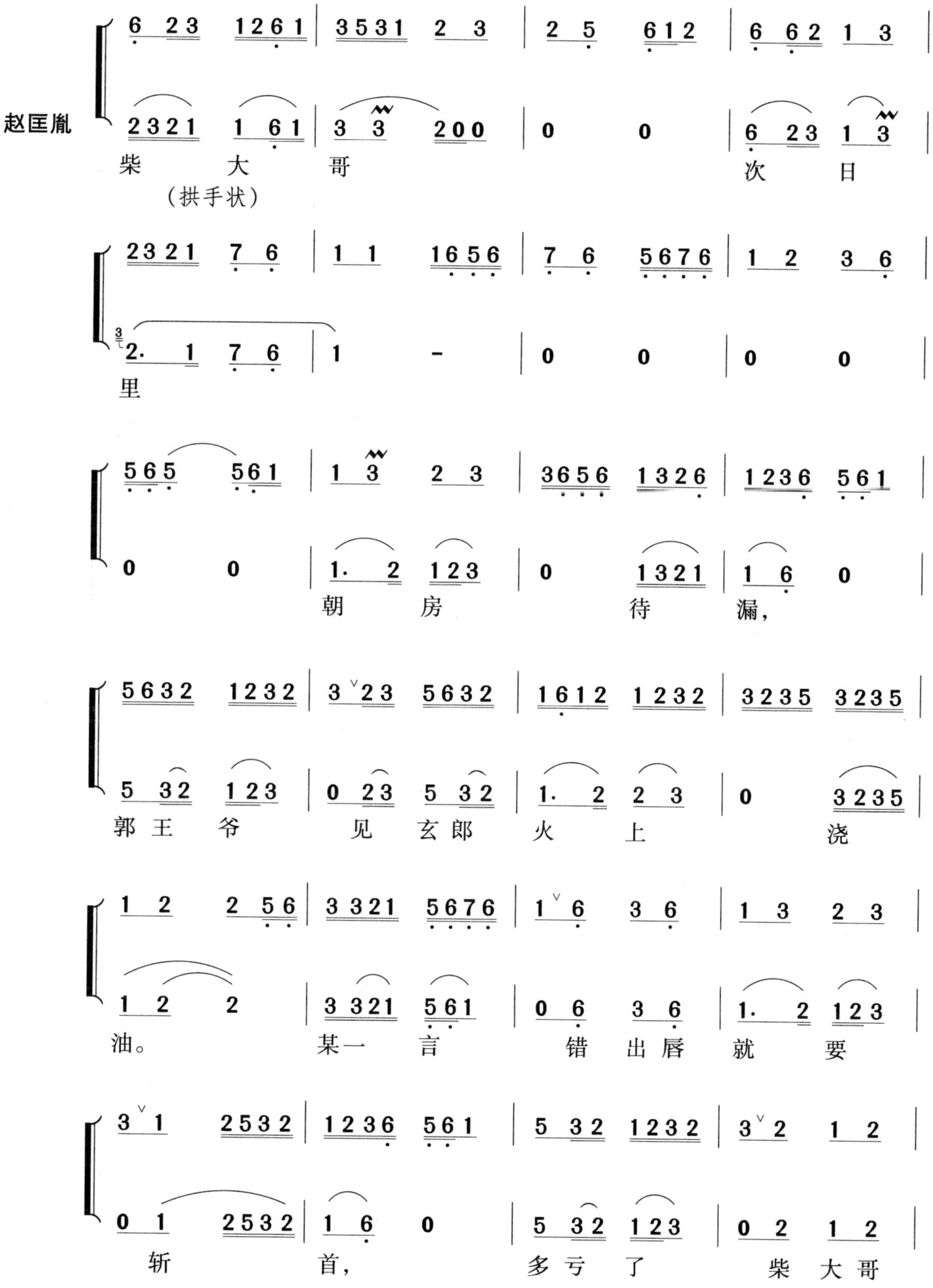

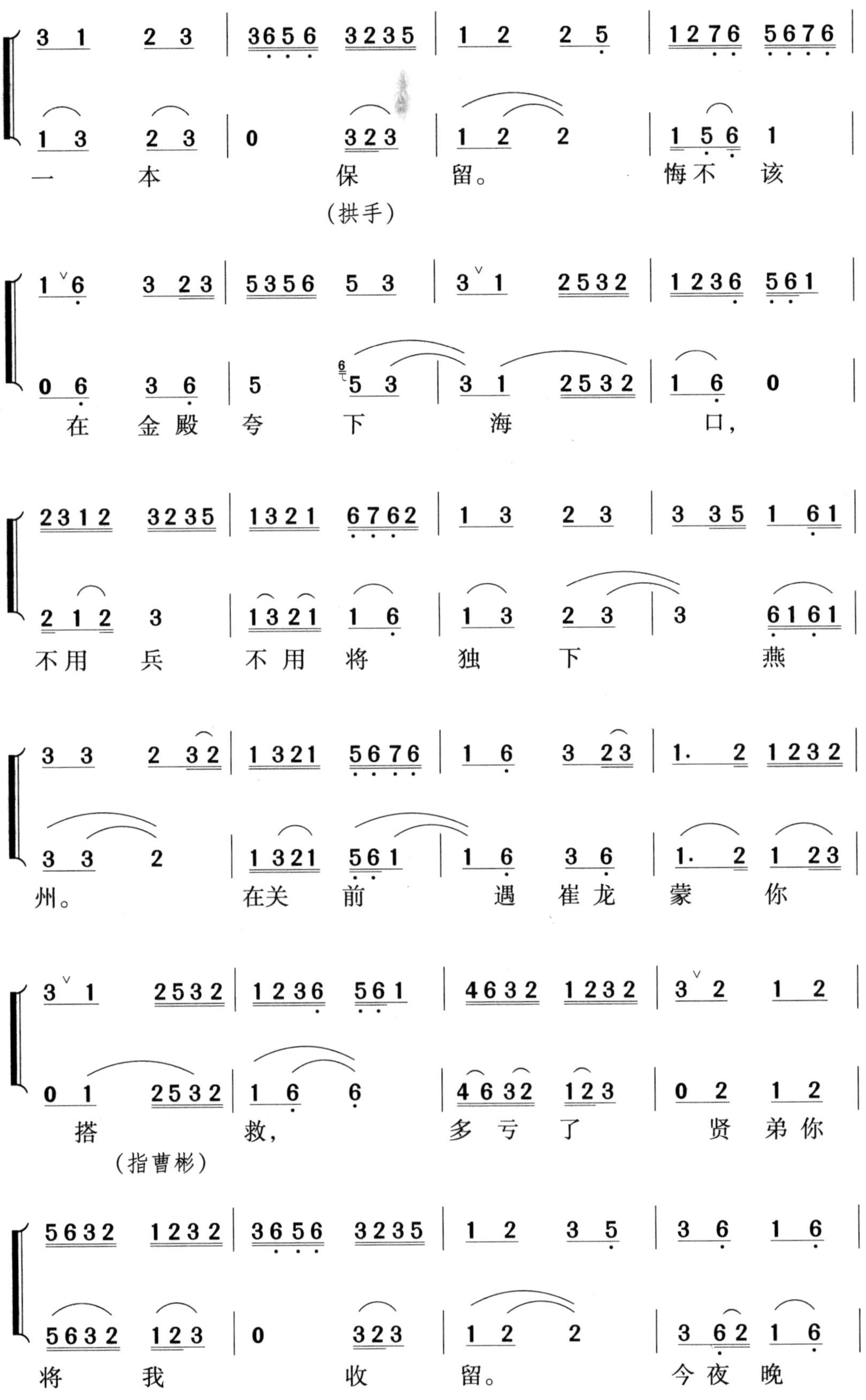
一 本 保 留。悔不 该
（拱手）
在 金殿 夸 下 海 口，
不用 兵 不 用 将 独 下 燕
州。在关 前 遇 崔龙 蒙 你
搭 救，多 亏 了 贤 弟你
（指曹彬）
将 我 收 留。今 夜 晚

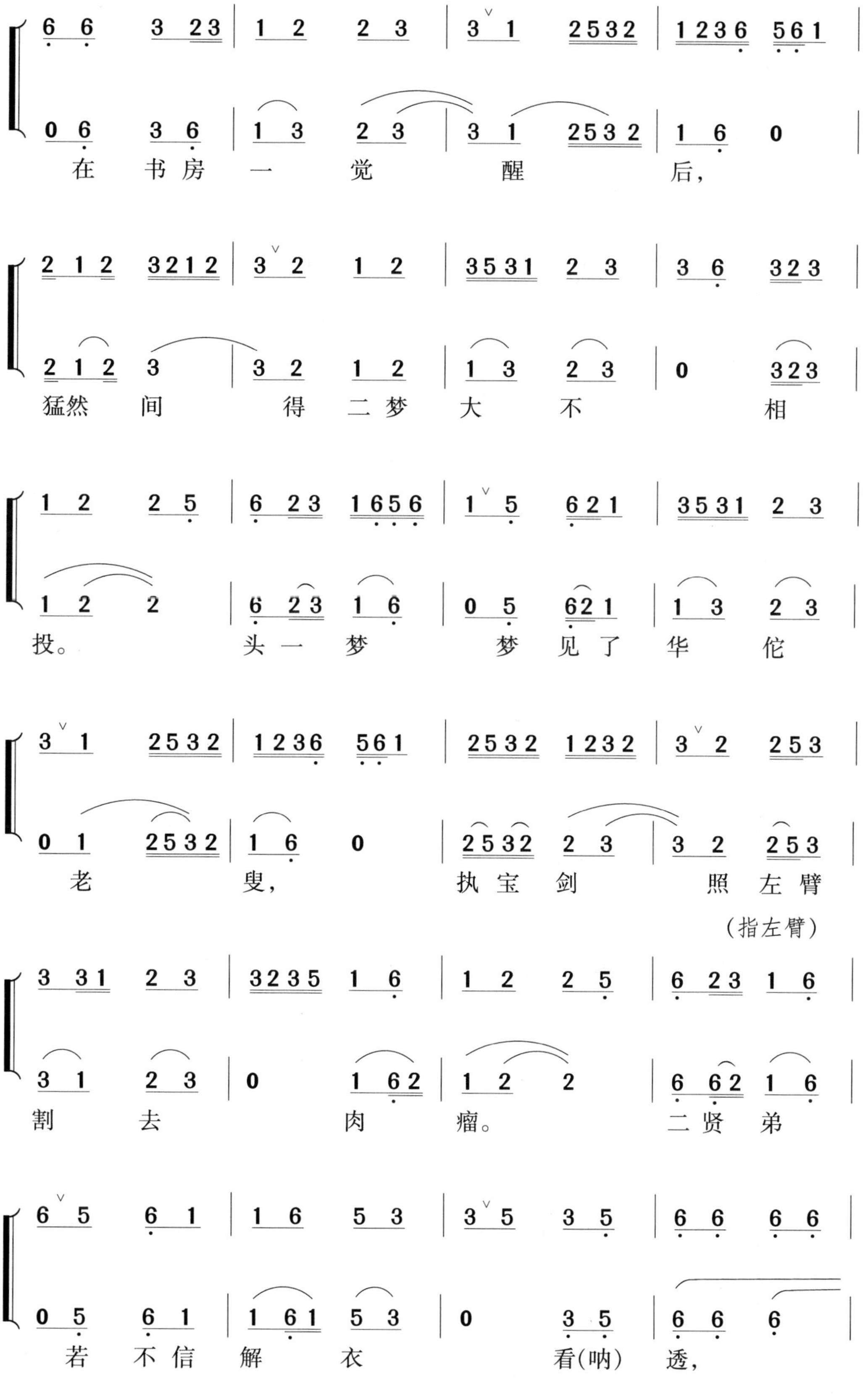
在书房一觉醒后，
猛然间得二梦大不相
投。头一梦梦见了华佗
老叟，执宝剑照左臂
（指左臂）
割去肉瘤。二贤弟
若不信解衣看(呐)透，

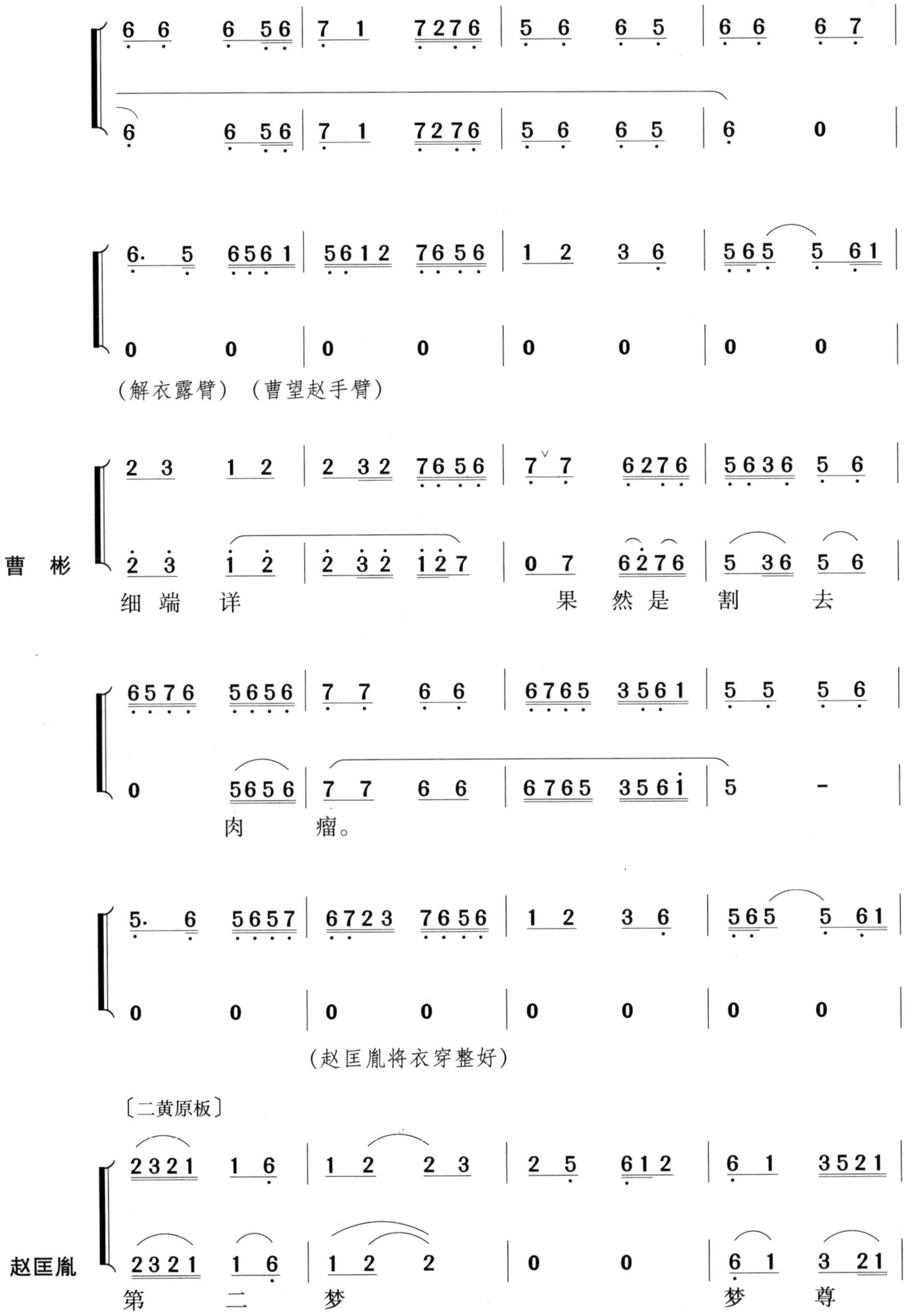

（解衣露臂）（曹望赵手臂）
曹彬
细端详
果然是割去
肉瘤。
（赵匡胤将衣穿整好）
〔二黄原板〕
赵匡胤
第二梦
梦尊

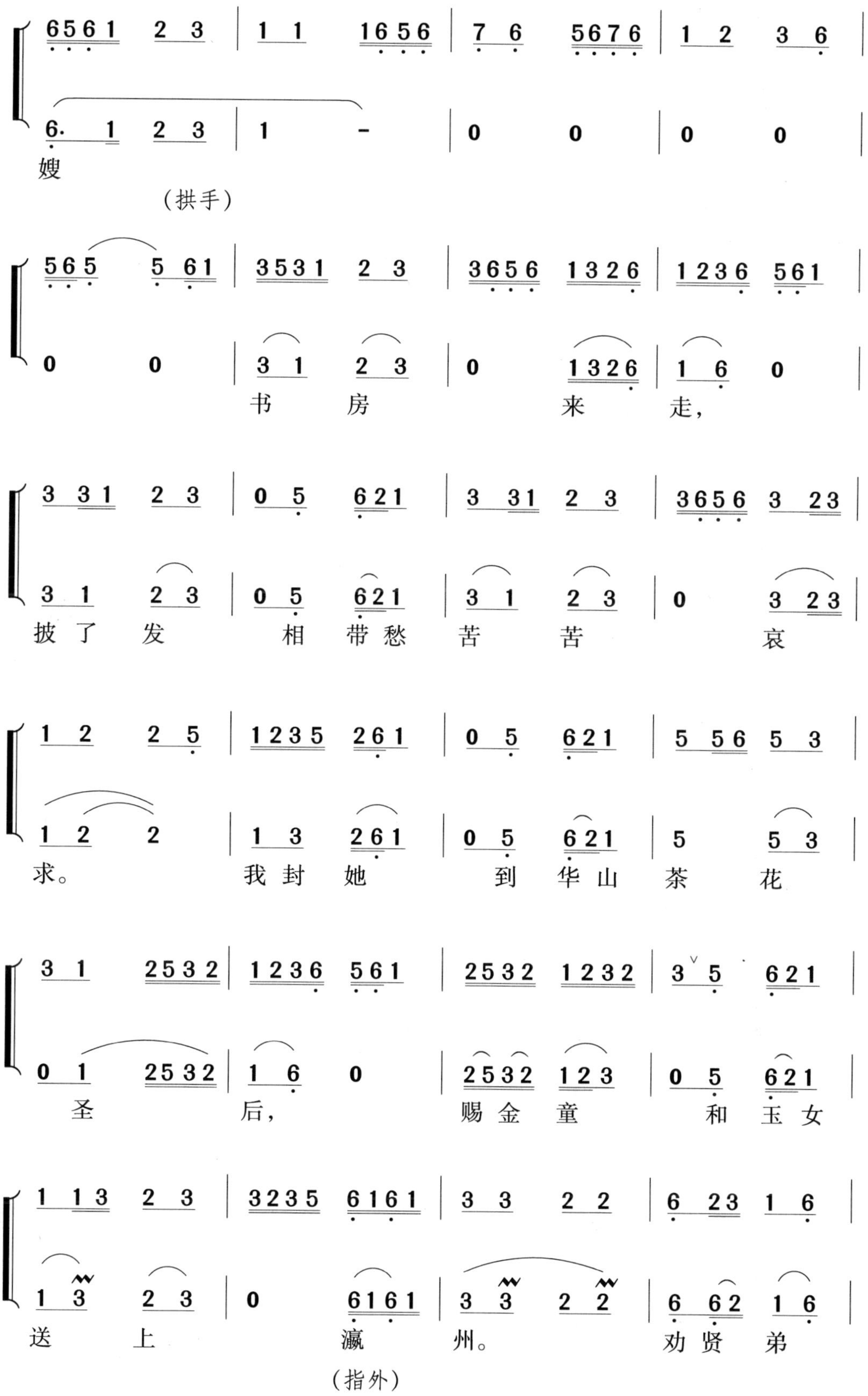
嫂
（拱手）
书 房 来 走，
披了发 相带愁 苦 苦 哀
求。 我封她 到华山茶 花
圣 后， 赐金童 和玉女
送 上 瀛 州。 劝贤弟
（指外）

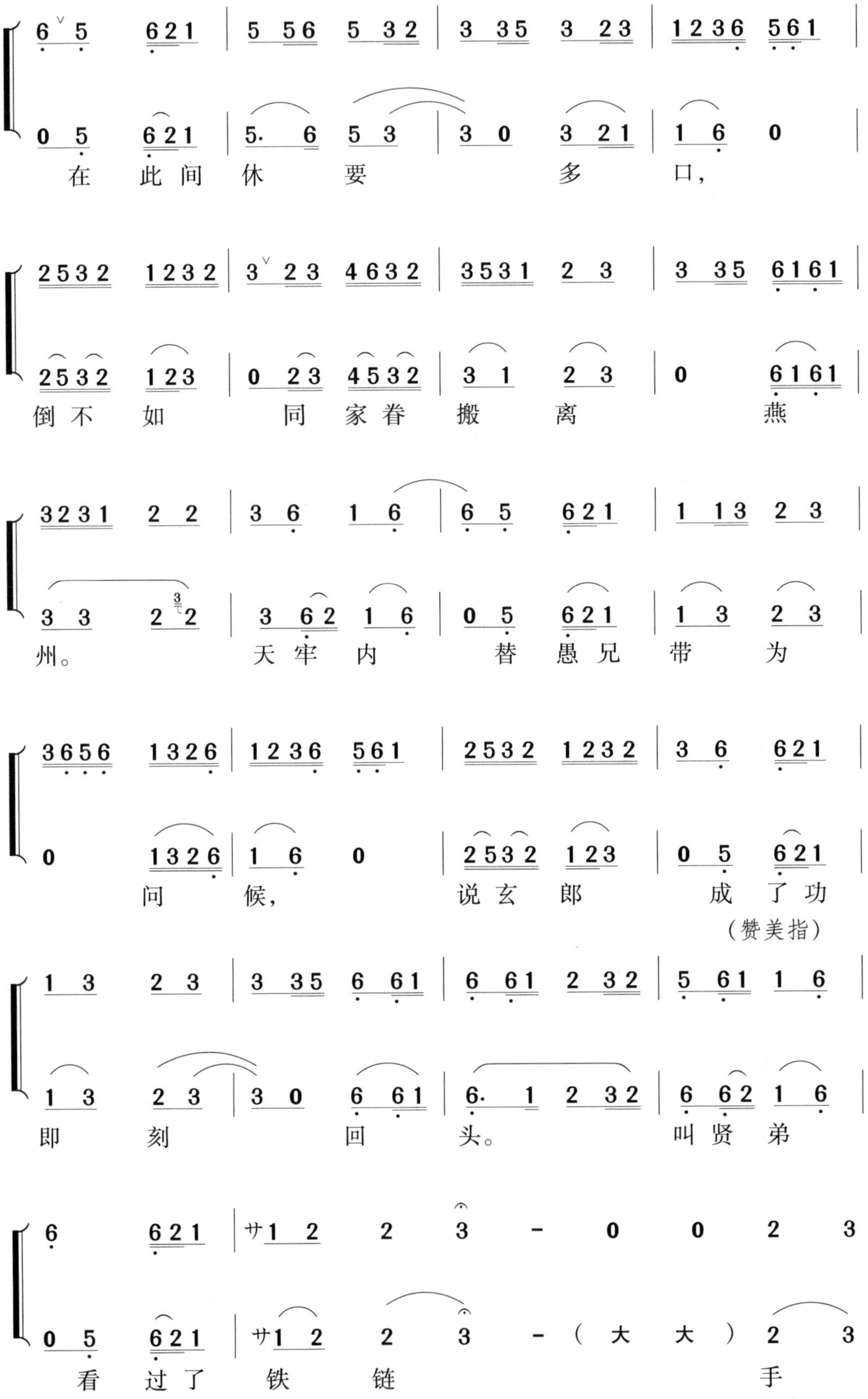
在此间休要多口，
倒不如同家眷搬离燕
州。天牢内替愚兄带为
问候，说玄郎成了功
（赞美指）
即刻回头。叫贤弟
（大 大）
看过了铁链手

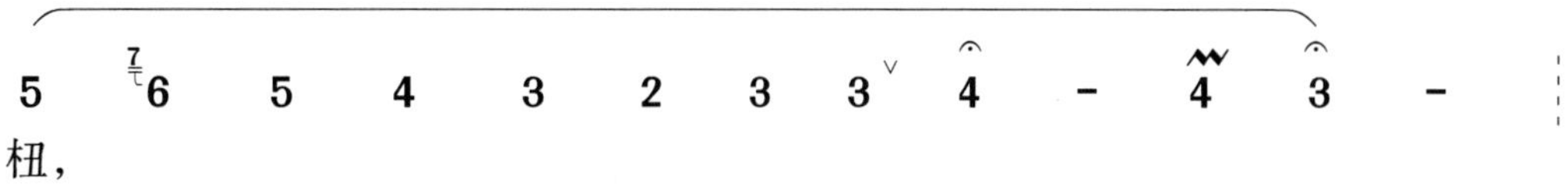

〔【大锣纽丝】曹彬从桌上拿起手杻给赵匡胤带上，赵匡胤带上手杻后一看手杻，向曹彬一拱手。锣鼓切住，〔亮弦〕转【大锣凤点头】

〔二黄散板〕

赵匡胤

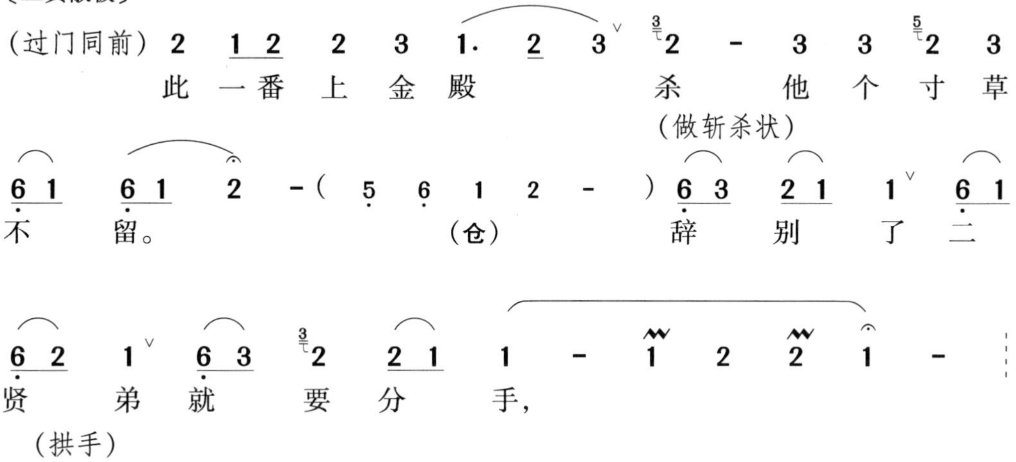

〔【纽丝】赵匡胤、曹彬转身向里。赵匡胤转身出门，至“大边”右转身面向外，曹彬转身出门至“小边”眼望赵匡胤。

〔二黄散板〕

赵匡胤

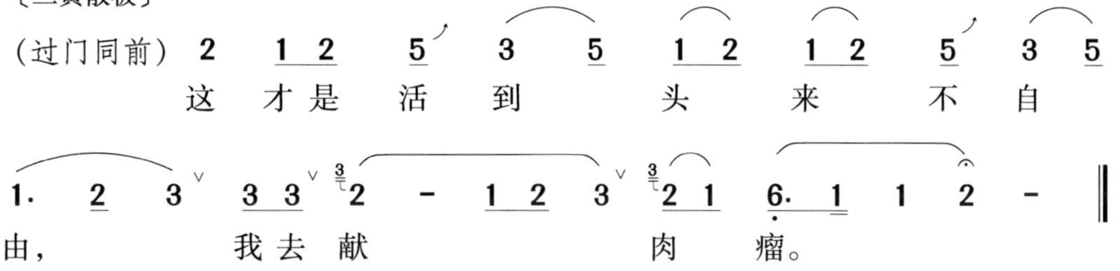

〔（八大仓）赵匡胤左转身亮相，曹彬拱手。奏唢呐曲牌<尾声·合头>接【回头】，赵匡胤“下场门”下，曹彬哭，拭泪，进门“下场门”下。

—— 剧 终

尹培玺 **整理** 蔡国盈 **记谱**

江东桥

贯大元演出本

《江东桥》是一出骨子老戏，自徽班进京以来，常见于京剧舞台。大凡跟贾丽川学过老生的演员都唱过此剧，如贾洪林（贾丽川之侄）、李鑫甫、刘春喜、陈秀华、贯大元等。此戏出自评书《明英烈》，剧情梗概如下：元末起义军四起，但起义军之间多有摩擦，时分时合，形成割据的局面。康茂才原与陈友谅有八拜之交，陈友谅兵败，刘基遣康茂才埋伏在江东桥以断其归路。狡诈的陈友谅以旧情打动康茂才，康茂才念结拜之情冒死将陈友谅放归。

《江东桥》一名《挡亮》，是生行剧目中“三挡”之一。另外两出剧目一是《挡幽》，写周代申侯在骊山挡周幽王事；一是《挡曹》，写三国时关羽在华容道挡曹操事。这三出戏虽朝代、人物不同，但剧情却很相似。唯《挡亮》之“亮”字令人费解，按剧情应作“谅”字，可能是梨园届前辈以讹传讹之故。

贾丽川与谭鑫培是同时代的名伶，二人又是莫逆之交，他们一个以演出为主，一个以教戏为主。他们的本子、戏路完全一样，故贾丽川教的学生同样称谭鑫培为师，谭鑫培也欣然应允。贯大元是贾丽川晚年最得意的学生，7 岁便能唱《江东桥》，长成后以谭（鑫培）派老生在“双庆社”与余叔岩、高庆奎并挂头牌，红极一时。这出《江东桥》是他常贴演的一出戏。

该剧分“议事”、“打赌”、“遇伏”、“挡亮（谅）”四场，因前三场比较平淡，后大都只演第四场。这场戏在艺术处理上特点突出。一是重工架，老生饰演的康茂才要穿箭衣、提刀，身段繁重，非有瓷实的基本功不能胜任。观众从演员稳健的工架、优美的身段表演中，能获得视觉上的艺术享受。二是唱腔形成系列，囊括了〔西皮〕导板、原板、二六、流水、快板、散板、摇板等多种板式，唱腔高昂、激奋，特别是〔流水板〕中“战鼓儿不住地嘟咙、嘟咙、嘟咙咚咙咚打，催命的金锣嘟唧当、嘟唧当、嘟唧嘟唧当紧紧催”两句唱词生动、俏皮、活泼，令观众振奋愉悦。据说谭鑫培在晚年每每以此来吊嗓。

该剧又是一出标准的教学剧目。年幼的学生在打基础时练习唱、念、做、表要像“描红”一样，一招一式地去练。这出戏所具备的艺术元素正适合于此，如穿箭衣如何走脚步，如何拉“山膀”，如何“提刀”，在歌唱中如何吐字，如何练习舌尖的灵活性等。

本剧整理者尹培玺系贯大元之外孙。此戏为家学，他在北京市戏曲学校已教授了几批学生。

常立胜

人物行当

康茂才	老生	**八兵卒**	杂
陈友谅	净	**四蓝龙套**	杂
陈友杰	武净	**大纛旗手**	杂

服装扮相

康茂才 俊扮。蓝绣花扎巾、红色绒球面牌、黑三，蓝色绣花箭衣、蓝色绣龙靠腿子、苫肩、黑色绣团龙马褂、大带，红彩裤，厚底靴。

陈友谅 白脸末。草王盔、翎子、狐尾、黪满，紫色绣金龙蟒、红色褶子、苫肩，红彩裤，厚底靴。

陈友杰 勾黑碎脸。大额子、翎子、狐尾、蓬头、抓髻、黑扎、黑耳毛子，黑靠、苫肩、侉衣、扣板、下甲，黑彩裤，厚底靴。

八兵卒 俊扮。黄色或紫色绣边兵盔，黄色或紫色绣边兵丁衣裤、扣板、卒坎，薄底靴。

四蓝龙套 俊扮。蓝色小板巾，蓝龙套衣，黑彩裤，薄底靴。

大纛旗手 俊扮。梢子帽，蓝布箭衣、黄大带、卒坎，黑彩裤，薄底靴。

道具

月虎旗	一堂	**七星刀或象鼻刀**	一把
月华旗	一堂	**蓝带子单枪**	一杆
蓝标子	一堂	**黄色金杆马鞭**	一根
方纛旗（绣“康”字）	一面	**宝　剑**	一口
桌　子	两张	**椅　子**	一把

〔场上设两桌一椅。

〔【大锣原场】缓锣紧接【导板头】

〔康茂才内唱：

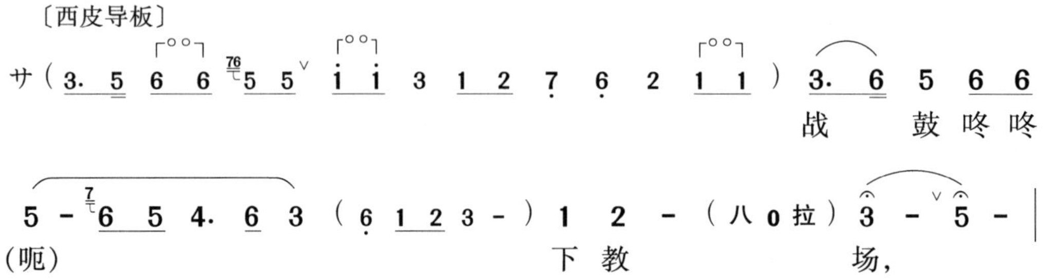

〔【急急风】八个兵卒持月虎旗“站门”。【四击头】康茂才持大刀从“上场门”上至“九龙口”亮相。兵卒举大纛，随后。【急急风】康茂才行至台口【急急风】切住。转【大锣夺头】康茂才大刀右手交左手，拉开，再双手横刀式。

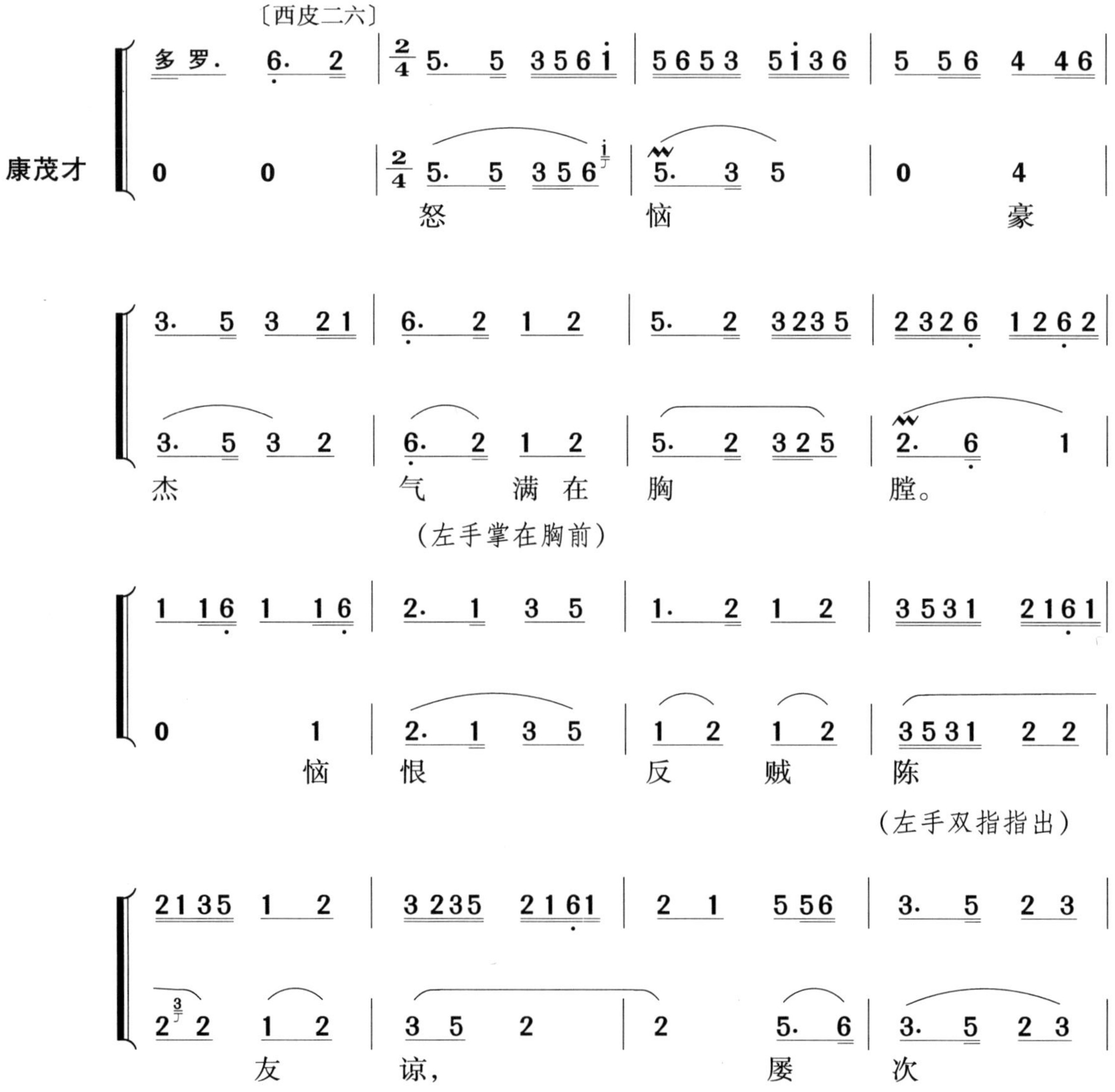

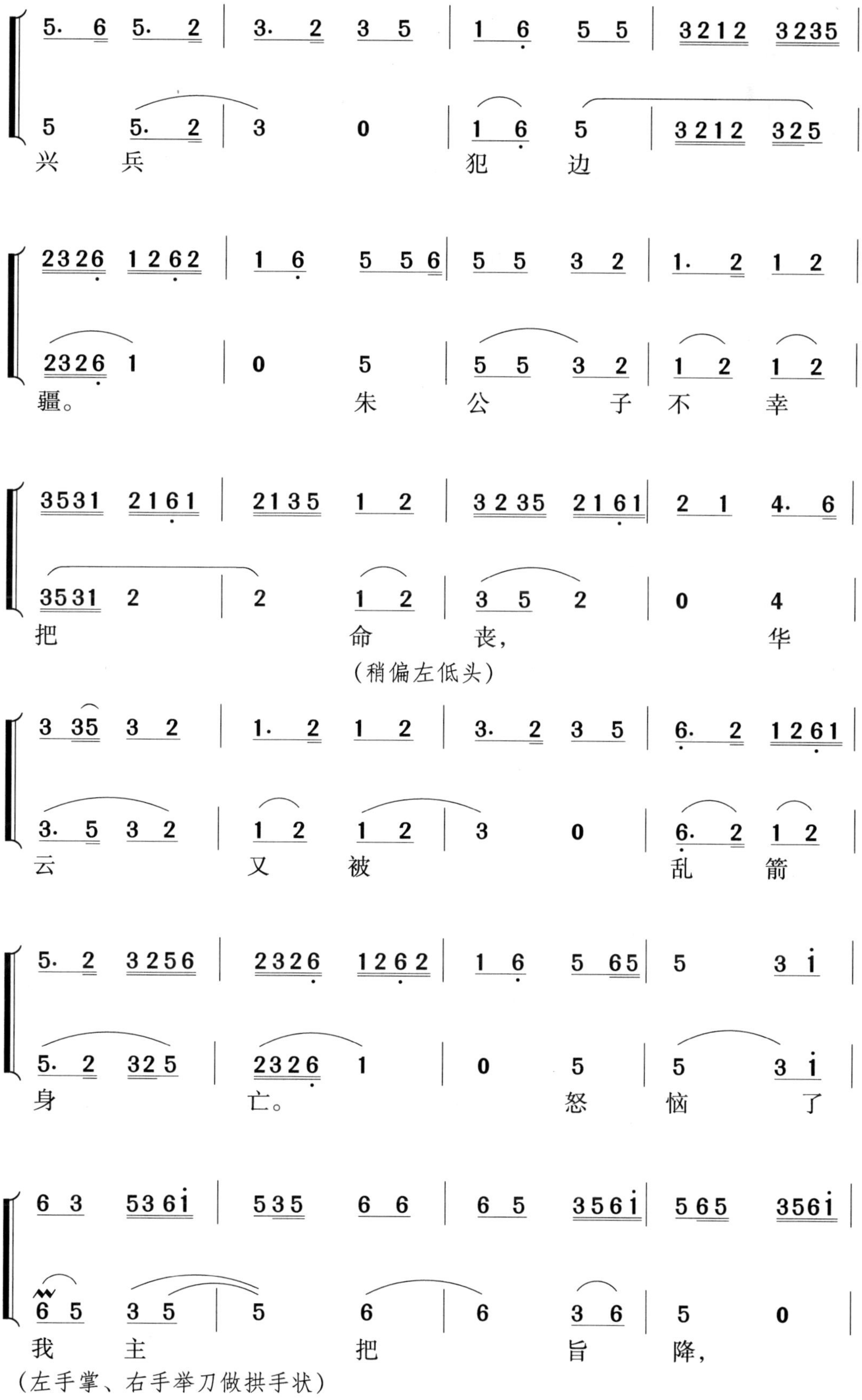
兴 兵 犯 边
疆。朱 公 子 不 幸
把 命 丧， 华
（稍偏左低头）
云 又 被 乱 箭
身 亡。 怒 恼 了
我 主 把 旨 降，
（左手掌、右手举刀做拱手状）

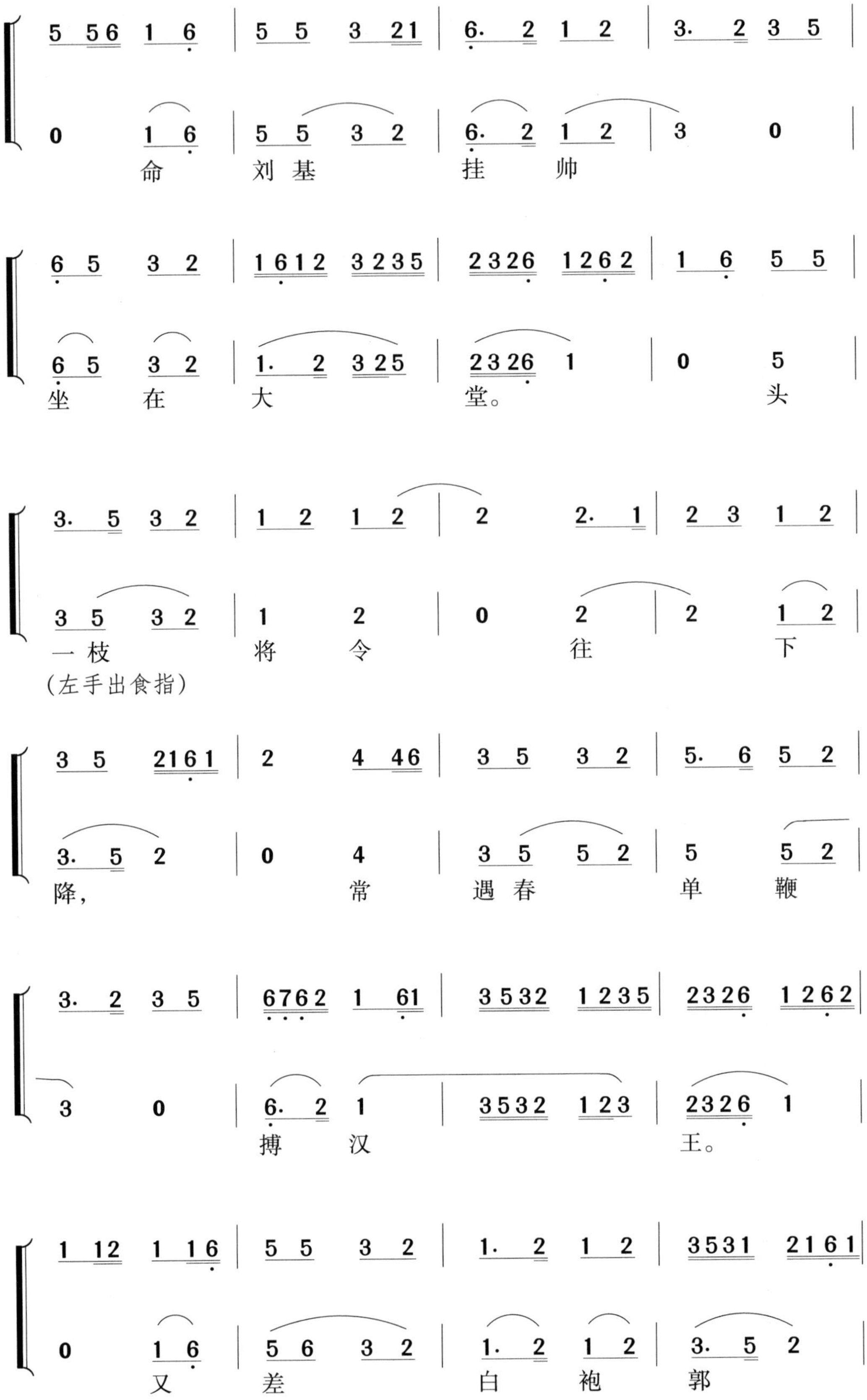
命 刘基 挂 帅
坐 在 大 堂。 头
一枝 将 令 往 下
(左手出食指)
降， 常 遇春 单 鞭
搏 汉 王。
又 差 白 袍 郭

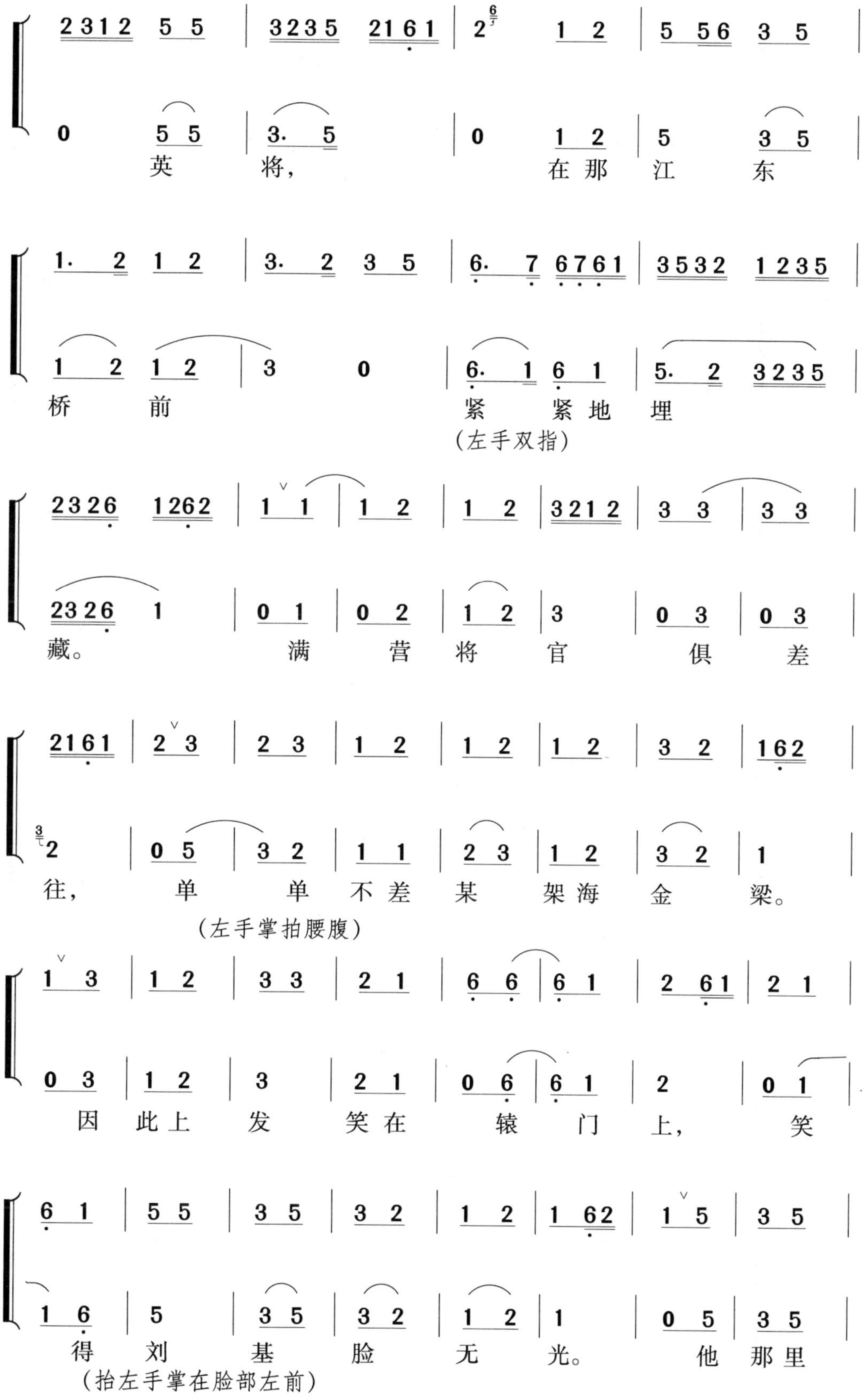
英 将， 在那江 东
桥 前 紧 紧地 埋
（左手双指）
藏。 满 营 将 官 俱 差
往， 单 单 不差 某 架海 金 梁。
（左手掌拍腰腹）
因 此上 发 笑在 辕 门 上， 笑
得 刘 基 脸 无 光。 他 那里
（抬左手掌在脸部左前）

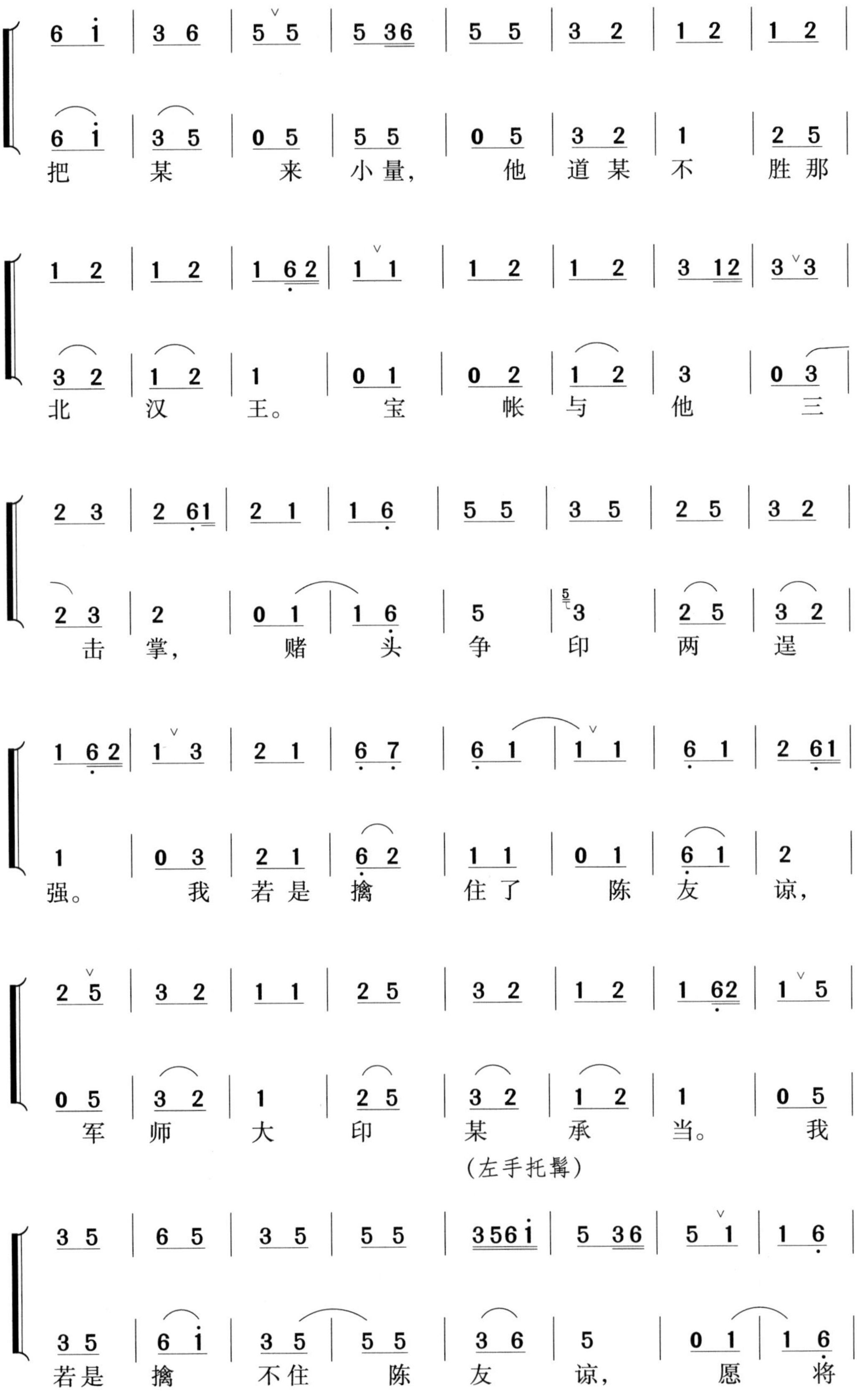
把某来小量，他道某不胜那
北汉王。宝帐与他三
击掌，赌头争印两逞
强。我若是擒住了陈友谅，
军师大印某承当。我
（左手托髯）
若是擒不住陈友谅，愿将

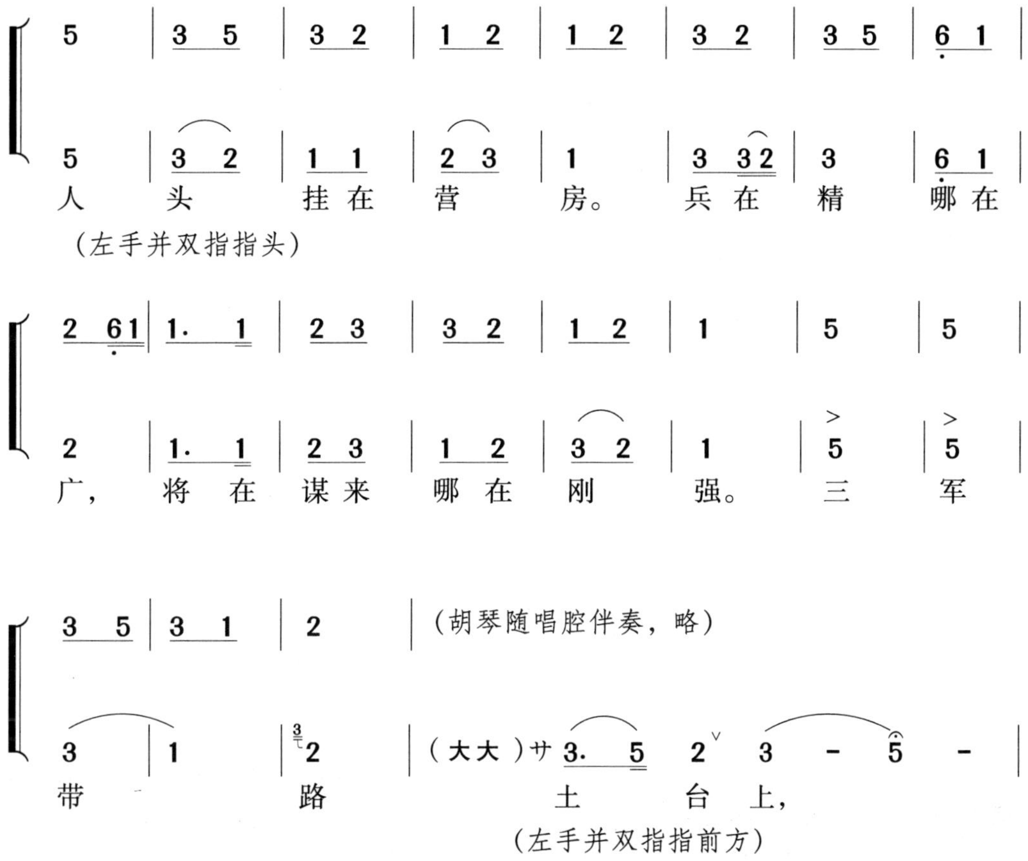

〔【快长锤】兵卒持月虎旗“插门”领起来圆场至“上场门”台口“一条鞭”站住。康茂才右手持刀，左手提下甲跨右腿，左转身面向台口，缓缓走三步，左侧身，眼望山头，右手提刀式，左手勒缰式。先缓步再急走上山，双手握刀横刀式，大纛手随康茂才身后赶上后，直竖大纛。八兵卒快步随大纛于身后“挖门”，分列山头两侧。

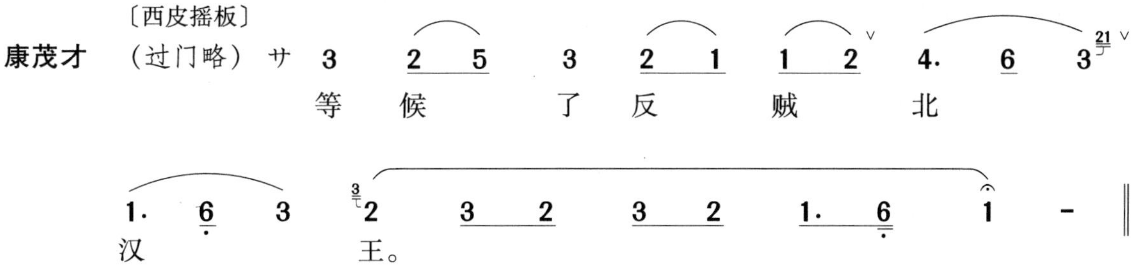

〔【快长锤】四蓝龙套“上场门”上，“一条鞭”。陈友杰持枪、陈友谅持马鞭走至“小边”台口，陈友杰站住勒马，陈友谅勒马。

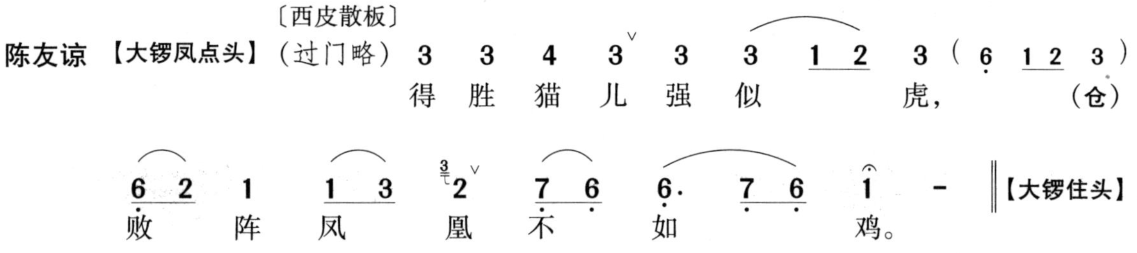

大将军，你我君臣，且喜逃出重围，你看前面又有旌旗招展，倘若那贼设埋伏，你我君臣性命难保。

陈友杰 待我看来。（右手拉“山膀”）

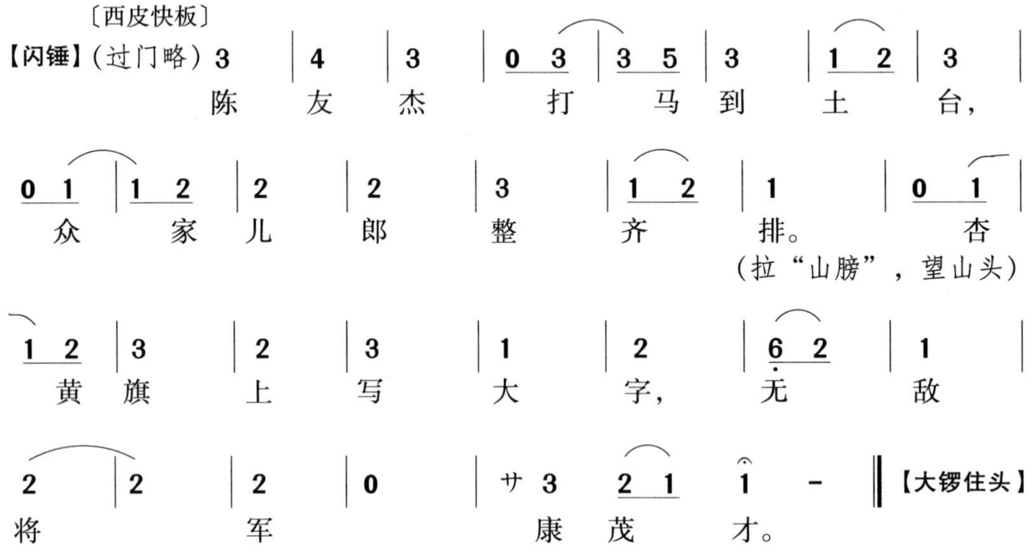

启禀兄王（拱手），乃是康字旗号。

陈友谅 康字旗号（一望山头），【叫头】（三笑）啊哈哈，【撕边大锣一击】待我谢天谢地（作揖）。

陈友杰 事到如今，你还谢什么天地。

陈友谅 旗号上写的康字，想是康茂才贤弟在此。我与他有八拜之交，他若肯放你我君臣过去，也未可知。唉，不用你们杀了。

四蓝龙套 不用我们杀了。

陈友谅 也不用你们冲了。（向外摆手）

四蓝龙套 也不用我们冲了。

陈友谅 大家歇息歇息去吧。（挥马鞭）（四蓝龙套、陈友杰席地而坐）

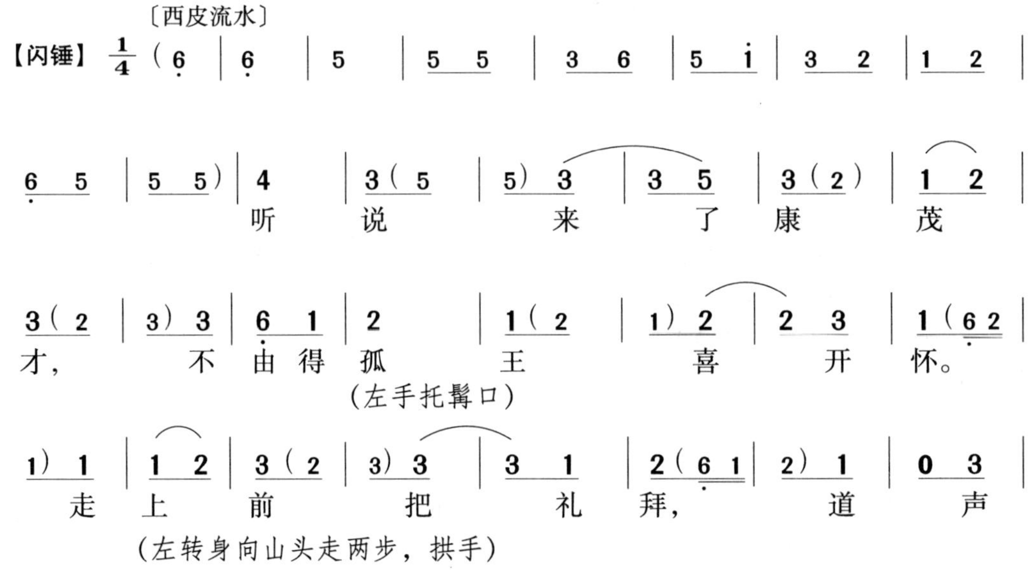

江东桥

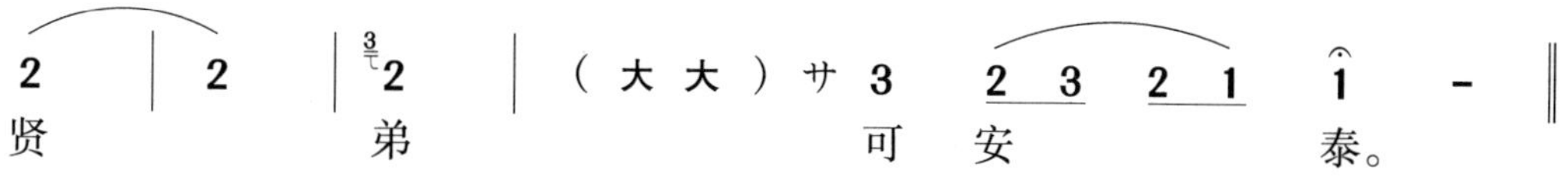

八兵卒 陈友谅到。

〔西皮流水〕

康茂才【闪锤】（过门同前）

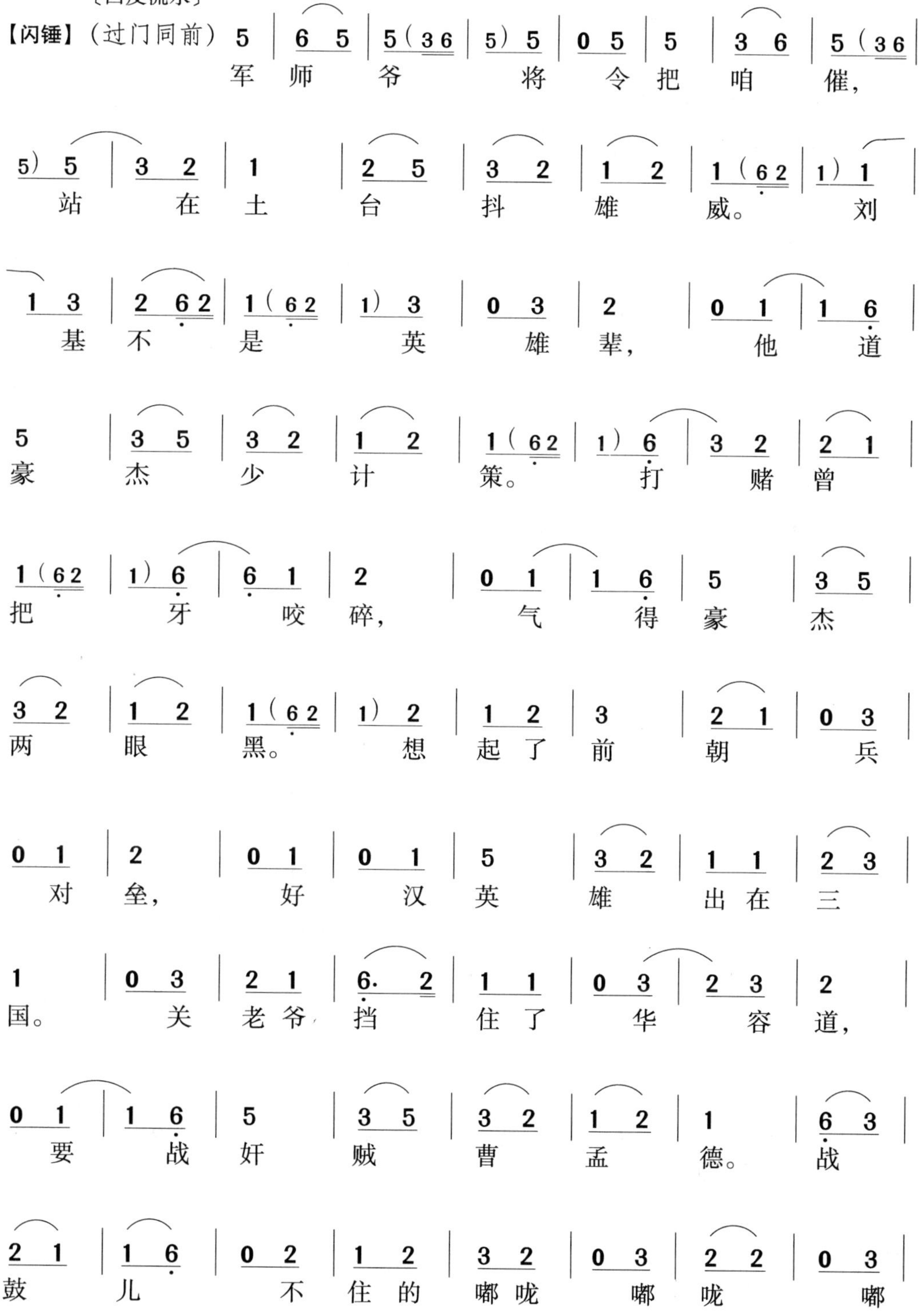

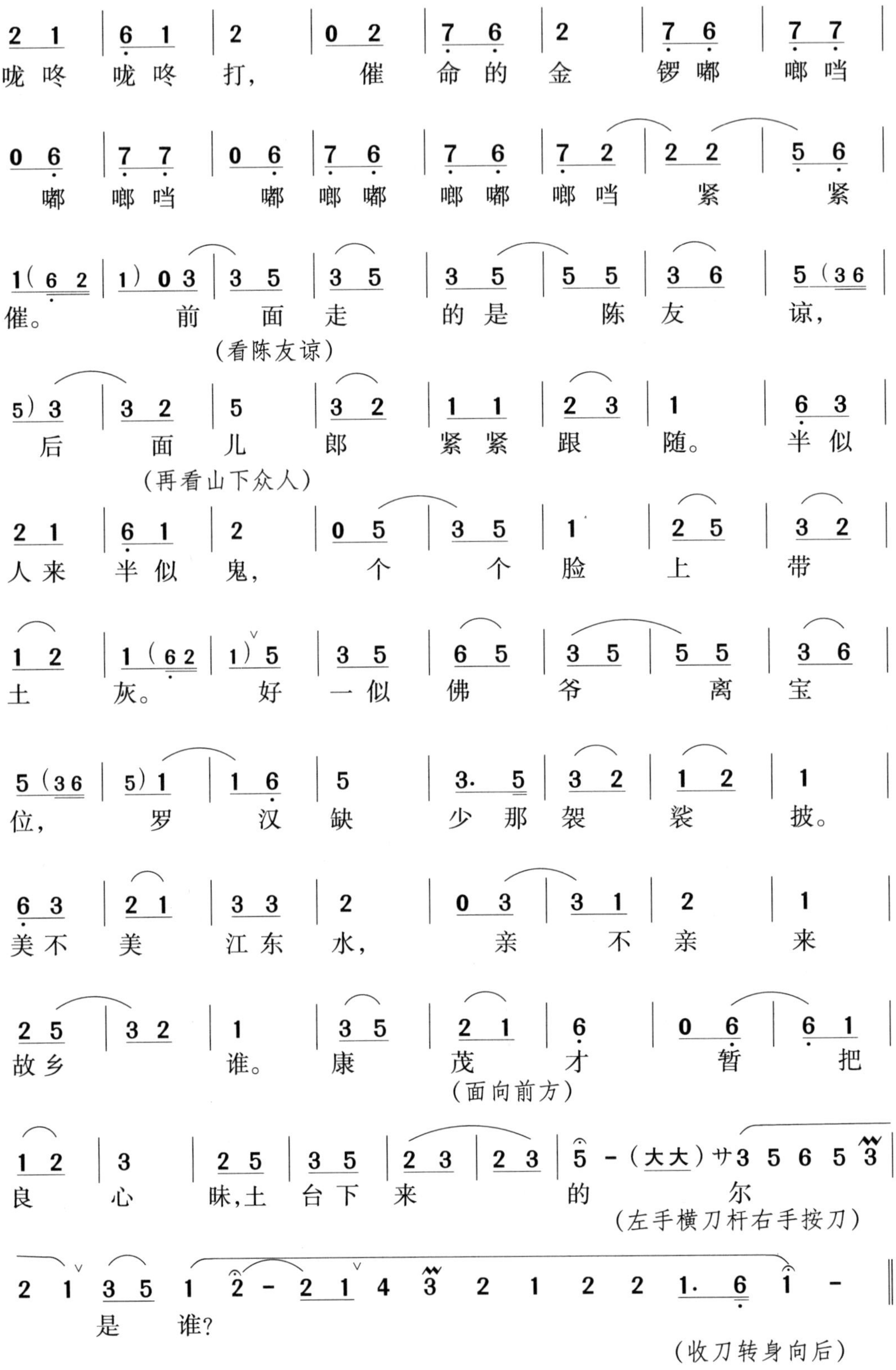
咙咚 咙咚 打， 催 命的 金 锣嘟 啷当
嘟 啷当 嘟 啷嘟 啷嘟 啷当 紧 紧
催。 前 面 走 的是 陈 友 谅，
（看陈友谅）
后 面 儿 郎 紧紧 跟 随。 半似
（再看山下众人）
人来 半似 鬼， 个 个 脸 上 带
土 灰。 好 一似 佛 爷 离 宝
位， 罗 汉 缺 少那 袈 裟 披。
美不 美 江东 水， 亲 不 亲 来
故乡 谁。 康 茂 才 暂 把
（面向前方）
良 心 昧，土 台下 来 的 尔
（左手横刀杆右手按刀）
是 谁？
（收刀转身向后）

陈友谅 贤弟呀！
（双拱手）

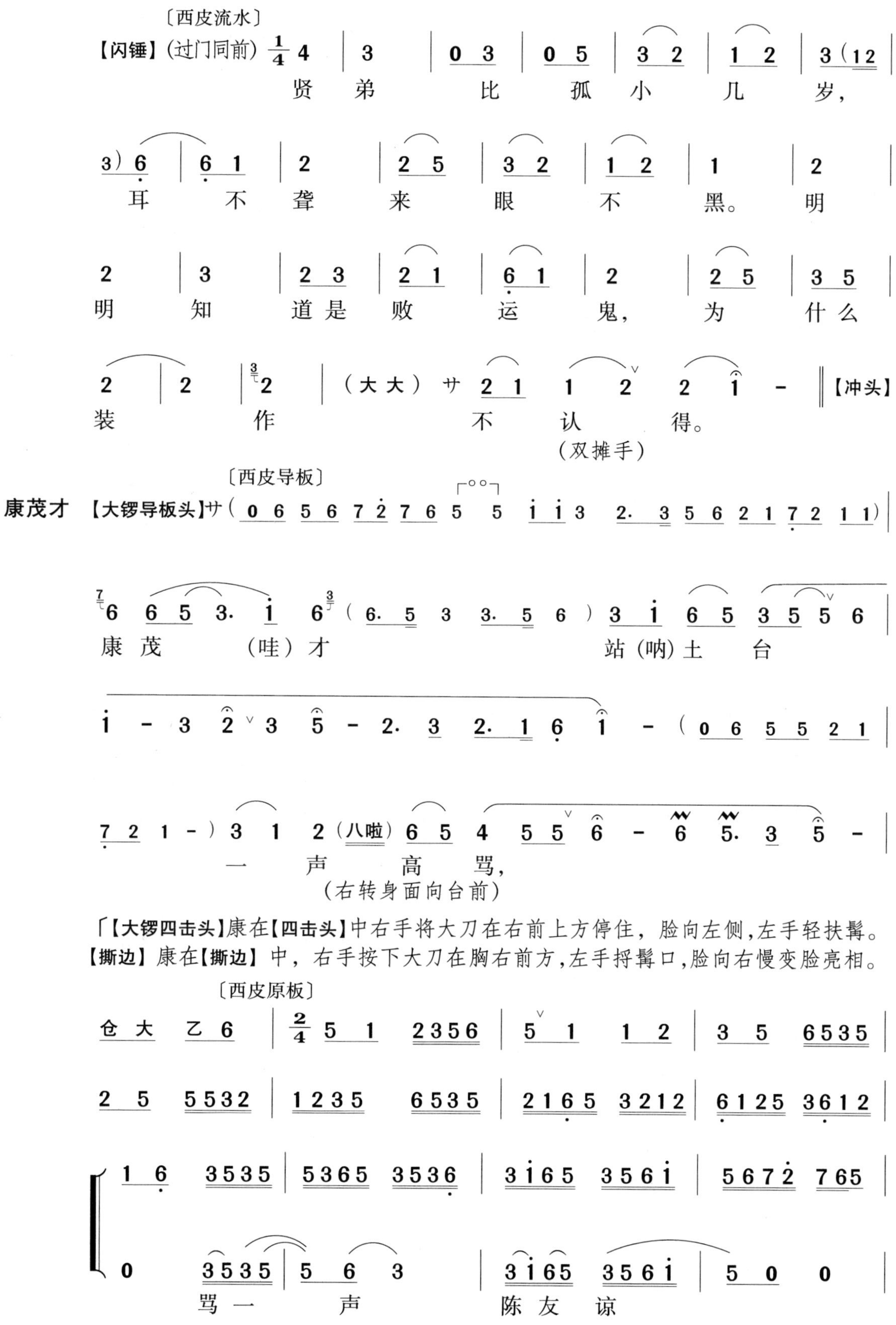
〔西皮流水〕
【闪锤】(过门同前)
贤 弟 比 孤 小 几 岁,
耳 不 聋 来 眼 不 黑。明
明 知 道是 败 运 鬼, 为 什么
装 作 不 认 得。
【冲头】
(双摊手)
〔西皮导板〕
康茂才 【大锣导板头】
康茂 (哇)才 站(呐)土 台
(八啦)
一 声 高 骂,
(右转身面向台前)
【大锣四击头】康在【四击头】中右手将大刀在右前上方停住，脸向左侧,左手轻扶髯。
【撕边】康在【撕边】中，右手按下大刀在胸右前方,左手捋髯口,脸向右慢变脸亮相。
〔西皮原板〕
仓 大 乙
骂一 声 陈友 谅

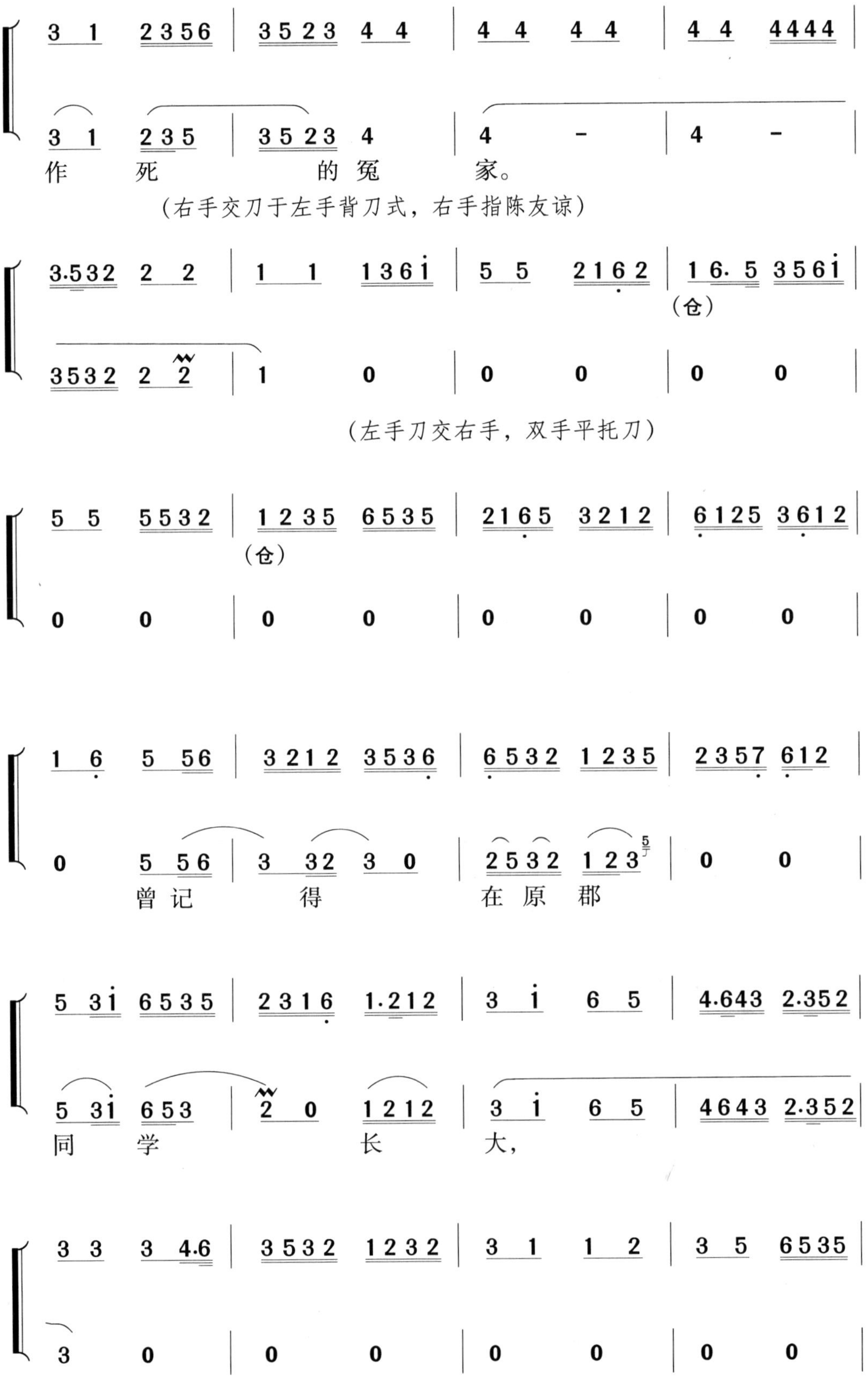
作 死 的 冤 家。
（右手交刀于左手背刀式，右手指陈友谅）
（仓）
（左手刀交右手，双手平托刀）
（仓）
曾 记 得 在 原 郡
同 学 长 大，

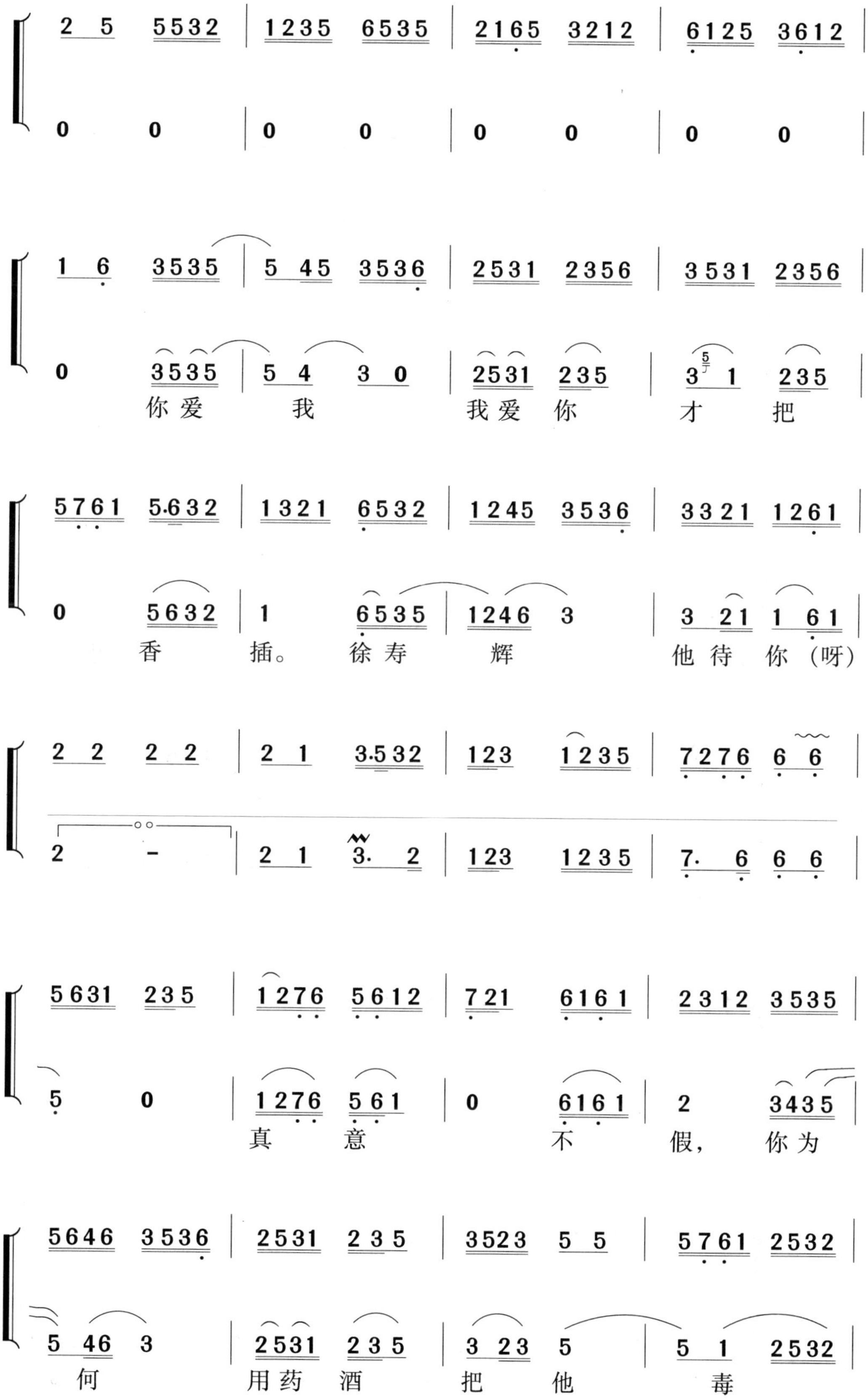
你爱 我 我爱 你 才 把
香 插。徐寿 辉 他待 你（呀）
真 意 不 假，你为
何 用药 酒 把 他 毒

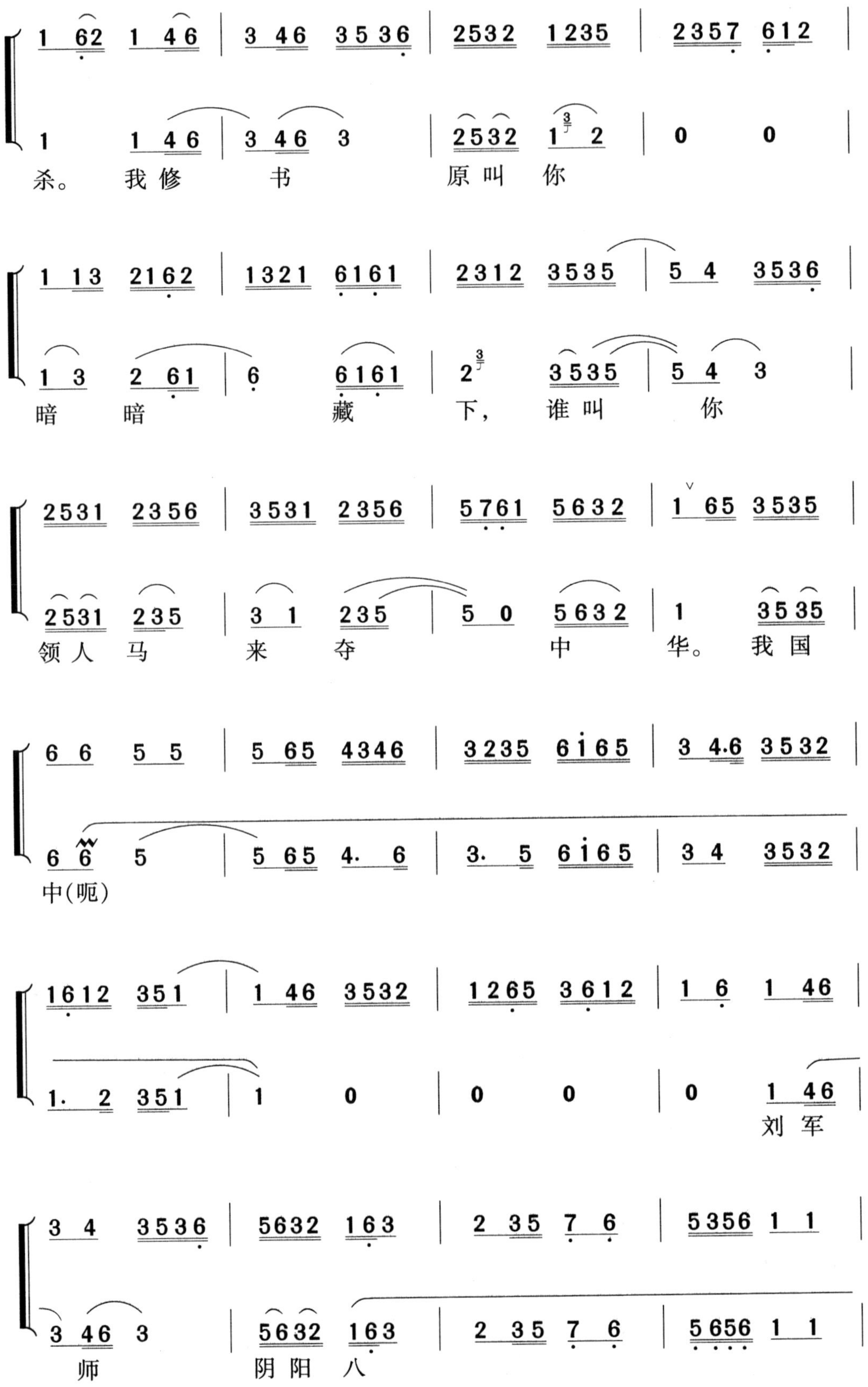
杀。我修书 原叫你
暗暗藏下，谁叫你
领人马来夺 中华。我国
中(呃)
刘军
师 阴阳八

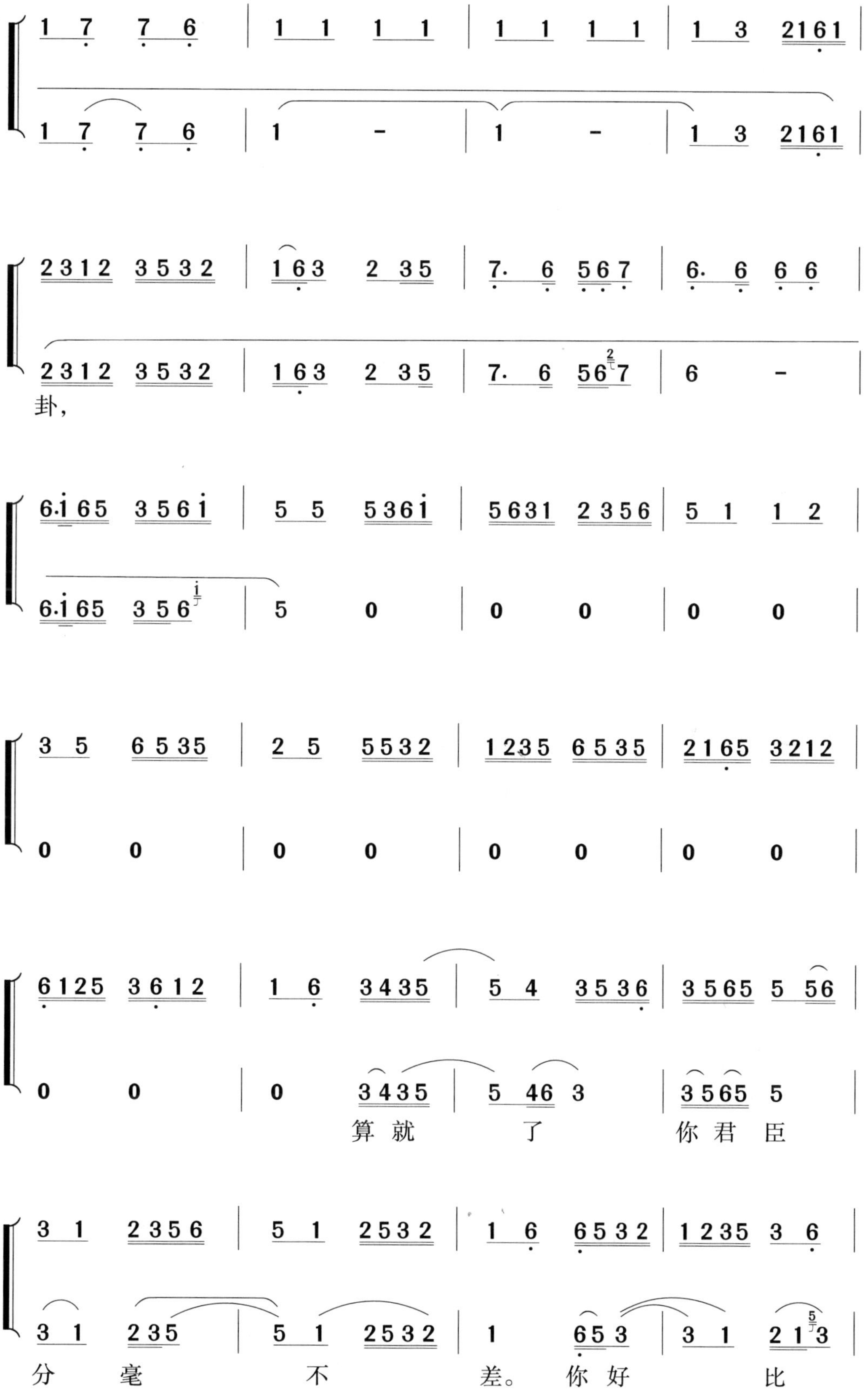
卦，
算 就 了 你 君 臣
分 毫 不 差。 你 好 比

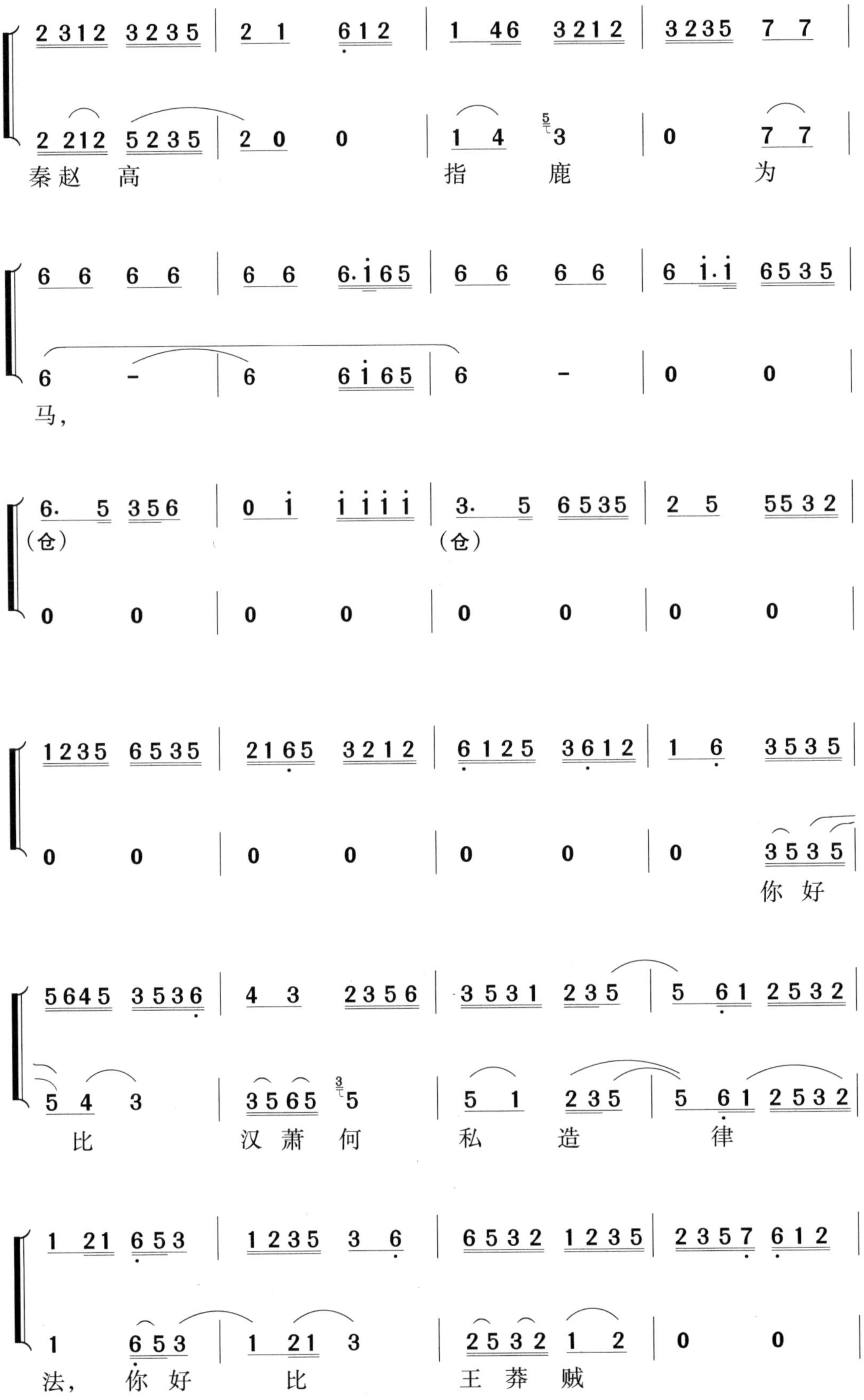
秦赵 高 指 鹿 为
马，
（仓）（仓）
你 好
比 汉 萧 何 私 造 律
法，你 好 比 王 莽 贼

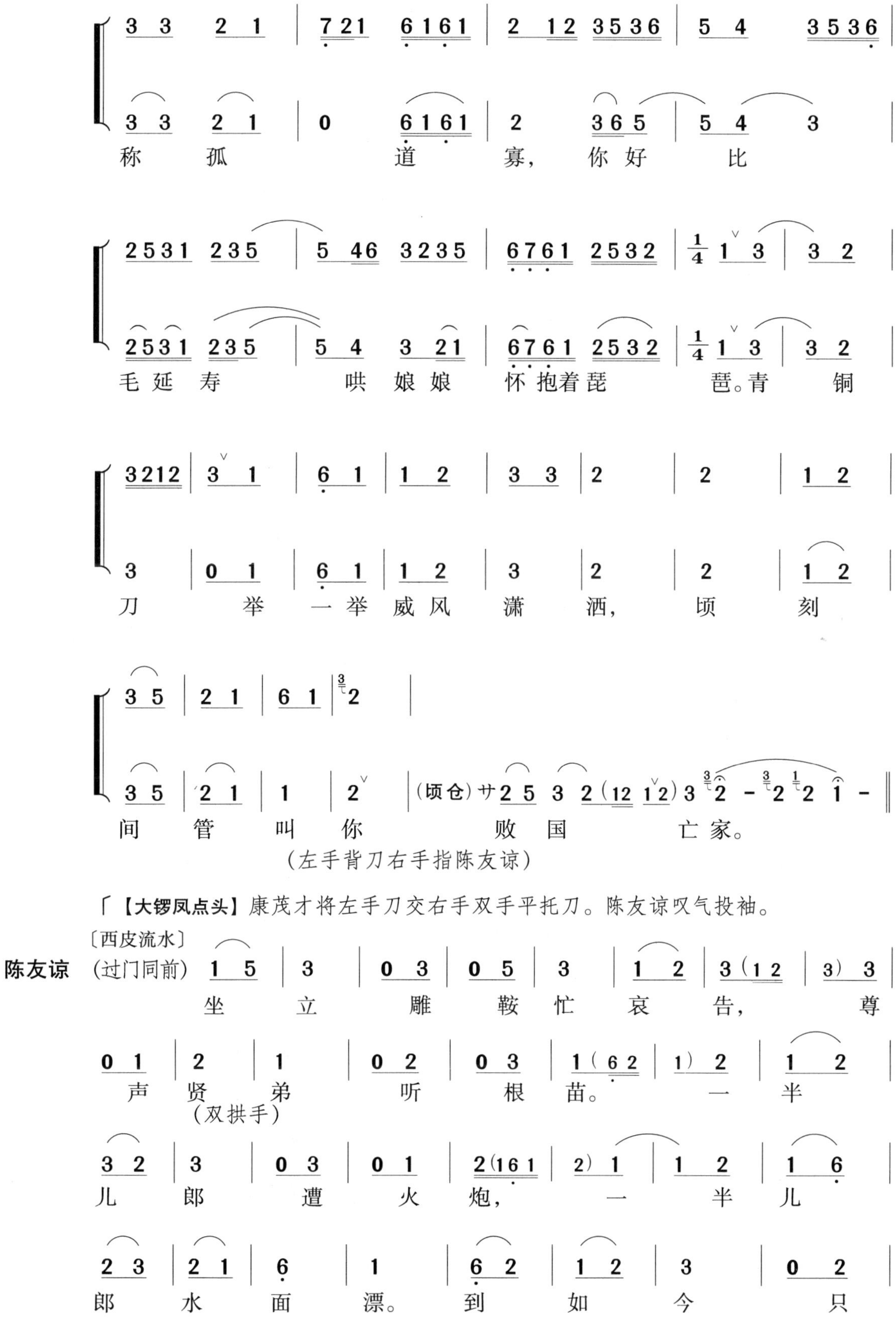
称 孤 道 寡，你 好 比
毛 延 寿 哄 娘 娘 怀 抱着 琵 琶。青 铜
刀 举 一 举 威 风 潇 洒，顷 刻
(顷仓)
间 管 叫 你 败 国 亡 家。
（左手背刀右手指陈友谅）
〔【大锣凤点头】康茂才将左手刀交右手双手平托刀。陈友谅叹气投袖。
〔西皮流水〕
陈友谅
(过门同前)
坐 立 雕 鞍 忙 哀 告，尊
声 贤 弟 听 根 苗。一 半
（双拱手）
儿 郎 遭 火 炮，一 半 儿
郎 水 面 漂。到 如 今 只

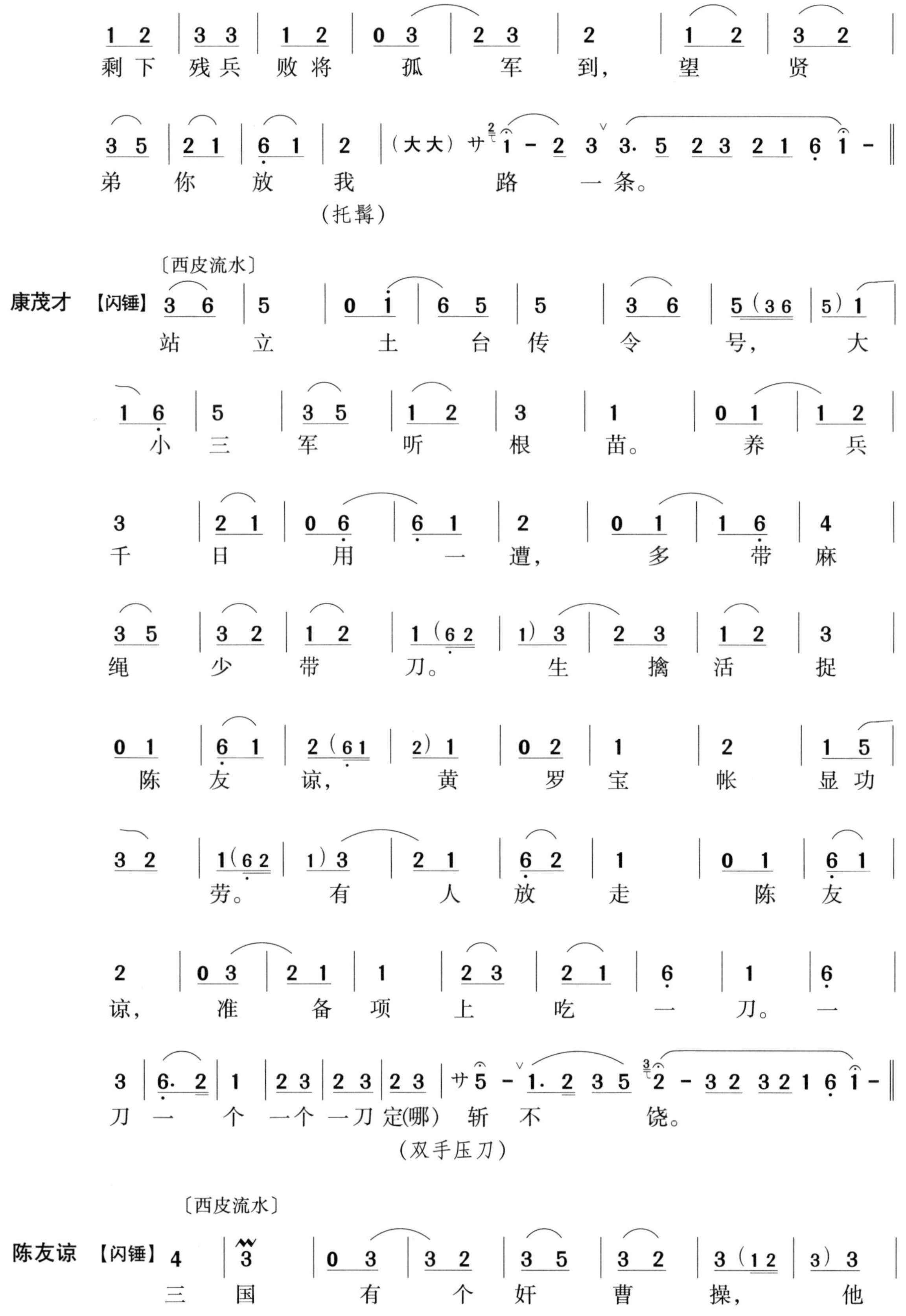
剩下残兵败将孤军到，望贤
弟你放我路一条。
（大大）
（托髯）
〔西皮流水〕
康茂才
【闪锤】
站立土台传令号，大
小三军听根苗。养兵
千日用一遭，多带麻
绳少带刀。生擒活捉
陈友谅，黄罗宝帐显功
劳。有人放走陈友
谅，准备项上吃一刀。一
刀一个一个一刀定(哪)斩不饶。
（双手压刀）
〔西皮流水〕
陈友谅
【闪锤】
三国有个奸曹操，他

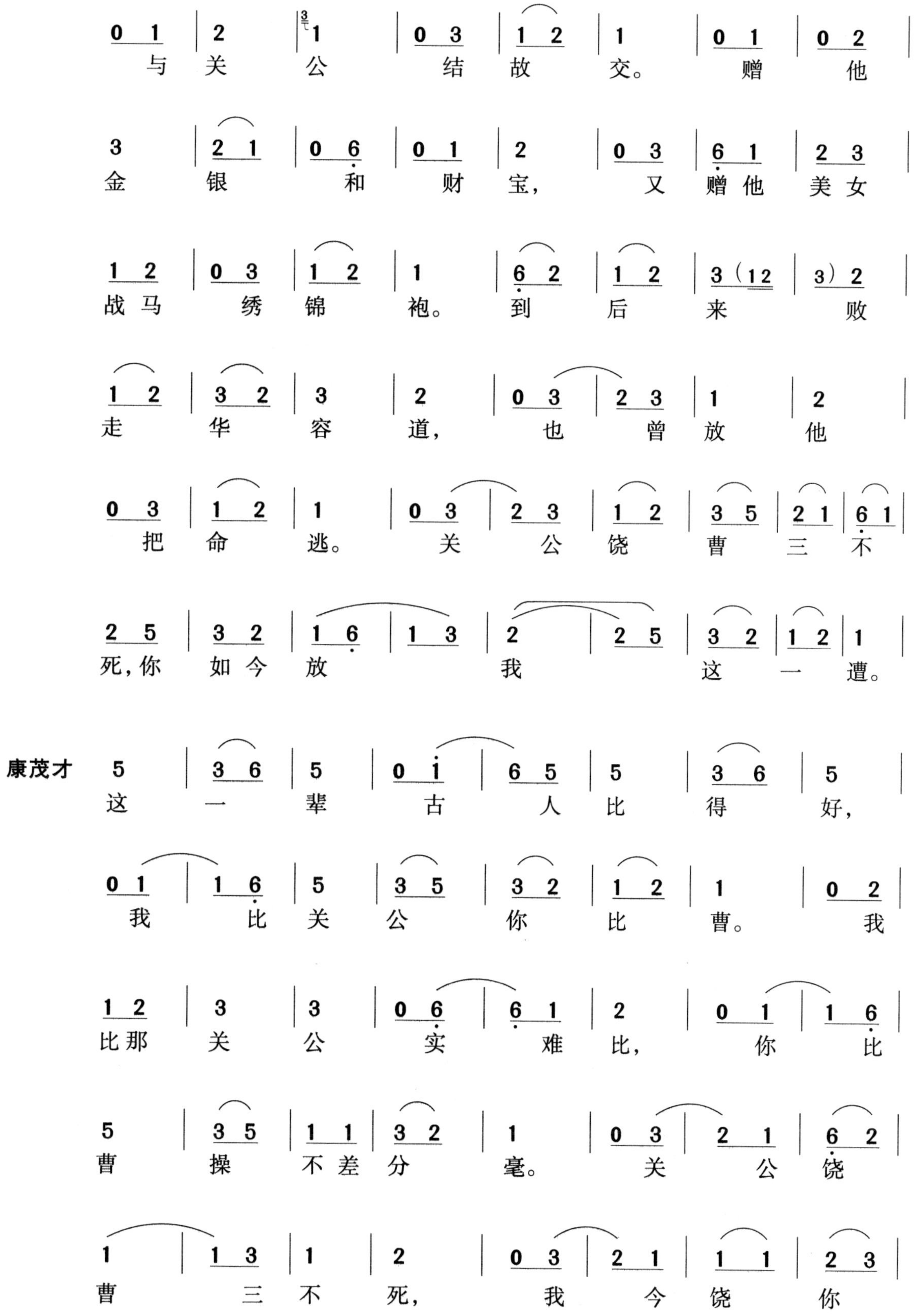
与关公结故交。赠他
金银和财宝，又赠他美女
战马绣锦袍。到后来败
走华容道，也曾放他
把命逃。关公饶曹三不
死，你如今放我这一遭。
康茂才
这一辈古人比得好，
我比关公你比曹。我
比那关公实难比，你比
曹操不差分毫。关公饶
曹三不死，我今饶你

2 1 | 6 | 1 | サ 3 5 3 6 6 –（6. 5 3 5 6 6）
这 一 遭。 叫 小 校 （仓）

6 6 6 5 5 – 3 – 2 – 3. 5 3 5 – |
摆 开 一 字 长 蛇 道，

〔【快长锤】八兵卒持月虎旗在山前一字排开。

〔西皮摇板〕

康茂才 【大锣凤点头】（过门同前）2 5 3 2 1 1 2 2 2 3 4. 6 3 21 1 – ‖【大锣住头】
认 得此 阵 放 尔 逃。
（向左侧身）

陈友谅 大将军，看看康贤弟摆的什么阵式？

陈友杰 （拉“山膀”一望）乃是一字长蛇大阵。

陈友谅 哎呀，谢天谢地，（拱手作揖）【撕边大锣一击】关公放曹就是此阵，想是康贤弟放你我君臣逃走，逃走了吧。

〔【快纽丝】四蓝龙套站起来拖拉着标子旗，陈友杰、陈友谅上马。

〔西皮散板〕

（过门同前） 5 3 3 2 2 2 1 3 2 – |
打 开 玉 笼 飞 彩 凤，

〔【快纽丝】四蓝龙套拖标子，陈友杰打马“下场门”狼狈状下。陈友谅打马走至“下场门”处右转身唱。

サ 2 2 3 2 1 1 6 1 1 – ‖
挣 断 金 锁 走 蛟 龙。

〔（崩登仓）【冲头】陈友谅左转身左手抓蟒，右手反背马鞭下。

军 士 启爷，陈友谅逃走。

〔（崩登仓）康茂才右侧转身，左手捋髯右手横刀。

康茂才 回营交令。（抬左手做走状）

〔【紧锤】八兵卒分两边持月虎旗站定，康茂才下山右手持刀，左手提甲急走至台口亮相，大纛在康身后。

〔西皮快板〕

康茂才 1/4 4 | 3 6 | 5 | 0 1 | 6 5 | 5 | 3 6 | 5 |
听 说 是 友 谅 逃 走 了，

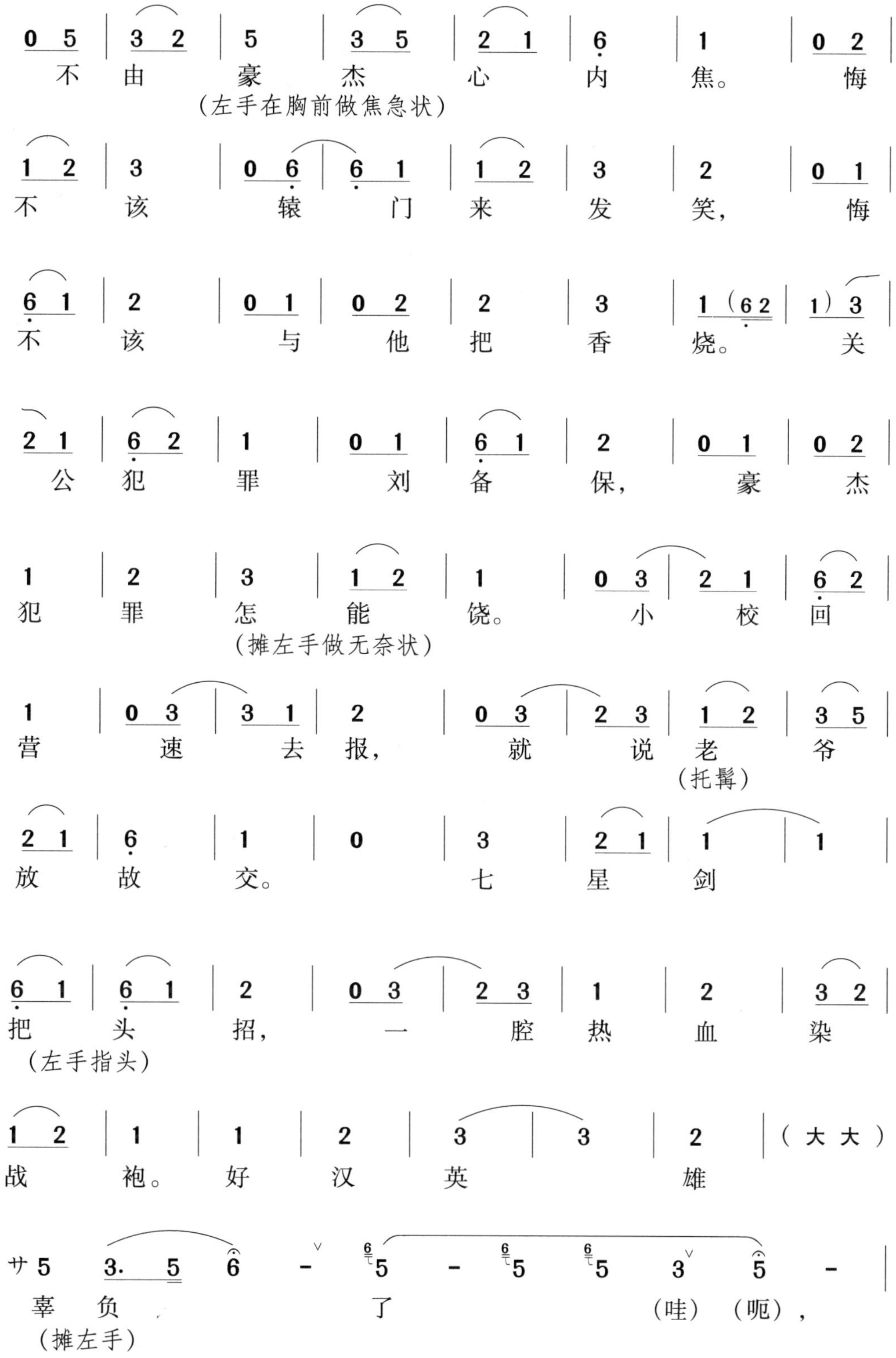

厂【急急风】军士手持月虎旗“倒脱靴”归“上场门”“一条鞭”。康茂才手持大刀，提甲，上步左转身在【纽丝】中走三步停住，右转身双手握横刀式。

〔西皮散板〕

康茂才 (过门同前) 3 3 i i - (06 55 21 72 1 -) 3 21 1 2 -

但 不 知(喏) 【撕边大锣一击】 军 师 爷

3 2 (大o) 4 3. 21 1. 2 3 2 - 32 32 1. 6 i - ‖

饶 与 不 饶?

〖(八大仓)康茂才右手持大刀撕开,左手"山膀",骑马蹲裆式。起【四击头】康右手大刀上膀子,左手按髯口,抬左腿跨右腿左转身,刀交左手,右手撣髯口,骑马蹲裆式,左手横刀右手按掌亮相。

〖唢呐奏<尾声>后半段。【急急风】康茂才站起来勒马左转身"下场门"下。大纛随康身后下,八兵卒"抽心"持月虎旗跟下。

——剧 终

尹培玺　**整理**　　　　蔡国盈　**记谱**

马芳困城

贯大元演出本

《马芳困城》一名《御林郡》，又名《斩杨波》。故事源自《香莲帕》鼓词，清季坊间庆丰斋有刻本流传。

相传明代穆宗（朱载垕）朝，有勇士马芳落草京西卢沟桥，被国丈李良捕获，割去左耳游街示众。杨波爱其英勇，保释后收为义子。穆宗死后，太子年幼，李艳妃垂帘听政，李良欲谋篡帝位。定国公徐彦昭和兵部侍郎杨波于龙凤阁严词谏阻被挫，徐彦昭夜谒皇陵，杨波率杨大郎、马芳、杨世祥、杨公子、赵飞众子保护皇陵。

《探皇陵》作为单折演出，原有徐彦昭"夸将"的〔二黄原板〕唱段，其中赞马芳"赤面长髯小马芳，亚赛三国关二王。过五关曾斩六员将，擂鼓三通斩蔡阳，尔亚赛关王"。马芳既有保护皇陵之功，擢升大同总兵之职。后神宗即位，李良被诛（全部《龙凤阁》有斩李良情节），杨波辅政。吏部尚书徐赞与杨波不和，杨波被诬陷入狱。马芳闻知，率部进逼京畿，围困皇城。神宗惊骇，与李太后和杨波商定，将杨波押至城楼劝马芳退兵。马芳要求将杨波释罪复职，榆林一路兵马由其节制，交出徐赞由其处置。神宗不得已允从三事，马芳退兵。从马芳的唱词，如"老王晏驾龙归苍，我朝出了奸贼李良……昏王信用贼奸党，你不念当年保国忠良"所述的前因后果来看，《马芳困城》似应是全本《香莲帕》中的一折，清《车王府曲本菁华·元明卷》所收《香莲帕》可为佐证。

《马芳困城》由"发兵"、"定计"、"困城"三场戏组成，非常简练。舞台演出有以下的突出特点：

首先是三场戏包括了京剧的〔二黄〕和〔西皮〕两种主要声腔。一般来说〔二黄〕腔委婉、潇洒，〔西皮〕腔高亢、激越。采用两种声腔并用的处理方法，因调式、旋律、板式的变化，更易于表现人物复杂多样的思想感情。本剧第一场马芳的演唱使用〔唢呐二黄〕唱腔。这种用唢呐伴奏方法，是京剧承袭了徽剧"老二黄"的演唱方式。〔唢呐二黄〕的调门是比较高的"乙字调"（A 调），唱腔旋律简朴浑厚，演员非有好嗓子不能胜任，因此在演出中并不普遍，老生只有在《龙虎斗》、《青石山》、《取金陵》、《五花洞》等少数戏中才使用。该剧第一场马芳唱"有马芳坐将台忙传将令……但不知是何人来报军情"八句〔唢呐二黄〕，句句响遏行云，恰当地营造出马芳升帐时的肃穆庄严的氛围。后两场改换〔西皮〕腔，安排了〔导板〕、〔原板〕、〔流水〕、〔快板〕等板式，繁难程度可想而知。尤其是马芳演唱〔西皮导板〕、〔原板〕、〔快板〕使用的"摇条辙"，是比较窄的辙口，吐字发声的难度较大。老生和小生的〔快板〕对唱，速度快，节奏紧。马芳唱到"趁此机会奏三本，一本一本一本本本（啦）本（啦）往上升"处，贯大元要求唱句中的字与字之间的间隔要均匀，吐字讲究，"喷口"有弹力，巧而不拙，快而不乱。每次他示范演唱，恰似珠落玉盘，美不胜收。念白不多，仅以第三场约三事为例，既要保证老生行当念白字音准确，韵味浓厚，又要铿锵有力，掷地有声，给人一种不容神宗有丝毫拒绝的感受。

其次，马芳无论是穿蟒、扎靠，还是第三场手持大刀，在兵士两处“大转场”队形变换时的边唱边舞，都要求身段动作干净利落，功架沉稳，显示出靠把老生扎实的功力。

这是一出精炼的中型戏，马芳由老生扮演，马夫人由旦角扮演（第一场穿帔，第三场扎靠），神宗由小生扮演，李太后由老旦扮演，杨波由老生扮演，五个角色，在舞台上都有发挥技艺的机会。如果能够做到互相配合默契，红花绿叶相映成辉，一定会是一场十分精彩的演出。

本剧由尹培玺根据其外祖父贯大元的演出和教学本整理而成，准确地保存和反映了贯先生表演、教授此戏的精髓。

贯大元出生于梨园世家，其父贯紫林是著名武旦演员。贯大元潜心研习谭（鑫培）派艺术，他在舞台演出中多以《洪羊洞》、《李陵碑》、《定军山》、《战太平》、《南阳关》、《珠帘寨》、《连营寨》、《问樵闹府》、《御碑亭》、《搜孤救孤》、《黄金台》、《宁武关》、《失·空·斩》等谭派戏为主，其他如《挡谅》、《焚绵山》、《困曹府》、《马芳困城》等“冷门“老生戏也是他所擅长的剧目，演来独辟蹊径，别具一格。《马芳困城》就是他在 20 世纪 50 年代任教中国戏曲学校时的课堂教学剧目之一，从而使这出在探索京剧老生唱腔演变具有实证价值的传统戏得以留存。

刘沪生

人物行当

马　芳	老生	探　子	丑
赛风摇	旦	大太监	杂
国　太	老旦	四大铠	杂
杨　波	老生	四龙套	杂
神　宗	小生	大纛旗手	杂
马　昆	净	四兵士	杂
马　玉	武生		

服装扮相

马　芳　俊扮。金色台顶、黑三，红褶子、绿色绣龙蟒、玉带、苫肩、绿色绣龙硬靠、红靠绸、侉衣、下甲、扣板，红彩裤，厚底靴。

赛风摇　俊扮。梳大头、红绒球七星额子、亮头面、草花，皎月色素褶子、浅蓝色绣花帔、白绣花腰包，大袜、绣花彩鞋。（后换红色绣凤硬靠、苫肩、皎月色彩球靠绸、皎月色彩裤，再换胖袄、花薄底靴）

国　太　俊扮。老旦冠、黄绸条、白网子、白鬓发、勒条子，香色素褶子、杏黄色绣凤帔、绿绣边腰包，古铜色彩裤，大袜、福字履。

杨　波　俊扮。古铜高方巾、白三、黄绸条、白鬓发、白网子，香色或古铜褶子、白腰包，香色彩裤，厚底靴。

神　宗　俊扮。小龙冠，米黄色褶子、黄色绣团龙帔，红彩裤，厚底靴。

马　昆　勾元宝脸。蓝色扎巾盔、黑一字、黑耳毛子、牵巾，侉衣、下甲、扣板、蓝色绣龙硬靠、红靠绸，黑彩裤，厚底靴。

马　玉　俊扮。红色扎巾盔、牵巾，侉衣、下甲、扣板、红色绣龙硬靠，黑彩裤，厚底靴。

探　子　勾小花脸。梢子帽，蓝布箭衣、黄大带、红卒坎，黑彩裤，薄底靴。

大太监　俊扮。大太监帽，绿色绣草花大太监衣、黄绦子，红彩裤，朝方靴。

四大铠　俊扮。紫色绣草龙罐子盔，紫色绣草龙大铠衣，红彩裤，薄底靴。

四龙套　俊扮。蓝色小板巾，蓝龙套服，黑彩裤，薄底靴。

大纛旗手　俊扮。梢子帽，蓝布箭衣、黄大带、红卒坎，黑彩裤，薄底靴。

四兵士　俊扮。紫色绣边兵盔，紫色绣边兵士衣裤，薄底靴。

道具

蓝标子	一堂	刀马旦刀	一把
荷包枪	一堂	单　刀	四把
令　旗	一面	剑　枷	一副
报子旗	一面	布城片	一份
单枪（白带）	一杆	桌　子	一张
大　刀	两把	椅　子	三把
拂　尘	一个	红色桌围、椅披	一份
法　绳	一根	黄色绣龙桌围、椅披	一份
马　鞭	四根	“马”字大纛旗	一面

第一场

〔场上设高台。

〔【缓锣】奏唢呐曲牌〈水龙吟〉。四龙套、四兵士、四大铠、马昆、马玉“摆队”。【四击头】马芳上至“九龙口”，整冠、捋髯、缓步至台口中，【归位】折水袖挡脸。

〈点绛唇〉

马　芳

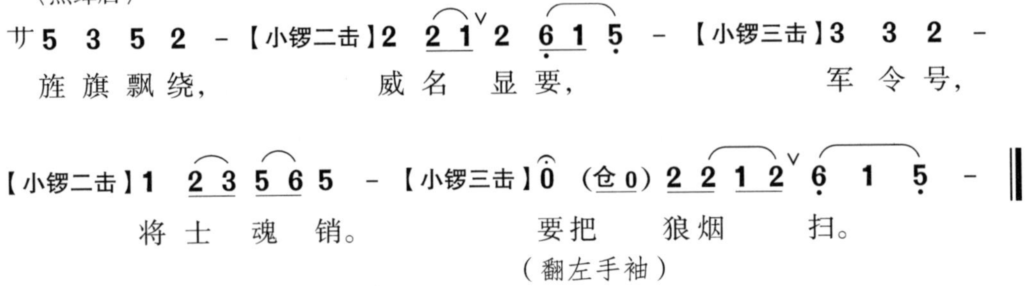

〔【冲头】马芳投袖、捋髯，两边望众喊道，起〈水龙吟·合头〉马芳右转身撩蟒上高台坐下。马昆、马玉、四龙套、四兵士、四大铠归里，分立高台两侧。曲牌止。

马　芳　（诗）丹心复国栋梁材，
紫绶金章拜玉阶。【小锣二击】
龙虎大将分左右，
报效儿郎两边排。【大锣归位】
本帅，【大锣一击】姓马名芳字文臣。【大锣住头】在大明神宗驾前为臣，我父杨波官居首相。本帅镇守御林郡，每逢三六九日，操演之期，今当六日，众将官。

众　有。

马　芳　人马可曾齐备？

众　俱已齐备。

马　芳　听爷令下。【长锤】

〔唢呐二黄原板〕

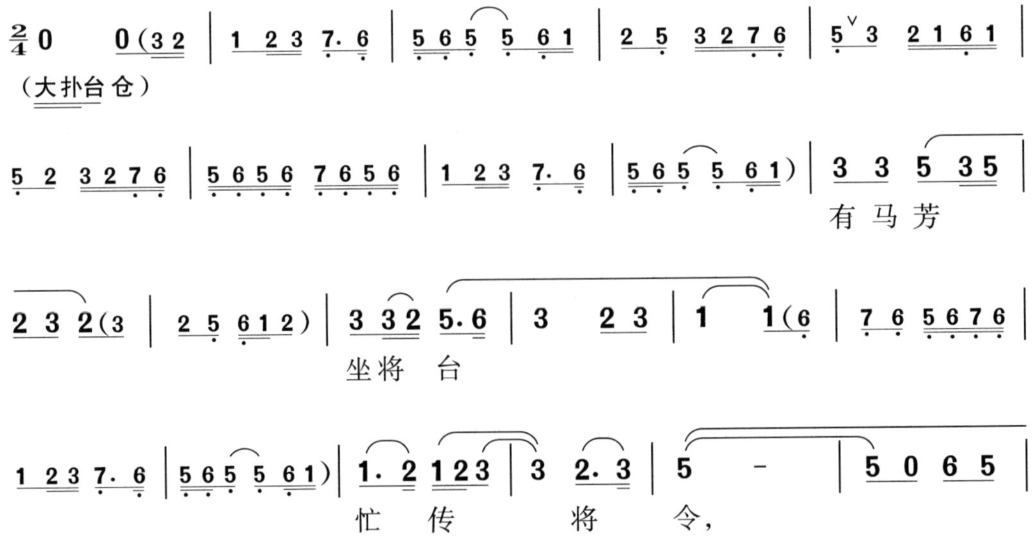

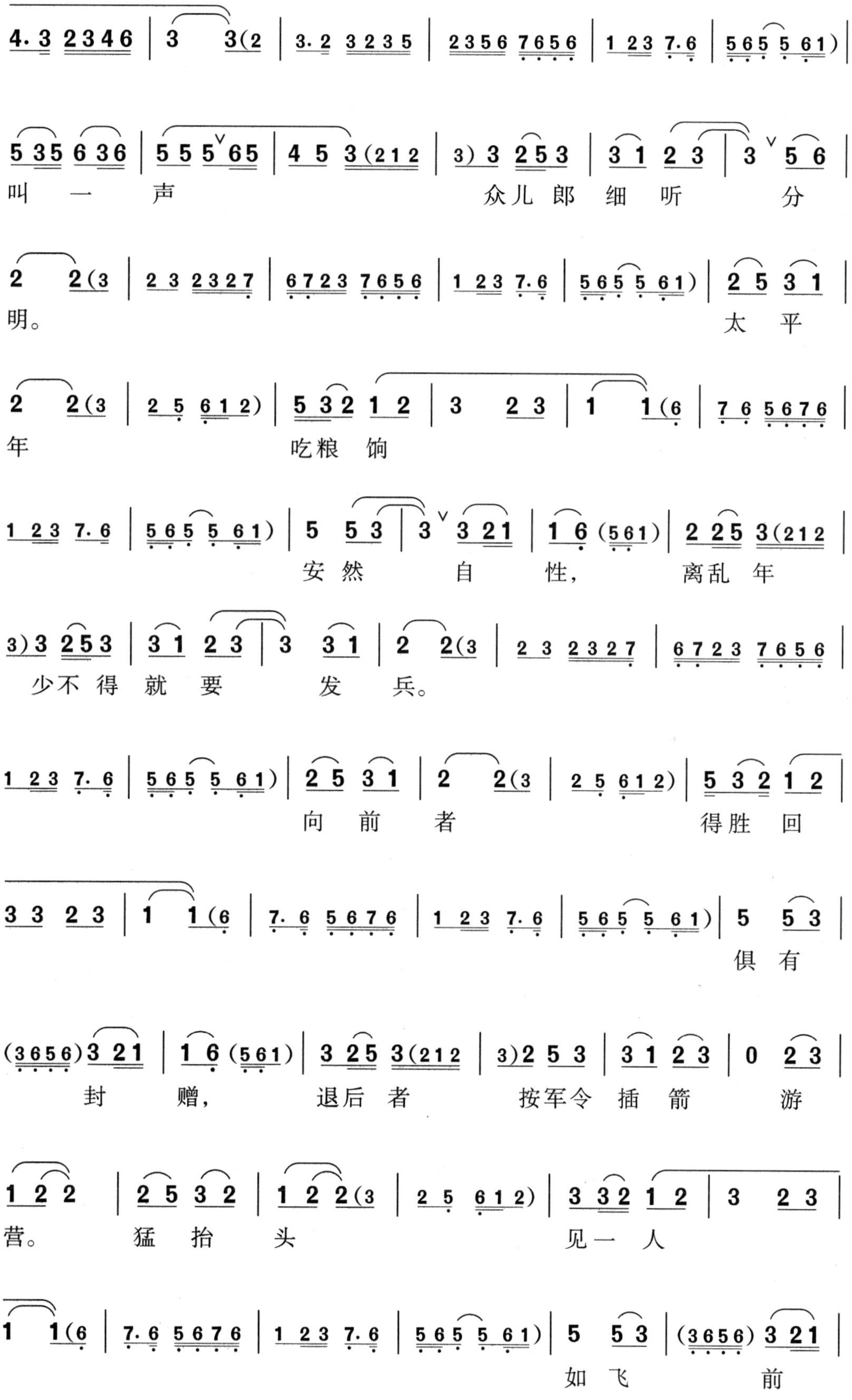
叫 一 声
众儿郎 细 听 分
明。
太 平
年
吃粮 饷
安 然 自 性，
离乱 年
少不 得 就 要 发 兵。
向 前 者
得胜 回
俱 有
封 赠，
退后 者
按军令 插 箭 游
营。
猛 抬 头
见一 人
如 飞
前

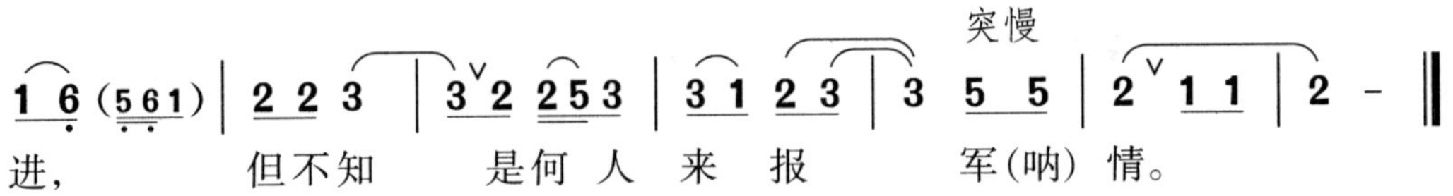

〔（八大仓）【水底鱼】探子上，至“小边”台口。

探　子　打探军情事，报与元帅知。（下马）报，探子告进。【回头】【长尖】（从“小边”“挖门”在台中跪）参见元帅。

马　芳　打探哪路军情，一一道来。

探　子　啊。

〔奏唢呐曲牌〈急三枪〉，探子起来左右指向前方，左转身跳上高台“大边”椅子上面，向马芳再向前一指。牌子止。

马　芳　再探。（探子跳下椅子归台中）

探　子　得令。【冲头】（持令旗下）

马　芳　转堂。

〔奏唢呐曲牌〈风入松〉前两段，马芳下高台，四龙套、四兵士、四大铠“合龙口”给马芳、马昆、马玉带马鞭，众“一翻两翻”，马芳父子下马，其他人接马鞭分下。

〔马昆、马玉分下。夫人“上场门”上，马芳进门，双拱手，让坐。夫人坐八字椅“小边”，马芳坐“大边”。

马　芳　可恼哇可恼！【撕边一锣】

赛风摇　老爷今日为何这等烦恼？

马　芳　夫人哪里知道，只因我父（拱手状）与徐赞顶本，万岁（拱手状）大怒，将我父押入南牢，（指向前方）你道恼是不恼？（双摊手）

赛风摇　既有此事，妾身点动人马，老爷后面披挂，发兵搭救才是。

马　芳　我正有此意（托髯）。就烦劳夫人点动人马，本帅后面披挂，校场听点。正是：【大锣五击头】（撩蟒站起身离座向前急走三步）青龙背上屯军马，（左右双按掌式）

赛风摇　白虎当头休扎营。（右手指出）

〔（崩登仓）马芳右手抓水袖，左手撩蟒【冲头】“下场门”下。赛风摇站台中。

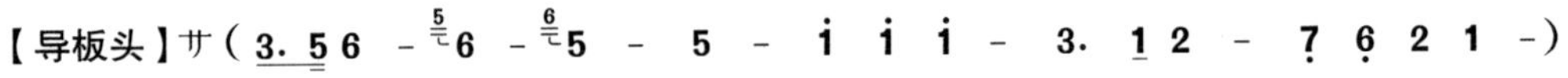

〔西皮导板〕

赛风摇

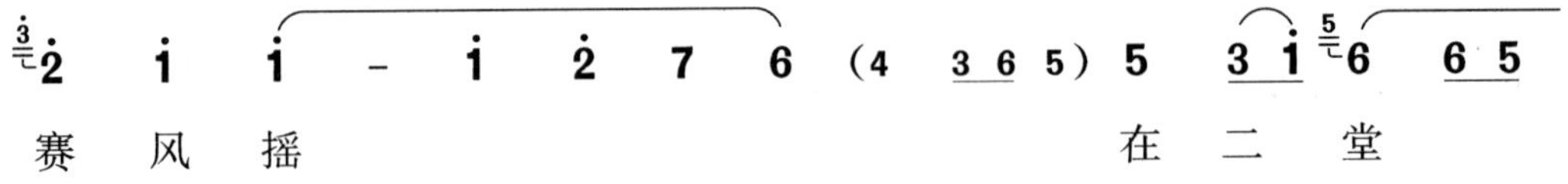

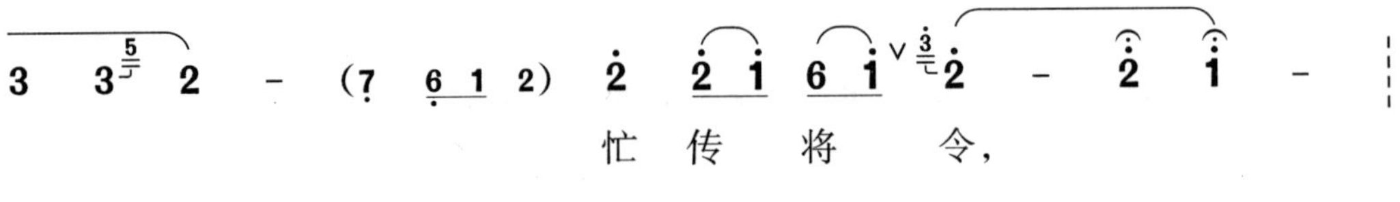

马芳困城

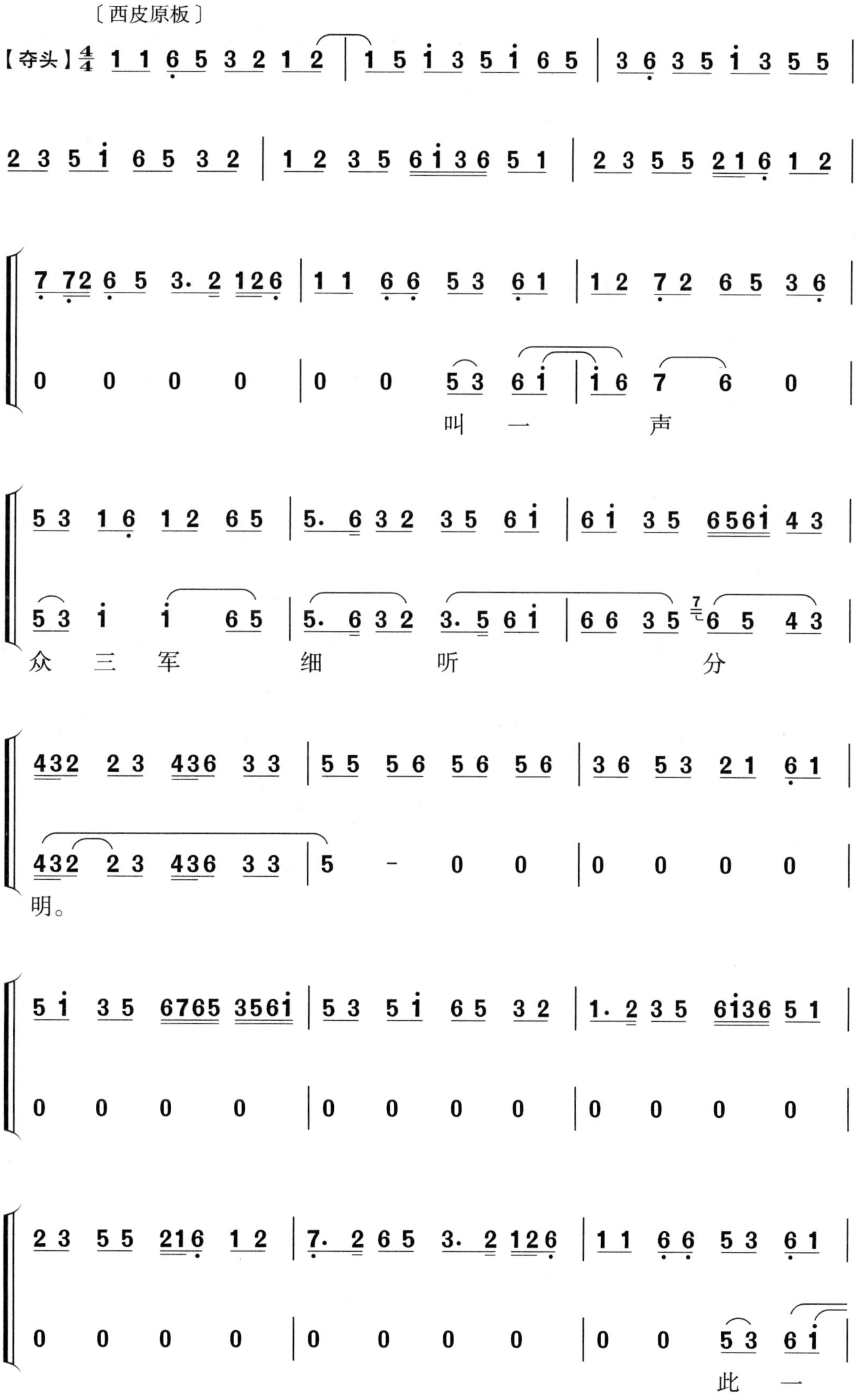

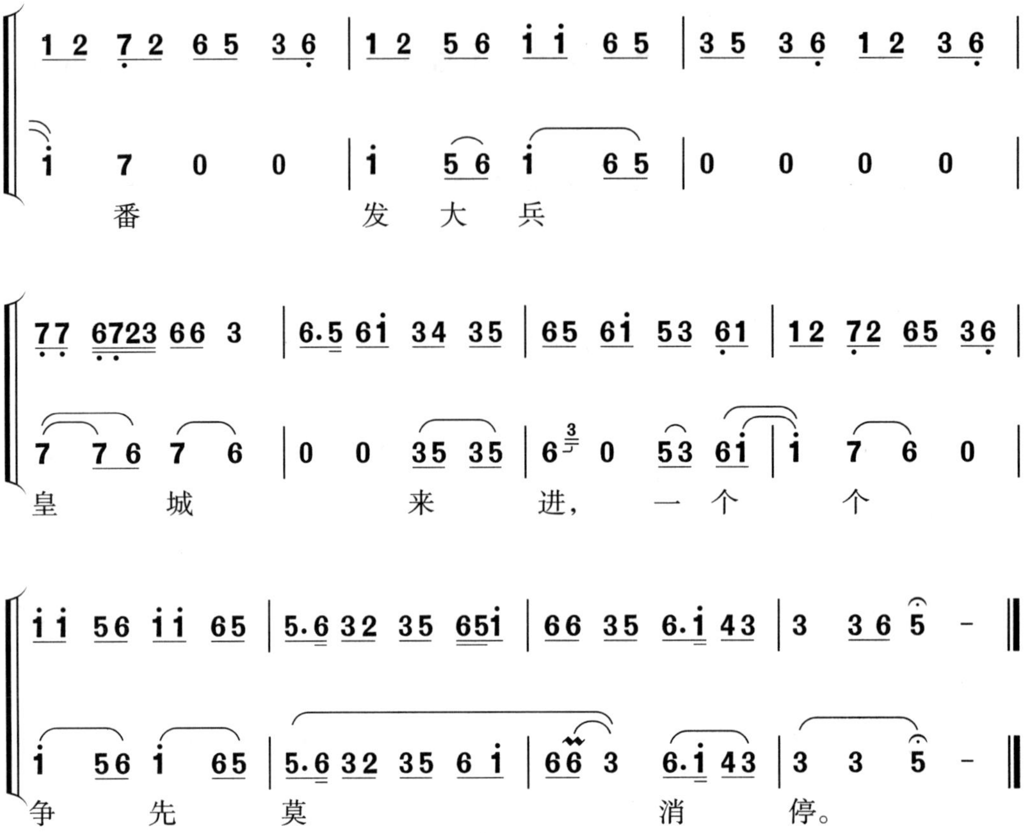

〔【冲头】赛风摇“下场门”下。【四击头】马昆、马玉双起霸。【归位】

马昆
马玉 （同）俺，马昆。
马玉。

马昆
马玉 （同）元帅后面披挂，点动人马，围困皇城，我等校场伺候。（分“大、小边”台中站立）

〔【急急风】四龙套、四兵士、四大铠“站门”，引马芳上至“九龙口”亮住，再急走至台中。【归位】

马芳 统领兵和将，上殿问昏王。【住头】马昆、马玉，（左右看）人马可曾齐备？

马昆
马玉 （同念）俱已齐备。（拱手式）

马芳 兵发皇城。

众 啊！

〔奏唢呐曲牌〈风入松·合头〉赛风摇换装抱宝剑、令旗“下场门”上，站马芳旁。大纛手举大纛“上场门”上，跟在马芳后站立。四龙套、四兵士、四大铠“合龙口”分别带大刀、刀马旦刀、单枪给四人，四人上马。四龙套、四兵士、四大铠“插门”“下场门”下，依次是马昆、马玉、夫人下，马芳留最后，大纛手紧跟马芳后下。【大锣打下】

第 二 场

〔场上一桌三椅。【闪锤】大太监引神宗上。

〔西皮摇板〕

神　宗　(6 6 3 5 5 5 3 6 5 5 3 2 1 1 6 5 5 5) i 5 5 7 6 5 6 3 5
适 才 内 侍 报 音

6 (6 5 3 5 6) 3 3 6 5 5 3 i 6 i 5 3 i 6 3 5
讯，午 门 外 反 (呐)了 马 文 臣。

(6 5 3 6 5 5 3 2 1 1 6 5 5 5) i 5 5 7 6 6 5 6 7 7 6 –
躬 身 忙 将 太 后 请，

〔【闪锤】大太监、神宗进门。锣鼓切住。

神　宗　有请国太。

〔【闪锤】国太“下场门”上，至台中。

神　宗　（接唱）3 6 5 5 3 i 6 6 5 5 3 5 –
一 同 定 （呐）计 退 贼 兵。

国　太　哎呀！

〔西皮摇板〕

【闪锤】（过门同前）1 3 3 3 3 1 2 3 (6 5 5 5 3 6
马 芳 兴 兵 到 午 门，

5 5 3 2 1 1) 6 2 1 1 2 3 2. 2 1 1 6 1 –
倒 叫 老 身 心 内 惊。

〔【住头】国太归里坐“小座”，神宗归中。

神　宗　参见母后。（跪拜）

国　太　我儿平身，一旁坐下。（示意）（大太监搬座）

神　宗　谢座。（**大台**）（坐“小边”）启禀母后，今有马芳带领人马反到皇城，如何是好？（摊手）

国　太　先前为娘怎样嘱咐与你，执意不听，铸成大错。快宣亚父杨波进见，一同商议才是。

神　宗　国太有旨，宣亚父杨波进见。

大太监　领旨。国太有旨，宣亚父杨波进见哪！

〔杨波内白：“领旨。”【快长锤】杨波上至“小边”台口。

〔西皮摇板〕

杨　波　（过门同前）4 3 3 3 3 1 2 3（4 3 2 1 2 3 1
忽听内侍宣一声，

6 5 5 5）6 2 1 1 3 2 3 2 1 6 1（3 2 1 6 2 1 1
午门来了报国臣。

6 5 5 5）1 2 1 3 2 2 2 2 1 1 – 2 –
迈步且把宫门进，

（【快长锤】进门至“小边”）

（过门同前）6 2 1 1 3 2 1 3 2 1 1 –【住头】
问声国太可安宁。

臣杨波见驾，国太千岁。（跪拜）

国　太　亚父平身，赐座。（示意）

杨　波　谢国太。（站起）参见万岁。

神　宗　平身，快快坐下。（示意）

杨　波　谢万岁。（坐“外座”）（**大台**）宣臣进见有何国事议论。

国　太　今有你义子马芳带领人马反到皇城，要想一退兵之计。

杨　波　臣子马芳性情高傲，武艺超群，老臣实无良策。

国　太　不好了。（摊手、拭泪）

神　宗　不好了。

〔西皮散板〕

【快纽丝】艹（7 6 – 6 5 – i 3 1 2 – 7 6 2 1 –）i 5 7 6
听一言来

7 6 3 5 6（6. 5 3 3 5 6 –）3 6 5 6 6 5 i 5 6
心内惊，（仓）背转身来自思

5（4 3 6 5 –）3 6 5 5 7 6 6 3 5 3 7 7 6 –
忖。（仓）走向前来礼恭（呃）敬，

（【纽丝】神宗跪，杨波站起跪）

（过门同前）3 6 5 5 3 i 6 i 5 3 i 6 3 5 –
还求亚父定计行。

马芳困城

〔杨波搀起神宗。

杨　波　【纽丝】3 3　3 3　3　1 2　3　（6　1 2　3　-）

自　从　盘　古　到　如　今，（仓）

1 3　2　2 1　1 ³2　3　1 3　2　1　-　【住头】

哪　有　君　王　来　跪　臣。

（拱手）

臣启万岁，事到如今并无别计，请将臣绑捆城楼，项带剑枷，倘若马芳不肯退兵，即刻将臣斩首城楼，那马芳念在父子之情或可退兵。

国　太　此计甚好。

神　宗　内侍带马敌楼。

〔西皮摇板〕

国　太　【闪锤】（过门同前）2　2　1 5　3　2　2　1 2　3　-　²3　⁵2　-

内　侍　摆　驾　敌　楼　进，

〔【长锤】大太监、杨波、神宗、国太出门"下场门"下。摆城楼。神宗、国太上城楼。

国　太　【凤点头】（过门同前）3 1　1　3　2　2 1　1　6　1　-

观　看　马　芳　发　来　兵。

〔【冲头】【导板头】马芳内唱。

〔西皮导板〕

廿（3. 5　6 6 ⁷6　5 5　i i　3 2　7　6 2　1　-）3.　5　6

探　马

6　-　（6. 5　3 5　6　-）6　6 5　5　-　6　i　3　2　-

儿　不　住　地

3　5　2　3 2　3 2　1.　6　1　-　（6　5 5　2 1　7 2　1　-）

5　5 3　2　-　（7　6.　1　2　-）⁵3　-　3　5 3　5　-

飞　来　报，

〔【慢长锤】四龙套、四兵士、四大铠、马昆、马玉、夫人"上场门"上，"扎犄角"

至“下场门”站住。【撕边】马芳持大刀“上场门”上至“九龙口”，大纛手随马芳上，站立马芳身后。

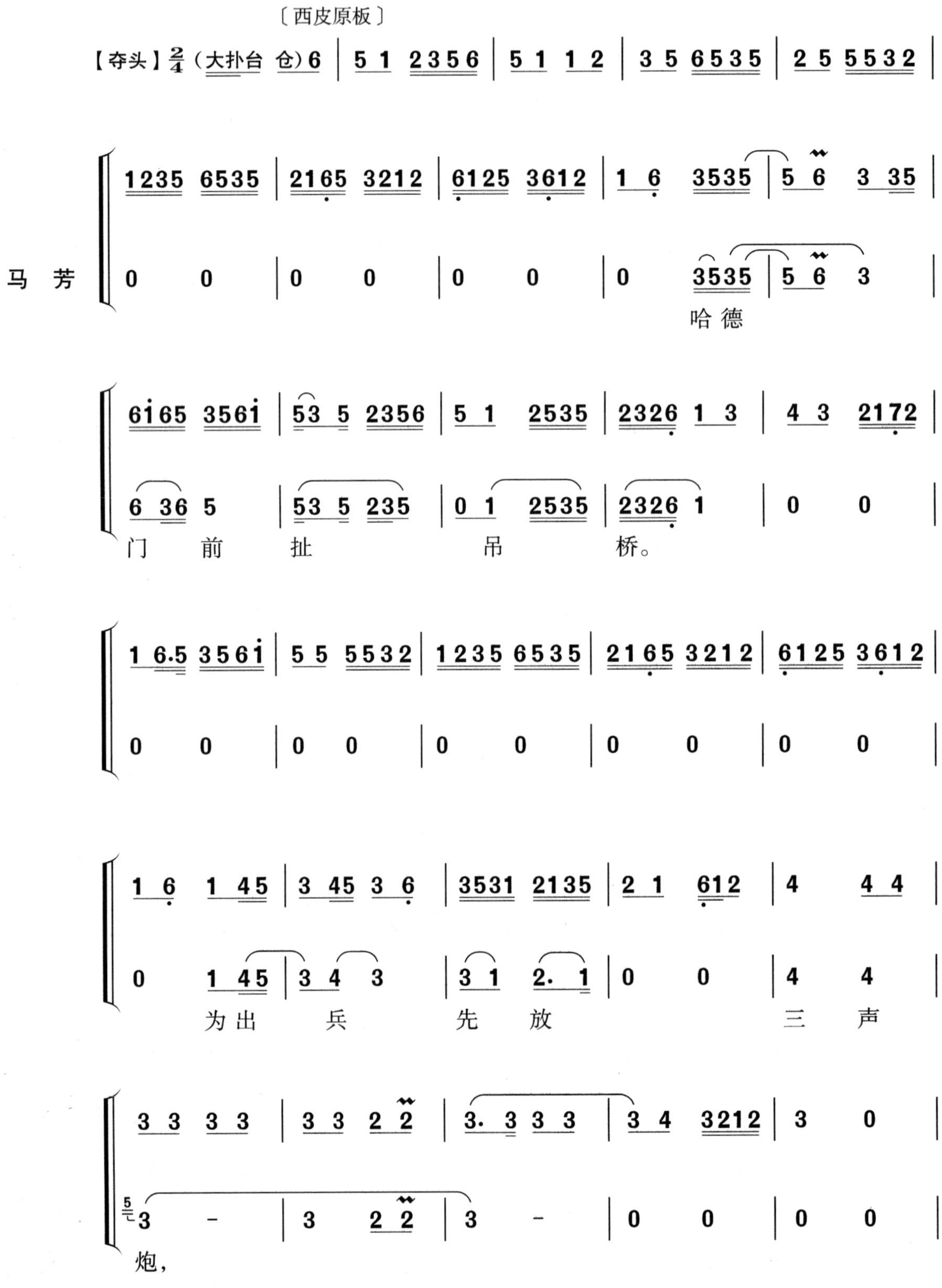

〔大堂鼓拟炮声：咚咚咚，【长锤】大转场，四龙套、四兵士、四大铠、马昆、马玉、赛风摇从“下场门”台口走至“上场门”下，马芳持大刀至“下场门”台口按刀掖刀亮相“上场门”下，大纛手跟下。四龙套、四大铠、马昆、马玉、夫人从“下场门”上，“扎犄角”至“上场门”台口站住，马芳“下场门”上，亮相，大纛手跟上。

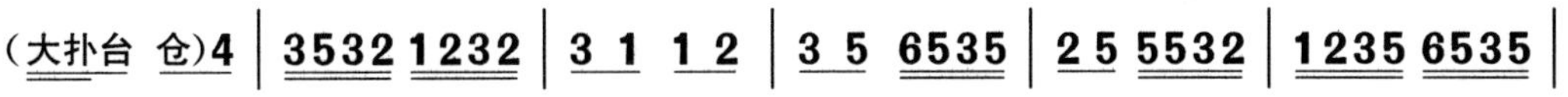

马 芳

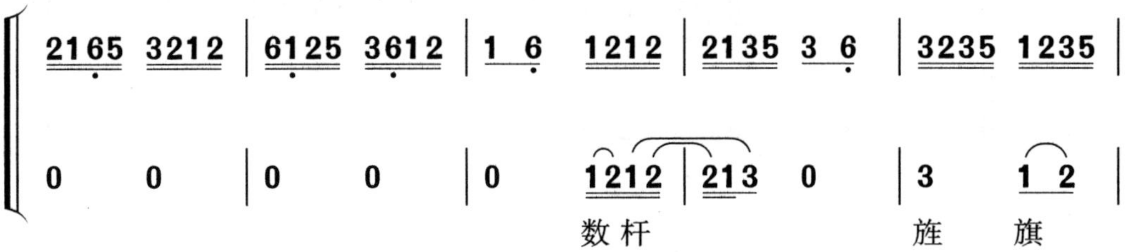

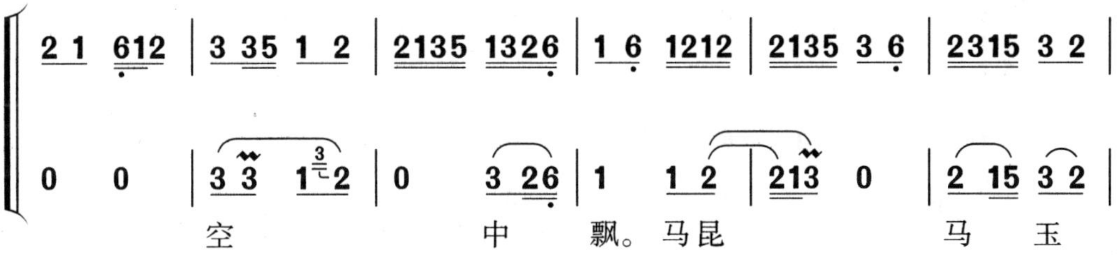

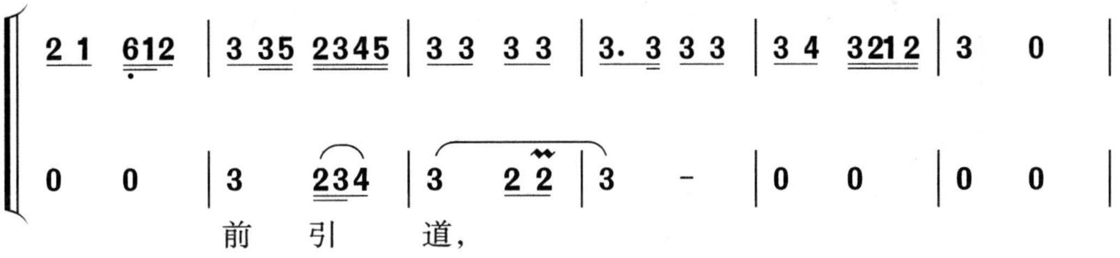

〔【长锤】大转场，四龙套、四兵士、四大铠、马昆、马玉、赛风摇从“上场门”台口走至“下场门”下，马芳持大刀至“上场门”台口缓刀亮相，“下场门”下，大纛手跟下。四龙套、四兵士、四大铠、马昆、马玉、赛风摇、马芳持刀“上场门”上，“挖门”。大纛手跟上，站马芳身后。马芳归台中，双手托刀。

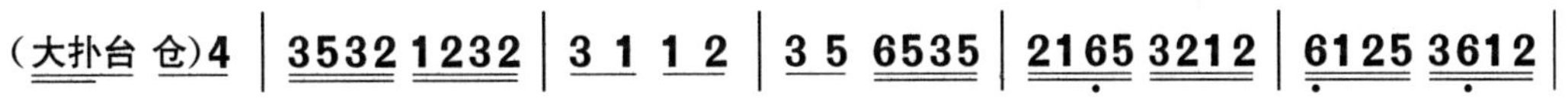

马 芳

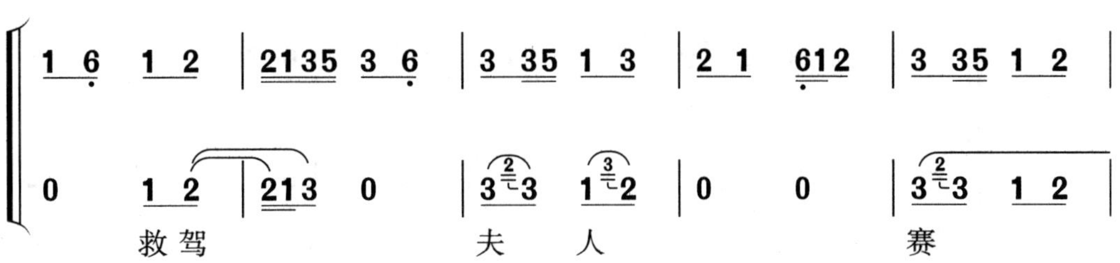

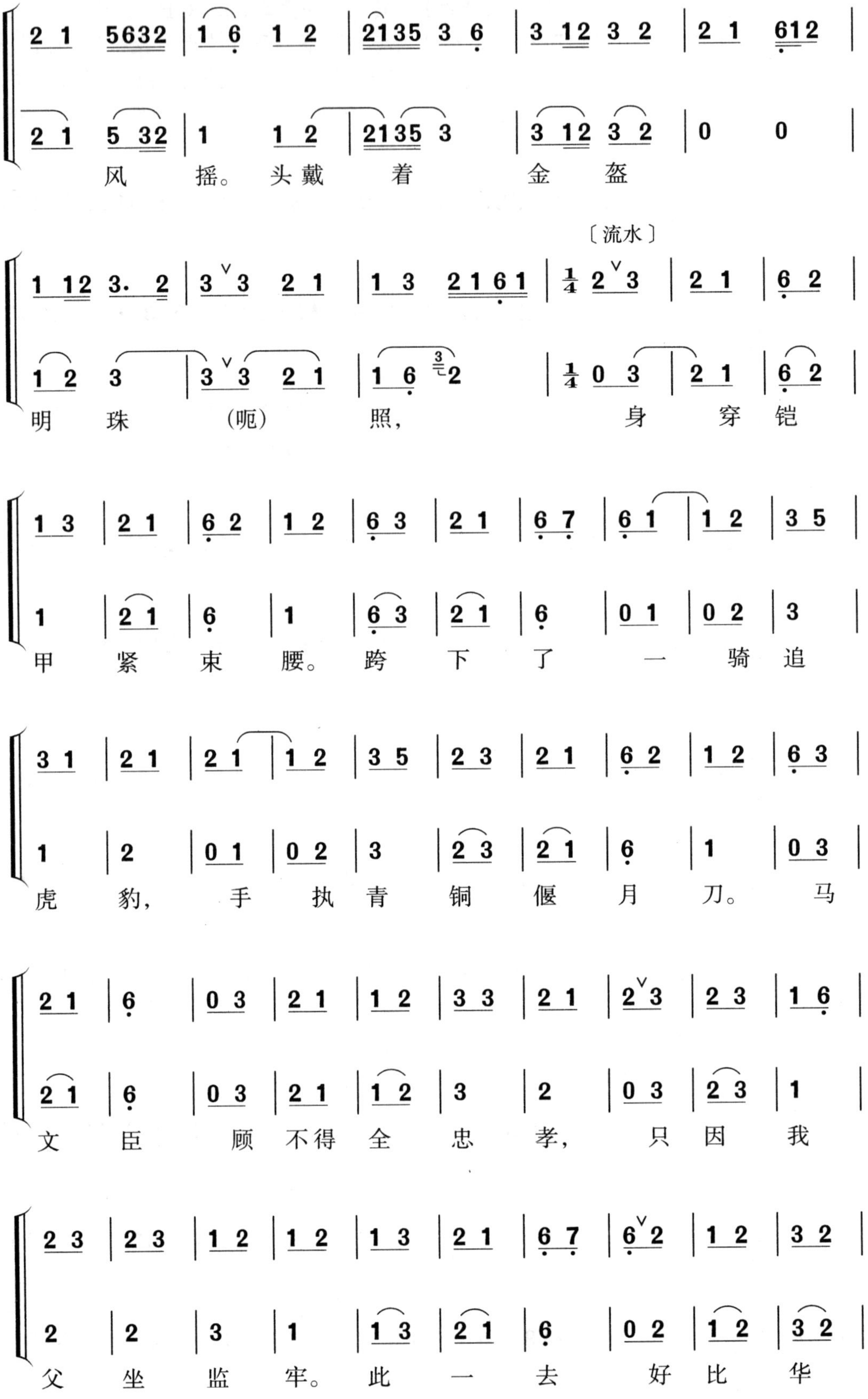
风 摇。头戴 着 金 盔
〔流水〕
明 珠 (呃) 照, 身 穿 铠
甲 紧 束 腰。跨 下 了 一 骑 追
虎 豹, 手 执 青 铜 偃 月 刀。马
文 臣 顾 不得 全 忠 孝, 只 因 我
父 坐 监 牢。此 一 去 好 比 华

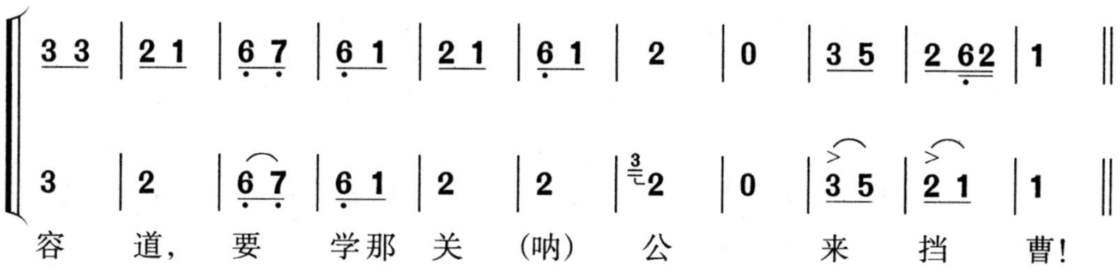

〔【快长锤】四龙套、四兵士、四大铠、马昆、马玉、赛风摇、马芳“插门”，四龙套领起来圆场，四龙套等“上场门”“一条鞭”。马芳至台中望城，大纛手持纛旗立于后。【紧锤】【加催锣】转【闪锤】

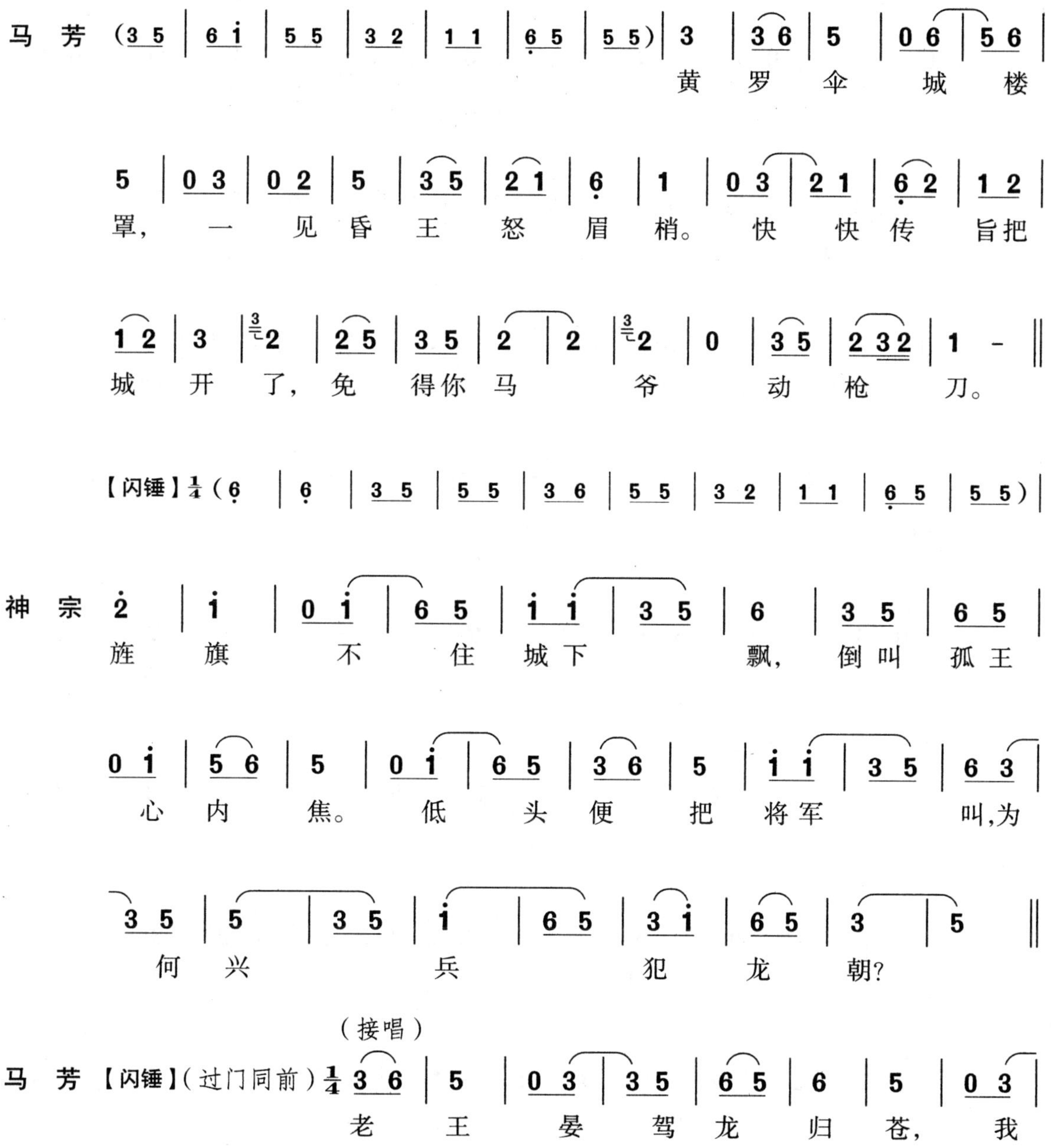

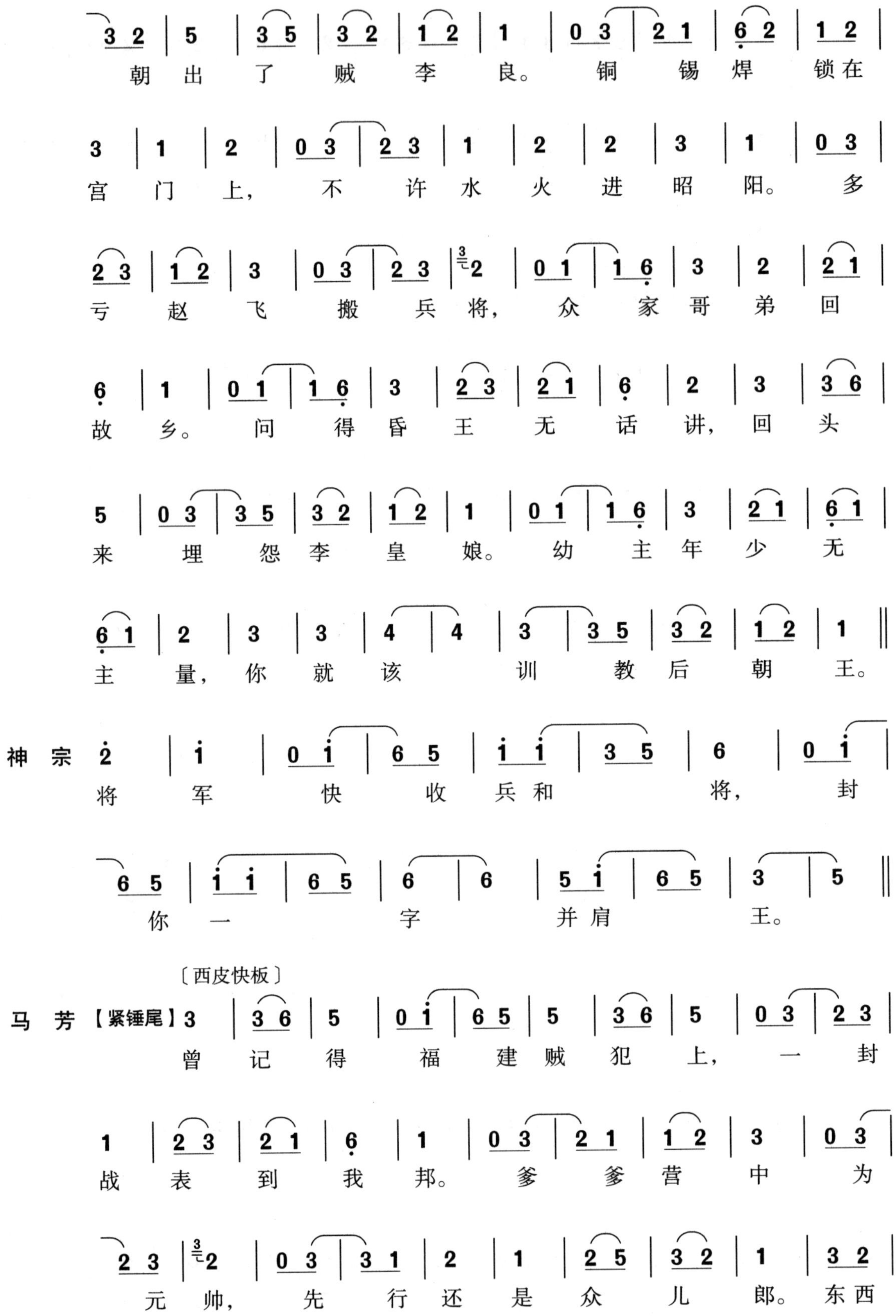
朝出了贼李良。铜锡焊锁在
宫门上，不许水火进昭阳。多
亏赵飞搬兵将，众家哥弟回
故乡。问得昏王无话讲，回头
来埋怨李皇娘。幼主年少无
主量，你就该训教后朝王。
神宗
将军快收兵和将，封
你一字并肩王。
〔西皮快板〕
马芳
【紧锤尾】
曾记得福建贼犯上，一封
战表到我邦。爹爹营中为
元帅，先行还是众儿郎。东西

3 3 | 6 1 | 2 | 0 1 | 0 1 | 2 | 1 | 2 5 | 3 2 | 1 | 0 1 |
征来 南北 闯， 狂 风 吹 得 面 皮 黄。 上

0 2 | 1 2 | 3 | 0 3 | 2 3 | 2 | 1 | 4 | 3 | 0 2 | 1 1 |
阵 不 知 谁 先 丧， 冷 枪 头 对 准了

2 5 | 3 2 | 1 | 0 2 | 1 2 | 3 | 2 | 1 2 | 3 | 2 | 0 3 |
热 肚 肠。 挣 下了 江 山 你 安 享， 一

2 3 | 1 | 2 | 2 | 3 | 1 | 1 | 2 | 1 | 2 | 1 2 |
旦 无 情 斩 忠 良。 马 昆 马 玉 一

3 | 2 | 3 | 3 | 2 | 6 1 | 2 | 0 | 3 5 | 2 1 | 1 ‖
声 叫， 翻 江 倒 海 闹 一 场。

〔【乱锤】四龙套、四兵士、四大铠齐呐喊："杀！"马昆、马玉举兵器，夫人举刀，马芳反把托大刀。

〔西皮散板〕

国　太【凤点头】(过门同前) ⁺ 1 2 1 2 3 2 3 2 (7 6 1 2 -) 2 1 3
亚父快把城楼上，(仓) 速为哀
(杨波带剑枷上城)

2 2 1 6 1 (7 6 2 1 -) 3 2 1 6 2 1 3 2 1 2
家 做 主 张。(仓) 双 膝 跪 在 城 楼

〔哭头〕

2 1 - 1 2 7 6 5 - 6 6 3 5 6 6 5 -
上， 亚 父 (哇)！

〔西皮散板〕

【凤点头】6 2 1 1 3 2 1 2 1 6 1 - ‖
望 求 亚 父 退 儿 郎。

〔西皮流水〕

杨　波【凤点头】(过门同前) 1 2 | 3 | 0 6 | 6 1 | 3 | 1 | 2 | 0 3 | 2 3 |
杨 家 本 是忠 良 将， 不 可

1 | 2 3 | 2 1 | 6 | 1 | 0 6 | 6 1 | 1 | 2 | 3 | 1 |
败 坏 乱 朝 纲。 我 儿 不 收 兵 和

2 | 6 2 | 1 | 3 | 3 | 2 | 1 | 6 3 | 2 1 | 6 | 1 - ‖
将，剑 枷 之 下 我 一 命 亡。

马　芳　（大大……仓）啊！

【闪锤】（过门同前）5 | 6 | 5 | 0 i | 6 5 | 5 | 3 6 | 5 |
老 爹 爹 不 必 两 泪 淋，

0 3 | 2 3 | 1 | 2 | 2 | 3 | 1（6 2 | 1）1 | 0 2 | 3 |
孩 儿 言 来 听 分 明。 趁 此 机

2 1 | 1 2 | 3 | 2 | 6 1 | 6 1 | 6 1 | 2 1 | 2 3 |
会 奏 三 本，一 本 一 本 一 本 本 啦 本 啦

3 2 | 1 6 | 1 | 0 1 | 0 2 | 3 | 2 | 3 | 1 | 2 |
往 上 申。 若 要 孩 儿 收 了 兵，

2 5 | 3 5 | 2 | 2 | 2 | 0 | 3 5 | 3 21 | 1 0 ‖【住头】
依 儿 三 件 大 事 情。

马　芳　若叫我退兵却也不难，万岁必须要依我三件大事。

神　宗　但不知是哪三件大事。

马　芳　头一件将我父剑枷去掉。

神　宗　第二件？

马　芳　我父子听调不听宣。

神　宗　这第三件？

马　芳　将徐赞下入南牢治罪。

神　宗　三件大事件件依从，快快退兵。

马　芳　谢万岁！（拱手）

〔杨波、神宗、国太下城。【紧锤】马芳在台中缓大刀，双手托刀式。

〔西皮快板〕

马　芳　$\frac{1}{4}$（3 5 | 6 i | 5 5 | 3 2 | 1 1 | 6 5 | 5 5）| 3 | 3 6 | 5 | 0 6 |
万 岁 爷 准

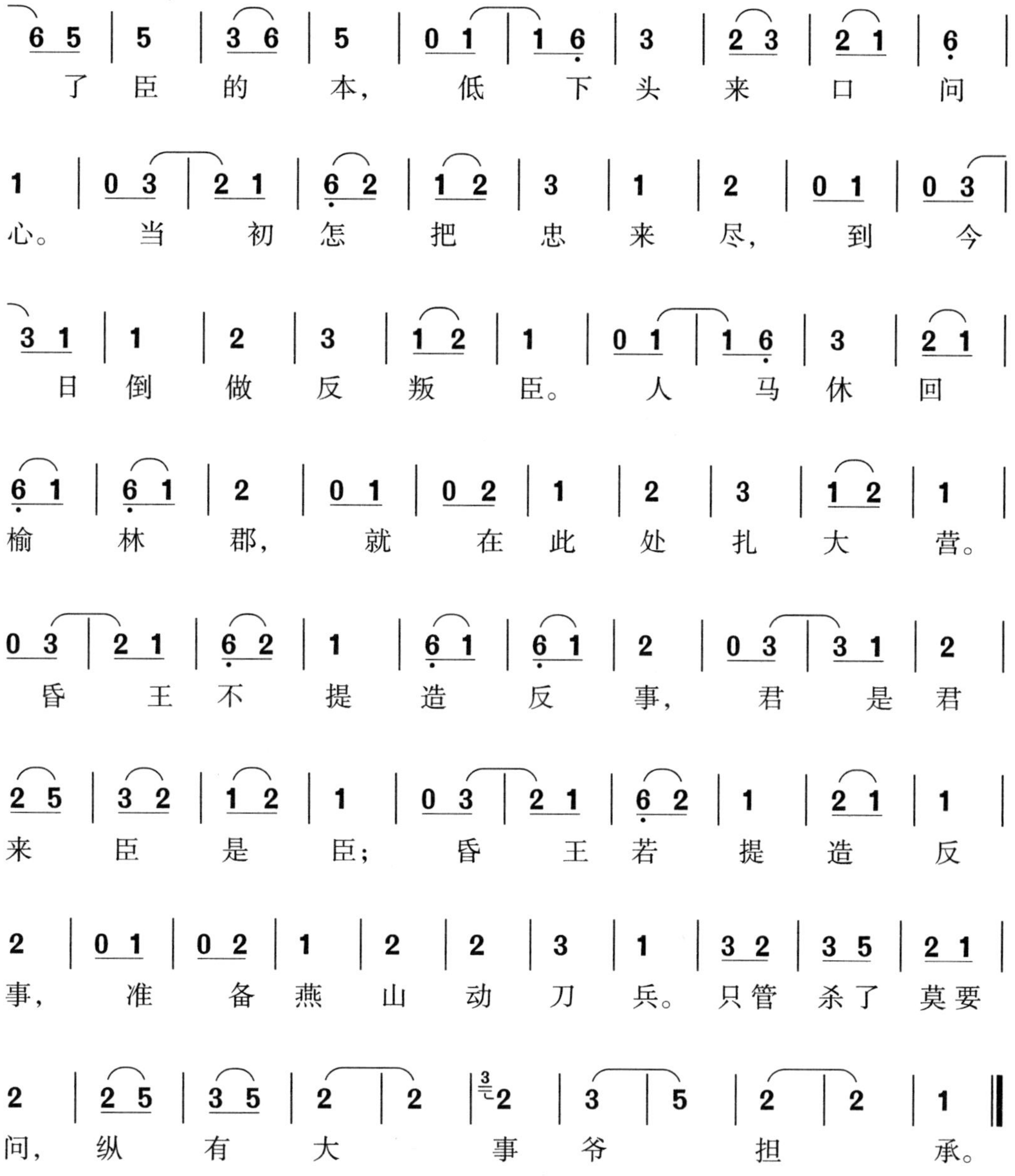

〔（**八大仓**）马芳缓大刀。耍大刀花向“大边”台口方向转身，右手握刀杆，立刀头，刀刃向“上场门”处，身体半向右侧，左手抬照掌式在【**四击头**】中亮相。

〔奏唢呐曲牌〈尾声·合头〉【**急急风**】马芳“上场门”急下，大纛手随后下，赛风摇、马昆、马玉、四大铠、四兵士、四龙套“倒卷帘”跟随马芳下。

——剧 终